DER GROSSE LIEBESROMAN

Von der gleichen Autorin erschienen außerdem
als Heyne-Taschenbücher

Plantage der Leidenschaft · Band 28/2
Die Glut der Leidenschaft · Band 28/9
Die große Liebe meines Lebens · Band 28/17
Die Geliebte des Lords · Band 28/20
Unschuld und Leidenschaft · Band 28/30
Erregend klingt das Lied des Blutes · Band 28/36
Leidenschaft im Goldrausch · Band 28/41
Des Herzens schrankenlose Sehnsucht · Band 28/46
Glücksritter der Liebe · Band 28/52
Flammen im Blut · Band 28/58
Der Liebe verschlungene Pfade · Band 28/65
Zwischen Liebe und Leidenschaft · Band 28/71

Patricia Matthews

Traumtanz der Liebe

Roman

Deutsche Erstveröffentlichung

WILHELM HEYNE VERLAG
MÜNCHEN

DER GROSSE LIEBESROMAN
Band 28/88

Titel der amerikanischen Originalausgabe
DANCER OF DREAMS
Deutsche Übersetzung von Ursula Pommer

Printed in Germany 1985
Umschlaggestaltung: Atelier Ingrid Schütz, München
Gesamtherstellung: Ebner Ulm

ISBN 3-453-84088-7

1

Deutlich drangen die Cembaloklänge aus dem oberen Zimmer durchs geöffnete Fenster und lenkten Hannah Verner von der Arbeit ab, mit der sie sich gerade beschäftigte.

Sie legte die Feder zwischen die Seiten des aufgeschlagenen Kontobuches und richtete den Blick zur Decke, als nunmehr Andrés Stimme die Musik übertönte: »Nein, nein, Michele! Anmutiger, anmutiger! Mon Dieu, du sollst einen Waldkobold tanzen und nicht ein Stück Holz. Bewege die Arme mit mehr Grazie, ja, so!«

Hannah rieb sich die verspannte Nackenmuskulatur und lächelte versonnen in der Erinnerung an die eigenen Unterrichtsstunden, die sie bei André genossen hatte. War das wirklich schon zwanzig Jahre her? Ja, mindestens. André Leclaire war im Jahre 1717 nach Malvern gekommen, um einem ungeschliffenen, unwissenden jungen Mädchen gute Manieren, Grazie und gesellschaftliche Formen beizubringen. Jetzt schrieb man das Jahr 1737.

Doch obgleich so viele Jahre vergangen waren, hatte André sich wenig verändert. Er war so lebensprühend und so entschieden wie eh und je. Äußere Veränderungen bestanden allenfalls darin, daß er etwas dünner geworden war und sein Gesicht ein paar Falten mehr aufwies. Aber wie unbedeutend war das doch im Vergleich zu der Länge der Zeit, die seitdem verflossen war.

Die Musik da oben wechselte nunmehr das Tempo, wurde langsamer, weicher, ganz wie die warme Frühlingsluft draußen, die sanft den spitzenbesetzten Fenstervorhang bewegte, wie eine Liebkosung. Und das ließ sie wieder an Michael denken. Der Schmerz, den sein Tod ihr bereitet hatte, war auch heute, nach einem halben Jahr, der gleiche. Michael, ihr lebensfroher, blendend aussehender Ehemann, war in einem sinnlosen Unfall ums Leben gekommen.

Mit einer müden Geste schloß Hannah das Kontobuch und erhob sich von ihrem Schreibtischsessel. Es hatte keinen Zweck mehr. Sie konnte sich heute nicht konzentrieren, wenngleich noch so viel Arbeit zu erledigen war. Alles Dinge, um die sich früher Michael gekümmert hatte. Nun mußte sie selbst damit fertig werden.

Sie trat ans offene Fenster und schaute hinaus in den blühenden Garten und über die langgestreckten Felder dahinter. Sie empfand dabei die gleiche Freude, die sie stets beim Anblick dieses Landes erfüllte, das ihr gehörte. Wenn auch Michael nicht mehr da war, Malvern war ihr geblieben. Sie mußte dafür Sorge tragen. Aber heute nicht mehr. Nicht in diesem Augenblick. Die Erinnerung an vergangene, glückliche Zeiten hatte sie überwältigt. Frühling sollte eigentlich verboten werden, dachte sie, zumindest für solche, die den Verlust eines geliebten Menschen betrauern mußten. Frühling, diese Jahreszeit brachte zu viele Erinnerungen mit sich.

Die warme Luft streichelte ihr Gesicht und fächelte ihr die Blumendüfte des Gartens zu. Im Geiste sah sie sich wieder als das junge Mädchen, das sie gewesen war, als sie zum ersten Mal nach Malvern kam. Hannah McCambridge, zerlumpt, verängstigt und erst sechzehn Jahre alt. Doch so jung wie sie war, hatte sie schon mehr ertragen müssen als manch andere Frau in ihrem ganzen Leben. Man hatte sie, ganz jung noch, verschleppt und an einen bösartigen Kneipenbesitzer, Amos Stritch, als Leibeigene verkauft. Aber sie hatte fliehen können. Wie wäre wohl ihr Leben verlaufen, wenn sich Malcom Verner nicht ihrer angenommen und sie, trotz des Alters- und Standesunterschiedes, geheiratet hätte? Ganz sicher wäre sie heute nicht die Herrin von Malvern, dieser Plantage, die sie vom ersten Augenblick an geliebt hatte. Ihre Erinnerung schweifte weiter zurück zu der Zeit, als sie noch ein Kind war. Damals war sie mit ihrer Mutter, auf dem Weg nach Williamsburg, hier vorbeigefahren. Der Anblick des großen, zweistökkigen, strahlend weißen Herrenhauses in der heißen Virginiasonne hatte sie mit Freude und Vergnügen erfüllt. Es lag inmitten alter schattenspendender Bäume, umgeben von großen Wirtschaftsgebäuden, zurückgesetzt von der Straße. Ein großes, schmiedeisernes Tor mit der kunstvollen Inschrift ›Malvern‹ verwehrte den Zugang.

Wer hätte damals gedacht, daß das Armeleutekind eines Tages die Erfüllung seiner Träume erleben und Herrin über all diese Herrlichkeit sein würde?

Hannah schüttelte unwillig den Kopf und versuchte, sich von den Gedanken an die Vergangenheit zu befreien...

Malcom Verner war tot. Er war an den Folgen eines Herzanfalls gestorben. Das war nur kurze Zeit nach ihrer Hochzeit gewesen. Aber da war noch Michael Verner, Malcoms einziger Sohn, in den sie sich von Anfang an leidenschaftlich verliebt hatte. Diese tiefe Empfindung überschattete das Gefühl der Dankbarkeit, das sie dem Vater entgegenbrachte. In zweiter Ehe hatte sie dann Michael geheiratet und ihm eine Tochter geboren – Michele.

Und nun hatte Michael sie verlassen, sie und Michele waren zurückgeblieben. Doch das Leben mußte weitergehen, einerlei, wie tief ihr Schmerz über seinen Tod auch war. Geblieben waren ihr Michele und Malvern. Beiden wollte sie sich mit der ganzen Kraft ihres Herzens widmen.

Wieder wandte sie sich dem papierbeladenen Schreibtisch zu. Aber dann, einem plötzlichen Impuls folgend, überlegte sie es sich anders. Sie verließ den Raum, stieg die Stufen zum ersten Stock empor und strebte dem großen Zimmer zu, das mittlerweile als Übungszimmer für Michele eingerichtet worden war.

André war so ein guter Freund, dachte sie gerührt. Sie konnte sich wirklich glücklich schätzen, daß er wieder bei ihnen war und nun Michele so unterrichtete, wie er seinerzeit sie unterwiesen hatte. Bei ihm lernte sie alle Fertigkeiten, die man als junges Mädchen aus gutem Hause beherrschen mußte, gutes Benehmen, Musik und Tanz. Gewiß war die Aufgabe mit Michele leichter als damals mit ihr selbst. Michele war gleich mit dem richtigen Hintergrund von Wohlhabenheit und Luxus auf die Welt gekommen. Wirkliche Not hatte sie – gottlob – nie kennengelernt.

Damals, als er Hannah unterrichtete, war es wie ein Kampf mit einer kleinen Wildkatze, die noch nie etwas von gesellschaftlichen Formen gehört hatte. Ein eigensinniges, unwissendes Kind war sie gewesen. Hannah mußte bei dem Gedanken lächeln, daß auch Michele es nicht an Eigensinn fehlen ließ und ihrem Lehrer gewiß auch hie und da das Leben schwermachte, so wie ihre Mutter es früher getan hatte.

Die Musik war lauter geworden, sie drang aus der offenen Tür des Übungszimmers, und Hannah konnte jetzt sogar das leise Geräusch der leichten Tanzschuhe hören, die ihre Tochter trug.

Sie stand im Türrahmen und betrachtete die beiden in dem

großen, sonnigen Raum. André saß am Cembalo und nickte mit dem Kopf zum Takt der Musik, nach deren Tönen Michele sich im weißen wirbelnden Tanzkleid anmutig bewegte, so, als schwebe sie über den blankpolierten Fußboden dahin.

Hannah hielt den Atem an, während sie ihre einzige Tochter beobachtete. Michele wurde von Tag zu Tag hübscher. Sie war wie eine Rosenknospe, die jeden Tag ein neues Blatt öffnete. Ihr schien, als sähe sie in Michaels Gesicht, in Michaels dunkle Augen, die sie unter einer Flut rotblonden Haares anblickten, unter dem gleichen Haar wie Hannahs eigene Lockenfülle.

»Eins-zwei-drei, eins-zwei-drei«, rief André, »halte den Takt, Michele. Takthalten!« Er schlug den letzten Akkord an und hob mit einer theatralischen Geste die Hände von den Tasten.

Er gestikuliert um so dramatischer, je älter er wird, wenn das überhaupt noch möglich ist, dachte Hannah, leicht amüsiert.

Michele, erhitzt und rosig, lief auf ihre Mutter zu. Ihre zarte Gestalt spiegelte sich dreifach an den Wänden. André hatte diese Spiegel anbringen lassen, damit Michele jede ihrer Bewegungen kontrollieren und ihre eigenen Fortschritte beobachten konnte. Das junge Mädchen trug ein weißes, ziemlich kurzes Kleid, dessen Saum schon bei der halben Wade endete und schwarze flache Schuhe an ihren winzigen Füßen.

Siebzehn Jahre, dachte Hannah seufzend. Mit achtzehn war ich bereits verheiratet, kurz darauf verwitwet und ein Jahr später schwanger mit Michele. Mein Gott, sie sieht so jung aus...

Und da hatte Michele sie bereits stürmisch umarmt und auf beide Wangen geküßt. Der Duft des warmen Mädchenkörpers und des Rosenparfüms, welches Michele besonders liebte, umhüllte sie.

»Mama, hast du zugeschaut? Wir üben einen neuen Tanz. Fandest du ihn gut?«

Hannah legte den Arm um ihre Tochter. »Ich habe nur den Schluß gesehen, aber es sah sehr hübsch aus. Du tanzt sehr gut, Michele.«

André schnalzte mißbilligend mit der Zunge: »Liebe Hannah, erzählen Sie ihr doch so etwas nicht! Sie hat diesen Tanz gerade erst einstudiert, und sie macht noch viele Fehler dabei. Sie sollten Ihr Lob besser für solche Gelegenheiten aufsparen, wo sie es auch wirklich verdient.«

Michele verzog das Gesicht. »Hör' nicht auf ihn, Mama. Wenn es nach André ginge, bekäme ich niemals ein freundliches Wort. Aber jeder Mensch braucht nun mal Lob und Ermutigung.« Michele küßte ihre Mutter wiederum auf die Wange und tanzte zur Tür hinaus.

Hannah blickte ihr lächelnd nach.

»Da wir gerade von Ermutigung sprechen«, schalt André, »Sie, liebe Hannah, ermutigen Michele nur noch in ihrem Eigensinn. Mon Dieu, sie ist verwöhnt, schlichtweg verwöhnt!«

Hannah wandte sich ihm zu. Sie machte eine abwehrende Geste: »Mag sein, daß ich sie in dieser und jener Hinsicht verwöhne, ja, aber was machen denn Sie? Sagen Sie, André, ist es nur die Voreingenommenheit einer liebenden Mutter oder ist sie wirklich sehr begabt?«

André warf mit kritischem Gesichtsausdruck den Kopf nach hinten, dabei zwinkerte er jedoch ein ganz klein wenig mit den Augen. »Zwar sind Sie voreingenommen, Milady, aber andererseits haben Sie auch wiederum recht. Sie ist, wie ich Ihnen schon viele Male gesagt habe, ein Naturtalent, die geborene Tänzerin. Und unter meiner Leitung wird sie – naturellement – sogar noch *sehr* gut werden. Aber Sie dürfen ihr das nie sagen. Das Kind ist eitel genug. Sie ist die Tänzerin, die Sie hätten werden können, Hannah, wenn Sie früher begonnen und länger hätten daran arbeiten können.«

Hannah schüttelte den Kopf. »Nein, André, ich war niemals so graziös, so leicht auf den Füßen. Und selbst, wenn ich die gleiche Grazie gehabt hätte, ich bin zu groß gewachsen, zu robust. Michele hat alle drei Voraussetzungen, den richtigen Körper, die richtige Technik und die notwendige Anmut.«

»Was mich zur Erwähnung dessen bringt, was ich schon lange mit mir herumtrage«, André sprach plötzlich sehr ernst. »Ich habe Ihnen ja schon gesagt, daß es hier wenig Möglichkeiten zur vollen Entfaltung von Micheles Talent gibt, ganz abgesehen davon, daß man es hier auch nicht richtig zu würdigen wüßte...«

Hannah blickte ihn überrascht an. »Ja, das haben Sie allerdings schon öfters erwähnt, aber was soll's, genügt es nicht, daß Michele gerne tanzt und ihre Freude daran hat? Genügt das etwa nicht?«

Er schüttelte den Kopf: »Nein, liebe Hannah, das genügt keineswegs. Zumindest nicht mehr. Michele ist *Ihre* Tochter. Sie ist ehrgeizig, sie will etwas aus ihrem Leben machen, und das bedeutet: Sie will tanzen, sie will Berufstänzerin werden.«

»Aber Sie haben doch selbst gesagt, daß dazu hier in Virginia nur wenig Möglichkeit besteht.«

Er hob die Hand, als wolle er Einspruch erheben. »Ja, ich sagte ›hier, in Virginia‹. Hierzulande ist eine Tänzerin auch gesellschaftlich nicht geachtet, aber in Europa, in England und Frankreich, gilt Tanz als eine ganz besondere Kunstform. Es gibt Balletts, sowohl in Frankreich als auch in England, die nur allzu froh wären, ein Talent wie Michele in ihren Reihen zu haben. Und Sie, liebe Hannah, sollten auch endlich mal etwas mehr von der Welt sehen als das, was Sie bisher kennengelernt haben. Auch das habe ich Ihnen des öfteren gesagt.«

Hannahs erste Reaktion war, André Einhalt zu gebieten. Doch er fuhr fort zu sprechen und gab ihr keine Gelegenheit, ihm ins Wort zu fallen: »Ich habe dies alles schon mit Michele besprochen. Sie würde nur allzugerne fortgehen. Ich habe immer noch viele gute Freunde in Frankreich, die uns weiterhelfen könnten. Ich bin mit den meisten von ihnen über die Jahre hinweg in Briefwechsel geblieben, zum Beispiel auch mit Madame Dubois. Das ist eine Frau mit Vermögen und großem Einfluß. Seit dem Tode ihres Mannes fühlt sie sich einsam und hat uns deshalb schon wiederholt eingeladen. Da sie über ausgezeichnete Beziehungen verfügt, könnte sie Michele von großem Nutzen sein. Außerdem, meine Liebe, sollten auch Sie eine Weile Malvern fernbleiben. Es würde helfen, Ihren Schmerz zu lindern. Ich weiß, wie schwer es für Sie ist, wie sehr Sie Michael geliebt haben. Glauben Sie mir, eine Reise würde Ihnen helfen.«

Hannah, gerührt über seine Anteilnahme, kämpfte mit den Tränen: »Aber haben Sie mir nicht früher einmal gesagt, daß Sie Frankreich seinerzeit verlassen mußten, weil Sie in irgendwelche Schwierigkeiten geraten waren?«

André hob die Brauen und verzog den Mund zu einem kleinen, spöttischen Lächeln: »Ich glaube kaum, daß ich es so wortreich ausgedrückt habe, obwohl es grundsätzlich stimmt. Aber es ist schon so lange her, und ich bin ziemlich sicher, daß meine Jugendsünden von damals schon längst vergessen sind. Hannah, versprechen Sie mir, daß Sie es sich überlegen wollen, ja? Ich kann mir vorstellen, daß Ihr erster Impuls ist, ›nein‹ zu sagen, daß Sie den Gedanken nicht ertragen können, Malvern in der Obhut anderer zurückzulassen. Aber bitte, denken Sie darüber nach, und denken Sie auch an Michele. Sollte man ihr nicht die Chance geben, ein Leben zu führen, wie sie es sich erträumt? Die Chance, die Sie selbst, im gleichen Alter, nicht hatten? Denken Sie an ihre Begabung, die hier nur verschwendet wäre. Bitte, denken Sie gründlich darüber nach.«

Als er sich nun leicht vorbeugte, um sie auf die Wange zu küssen, fühlte sie sich nahezu machtlos dieser Bitte gegenüber. Als sie anschließend langsam die Treppe ins Erdgeschoß hinunterstieg, hörte sie den harten Schlag des Türklopfers an der Haupteingangstür. Wer konnte das um diese Zeit sein?

Sie hörte, wie Jenny, das Hausmädchen, die Türe öffnete, sah, wie das Mädchen sich wieder von der Tür abwandte, einen Briefumschlag in der Hand, den sie ihr jetzt entgegenhielt. »Das kam soeben, Mistreß, ein Bote brachte es aus Williamsburg.«

Hannahs Neugier war nicht allzugroß. Dennoch empfand sie einiges Unbehagen, als sie jetzt den Umschlag in der Hand hielt. Das Papier war zweifellos von teurer Qualität. Die Anschrift war mit zügiger, eleganter Handschrift auf die Vorderseite gesetzt.

Sobald das Mädchen gegangen war, öffnete Hannah den Umschlag und entnahm ihm ein einzelnes Blatt Papier. Zu ihrem Erstaunen handelte es sich um eine Rechnung und ein Revers. Ihr Unbehagen wuchs beim flüchtigen Durchlesen. Es handelte sich in der Tat um eine Rechnung, oder vielmehr um eine Mahnung, die eine überfällige Zahlung in Erinnerung brachte. Eine Zahlung? Sie hielt kurz den Atem an, als sie noch einmal die Schuldsumme las – ein beängstigend hoher Betrag! Als Nachschrift, am unteren Rande der Mitteilung, stand zu lesen: ›Bitte, suchen Sie mich, sobald es Ihnen möglich ist, auf. Hochachtungsvoll Courtney Wayne.‹

Kein Zweifel, hier mußte es sich um einen Irrtum handeln. Andererseits stand deutlich ihr Name auf dem Umschlag ›Mrs. Hannah Verner, Malvern.‹ Was hatte das zu bedeuten?

Voller Besorgnis steckte sie den Brief in ihre Tasche. Sie eilte in den kleinen Raum, der einst Michaels Arbeitszimmer gewesen war und nun als Büro für die geschäftlichen Abwicklungen der Plantage diente.

Hannah hatte noch längst nicht alle Geschäftspapiere gesichtet, die Michael, säuberlich geordnet, in einem Aktenschrank aufbewahrt hatte. Sein Tod hatte sie anfangs nahezu gelähmt. Es hatte einige Zeit gedauert, bis sie sich überhaupt zu irgendwelcher Tätigkeit aufraffen konnte und in der Lage war, die Bücher durchzusehen. Vielleicht gab es unter all diesen Geschäftsdokumenten eines, das ihr Aufklärung verschaffte und diese seltsame, beunruhigende Nachricht des mysteriösen Mr. Courtney Wayne aufhellte?

Es kostete sie den ganzen Nachmittag, bis sie endlich fand, was sie suchte und was sie vollends entsetzte. Es war die Kopie eines Schuldscheins für einen hohen Betrag, für den Michael Malvern als Sicherheit geboten hatte. Er war von Michael noch ganz kurz vor seinem Tode unterzeichnet worden.

Hannah fühlte, wie ihr alles Blut aus dem Gesicht wich. Warum hatte er ihr niemals etwas davon gesagt? Doch gleichzeitig erinnerte sie sich, daß Michael sie eigentlich nie mit den geschäftlichen Angelegenheiten der Plantage behelligt hatte, wenngleich diese Geschäfte ihr gar nicht so fremd waren; denn kurz nach seines Vaters Tod hatte sie die Plantage eine Weile selbst führen müssen. Aber als Michael dann kam und sie heirateten, hatte er die Führung übernommen. Er wolle die Geschäfte ausschließlich und ohne die Hilfe eines Aufsehers in die Hand nehmen, hatte er gesagt. Sie hingegen solle sich um die Führung des Haushalts und Micheles Erziehung kümmern.

Die vordringlichste Frage aber war, *warum* hatte Michael Geld aufgenommen? Zwar hatte es im vergangenen Jahr eine schlechte Ernte gegeben, aber als sie ihre Besorgnis darüber äußerte, hatte Michael ihr versichert, es stünde alles zum Besten. Wenn das gestimmt haben sollte, wenn kein Versehen vorlag, hätte sie nunmehr in der Tat allen Grund, sich Sorgen zu machen.

Ihre Erinnerung ging zurück zu jener Zeit, als Michael mit seinem Vater allein hier lebte, bevor sie selbst nach Malvern kam. Malcom hatte ihr erzählt, daß es eine schlimme Zeit gewesen sei. Michael mußte ein ungestümer Jüngling gewesen sein, vom Spielteufel besessen. Er hatte hohe Schulden gemacht, um seiner Leidenschaft zu frönen. Schließlich hatten Vater und Sohn sich im Streit getrennt. Michael war von zu Hause weggezogen und erst wieder zurückgekommen, als sein Vater Hannah heiratete. War Michael vor seinem Tode der alten Spielleidenschaft verfallen? Sie zwang sich, nicht weiter über diese Möglichkeit nachzudenken. Es erschien ihr wie eine Entweihung ihrer Liebe, und außerdem war dies nicht der Zeitpunkt, um anzuklagen.

Sie mußte, so bald wie möglich, diesen Courtney Wayne aufsuchen. Und bevor sie nicht wußte, um was es sich handelte, würde sie niemandem etwas sagen, nicht einmal André oder Michele.

Michele war vom Übungszimmer sofort in ihr Zimmer am anderen Ende des langen Flures gegangen. Es war ein besonders heißer Tag heute, und sie fühlte sich wie in Schweiß gebadet, aber das war immer so nach dem Tanzen.

Sie wußte, daß André heute ihre Reise nach Frankreich mit ihrer Mutter besprechen wollte, und sie fühlte sich randvoll mit freudiger Erwartung. Ob Mama einwilligen würde? Das mußte sie einfach tun! Michele träumte von Frankreich, von Paris schon seit ihrer Kindheit. Andrés Erzählungen vom französischen Ballett, vom Königshof, vom Theater, von der Oper und dem aufregenden Pariser Leben wurden zur Grundlage all ihrer Kindheitswünsche. Und das waren sie bis heute geblieben.

Michele zog sich das schweißnasse Musselinkleid über den Kopf, streifte die flachen Tanzschuhe von den Füßen und entledigte sich ihrer Unterwäsche.

Lucy, das Zimmermädchen, hatte die Waschschüssel gefüllt und frische Handtücher bereitgelegt. Mit Genuß begann Michele die erfrischende Körperwäsche, während ihre Gedanken noch bei ihrem Lieblingsthema weilten: Sie würden nach Paris gehen, Mama *mußte* ›ja‹ sagen. Und wenn sie erst einmal in Paris waren, dann, das wußte Michele mit Bestimmtheit, dann würde ihr *richtiges* Leben seinen Anfang nehmen.

2

Kurz vor Sonnenaufgang des nächsten Tages war Hannah bereits unterwegs nach Williamsburg. Immerhin betrug der Weg fast eine halbe Tagereise.

Sie saß allein in der Kutsche, die eine Menge Staub hinter sich ließ. Der Bedienstete auf dem Kutschbock hielt die vier Pferde im leichten Galopp. In der ersten halben Stunde ihrer Fahrt waren es noch die Felder von Malvern, die auf beiden Seiten die Landstraße säumten. Nachdenklich blickte Hannah hinaus in die Weite. Die Feldarbeiter, Männer wie Frauen, waren bereits draußen. Ursprünglich hatte man in Malvern nur Tabak angebaut, doch Tabakanbau laugte den Boden aus. Nach ein paar Ernten mußte man ihn brachliegen lassen, damit er sich wieder erholen konnte. Michael war das wie schiere Verschwendung erschienen, und so hatte er sich kurzerhand entschlossen, die Hälfte der Anbaufläche auf Baumwolle umzustellen. Das war für den amerikanischen Süden noch ziemlich ungewohnt, obwohl es immer mehr Nachfrage auf dem Markt gab.

Es bedurfte einiger Monate harter Arbeit von der Anpflanzung bis zur Ernte. Die zarten Baumwollpflänzchen mußten von Frühling an, durch den Sommer hindurch bis zum Herbst, sorgfältig gepflegt werden, bis endlich die reifen Früchte barsten und ihren flauschigen Inhalt freigaben. Eine Baumwollernte war durch Dürre, Unwetter, Krankheitserreger und Pflanzenschädlinge so leicht zu vernichten. Genau das war im letzten Jahr auch geschehen, kurz bevor Michael ums Leben kam. Ein Hagelschlag hatte zwei Wochen vor dem Pflücktermin alles zerstört.

Doch Michaels Optimismus war ungebrochen. »Es wird noch alles gut, Liebling«, hatte er zu ihr gesagt, »und schau, eines Tages wird ohnehin ein genialer Erfinder kommen, der irgendeine Mechanik konstruiert, die maschinell in der Lage sein wird, den Samen von der Baumwolle zu trennen. Glaub mir, Malverns Zukunft liegt in der Baumwolle.«

Lieber Michael, dachte Hannah wehmütig, er war immer so zukunftsfreudig gewesen, deshalb hatte er wohl auch keine Bedenken gehabt, Malvern als Sicherheit für eine Geldanleihe zu bieten. Ja, wenn er noch gelebt hätte, aber jetzt, wo sie allein war, jetzt bestand höchste Gefahr, Malvern zu verlieren.

Sie fröstelte bei diesem Gedanken. Aber nein, das *durfte* einfach nicht geschehen, sie mußte und würde einen Weg finden, um es zu verhindern.

Als der Wagen schließlich den Außenbezirk von Williamsburg erreichte, saß sie aufrecht, mit angespannten Sinnen, bereit für alles, was noch kommen mochte.

Am Tag zuvor hatte sie John, den schwarzen Diener, nach Courtney Wayne gefragt, denn von allen ihren Angestellten war John derjenige, der am besten über Williamsburg und seine Bewohner Bescheid wußte.

»Master Wayne ist ein Geheimnis für sich, Mistreß«, hatte er geantwortet. »Es ist noch kein Jahr her, daß er sich in Williamsburg niederließ. Er gibt niemandem Auskunft über sich. Man weiß nur, daß er ein vermögender Mann ist. Er bewohnt ein sehr schönes Haus, hat viel Dienerschaft und will offenbar wohnen bleiben, wo er jetzt ist. Aber er ist sehr zurückhaltend, läßt sich mit den anderen Bürgern nicht ein, und über seine Vergangenheit weiß niemand etwas Genaues. Er ist immer fesch angezogen, wenn man ihn außerhalb des Hauses sieht. Und er ist auch kein häßlicher Mann, wirklich nicht, er mag so um die vierzig Jahre alt sein.«

»Aber was für eine Tätigkeit übt er aus? Was ist sein Beruf? Er muß doch irgend etwas tun.«

John hatte nur die Achseln gezuckt. »Er ist eben ein Gentleman mit Vermögen. Mehr weiß man nicht über ihn. Natürlich gibt es auch Gerüchte, daß er der Erbe eines reichen Vaters sei oder auch, daß er einen geheimen Schatz entdeckt und ausgegraben habe. Aber nichts Genaues. Mehr weiß ich auch nicht.«

Hannah blickte aus dem Kutschenfenster, als der Wagen jetzt zum Stehen kam. Sie befanden sich noch etwas außerhalb von Williamsburg, in einer baumbestandenen breiten Straße. Vor ihnen lag ein imposantes, zweistöckiges Ziegelgebäude, dessen kurzgeschorener Rasen von einer niedrigen Hecke begrenzt wurde.

John öffnete die Wagentür und half ihr heraus. Sie strich ein paar Knitterfalten aus ihrem braunen Reisekleid, schüttelte eine Locke aus der Stirn und schritt entschlossen die Stufen zur Eingangstür empor. Auf das Geräusch des Türklopfers erschien sofort ein livrierter Schwarzer, um sie einzulassen.

»Sagen Sie Ihrem Herrn, Hannah Verner wünsche ihn zu

sprechen«, ihre Stimme klang schärfer, als sie es beabsichtigte.

Der Mann verneigte sich. »Jawohl, Mistreß Verner, wollen Sie mir bitte folgen?«

Hannah konnte ihre Verblüffung kaum verbergen. Das sah ja aus, als hätte Courtney Wayne sie mit Bestimmtheit erwartet. Sie raffte ihre Röcke und folgte dem Diener einen langen Flur entlang. Der Mann blieb stehen, öffnete eine große Tür und sagte: »Hier ist Mistreß Verner, Sir.«

Eine tiefe Stimme antwortete: »Laß sie eintreten, Noah!«

Noah hielt ihr mit einer Verbeugung die Tür auf, und sie überschritt die Schwelle zu einem riesigen Bibliotheksraum einer hellen Fensterfront, welche den Blick hinaus in einen üppig blühenden Garten freigab.

All dies beobachtete Hannah eher aus dem Augenwinkel heraus, weil ihre volle Aufmerksamkeit vor allem durch den hochgewachsenen Mann beansprucht war, der dort neben einem Schreibtisch stand. Intensiv blaue Augen unter einem dunklen Haarschopf, in dem sich bereits erste Silberfäden zeigten. Eine eher kräftige, gerade Nase beherrschte das gutgeschnittene, kantige Gesicht. Er war, wie Hannah mit einem Blick feststellte, tadellos gekleidet. Spitzenjabot und Spitzenmanschetten am Hemd aus feinem Linnen, Samtweste und Samteskapins, dunkle Strümpfe und mit goldenen Schnallen verzierte Schuhe. Ein Geck, dachte Hannah abfällig, aber andererseits mußte sie zugeben, daß seine männlichen Gesichtszüge und seine beherrschte Haltung gegen diesen flüchtigen ersten Eindruck sprachen. Dieser Mann war eine Persönlichkeit und alles andere als geckenhaft.

»Mistreß Verner?« fragte er verbindlich und deutete eine Verbeugung an. »Ich bin Courtney Wayne. Wollen Sie mir das Vergnügen machen und mein Mittagsgast sein?«

Er wies auf einen reichgedeckten Tisch am offenen Fenster, schneeweißes Linnen und funkelndes Kristall blinkten in der Sonne. Doch Hannah schüttelte entschlossen den Kopf. Was dachte der Mann sich? Glaubte er ernstlich, daß sie unter diesen Umständen mit ihm speisen würde. »Nein, danke«, erwiderte sie kurz, »ich bin nicht hierhergekommen, um mit Ihnen zu dinieren, Sir.«

Er streifte sie mit einem amüsierten Blick. »Aber eine Tasse Tee werden Sie doch gewiß nicht ablehnen, Madame?«

»Nein, danke.« Sie öffnete ihren Beutel und zog sowohl die Mahnung als auch den Schuldschein heraus.

Er indessen überging ihre Distanziertheit. »Darf ich Ihnen meine aufrichtige Anteilnahme ausdrücken?«

»Anteilnahme? Sieht dies etwa nach Anteilnahme aus?« fragte sie empört und warf die Dokumente vor ihm auf den Schreibtisch.

»Nun ja«, meinte er seufzend. »Es tut mir leid, Mrs. Verner, aber ich bin nun einmal Geschäftsmann. Und bei allem Respekt vor Ihrer Trauer, ich habe lange über die Zeit gewartet, fünf Monate, um genau zu sein. Ich hatte, offen gestanden, gehofft, eher etwas von Ihnen zu hören.«

»Ich hatte doch keine Ahnung. Weshalb hat mein Mann dieses Geld überhaupt geliehen, *falls* er es geliehen hat.«

»Falls er es geliehen hat? Zweifeln Sie an meinem Wort? Sie haben doch wohl eine Kopie des Schuldscheins, den Ihr Mann unterschrieben hat, oder etwa nicht? Ich habe gleichfalls einen solchen Schuldschein, wie Sie sich denken können.«

»Das beantwortet nicht meine Frage. *Warum* ist mein Mann an Sie herangetreten mit der Bitte, ihm das Geld zu leihen?«

»Ich habe nicht die leiseste Ahnung, Madame. Wenn er sich schon nicht seiner Ehefrau anvertraute, hatte er erst recht keinen Grund, mich darüber zu informieren. Und falls Sie fragen, warum er zu mir kam, statt zu einem Geldverleiher zu gehen, so kann ich nur sagen, daß ich ihm meine Bereitschaft zu diesem Geschäft von mir aus erklärt habe. Nun ja, nachdem er mir die Plantage als Sicherheit geboten hat, sind Sie als seine Erbin nun auch meine Schuldnerin. Und so hart es Ihnen auch erscheinen mag, ich muß auf der Rückzahlung dieser Schuld bestehen.«

»Dazu muß mir eine gewisse Zeit gelassen werden. Ich weiß doch erst seit Erhalt Ihres Briefes davon.«

Er betrachtete sie kühl. Sein Lächeln war ohne Freundlichkeit: »Wenn Sie wirklich glauben, diese Summe aufbringen zu können, nun wohl, ich bewundere Ihren Mut, Mrs. Verner, und erkläre mich noch einmal bereit, weitere zwei Monate zu warten. Aber dies ist dann auch ein für allemal mein letzter Termin. Und ich werde nicht davon abrücken, haben Sie mich verstanden?«

Sie nickte erleichtert, ihr war, als müßten ihr die Knie versagen, doch sie versuchte, Haltung zu bewahren, und sagte mit fester Stimme: »Bis dahin werden Sie Ihr Geld haben, Sir. Ich verspreche es Ihnen.«

Sie steckte beide Schriftstücke wieder in ihren gehäkelten Beutel und wandte sich zum Gehen.

Courtney Wayne versuchte, sie aufzuhalten: »Meine Einladung besteht nach wie vor. Nun, da der geschäftliche Teil erledigt ist, könnten wir uns doch erfreulicheren Themen zuwenden.«

Hannah schluckte eine scharfe Antwort hinunter und sagte statt dessen nur kühl: »Nein, vielen Dank. Ich muß mich jetzt auf den Heimweg machen.«

Er zuckte die Achseln. »Wie Sie meinen, Madame. Ich werde nach Noah läuten, damit er Ihnen den Weg weist.«

Er blickte der Davonschreitenden lächelnd nach. Stets hatte er intelligente, entschlossene Frauen bewundert, und diese war eine solche. Die meisten Frauen waren für seinen Geschmack viel zu schnell bereit, sich den Männern zu fügen. Es war erfreulich, zur Abwechslung einmal eine Frau kennenzulernen, die eigene Entscheidungen traf.

Außer Hannah Verner hatte er in seinem Leben nur eine einzige solche Frau gekannt, Katharina, seine Frau für drei glückliche Jahre. Rein äußerlich hatten die beiden Frauen nichts gemeinsam. Hannah war groß und eher kräftig gebaut, hellhäutig und rotblond, während Katharina klein und zart gewesen war, eine dunkelhaarige Schönheit, aber beide Frauen besaßen wohl die gleiche Intelligenz und Charakterstärke.

Seufzend wandte Courtney Wayne sich zum Fenster und starrte schwermütig in die blühende Pracht da draußen, verloren in den Gedanken an die geliebte Frau, die ein tückisches Fieber dahingerafft hatte. Er hatte, bevor er Katharina kennenlernte und heiratete, und auch nach ihrem Tode, nie eine andere Frau geliebt. Keine Frau hatte bisher den Vergleich mit ihr standgehalten. Er strich sich über die Stirn, wie kam er jetzt bloß so plötzlich auf diese Gedanken? Und außerdem, hatte ihn der Teufel geritten, als er Hannah Verner noch einen weiteren Zahlungsaufschub zubilligte? In gewisser Weise tat sie ihm ja leid, denn ihre Situation als alleinstehende Frau war schlecht genug. Aber war das ein Grund dafür, daß er sich hatte erweichen lassen? Sie würde den Termin nicht einhalten, würde überhaupt nicht zahlen können. Dann mußte er ohnehin handeln. Denn das stand fest, heutzutage war es für eine Frau ihres Alters einfach unmöglich, so einfach 1500 Pfund aufzubringen.

Weshalb war er überhaupt nach Virginia zurückgekehrt? Er hatte sich doch geschworen, es nie wiedersehen zu wollen. Aber das Heimweh war stärker gewesen. Er hatte sich so lange ohne Wurzeln gefühlt – heimatlos. Er brauchte einen Fleck in der Welt, wo er sich zu Hause fühlen konnte. Und dies war sein Zuhause. Außerdem war hier auch noch einiges zu begleichen, wozu er bisher keine Zeit gefunden hatte.

Ein leises Hüsteln hinter ihm brachte ihn in die Gegenwart zurück. Er wandte den Kopf: »Was ist, Noah?«

»Soll ich das Essen jetzt servieren, Sir?«

»Ja – oder vielmehr nein, ich habe es mir anders überlegt. Ich habe keinen Hunger mehr. Bring mir statt dessen eine Flasche Brandy.«

Als er den Ausdruck der Mißbilligung auf dem dunklen Gesicht bemerkte, ging das Temperament mit ihm durch: »Schau mich nicht so unverschämt an, verdammt noch mal, und tu', was ich dir sage. Wer ist denn hier der Herr im Haus?«

Rastlose Überlegungen quälten Hannah auf dem Rückweg nach Malvern. Wie sollte sie das Geld für Wayne innerhalb so kurzer Zeit beschaffen? Wie konnte sie Malvern retten? Zum erstenmal bedauerte sie es, daß sie sich den Nachbarn gegenüber immer so reserviert verhalten hatte. Andererseits war sie aber auch nicht willens, sich vor ihnen zu demütigen. Was sie jedoch noch weitaus mehr irritierte, war der Zwiespalt ihrer Gefühle Wayne gegenüber. Zweifellos war er ein Mann ohne Herz, dennoch fand sie ihn, rein äußerlich, äußerst anziehend. Zum erstenmal fühlte sie sich nach dem Tode ihres Mannes zu einem anderen Mann hingezogen. Daß es ausgerechnet ein Mann vom Schlage Courtney Waynes sein mußte, machte sie zornig gegen sich selbst.

Als sie sich endlich Malvern näherte, zwang sie sich, nicht mehr an Courtney Wayne zu denken. Statt dessen überließ sie sich dem tiefen Gefühl der Geborgenheit, das sie immer ergriff, wenn sie des stattlichen Herrenhauses ansichtig wurde. Auch wenn sie nur für ein paar Stunden abwesend war, das Wiedersehen mit Malvern erfüllte sie mit dem immer gleichen Entzücken. Dies war ihr Zuhause.

Aber wie lange noch? mußte sie in plötzlichem Entsetzen denken. Lieber Gott, wie lange noch?

Bedrückt betrat sie die Diele, in der André und Michele sie bereits erwarteten.

»Mama, André hat mir alles gesagt«, jauchzte Michele und erdrückte ihre Mutter fast in ihrer Umarmung.

»Was, um Gottes willen, hat er dir gesagt?« fragte Hannah finster und versuchte, sich aus den Armen ihrer Tochter zu lösen.

»Daß er mit dir über unsere Reise nach Paris gesprochen hat, daß wir alle dorthin gehen und daß du damit einverstanden bist.«

»So, *das* hat er dir gesagt?« fragte Hannah mit einem erzürnten Seitenblick auf André, der sich aber völlig unbeeindruckt zeigte. »Ich habe mich überhaupt noch nicht damit einverstanden erklärt, Michele. Ich habe nur gesagt, daß ich darüber nachdenken wolle.«

»Das Kind wünscht sich diese Reise so innig, Milady, daß sie natürlich in Übereifer gerät«, versuchte André zu besänftigen. »So hat sie das, was ich ihr sagte, nach ihren Wünschen ausgelegt. Man kann ihr deshalb keine Vorwürfe machen.«

Michele war blaß geworden. »Sagst du etwa nicht ›ja‹, Mama?« fragte sie erschrocken.

»Liebes Kind, ich sagte weder das eine noch das andere, ich wollte erst einmal darüber nachdenken.«

»Aber ich gehe so oder so«, entgegnete Michele in plötzlich erwachtem Trotz und warf den Kopf zurück, »auch wenn du es nicht erlaubst. Du kannst mich nicht aufhalten, Mama.«

Hannah betrachtete ihre Tochter eine Weile schweigend. Wie ähnlich Michele ihr doch war. Im gleichen Alter war Hannah genauso entschlossen, genauso eigensinnig gewesen. Schließlich sagte sie nur noch müde: »Du kannst davonlaufen, wenn du magst, es sei denn ... Die Schiffspassage nach Frankreich ist teuer, meine liebe Tochter, wie willst du zu dem erforderlichen Geld kommen?«

»Das wird sich schon finden.«

Hannah war nunmehr total erschöpft: »Falls du so einfach an Geld kommst, Michele, verrate mir doch bitte, wie du das machst, es könnte auch für mich außerordentlich nützlich sein.«

Sie schritt durch die Diele zum Arbeitszimmer.

»Hannah?« André war hinter ihr hergelaufen, einen Ausdruck tiefer Besorgnis in den Augen. »Liebe Hannah, was ist los? Sind Sie in finanziellen Schwierigkeiten?«

Einen Augenblick war sie in Versuchung, sich ihm anzuvertrauen. Er war in all den Jahren so zuverlässig gewesen. Andererseits besaß er nicht den geringsten rechnerischen Sinn. Wozu sollte sie ihn also mit ihren Sorgen belasten?

Beruhigend tätschelte sie seine Hand: »Sie brauchen sich keine Sorgen zu machen, André. Sie und Michele – ihr beide – sollt ruhig nach Paris gehen, meinen Segen habt ihr.«

Er lächelte strahlend: »Ist das wirklich wahr, Hannah?«

»Natürlich ist es das, oder habe ich Ihnen jemals schon etwas versprochen, was ich anschließend nicht hielt?« Und im gleichen Augenblick bedauerte sie auch schon, so impulsiv und überstürzt eine Zusage gemacht zu haben. »Nur um eines bitte ich dringend«, fuhr sie fort, »ich werde ein paar Tage, vielleicht auch länger, brauchen, um das Geld für die Schiffspassage aufzubringen. Deshalb wäre ich euch beiden sehr dankbar, wenn ihr mich in dieser Zeit nicht weiter mit Fragen quält, abgemacht?«

»Aber natürlich, Hannah, natürlich«, André strahlte über das ganze Gesicht, »doch Sie haben noch nicht gesagt, daß Sie mit uns reisen.«

»Einer muß hierbleiben und die Geschäfte führen. Außerdem braucht ihr mich dort auch gar nicht, und nun, André, habe ich zu tun.« Sie nickte ihm freundlich zu und schloß die Tür direkt vor seiner Nase. Den Rest des Abends verbrachte sie mit der Durchsicht der Bücher und vorhandenen Geschäftsunterlagen. Es stand schlecht um Malvern, viel schlechter, als sie geahnt hatte. Es war kaum Bargeld vorhanden, aber dafür eine Menge Rechnungen von allen möglichen Geschäftsleuten, und nirgendwo ein Weg, schnell zu Geld zu kommen, keine eigenen offenen Forderungen, nichts. Für gewöhnlich verkaufte ein Pflanzer, wenn er in finanziellen Druck geriet, einige seiner Sklaven. Sie hatte jedoch selbst sehr bald dafür gesorgt, daß die Leibeigenschaft in Malvern aufgehoben wurde. Die Arbeitskräfte, die ihr zur Verfügung standen, waren nun alle freie Menschen und Angestellte des Plantagenbesitzers. Im Gegenteil, sie würde noch Mühe haben, ihnen die Löhne zu zahlen, die ihnen zustanden.

Es gab nur eine Möglichkeit, sie mußte von jemand anderem so viel Geld borgen, um ihre fällige Rate an Wayne pünktlich zu zahlen und bis zur nächsten Baumwollernte irgendwie über die Runden zu kommen. Aber woher? Von wem?

Für die Dauer der nächsten drei Tage war Hannah Tag für Tag in Williamsburg und verbrachte Stunden mit Bittgängen zu den einzelnen Geldverleihern. Einmal begegnete sie dabei Courtney Wayne. Höflich lüftete er seinen Dreispitz und deutete lächelnd eine Verbeugung an. Sein Gesichtsausdruck verriet, daß er sich denken konnte, warum sie hier war.

Am Ende des dritten Tages war sie der Verzweiflung nahe, als sie den Heimweg nach Malvern antrat. Überall war sie mit stets wechselnden Ausreden zurückgewiesen worden. Und hinter jeder Absage, dessen war sie sich sicher, stand der gleiche Grund: Niemand wollte einer Frau Geld leihen.

Sie überlegte, ob sie sich weiter in die Umgebung hinauswagen sollte, nach Jamestown etwa, nach Norfolk oder in die erst kürzlich neugegründete Stadt Richmond. Doch vermutlich war das nur Zeitverschwendung. Wenn die Geldverleiher aus Williamsburg, wo der Name ›Verner‹ doch zumindest bekannt war, sie schon abschlägig beschieden, dann war kaum zu hoffen, daß völlig Fremde anders reagieren würden.

Sie fühlte sich erschöpft und ausgelaugt. Was sie jetzt dringend brauchte, war ein heißes Bad. Als sie aus dem Wagenfenster sah und von ferne André auf den Eingangsstufen des Herrenhauses erblickte, erschrak sie. Sie würde ihm und Michele erklären müssen, warum sie nicht in der Lage war, sie nach Paris reisen zu lassen. Es würde für ihre Tochter eine schlimme Enttäuschung sein, das stand fest, aber je länger sie die Erklärung hinauszögerte, um so schlimmer wurde es.

Als die Kutsche zum Halten kam, eilte André herbei und öffnete den Schlag, um ihr herauszuhelfen, bevor noch John vom Kutschbock geklettert war.

»Hannah«, sagte André hastig und mit gedämpfter Stimme, »ich wollte Ihnen nur sagen, bevor Sie ins Haus gehen, daß Sie drinnen einen Besucher haben, der schon den halben Nachmittag da sitzt und auf Sie wartet. Ich sagte ihm, Sie seien nicht zu Hause. Aber er war eigensinnig wie ein Muli, ließ sich nicht abweisen und sagte, er würde warten. Ja mehr noch, er behauptete, Sie wünschten sogar, ihn zu sehen.« Er zog abfällig die Mundwinkel herab. »Ich kann mir wirklich nicht vorstellen, warum Sie das wünschen sollten. Er ist ein widerwärtiger Bursche.«

»Wie heißt er denn?«

»Jules Dade.«

Sie runzelte die Brauen und dachte nach. »Tut mir leid, den Namen habe ich noch nie gehört. Aber ich sollte ihn mir zumindest mal ansehen, nachdem er schon so lange gewartet hat.«

»Wenn Sie meinen«, André zuckte die Achseln. »Ich habe ihn in den kleinen Empfangssalon geführt. Da kann er nicht herumschnüffeln. Und ich werde mich in der Nähe aufhalten, meine Liebe, solange Sie mit ihm reden, falls er frech wird und Sie Hilfe brauchen.«

Als Hannah das kleine Empfangszimmer betrat, erhob sich ein untersetzter, ganz in Braun gekleideter Mann, selbst seine Perücke war kaffeebraun. Zwar bewegte er sich betont langsam, als er nunmehr auf sie zutrat, dennoch wirkte er ungeheuer nervös. Auch das Gesicht des Mannes war vierschrötig. Es wirkte verschlossen. Hannah schätzte sein Alter auf Anfang Fünfzig.

»Mrs. Hannah Verner?« fragte er mit ausdrucksloser Stimme.

Ein Blick in diese grauen, eiskalten Augen ließ Hannah unwillkürlich schaudern. »Ja«, bestätigte sie, »ich bin Hannah Verner.«

»Mein Name ist Jules Dade.« Er verneigte sich mit übertriebener Höflichkeit und schwenkte seinen Dreispitz.

»Ihr Name ist mir nicht vertraut, Mr. Dade«, fuhr Hannah fort, »sind Sie fremd hier in Virginia?«

»Ich bin erst kürzlich nach hier zurückgekehrt, Madame. Ursprünglich stamme ich von hier, aber ich war lange abwesend. Ich fuhr jahrelang zur See.«

Immer noch verwundert, stellte Hannah die vorsichtige Frage: »Und was führt Sie zu mir?«

»Ach so«, Dade wippte auf den Fußspitzen, »ja, ich bin hier, um Ihnen meine Dienste anzubieten. Ich stehe ganz zu Ihrer Verfügung.«

»Ihre Dienste? Wie darf ich das verstehen?«

»Es ist mir zur Kenntnis gekommen, daß Sie dringend einen Kredit suchen.«

Sie unterbrach ihn: »Und von wem haben Sie das erfahren?«

»Ach, wissen Sie«, er lächelte dünn, »ich habe da meine Quellen. Geldverleih ist mein jetziger Beruf. Mein finanzieller Hintergrund reicht aus, um hohe Summen zu günstigen Zinsbedingungen abzugeben. Ich weiß zudem, daß Ihre bisherigen Bemühungen nicht von Erfolg gekrönt waren.«

»Sie scheinen ja gut über meine Angelegenheiten Bescheid zu wissen, Sir.«

Er ignorierte ihre Empörung. »Mrs. Verner, ich bin in der glücklichen Lage, Ihnen ein generöses Angebot zu einem Zinssatz von drei Prozent machen zu können.« Wieder lächelte er, aber seine Augen blieben gletscherkalt. »Nun, ist das fair oder nicht?«

»So einfach aus der hohlen Hand?« Sie hatte diesem Besucher gegenüber immer noch die größten Bedenken, aber die Aussicht, ihr Problem damit gelöst zu sehen, ließ ihr Herz schneller klopfen. »Und Ihre Bedingungen?«

»Nun ja«, er hatte die Hände auf den Rücken gelegt und bewegte den Oberkörper langsam vor und zurück: »Natürlich muß ich dafür eine Sicherheit verlangen, Madame, aber das ist lediglich eine Formsache, ähnlich der Absicherung, die Courtney Wayne von Ihnen hatte.«

»Sie kennen Mr. Wayne?«

»Flüchtig, ja.«

»Eine Absicherung...«, sie konnte ihr Mißtrauen nicht verbergen.

»Oh, keine Angst, das ist geschäftsüblicher Brauch. Ich bin sicher, daß Sie in der Lage sein werden, die Schuld zu begleichen. Aber ziehen Sie doch auch bitte in Betracht, Madame – Gott behüte, daß so etwas einträte... Aber es könnte Ihnen ja etwas zustoßen, und deshalb brauche ich eine gewisse Absicherung für die Zukunft.«

»Tja, das ist wohl unumgänglich«, sagte Hannah zögernd.

Ein kaltes Leuchten glomm in Dades Augen. »In der Tat, so ist es der Brauch«, bestätigte er. Er breitete weit seine Hände aus. »Sie werden keine monatlichen Raten zu zahlen haben, Madame. Es ist mir bewußt, daß Sie, als Plantagenbesitzerin, von der Qualität der Ernte abhängen, die Sie einbringen. Deshalb können Sie wohl auch keine Zwischenzahlungen leisten. Ich werde bis zum Zeitpunkt der Ernte auf den vollen Betrag warten. Das ist doch fair, oder?«

Hannah schwieg. Sie zögerte noch. Dade war ihr von Herzen unsympathisch. Aber konnte sie sich eine solche persönliche Abneigung in ihrer augenblicklichen Situation leisten?

»Und welche Sicherheit wollen Sie?«

Er zuckte die Achseln, aber seine Antwort kam prompt, fast überstürzt:

»Für den Fall, daß Sie mir den Betrag schuldig bleiben, oder auch nur einen Teilbetrag, überschreiben Sie mir, zum Ausgleich für nicht erledigte Verbindlichkeiten, die Plantage Malvern.«

Es überraschte Hannah nicht mehr. Das war ja zu erwarten gewesen. Und sie kam sofort zu einer Entscheidung; denn plötzlich war sie sich sicher, fühlte sich stark, wußte, daß sie die Schuld würde zurückzahlen können.

»Also gut, Mr. Dade«, sagte sie kurz, »machen wir das Geschäft.«

»Ah, ausgezeichnet, Madame, ganz ausgezeichnet!« Wieder wippte er auf den Fußspitzen und rieb sich dabei voller Genugtuung die Hände. »Sie werden es gewiß nicht zu bereuen haben!« Kurze Zeit darauf waren die von Dade schon vorbereiteten Papiere unterzeichnet, und Hannah hielt einen Scheck in der Hand.

Als sie Jules Dade hinausgeleitet und die Tür hinter ihm geschlossen hatte, lehnte sie sich erschöpft mit dem Rücken dagegen. Dann hob sie den Kopf und rief: »André, Michele!«

André erschien so schnell, als ob er auf diesen Ruf schon gewartet habe, aus dem Seitenflur. Michele schaute über das Treppengeländer vom ersten Stock herunter: »Was ist, Mama?«

»Packt eure Koffer, ihr beiden. Sobald ich die Passage gebucht habe, könnt ihr nach Frankreich reisen!«

3

Hannah hatte André und Michele bis zum Norfolker Hafen und zum Schiff begleitet. Auf dem Rückweg bat sie John, einen Umweg über Williamsburg zu machen, damit sie Courtney Wayne einen Teil der Summe zurückzahlen konnte, die Michael von ihm geliehen hatte. Sie hatte in letzter Zeit immer häufiger an Wayne denken müssen und war zu dem Schluß gekommen, daß nur ihre Schulden an ihn der Grund dafür seien. Wenn sie die erst einmal los sein würde, gäbe es auch keinen Anlaß mehr, weiter über ihn nachzudenken. Dann würde sie sich mit vermehrter Kraft und Konzentration der Arbeit in Malvern widmen, um auch ihre Schuld an Jules Dade schließlich bezahlen zu können.

Der schwarze Diener Noah öffnete auf ihr Klopfen und zögerte, sie eintreten zu lassen. »Master Wayne ist im Augenblick gerade – beschäftigt, Mistreß Verner. Könnten Sie vielleicht später noch einmal vorbeikommen?«

Hannah schob ihn beiseite. »Ganz unmöglich, ich wohne eine halbe Tagereise von hier entfernt. Außerdem bin ich sicher, daß Mr. Wayne mich gerne empfangen wird. Sagen Sie ihm bitte, daß ich in dringenden Geschäften hier sei.« Sie hatte ärgerlich ihre Stimme erhoben.

Und tatsächlich öffnete sich eine Tür, Courtney Wayne stand in deren Rahmen, sein Haar war ungekämmt, seine Wangen gerötet. Hinter ihm konnte Hannah, im Gegenlicht eines Fensters, eine andere Gestalt erkennen – mit weiblichen Umrissen und offensichtlich unbekleidet.

Wayne schloß hastig die Tür hinter sich. Ganz deutlich war ihm der Schreck in die Glieder gefahren, als er Hannahs ansichtig wurde. »Oh, Mrs. Verner. Wie geht es Ihnen, Madame? Was führt Sie her?«

Insgeheim amüsierte es Hannah, ihn in Verlegenheit zu sehen. Bei ihrem ersten Besuch in diesem Hause war er, ganz im Gegensatz zu heute, die verkörperte Selbstsicherheit gewesen, nahezu arrogant. Immerhin gelang es ihm sehr schnell, auch jetzt seine Fassung zurückzugewinnen.

»Was kann ich für Sie tun, Madame?«

»Oh«, erwiderte Hannah, nicht ohne Bosheit, »ich muß mich wohl entschuldigen, daß ich Sie in Ihren – Geschäften gestört habe, Mr. Wayne. Aber der Anlaß ist immerhin erfreulich. Ich komme, um meine Schulden zu bezahlen.«

Er hob erstaunt die Augenbrauen. »Vielleicht sollten wir in meinem Arbeitszimmer darüber reden. Darf ich Ihnen eine Tasse Tee anbieten? Oder vielleicht ein Glas Sherry?«

»Nein, danke.«

Er legte die Hand leicht unter ihren Ellbogen und führte sie den Flur entlang zu seinem Arbeitszimmer, und Hannah konnte es nicht ändern, so sehr sie es auch gewünscht hätte – sie empfand einen tiefen, aber angenehmen Schauer bei dieser Berührung.

Sobald sich die Tür des Arbeitszimmers hinter ihnen geschlossen hatte, entnahm sie ihrem gehäkelten Beutel einen Umschlag und zählte ihm hastig die Scheine auf den Tisch. »So, ich glaube, das wär's. Kann ich bitte eine Quittung darüber haben?« fragte sie kühl.

Er blickte voll Verwunderung auf das ausgebreitete Geld. »Das ist ja unglaublich«, sagte er, »haben Sie im Tresor Ihres verstorbenen Gemahls etwa noch verstecktes Geld gefunden?«

Nun war es an Hannah zu staunen. Der Gedanke, daß Michael irgendwelches Geld vor ihr versteckt haben könnte, war ihr nie in den Sinn gekommen.

»Nein«, entgegnete sie brüsk, »ich habe es mir irgend woanders geliehen.«

»Geliehen? Soviel mir bekannt ist, hat niemand Ihnen Geld leihen wollen.«

»Sie mögen zwar gut informiert sein, Mr. Wayne«, erwiderte sie gereizt, »aber offenbar doch nicht gut genug.«

»Das scheint so«, bestätigte er trocken, »aber ich hätte jede Summe gewettet...«

»... daß niemand einer Frau auch nur einen Cent leiht«, vollendete sie seinen Satz.

»Ja, genau. Dies erscheint mir sehr ungewöhnlich.«

»Und hierin irrten Sie.«

»Ja, das muß ich zugeben.«

»Sie haben offenbar eine äußerst geringe Meinung von Frauen, Mr. Wayne.«

»Unsere Gesellschaft schließt Frauen vom Geschäftsleben aus, Madame. Das müssen wiederum Sie zugeben.«

»Aber es gibt Ausnahmen«, erwiderte sie stolz, »und ich betrachte mich als eine solche Ausnahme.«

»Dennoch«, er blickte nachdenklich auf das Geld auf seiner Schreibtischplatte, »ich kann es kaum glauben, daß einer der hartgesottenen Williamsburger Geldverleiher das Prinzip gebrochen hat, nach welchem eine Frau eben *keinen* Kredit erhält.« Er blickte ihr in die Augen, und der Gedanke, der ihm soeben gekommen war, schien ihn zu erleichtern: »Gewiß haben gute Freunde Ihnen ausgeholfen?«

»Nein. Sie irren auch hier, Sir. Da gibt es einen Mr. Dade, der vermutlich mehr Zutrauen zu der Geschäftsfähigkeit einer Frau hat als Sie, Mr. Wayne.«

Er zuckte förmlich zusammen: »Dade? Doch nicht etwa Jules Dade?«

»Genau der.«

»Mrs. Verner«, seine Stimme klang gequält, »Sie haben einen schweren Fehler begangen. Jules Dade hat einen außerordentlich schlechten Ruf. Er ist absolut skrupellos. Das Geld, das er als Verleiher verdient, ist beileibe kein ehrenwert verdientes Geld.«

Ein flüchtiges Gefühl des Entsetzens stieg in ihr auf, aber dann überwog der Zorn: »Auf mich machte er nicht diesen Eindruck, Sir.«

»Na ja.« Er machte eine wegwerfende Handbewegung.

Ihr Zorn steigerte sich zur Wut. »Sie scheinen wenig Achtung vor Frauen zu haben, Mr. Wayne.«

»Madame, ich empfinde mehr Respekt und Wohlwollen für Frauen als für Männer.«

»Ja, das habe ich gerade bemerkt«, erwiderte sie eisig. »Das Mädchen, das ich soeben hinter Ihnen im Türrahmen erkennen konnte, scheint nicht gerade der Gegenstand Ihres Respekts zu sein. Vermutlich haben in Ihren Augen Frauen keinen Verstand und sind infolgedessen auch geschäftsunfähig, wie Sie anzunehmen scheinen. Aber ich werde es Ihnen beweisen. Ich habe schon einmal nach dem Tod meines ersten Mannes die Plantage allein und erfolgreich geführt, und das werde ich nun wieder tun. Ich werde Sie mit Vergnügen eines Besseren belehren.«

Er betrachtete sie nachdenklich. »Sie werden es kaum glauben, Mrs. Verner, aber ich hoffe, daß Sie es tun und – daß es Ihnen gelingt.«

Sie unterdrückte ihren Zorn und zwang sich, ihre Frage ruhig zu stellen: »Eines möchte ich noch wissen, Mr. Wayne.

Sie haben behauptet, Sie wüßten nicht, warum Michael sich das Geld von Ihnen lieh. Aber warum kam er überhaupt zu Ihnen?«

Er zuckte die Achseln. »Das weiß ich ebensowenig.«

»Kannten Sie Michael schon, bevor er Sie aufsuchte?«

»Nein, Madame«, erwiderte er kühl und blickte über ihren Kopf hinweg zum Fenster hinaus, »ich habe ihn nie zuvor gesehen. Aber könnten Sie sich vorstellen, daß er es vorzog, mit einem Privatmann Geschäfte zu machen – es war ja bekannt, daß ich hie und da privat Kredite gewähre, wenn der Schuldner solvent ist – statt zu einem Halunken wie Jules Dade zu gehen?«

Wieder kochte der Zorn in ihr. »Ich sehe zwischen dem einen und dem anderen Kredit keinen Unterschied, Sir«, sagte sie schnippisch.

Sein Gesicht war ausdruckslos: »Es bleibt Ihnen überlassen, was Sie denken, Madame.«

»Nun gut – auch die nächste Rate werde ich pünktlich bezahlen. Sie können ruhig schlafen.« Sie rauschte an ihm vorbei und zur Tür hinaus.

Wayne verfiel in tiefes Nachdenken, nachdem Hannah gegangen war. Mußte sich sein Weg denn immer wieder mit dem des Jules Dade kreuzen? Er hatte angenommen, der Kerl hätte seinen Wohnsitz noch immer in Norfolk. Konnte es sein, daß Dade nur aus dem Grunde hierhergezogen war, weil er wußte, daß er, Wayne, sich hier niedergelassen hatte? Es schien, als sei Jules Dade der böse Geist, der immer wieder Waynes Leben störte. Warum, so dachte er beunruhigt, hatte Dade Hannah Verner wohl das Geld geliehen?

Aber die Antwort war ziemlich klar, da Dade kein gesellschaftliches Ansehen genoß, war er scharf darauf, sich dies als Plantagenbesitzer mit Gewalt zu verschaffen. Er hoffte wohl, Hannah Verner würde nicht fristgerecht zahlen können – nur deswegen hatte er ihr vermutlich das Geld geliehen – nur, um sich selbst in den Besitz von Malvern zu bringen. Das war diesem widerlichen Menschen zuzutrauen.

Aber habe ich schließlich vor einiger Zeit nicht noch das gleiche gedacht, fragte er sich selbstkritisch? Ja, mußte er sich eingestehen, so war es. Doch nachdem er Hannah Verner nun näher kennengelernt hatte, fand er die Vorstellung, eines

Tages Malvern zu übernehmen, keineswegs mehr so anziehend. Trotz ihres Jähzorns und Eigensinns – oder vielleicht gerade deshalb? – empfand er besondere Sympathie für sie. Und das, fand er, hatte sie auch nötig, nachdem sie den Handel mit Jules Dade eingegangen war.

Ärgerlich versuchte Court, den Gedanken an Hannah abzuschütteln und machte sich auf den Weg zurück zu dem Raum, den er eine halbe Stunde zuvor verlassen hatte.

Als er die Tür öffnete, rekelte Beth Johnson sich auf dem breiten Diwan und sah ihn vorwurfsvoll an: »Allmählich wird es aber auch Zeit«, sagte sie, »ich dachte schon, du bliebst für immer weg, Court.«

»Entschuldige, Beth«, bat er und entledigte sich rasch wieder seiner Kleidung, »ich hatte dringende Geschäfte zu erledigen.«

Beth Johnson war, wie Hannah Verner, seit kurzer Zeit Witwe. Ihr Mann war fast zum gleichen Zeitpunkt wie Michael Verner gestorben, aber anders als Hannah war Beth keineswegs eine trauernde Hinterbliebene. Sie war von Natur aus lebenslustig, und ihr schönstes Vergnügen war nun einmal das Bett. »Mein verstorbener Mann«, hatte sie Courtney anvertraut, »war so potent wie ein toter Fisch. Ich heiratete, als ich noch ein dummes, kleines Mädchen ohne jede Erfahrung war. Wie ein richtiger Mann auszusehen hat, weiß ich erst jetzt, nachdem er tot ist.«

Wären ihre Lebensumstände weniger günstig gewesen, wäre Beth wohl schnell in den Ruf eines Flittchens geraten, so aber hatte ihr verstorbener Ehemann ihr ein beachtliches Vermögen hinterlassen, so daß es Beth keine Schwierigkeiten bereitete, ihre Liebesaffären in aller Diskretion zu genießen.

Sie war nicht nur eine erfreuliche Bettpartnerin, sondern dabei auch noch äußerst anspruchslos, außer sexueller Befriedigung hatte sie keine Wünsche an einen Mann, was Court nur recht war. Seit Katharinas Tod hatte er noch nie an Wiederverheiratung gedacht. Dennoch besaß er einen unersättlichen sexuellen Appetit, so daß eine Frau wie Beth ihm nur willkommen sein konnte.

Nackt legte er sich zu ihr auf den Diwan, und Beth schloß ihn sofort in ihre weichen Arme. »Also wo waren wir stehengeblieben, als wir so rüde unterbrochen wurden?« fragte er.

»So, wie du dich anfühlst, mein Lieber, ist alles stehengeblieben, und es gab überhaupt keine Unterbrechung.« Sie lachte kehlig. »Wir waren gerade hier angelangt, an diesem – Punkt. Ah, ja, Liebster! Ja, ja, das tut gut!«

Hannahs unbändiger Zorn war auch auf der Heimfahrt nach Malvern noch nicht verflogen. Wie war dieser Kerl doch arrogant und überheblich gewesen! Aber dann nahmen allmählich die Sorgen überhand. Zweifel nagten an ihr – es war eine gewaltige Bürde, die nun auf ihr lastete. Sie fragte sich, ob sie es überhaupt schaffen würde. Gewiß war sie in der Lage, Malvern richtig zu führen, aber da gab es noch so viele Unwägbarkeiten. So konnte es beispielsweise wieder eine Mißernte geben. Es stand nicht in menschlicher Macht, das zu verhindern. Außerdem fühlte sie sich durch Court Waynes Warnungen vor Jules Dade beunruhigt. Wenn Dade wirklich so skrupellos war, wie Wayne behauptete – mit was mußte sie dann noch rechnen?

Im allgemeinen neigte Hannah nicht zu raschen, impulsiven Entscheidungen. Doch diesmal hatte sie vielleicht doch zu überstürzt gehandelt. Sie stand immer noch unter den Einwirkungen von Michaels unerwartetem, schrecklichem Tod, unter dem Schock der Entdeckung ihrer Schulden und unter dem Zwang, die Kosten für Micheles und Andrés Überfahrt nach Frankreich zu übernehmen. Es war alles zuviel gewesen. Vielleicht würde sie ihre Entscheidung noch bereuen müssen.

Sie versuchte, sich in die Erinnerung an Michael zu retten, um nicht mehr an ihre Sorgen denken zu müssen. Aber das machte es auch nicht besser. Wie merkwürdig waren doch die Umstände seines plötzlichen Todes gewesen. Es gab immer noch keine Erklärung dafür. Dies wurde Hannah zum erstenmal nach dem schrecklichen Ereignis deutlich bewußt.

Michael hatte sich auf dem Heimweg von Williamsburg befunden. Aber an jenem Tag war er nicht mit der Kutsche gefahren, sondern hatte sein Reitpferd genommen. Seine Geschäfte waren am Nachmittag erledigt – das hatte man nachprüfen können. Er war auch noch in seiner Lieblingstaverne auf einen Brandy eingekehrt. Hannah hatte selbst mit dem Tavernenwirt gesprochen. Der Mann konnte sich sehr gut erinnern, daß Michael nicht mehr als ein Glas getrunken hatte. Er war sich dessen völlig sicher. Michael wäre keineswegs angeheitert oder gar betrunken gewesen. Heute zweifelte sie an der Aussage des Wirts. Hatte er nicht ausweichend geantwortet? War Michael vielleicht doch im Rausch davongeritten?

Was sich anschließend zugetragen haben mochte, wußte keiner. Nach Einbruch der Dunkelheit hatte er die Taverne verlassen, um nach Hause aufzubrechen. Am nächsten Morgen entdeckte ein vorbeikommender Reiter seine Leiche, fünf Kilometer von Williamsburg entfernt, in einem Straßengraben. Sein Pferd, ›Black Star‹, graste friedlich ein paar Meter von der Unglücksstelle entfernt. Michael hatte sich das Genick gebrochen. Die polizeilichen Ermittlungen führten zu dem Schluß, daß es sich hier um einen Unfall handelte. Auch die große Beule auf dem Hinterkopf des Toten führte man auf den Sturz zurück.

Michael, dieser hervorragende Reiter, als den Hannah ihn gekannt hatte, sollte wirklich vom Pferd gestürzt sein? Abgeworfen etwa? Allerdings, wenn er doch betrunken gewesen sein sollte, konnte man sich so etwas vorstellen. ›Black Star‹ war ein sehr temperamentvoller Hengst. Michael war einer von den wenigen gewesen, die mit ihm fertig wurden. Heute bestand keine Möglichkeit mehr, in Erfahrung zu bringen, was wirklich geschah, es gab keinen Zeugen. Was sollte auch sonst gewesen sein? Als Hannah seinerzeit der Polizei die Frage stellte, ob vielleicht jemand Michael nach dem Leben getrachtet habe, hatte man das für ganz unmöglich gehalten. Und das war es auch. Michael hatte keine Feinde.

Als die Kutsche jetzt in die Auffahrt einbog, seufzte Hannah tief auf. Einen Augenblick lang bedauerte sie, nicht in der Lage gewesen zu sein, ihre Tochter nach Paris zu begleiten, aber dann entschloß sie sich, nun nicht etwa in Selbstmitleid zu verfallen. Sie würde in den kommenden Monaten mehr als genug zu tun haben. Es würde gar keine Gelegenheit für sie geben, sich einsam zu fühlen.

»John«, sagte sie, als der Kutscher ihr beim Aussteigen half, »würdest du bitte noch mit mir hereinkommen? Ich habe etwas Dringendes mit dir zu besprechen.«

»Sehr wohl, Mistreß«, entgegnete John mit einer Verbeugung und folgte seiner Herrin in das Arbeitszimmer.

Hannah nahm den Hut vom Kopf, zog die Handschuhe aus und nahm Platz in ihrem Schreibtischsessel.

»Setz dich, John«, sagte sie, »was ich mit dir zu klären habe, dauert eine Weile.« Und dann weihte sie den schwarzen Diener in alle ihre Schwierigkeiten ein. Nur die Sorge, daß Michael vielleicht Spielschulden gemacht haben könnte, äußerte sie nicht. Sie fragte lediglich: »Hast du eine Vorstellung, aus welchem Grund mein Mann sich das Geld geliehen hat?«

»Master Verner hat nie über Geschäftliches mit mir gesprochen«, antwortete der schwarze Diener.

Einen kurzen Augenblick lang dachte Hannah, John hielte mit seinem Wissen zurück. Aber sie mochte sich getäuscht haben. Sie mochte nicht weiter in ihn dringen.

»Kennst du diesen Jules Dade, John«, fragte sie statt dessen weiter, »hast du schon mal etwas über ihn gehört?«

»Ja, aber leider nichts Gutes. Master Dade ist ein Sklavenhändler oder er war es zumindest.«

»Du lieber Himmel«, rief sie entsetzt, »hat er etwa auf diese Weise sein Vermögen gemacht?«

»Soviel ich weiß – ja. Oh, er hat sich nicht etwa aktiv an dieser Art Handel beteiligt, indem er selbst mit nach Afrika gefahren wäre, o nein. Aber seine Schiffe liefen Afrika an und brachten meine Landsleute mit. Master Dade hielt dann hier Sklavenmärkte ab.«

»Dann ist das Geld, das ich mir von ihm geliehen habe, Blutgeld!«

»Ach, Mistreß, das kann fast von allem Geld gesagt werden, das in Virginia in Umlauf ist. Denn Virginias Wirtschaft basiert doch auf dem Sklavenhandel, insgesamt gesehen.«

Hannah blickte ihn überrascht an. Sie konnte sich nicht erinnern, daß John jemals Sklavenhandel in dieser oder jener Weise erwähnt hätte. Wie tief mochte wohl seine Bitterkeit sitzen? »Bist du so unglücklich mit deinem Los, John?« fragte sie teilnehmend.

Sein Gesichtsausdruck verriet nichts von dem, was in ihm vorgehen mochte. »Wenn ich mein Schicksal mit dem der Sklaven vergleiche, kann ich nicht behaupten, daß ich unglücklich bin. Und wenn ich Bitterkeit empfinde, so richtet diese sich nicht gegen Ihre Person, Mistreß. Sie haben uns unsere Freiheit gegeben und uns ein Angestelltenverhältnis geboten. Das ist viel.«

Hannah seufzte nur. »Wenn ich keinen Ertrag aus Malvern herauswirtschaften kann, befürchte ich, meine Angestellten nicht bezahlen zu können. Und das ist es, was ich in erster

Linie mit dir besprechen wollte, John. Als ich seinerzeit nach dem Tode meines ersten Mannes die Führung der Plantage übernahm, hatte ich einen Aufseher. Glaubst du, ich sollte mich nun, nachdem Henry schon lange nicht mehr da ist, um einen anderen Aufseher bemühen?«

John sprach bedächtig: »Wollten Sie etwa die Aufsicht allein übernehmen? Ich würde Ihnen sehr davon abraten, Mistreß.«

»Warum?«

»Die Landarbeiter, speziell die Männer, nehmen nicht gerne Befehle von einer Frau entgegen, auch nicht, wenn diese Befehle von Ihnen, der Besitzerin, kommen. Besser wäre es, wenn ein Mann Ihre Anordnungen an die Leute weitergibt.«

»Also du glaubst, daß sie grundsätzlich Befehle eher von einem Mann als von einer Frau entgegennehmen?«

Er rutschte unbehaglich auf seiner Stuhlkante hin und her. »Doch, so ist es.«

Sie fühlte Zorn in sich aufsteigen: »Und warum sollte das so sein?«

Er zuckte hilflos die Achseln. »So ist es nun einmal, Mistreß.«

»Aber ich habe den Arbeitern doch seit dem Tod meines Mannes auch Anordnungen gegeben, und sie gehorchten. Und die Hausangestellten scheinen auch nichts dagegen einzuwenden zu haben.«

»Die Herrin des Hauses gibt den Hausangestellten selbstverständlich ihre Befehle. Das erwartet man.«

»Und außerhalb des Hauses ist das anders?« fragte sie erbittert. »Nun ja, im Grunde genommen hast du ja recht, John. Du kennst doch alle Leute, die hier auf Malvern arbeiten. Glaubst du, daß einer von ihnen in der Lage wäre, die Aufgabe des Aufsehers zu übernehmen?«

»Keiner, Mistreß«, erwiderte er prompt. »Es sollte auch möglichst kein Schwarzer sein, sondern ein Mann Ihrer Hautfarbe.«

Sie ließ die Schultern sinken. »Ich weiß, du hast recht, aber dennoch...« Sie hob den Kopf. »Weißt du denn nicht wenigstens, woher ich einen weißen Aufseher herbekommen könnte? Kennst du da nicht jemand?«

Er blickte eine Weile ins Leere. »Doch«, sagte er schließlich, »vielleicht weiß ich jemanden, der gerade frei ist. Ich will mich erst noch einmal erkundigen. Aber sagen Sie ihm nicht, und auch keinem anderen, daß ich der Vermittler bin.«

Vier Tage später empfing Hannah Nathaniel Bealls zu einem Einstellungsgespräch in ihrem Büro. Nathaniel war ein strammer Anfangdreißiger, etwa einsachtzig groß, mit funkelnden schwarzen Augen in einem fast klassisch ebenmäßigen Gesicht. Er trug Reitstiefel und eine eher derbe Kleidung. Die Reitgerte in seiner rechten Hand schien Bestandteil seiner Kleidung zu sein. Immer wieder schlug er sich damit gegen den Stiefelschaft. Er war zu Pferde gekommen, auf einem großen, grauen Hengst. Als man ihn ins Arbeitszimmer geführt hatte und Hannah sich erhob, um ihn zu begrüßen, hatte er sie mit unverhohlener, fast dreister Bewunderung geradezu gemustert. Es wurde ihr etwas unbehaglich unter seinem Blick, obwohl sie sich gleichzeitig auch irgendwie geschmeichelt fühlte, daß ein so gut aussehender Mann sie offensichtlich für attraktiv hielt.

Sie bot ihm Tee und Kekse an. Die Teetasse wirkte in seiner großen Hand besonders zerbrechlich. Um ihre Befangenheit zu überspielen, begann sie das Gespräch direkt: »Sie wissen, Mr. Bealls, daß die Feldarbeiter auf meiner Plantage keine Sklaven sind? Es sind freie Leute.«

»Ich habe schon davon gehört, Mrs. Verner.«

»Und so müssen sie auch behandelt werden, nicht als Sklaven.«

Er zuckte die Achseln: »Solange sie tun, was ich sage ... Ich sehe da keine Probleme.«

»Sie haben bereits Berufserfahrung als Plantagenaufseher?«

»Mehr als zehn Jahre. Ich habe im ganzen Süden als Aufseher gearbeitet.«

»Wieso haben Sie jetzt keine Anstellung?«

Wieder hob er die Schultern. »Das liegt an der schlechten Ernte des letzten Jahres. Der Plantagenbesitzer, für den ich zuletzt tätig war, ein Mr. Tribow, mußte eine Menge Sklaven verkaufen und einige Angestellte entlassen.«

Hannah wußte das bereits durch John. Er hatte sich bestens informiert. Diesen Informationen entsprechend hatte Bealls einen guten Ruf als tüchtiger Aufseher, unter dessen Leitung jede Plantage gedieh. Und was die letzte Ernte betraf, sie war in ganz Virginia verheerend gewesen. Nathaniels einziger

Fehler schien seine Unbeständigkeit zu sein. Er war selten länger als ein Jahr in einem Dienstverhältnis gestanden. Dann hatte er das Gefühl, wieder wechseln zu müssen.

»Vorläufig kann ich Ihnen nur eine kleine Summe als monatliches Gehalt zahlen, Mr. Bealls, bis die Ernte eingebracht und verkauft ist. Auch wir haben unter der schlechten Ernte gelitten, und infolgedessen – das kann ich Ihnen frei sagen – befinde ich mich gleichfalls unter finanziellem Druck. Ich hoffe, Sie verstehen das. Sobald die Ernte unter Dach und Fach ist, erhalten Sie den vollen Rest.«

Wieder zuckte er die Achseln. »Im Augenblick brauche ich nicht mehr als Unterkunft und Verpflegung. Und da die Ernte sozusagen schon angelegt ist, werde ich von morgens bis abends daran arbeiten, daß sie auch gut eingebracht wird.«

»Nur etwas beunruhigt mich noch...«, sie zögerte.

»Und das wäre, Mrs. Verner?«

»Die Reitpeitsche, die Sie da mit sich herumtragen.« Sie wies darauf. »Ich habe zuvor schon Männer gesehen, die das ebenfalls taten. Für gewöhnlich schlugen sie damit ihre Sklaven, wenn ihnen etwas mißfiel.«

»Dies hier?« Er hob die Gerte und betrachtete sie, als sähe er sie zum erstenmal. Dann brach er in lautes Gelächter aus. »Es ist wirklich nur eine Angewohnheit, daß ich sie ständig in der Hand habe, Mrs. Verner. Ich bin mir dessen oftmals gar nicht bewußt. Ich würde niemals jemanden damit schlagen.«

»Darum möchte ich Sie gebeten haben. Wenn einer meiner Leute Strafe verdient, kommen Sie bitte zuerst zu mir. Ist das klar, Sir?«

Er betrachtete sie intensiv und schweigend. Dann sagte er: »Wenn ich meine Aufgabe als Aufseher erfüllen soll, muß ich auch soviel Autorität haben dürfen, daß ich jeden Arbeiter, der sich aufsässig verhält, entlassen kann.«

Hannah nickte. »Gewiß sollen Sie diese Autorität haben. Ich werde nur keine Grausamkeit auf Malvern zulassen.« Sie erhob sich. »Ich bringe Sie jetzt hinaus, Mr. Bealls, damit John, der Kutscher, Ihnen Ihre Unterkunft zeigen kann. Ich hoffe, daß unser Arbeitsverhältnis zu beiderseitiger Zufriedenheit verläuft.«

Sie ging vor ihm aus der Tür und durch die Diele zum

Haupteingang. Draußen hielt eine fremde Kutsche mit dampfenden Pferden. John stand davor und sprach mit dem Kutscher. Dann öffnete er den Schlag.

Hannah blieb auf der obersten Treppenstufe stehen, gespannt, wer dort wohl aussteigen würde. Zuerst erschien ein elegant behostes Bein mit Schnallenschuh, und dann stand der ganze Insasse in voller Größe da – Courtney Wayne, der sofort dem Eingang des Hauses zustrebte.

Nathaniel Bealls, den Rücken noch der Kutsche zugewandt, sprach indessen weiter mit ihr. Sie sah ihn nur verständnislos an: »Was sagten Sie soeben?«

»Ich sagte, daß ich gerne für Sie arbeiten werde, Mrs. Verner.« Er verneigte sich tief, ergriff ihre Hand und zog sie an seine Lippen. Hannah warf über seinen Kopf hinweg einen Blick auf den ankommenden Gast und freute sich innig, als sie bemerkte, wie er stehenblieb, um den handküssenden Mr. Bealls scharf ins Auge zu fassen.

Dann stieg er jedoch die Treppen weiter hinauf, und jetzt erst wurde Bealls, der sich umgewandt hatte, seiner gewahr.

»Darf ich vorstellen?« sagte Hannah. »Dies ist mein neuer Aufseher, Mr. Bealls, und dies, Mr. Bealls, ist Mr. Courtney Wayne.«

Als die beiden Männer sich mit Handschlag begrüßten, fiel Hannah ganz plötzlich auf, wieviel Feindseligkeit in beider Augen zu erkennen war. Die Luft zwischen beiden knisterte förmlich.

4

Als der Boden unter ihren Füßen nachgab, rutschte Michele die ganze Breite des kleinen Salons entlang, bis zur schräg sich neigenden Wand. Dort ging sie anmutig zu Boden, saß da und staunte mit einem Blick voller Unverständnis in die Welt, während André ganz langsam von einem Sofa rutschte. Die Konzertina in seiner Hand gab ein paar jämmerlich quietschende Laute von sich. Auch André machte keinen besonders intelligenten Eindruck, als er sich auf dem Boden wiederfand.

Erst als das große Schiff sich langsam wieder aufrichtete,

bemerkte Michele den jungen Mann, der im Türrahmen stand, sich gleichfalls krampfhaft festhielt und schallend lachte.

Michele fühlte ebenso Verlegenheit wie Zorn heiß in sich aufsteigen. Dieser Mensch amüsierte sich ganz zweifellos auf ihre Kosten. Außerdem mochte sie es nicht, wenn Fremde sie in ihrem Übungsdreß sahen, weil er eher praktisch als modisch zu nennen war.

Sie erhob sich vorsichtig und starrte den Eindringling erbittert an. Es handelte sich um einen jungen Mann, gut aussehend und wohl einige Jahre älter als sie. Sein Blondhaar schimmerte im Schein der Schiffslaterne, die neben ihm schwankte. Er lachte immer noch, und Michele konnte ihren Zorn nicht mehr beherrschen.

»Sie scheinen einiges an guten Manieren vermissen zu lassen, Sir«, sagte sie eisig. »Wie können Sie es wagen, mich hier heimlich zu beobachten? Sie sollten sich schämen!«

Der junge Mann, der sich immer noch am Türstock festklammerte und lachte, versuchte, seine Fassung wiederzugewinnen: »Verzeihen Sie, Miß«, sagte er und rang nach Atem, »aber es war so ungeheuer komisch, speziell die Quieklaute der Konzertina konnten einen Stein erweichen.«

»Sie hatten nicht das Recht, hier herumzuspionieren.« Trotz ihres Zorns mußte Michele feststellen, daß sie es mit einem gutaussehenden und charmanten jungen Mann zu tun hatte. Klare graue Augen in einem schmalen Gesicht, eine gerade Nase über einem wohlgeformten Mund.

»Ich habe wirklich nicht mit Absicht diesen Vorgang belauscht«, entschuldigte er sich. »Als ich hier vorbeikam, legte sich das Schiff zur Seite, und die Tür sprang auf. Ich selbst mußte mich festhalten, um nicht auch ins Rutschen zu geraten.«

Michele fühlte, wie ihr Zorn wuchs. »Ich wäre Ihnen jedenfalls dankbar«, sagte sie spitz, »wenn Sie jetzt Ihren Weg fortsetzen würden, Sir. Kein Gentleman hält sich unnötig lange da auf, wo er ungern gesehen ist.«

»Natürlich, Miß Verner. Ich werde mich auf der Stelle Ihren zürnenden Blicken entziehen und entschuldige mich nochmals reuigst, daß ich Sie dermaßen gekränkt habe. Das habe ich jedenfalls nicht beabsichtigt.« Er verbeugte sich tief, trat rückwärts aus der Salontür und verschwand auf dem im Dämmerlicht liegenden Gang.

Michele stürzte hinüber zu André, der sich mittlerweile erhoben hatte und sie teilnehmend betrachtete. »André!« rief sie. »So was ist einfach unmöglich. So kann ich nicht üben. Dabei kann man sich ja ein Bein brechen. Und dieser schreckliche Kerl. Wie konnte er es nur wagen...«

André legte tröstend den Arm um ihre Schulter: »Er hat es bestimmt nicht böse gemeint, Michele. Es stimmt schon, was er sagte, die Tür sprang auf, und der Anblick mußte wirklich sehr drollig gewesen sein – allein das Quietschen der Konzertina, mon Dieu!«

Jetzt mußte auch Michele ein wenig lächeln, aber es verging ihr sofort wieder. Sie rieb sich die schmerzende Schulter. »Weh getan habe ich mir auch noch, und der Kerl lacht dazu. Woher kannte der überhaupt meinen Namen, und was für einen merkwürdigen Akzent sprach er?«

»Vermutlich hat er einen Blick in die Passagierliste geworfen, denn ein hübsches junges Mädchen wie du fällt natürlich jedem auf. Im übrigen hat er diesen Akzent, weil er Schotte ist...«

»Hoffentlich läuft er uns nicht wieder über den Weg«, schloß Michele den Vorfall ab.

Als sie kurz darauf ihre kleine Kabine betrat, um sich umzuziehen, schnitt sie eine Grimasse des Abscheus, wie dunkel es hier war und wie eng. Spärliches Licht drang aus einem kleinen Bullauge. Die enge Koje war hart, und mit ihrem Reisekoffer war der winzige Raum restlos überfüllt. Dabei wußte sie, daß ihr eine Bevorzugung zuteil geworden war, als man ihr diese Einzelkabine gab. Alle anderen Passagiere mußten sich in Mehrbettkabinen einrichten. André teilte seine Kabine gezwungenermaßen mit einem Geschäftsmann, der nach einer scharf riechenden medizinischen Salbe duftete und die ganze Nacht hindurch hustete.

Die anderen Passagiere waren ein Paar mittleren Alters aus Norfolk sowie zwei miteinander reisende Herren, von denen sie wohl soeben einen kennengelernt hatte. Im übrigen hatte das Schiff Fracht geladen.

Aufseufzend legte Michele sich auf das schmale Lager ihrer Koje, um nach dem Üben auszuruhen. Sie ließ ihre Gedanken schweifen und genoß das Schwanken des Schiffes eher wie etwas Beruhigendes, Einlullendes. Bevor sie einschlief, überlegte sie noch, was wohl alles in Paris auf sie wartete: Tanzen auf einer richtigen Bühne, Applaus, Blumen nach der Vorstellung, viele Vorhänge und noch viel mehr Bewunderer.

Mit einem glücklichen, kleinen Lächeln um den rosigen Mund fiel sie in tiefen Schlummer.

Als sie erwachte, war es bereits fast dunkel in der Kabine. Diner, hatte man ihr gesagt, sei um sechs Uhr. Es war höchste Zeit, für den Abend Toilette zu machen. Da dies die erste Mahlzeit war, seitdem sie sich an Bord befanden, wollte sie einen guten Eindruck machen und überlegte, was sie wohl am besten anziehen solle. André hatte ihr geraten, in den Koffer, den sie mit in die Kabine nehmen würde, überwiegend praktische Kleidung einzupacken. Die Reise würde lange dauern, und eine Möglichkeit, seine Sachen zu waschen, gab es praktisch nicht. Nur für die Mahlzeiten hatte er ihr elegante Garderobe zugestanden. Sie entschied sich für ein grünes Taftkleid mit Rüschen und weißem Spitzenbesatz. Der kleine, unzureichende Spiegel über der Waschschüssel warf ihr ein Bild zurück, mit dem sie zufrieden sein konnte. Das Grün des Kleides betonte das Rotblond ihrer Haare und ihre helle Haut. Kurz überlegte sie, ob der junge Schotte wohl mit ihnen dinieren würde, aber das war ja wohl nicht zu vermeiden, denn alle Passagiere speisten zu gleicher Zeit mit Kapitän Hobard, wie man ihr erzählt hatte. Sie würde den unerfreulichen Schotten einfach übersehen, nahm sie sich vor.

Sie war gerade im Begriff, zur Tür zu gehen, als es klopfte und André eintrat. Auch er, ganz in grauem Samt und Satin, mit weißem Spitzenjabot und Ärmelmanschetten, Silberschnallen an den hochhackigen Schuhen, die er sich eigens aus Frankreich hatte schicken lassen, sah sehr elegant aus.

»Du siehst großartig aus, Chérie«, meinte er bewundernd und reichte ihr den Arm. »Komm, wir wollen gehen und Aufsehen erregen.« Lachend legte Michele ihre Hand auf seinen Arm, und zusammen schritten sie durch den dunklen Gang zum Speisesalon.

Kapitän Hobard war ein großer, freundlich aussehender Mann mit einem großen, rotblonden Schnurrbart im rotbraun gebrannten Gesicht. Er machte den Eindruck eines fröhlichen, humorvollen Menschen. Mit seinen begeisterten Kommentaren über Micheles hübsches Aussehen machte er keinen Hehl aus seiner Vorliebe für das junge Mädchen, welches er sofort an seiner Seite Platz nehmen ließ. Michele war darüber gar nicht entzückt, weil sie feststellen mußte, daß der Tischnachbar auf ihrer anderen Seite eben der junge Schotte war, den sie doch eigentlich niemals hatte wiedersehen wollen.

»Und zu Ihrer Rechten«, erklärte Kapitän Hobard mit seiner dröhnenden Stimme, »ist Mr. Ian MacLeven aus Schottland Ihr Tischherr. Er ist mit seinem Reisegefährten, Mr. Angus Lowrie, auf der Heimreise.« Beide Herren erhoben sich mit einer Verbeugung.

Der Kapitän setzte die Vorstellung fort: »Darf ich des weiteren Mr. und Mrs. Blakeley, unterwegs nach Frankreich, vorstellen sowie Mr. Deering auf Geschäftsreisen, der mit Mr. Leclaire die Kabine teilt. Und dieser Gentleman ist Mr. Higgins, mein erster Maat.«

Die Blakeleys, denen Michele schon an Deck begegnet war, als sie in Norfolk zustiegen, waren ein ältliches, strengblickendes Ehepaar, die aussahen, als fürchteten sie sich zu lächeln, weil das möglicherweise ihre Gesichtszüge zerstören könne. Mrs. Blakeleys graues Kleid war farblich auf ihre Gesichtshaut abgestimmt und schon einige Jahre aus der Mode. Auch ihr Ehemann zeigte eine ungesunde Gesichtsfarbe, und der Blick seiner schwarzen Augen wirkte absolut leblos. Michele schauderte insgeheim bei seinem Anblick. Er sieht aus wie ein toter Fisch, dachte sie respektlos. Sie warf ihrem Tischnachbarn zur Rechten einen schnellen Seitenblick zu. Immerhin noch besser, als Mr. Blakeley zum Tischherrn zu haben, fand sie erleichtert.

Das Essen war, entgegen Andrés zuvor geäußerten Bedenken, ganz ausgezeichnet. Eine kräftige Suppe als erster Gang, sodann gebratenes Huhn, Roastbeef und Gemüse und danach ein saftiger Rumpudding, von dem Michele mehr aß, als sie durfte, wenn man Andrés mißbilligende Blicke in Betracht zog.

Die Unterhaltung bei Tisch verlief zwanglos und interessant. Trotz ihrer Abneigung mußte Michele feststellen, daß der junge Mann an ihrer rechten Seite ein kluger und amüsanter Unterhalter war.

Als dieser erste, angenehme Abend an Bord vorbei und es Schlafenszeit war, dachte Michele bereits ganz anders über den jungen Reisenden Ian MacLeven – und zwar gar nicht mehr so unfreundlich.

Sechs Wochen dauerte die Fahrt über den Ozean, aber die Zeit verging keineswegs so langsam, wie Michele befürchtet hatte.

Wenn das Wetter es erlaubte, übte sie mit André jeden Tag in dem kleinen Salon. Anschließend durchstreifte sie das Schiff, machte Spaziergänge an Bord und genoß den Seewind und den Anblick des bewegten Meeres. Wenn sie ein Junge geworden wäre, dachte sie, wäre sie bestimmt zur See gefahren, so gut gefiel ihr dies alles. Plötzlich konnte sie die Liebe der Seeleute für das Meer voll und ganz verstehen. Auch die Gesellschaft Ian MacLevens wurde ihr immer angenehmer. Er war der einzige Passagier, der ihrem Alter in etwa nahe kam und mit dem man, außer mit Kapitän Hobard und André, auch ein wirklich interessantes Gespräch führen konnte.

Ian war, wie er ihr erzählte, auf dem Weg nach Hause. Er war auf einer Reise um die Welt lange unterwegs gewesen, sozusagen um Erfahrungen zu machen und seinen Horizont zu erweitern. Vor zwei Jahren schon war er von Schottland aufgebrochen. Jetzt war es Zeit, nach dort zurückzukehren und sich um die Familienangelegenheiten zu kümmern. Worum es sich dabei handelte, ließ er völlig im unklaren.

Sie hingegen erzählte ihm von Malvern, von ihrem Tanzunterricht und von den Gründen, die sie nach Paris führten.

»Vielleicht sehe ich Sie dort einmal«, meinte er. Sie standen am Schiffsbug und schauten zurück in den herrlichen Sonnenuntergang. »Ich bin ziemlich oft in Frankreich. Wo werden Sie wohnen?«

»Bei einer alten Freundin von André, einer Madame Dubois. Kennen Sie sie vielleicht?«

Er blickte sie überrascht an. »O ja, ich war oft Gast ihres Salons, den sie in regelmäßigen Abständen abzuhalten pflegt. Eine sehr interessante Frau mit einem prominenten Freundeskreis. Sie kann Ihnen mit ihren glänzenden Verbindungen zum Theater sicherlich sehr von Nutzen sein.«

Michele lächelte erfreut: »Das hat André auch schon gesagt. Oh, ich bin auf alles, was mich dort erwartet, ja so gespannt. Es gibt so viel, was ich noch nicht gesehen, so vieles, was ich noch nicht erlebt habe.«

Ians Gesichtsausdruck wurde ernst. »Bleiben Sie bei dem

allem so, wie Sie sind«, sagte er leise und hob die Hand, als wolle er ihr über das Haar streichen, aber dann ließ er sie doch wieder sinken. »Es mag Ihnen lächerlich erscheinen, wenn ich Ihnen einen guten Rat gebe, aber vergessen Sie nicht, Michele, das Leben in Paris ist von dem, das Sie bisher gewöhnt waren, so sehr verschieden. Das Leben scheint dort schneller abzurollen, fast zu schnell.«

Sie blickte ihm fragend ins Gesicht, angerührt von seiner offensichtlichen Sorge um sie. »Sie finden, ich sei naiv, nicht wahr? Sie denken, ich bin eine Landpomeranze.«

Er erwiderte bekümmert ihren Blick: »Oh, nun habe ich Sie wieder verärgert. Glauben Sie mir, ich wollte Sie nicht belehren oder hochtrabend klingen, wirklich nicht.«

Sie tröstete ihn mit einem schelmischen Lächeln. »Nein, nein, Sie haben mich gar nicht geärgert. Ich finde es lieb, daß Sie sich Sorgen um mich machen, aber ich bin wirklich nicht so naiv, wie Sie befürchten. Ich habe Andrés Erzählungen zugehört, seitdem ich sechs Jahre alt wurde, und ich kenne auch andere große Städte wie zum Beispiel Boston.« Sie vermied dabei allerdings, ihm zu sagen, daß sie damals erst im Babyalter war. »Ich weiß, daß ich noch viel lernen muß. Und ich will auch ganz vorsichtig sein, Sie brauchen keine Angst zu haben. Aber ich finde es wirklich nett von Ihnen, daß Sie sich darüber Gedanken machen.«

Sie standen sehr nahe beieinander, und plötzlich war sie sich dieser Tatsache deutlich bewußt. Ian hatte das Gesicht abgewandt und blickte über das Meer. Michele hatte Gelegenheit, sein schön geschnittenes Profil zu betrachten. Er war ein gutaussehender Mann, intelligent und witzig. Schade, daß er nach Schottland und nicht nach Frankreich gehen mußte. Aber was dachte sie denn da für dumme Gedanken? Hatte sie sich nicht vorgenommen, ihre Gefühle immer unter Kontrolle zu halten, um nicht ihr großes Ziel, die Tanzkunst, aus den Augen zu verlieren? Dennoch schmerzte sie die Vorstellung, daß sie ihn möglicherweise nie wiedersehen würde.

Ian hatte sich ihr noch um ein Stück mehr genähert. Sein Gesicht war jetzt dem ihren ganz nahe, und dann geschah es. Mit zartem, aber festem Griff faßte er sie an den Schultern, zog sie zu sich heran, und seine Lippen legten sich zärtlich auf die ihren.

Michele, überwältigt von plötzlichen Gefühlen der Zuneigung, erwiderte seinen Kuß. Beides, Lust und Furcht, hatten von ihr Besitz ergriffen. Aber dann gewann die Furcht doch die Oberhand. Sie fühlte sich überrumpelt, entzog sich seiner Umarmung mit einem Ruck und rief mit flammendem Gesicht: »Wie können Sie es wagen, Sir! Wie können Sie sich solche Freiheiten erlauben?«

Er hob in einer bittenden Geste beide Hände. »Verzeihen Sie mir«, bat er mit versagender Stimme, »ich konnte mich nicht mehr beherrschen.«

»Das ist ja wohl kein Grund. Sagen Männer so etwas nicht immer? Ich dachte, wir seien Freunde, ich dachte, ich könnte mit Ihnen reden...!«

Er wandte sich ab und stand nun an der Reling, die er mit beiden Händen umklammert hielt. »Trotz allem, was Sie nun denken mögen, Michele, ich *bin* Ihr Freund. Mein Gott, Mädchen, begreifen Sie denn nicht? Wissen Sie denn nicht, wie schön Sie sind, wie begehrenswert? Sie jeden Tag zu sehen, jeden Tag an Ihrer Seite zu sein, ist nachgerade eine Qual. Begreifen Sie denn gar nicht, was ein Mann dabei empfindet?«

Michele hob die Hand, sie hatte sich in ihren Zorn jetzt wahrhaft hineingesteigert. »Das ist genug, mein Herr. Ich wünsche nichts Derartiges mehr zu hören. Wir sind nur noch ein paar Tage an Bord, bevor wir ankommen. Ich wäre Ihnen dankbar, wenn Sie mir in dieser Zeit fernbleiben wollten.« Sie wandte sich zum Gehen.

»Aber Michele...«

Seine Stimme folgte ihr, doch sie verstand nicht mehr, was er sagte. Der Wind trug seine Worte davon.

Sie ging sofort in ihre Kabine, erregt und zornig. Sie hatte recht gehabt, offenbar war es völlig unmöglich, mit einem Mann nur befreundet zu sein. Es war nur gut, daß er nach Schottland ging. Wenn er jemals nach Paris kommen sollte, konnte sie ihn ja meiden.

Dennoch träumte Michele in ihrer engen Koje in dieser Nacht von Ian, Träume, deren sie sich am nächsten Morgen nicht mehr erinnern konnte – oder wollte.

Als die reichverzierte Kutsche, die Madame Dubois zum Schiff gesandt hatte, durch die belebten Straßen von Paris rollte, hielt Michele die ganze Zeit über den Kopf aus dem

Fenster, um möglichst alle Eindrücke auf einmal aufzunehmen.

Wenn sie jetzt daran zurückdachte, daß sie Ian stolz erklärt hatte, Paris könne sie gar nicht überwältigen, da sie ja bereits andere große Städte, wie z. B. Boston, kenne, fühlte sie sich sehr beschämt. Er mußte sie ja wirklich für die schlimmste Provinzlerin gehalten haben. Gewiß hatte er sich schrecklich darüber amüsiert, denn das stand fest: zwischen den Städten, die sie kannte, und Paris gab es einfach keinen Vergleich. Diese traditionsreiche, wunderschöne Stadt mit ihren herrlichen ›places royales‹, ihren prachtvollen Schlössern, Kirchen und Palästen, und vor allem mit dem Strom, der sie durchfloß, die Seine, mit den prunkvollen Brücken und dem regen Schiffs- und Bootsverkehr, faszinierte sie.

Als sie in der Ferne die Türme von Notre-Dame erblickte, konnte sie einen Ausruf der Bewunderung nicht unterdrükken. Sie kannte diesen stolzen Kirchenbau schon von Buchillustrationen zu Hause, aber nun – in Wirklichkeit – wie anders, wie überwältigend war das doch. Strahlend wandte sie sich zu André um. Ihre Augen leuchteten: »O André, es ist alles so wunderbar, viel schöner, als ich es mir je vorgestellt habe!«

Er lächelte nachsichtig und tätschelte ihre Hand: »Naturellement. Du hast erst wenig in deinem Leben gesehen, ma petite. Wenn wir erst angekommen sind und ausgepackt haben, werde ich dich zu einer richtigen Rundfahrt durch Paris einladen. Paris bei Nacht verdient seinen Namen als ›Stadt des Lichts‹. Du sollst noch alles ganz genau anschauen können, Michele. Das verspreche ich dir. Ah, schau – da sind wir ja schon!«

Sie waren mittlerweile auf einem großen Platz angelangt, und der Wagen hielt direkt vor der Front eines stattlichen Gebäudes. »Place des Vosges«, erklärte André, und seine Stimme bebte vor Rührung: »Dies, meine liebe Michele, ist Madame Dubois' Zuhause und für die nächste Zeit auch das unsere. Wie findest du es?«

Atemlos betrachtete Michele das kleine Stadtpalais mit der kunstvoll gestalteten Vorderfront aus rotem Sandstein.

»Es ist bildschön«, sagte sie aus tiefster Überzeugung.

Vor der Tür warteten bereits ein Hausmädchen und ein Diener. Der Diener half Michele aus der Kutsche, und sie dachte voller Begeisterung: So muß es wohl sein! Dies ist das erträumte neue Leben!

Das Hausmädchen hielt die Türe offen, und sie betraten ein Vestibül, das Michele mit wunderschönen Kunstgegenständen fast zu überfüllt zu sein schien: Marmorstatuen auf ihren Sockeln, Riesengemälde in goldenen Rahmen, schön geschwungene antike Vasen.

Sie hatte kaum Zeit, sich diesen Raum genau zu betrachten, als eine Dame durch die Tür gewirbelt kam. Es ging eine solche Kraft und Energie von ihr aus, daß Michele unwillkürlich einen Schritt zurücktrat.

Sie war kleiner als Michele, aber fülliger in Gesicht, Schultern und Oberkörper. Ihr grünes Brokatgewand mit tiefer Watteaufalte war nach der neuesten Mode geschneidert. Madame trug ihr Haar in einer Perücke mit seitlich herabfallenden Locken, schneeweiß gepudert, was ihre dunklen Augen und ihre verdächtig rosigen Wangen und Lippen stark betonte.

Als sie den Rock hob, um schneller gehen zu können, erkannte Michele, daß ihre eleganten, ausgeschnittenen hochhackigen Schuhe aus dem gleichen Material wie das Kleid gefertigt waren.

»René!« rief André entzückt aus, »mon Dieu, du bist so jung und schön wie eh und je!«

»André!« Auch sie hob erfreut ihre Stimme, »wie schön, daß du endlich wieder bei uns bist! Wir haben dich all die Jahre so vermißt! Die Zeit, die du bei den Wilden in den Kolonien zugebracht hast, hat dich überhaupt nicht verändert.«

Sie küßte ihn schallend auf beide Wangen. »André, deine Ankunft ist für mich ein Gottesgeschenk. Es war noch nie so langweilig hier wie seit dem Tod meines armen Jean.« Ihre Stimme klang, ganz im Gegensatz zu ihrer Zierlichkeit, erstaunlich tief, das meiste von dem, was sie in rasend schnellem Französisch sprach, konnte Michele jedoch verstehen. »Und dies muß deine Schülerin sein, die hübsche, kleine Michele, von der du so viel geschrieben hast. Willkommen, meine Liebe, Sie sollen sich hier ganz wie zu Hause fühlen.«

Michele wurde von zwei weichen Armen umschlossen und war halb betäubt von dem starken Parfüm- und Pudergeruch. »Oh, es wird herrlich sein, euch beide hier zu haben. Es war eine trübsinnige Zeit bisher, aber jetzt wird wieder Leben ins

Haus kommen, dessen bin ich sicher. Ich werde eine große Gesellschaft geben, um Sie beide meinem Freundeskreis vorzustellen. Es wird eine großartige Zeit werden!«

Sie drückte Micheles Arm, und Michele, völlig benommen von Madames Überschwenglichkeit, konnte die ganze Zeit nur stumm lächeln.

André hob mahnend den Zeigefinger. »Na, na, René, das ist ja alles gut und schön, aber das Mädchen ist aus gutem Grund hier. Sie soll lernen und muß arbeiten, arbeiten.«

Madame schnitt eine kleine Grimasse und winkte lässig mit der Hand ab. So aus der Nähe bemerkte Michele, daß sie keineswegs mehr eine junge Frau war. Puder und Schminke taten alles, um das zu verbergen, aber ganz ließen sich die Falten um Augen und Mund nicht verheimlichen. Auch das allzu füllige Kinn zeugte vom herannahenden Alter. Dennoch war sie eine sehr gut aussehende Frau.

»Ist mir ja vollkommen klar, mein Freund«, sagte Madame Dubois, »schließlich habe ich ja den Vorstellungstermin bei Arnaut arrangiert, oder nicht? Der wartet nur auf die Nachricht, daß ihr angekommen seid, und das werde ich ihm heute noch ausrichten lassen. Wenn sie sehr begabt ist, hat er einen Platz für sie in seinem Ballett. Er hat mir das zugesagt, und Arnaut ist ein Mann, der sein Wort hält.«

Sie wandte sich Michele zu. »Sie haben Glück, mein Kind. Nicht jeder Tänzer bekommt die Gelegenheit, Arnaut Deampierre vorzutanzen. Aber wenn Sie so gut sind, wie André behauptet, dann sehe ich überhaupt keine Schwierigkeiten.«

Plötzliche Unsicherheit ergriff Michele. Sie fröstelte. War sie wirklich so gut, wie André glaubte? Würde sie in der Lage sein, mit hier ausgebildeten Tänzern mitzuhalten? Sie hatte nie einen anderen Lehrer gehabt als André.

In diesem Augenblick fühlte sie seine Hand auf ihrer Schulter und fuhr erschrocken zusammen.

»Sie *ist* gut, René«, sagte André, »sie wird diese Vorstellung bestehen.«

Michele lächelte dankbar, aber im gleichen Moment war sie sich keineswegs sicher, ob André auch recht habe.

Madame Dubois berührte Micheles andere Schulter leicht mit ihrem Fächer: »Ich bin doch wirklich gedankenlos«, sagte sie, »Sie sind doch sicher müde nach der langen Reise und würden sich gewiß gerne frisch machen. Für Sie ist das blaue Zimmer reserviert, Michele. Ich denke, es gefällt Ihnen. André, mein Freund, du bekommst hinten, am Ende des Flures, das goldene Zimmer. Ich hoffe, ihr werdet euch beide wohl fühlen. In beiden Zimmern steht ein Tablett mit Obst und Käse und eine Karaffe mit leichtem Wein. Diner wird um acht Uhr abends serviert. Michele, sobald Sie ausgepackt und sich eingerichtet haben, müssen wir einmal ausgiebig miteinander plaudern. Wir werden gewiß gute Freunde werden.«

Michele lächelte ein wenig verlegen: »O ja, gerne«, sagte sie.

Und das war ehrlich gemeint. Sie mochte Madame Dubois, fand sie nett und herzlich und hatte jetzt schon eine Menge Fragen parat, die sie ihr stellen wollte: alles über Paris und das Ballett.

Das Zimmer, in welches das Hausmädchen Michele geführt hatte, war groß und üppig eingerichtet. Wie der Name schon sagte, war alles in diesem Raum in Blau gehalten: Teppich, Vorhänge, Polsterstoffe – was dem Ganzen ein frisches Aussehen verlieh. Das Bett mit den vier geschnitzten Pfosten hatte einen blauen Satinhimmel mit eingestickten Silberrosen. Die hohen Fenster wurden von dem gleichen seidigen Satin eingerahmt, und Sessel und Sofa waren mit Samt in der gleichen Farbe bezogen. Ein wunderschöner kleiner Schreibtisch mit Einlegearbeit stand am Fenster, und Michele dachte, wie hübsch es sei, ihrer Mutter an einem solch entzückenden Möbel einen langen Brief schreiben zu können. Der Teppich, ein Aubusson, war gleichfalls in Blau, Blaßrosa und Silber gemustert. Der Fußboden bestand aus kunstvoll gelegtem Parkett, und eine der Wände war von oben bis unten mit einem kostbaren Gobelin bedeckt. Michele hatte noch nie ein so reich ausgestattetes Schlafzimmer gesehen, und dies sollte nun für die Dauer ihres Aufenthaltes bei Madame Dubois ihr gehören! Sie war in der Tat ein glückliches Mädchen, fand sie.

5

Die Dinge in Malvern schienen für Hannah einen ruhigen Verlauf zu nehmen. Jetzt, im Sommer, hatten die Baumwollstauden ihre volle Höhe erreicht, und bisher waren keine ernstlichen Schwierigkeiten aufgetaucht. Das Wetter war – gottlob – sehr gut, es hatte weder Wolkenbrüche noch Hagel gegeben, und auch die Insektenplage hielt sich in Grenzen.

Ihre anfänglichen Bedenken Nathaniel Bealls wegen waren mittlerweile auch vergessen. Er war ein guter, zuverlässiger Arbeiter, der sein Fach verstand. Er arbeitete unermüdlich von früh bis Sonnenuntergang, sieben Tage in der Woche. Soweit Hannah hatte feststellen können, kam er mit den Arbeitern gut zurecht. Allerdings wußte sie, daß die Leute von Geburt an dazu erzogen waren, sich nie zu beschweren, aber sie hatte John befragt und der konnte sie beruhigen: »Er ist gewiß kein milder Vorgesetzter, Mistreß, aber er verlangt von seinen Untergebenen nicht mehr als das, was er selbst leistet. Er ist auch jähzornig und die, die ihm nicht gleich gehorchen, bekommen das zu spüren, aber soweit ich weiß, schimpft er nur und schlägt nicht...«

So war Hannah also recht zufrieden, nur litt sie sehr unter Micheles und Andrés Abwesenheit. Täglich wartete sie auf Nachricht von ihrer Tochter, aber andererseits wußte sie, daß der Weg übers Meer weit war und noch gar kein Brief eingetroffen sein konnte.

Ein sehr entscheidender Grund für Hannahs Wohlbefinden war, obwohl sie es heiß abgestritten hätte, Court Wayne. Trotz ihrer beider anfänglichen Reserviertheit war Court jetzt ein regelmäßiger Besucher auf Malvern geworden. Es verging kaum eine Woche, in der er nicht vorbeigeritten kam und ihr seinen Besuch machte.

Bei seinem ersten Besuch, an dem Tag von Nathaniel Bealls' Einstellung, hatte er mit charmantem Lächeln gesagt: »Nachdem ich einiges in Malvern investiert habe, Madame, bitte ich um das Privileg, es gelegentlich auch besuchen zu dürfen. Ihre zauberhafte Anwesenheit macht den Besuch für mich um so erfreulicher.«

Darüber war sie doch einigermaßen aus dem Gleichgewicht geraten. Das heißt, sie hatte, entgegen ihrer ursprünglichen Absicht, ihn möglichst zu meiden, keinen Einwand dagegen geäußert. Doch nach jedem seiner Besuche lernte sie Court Wayne ein wenig besser kennen, und sie entdeckte, daß er ein sehr gescheiter und charmanter Mann war, sehr beredt und aufgeschlossen, außer was seine Vergangenheit anging. Darüber schwieg er sich konsequent aus.

Insgeheim mußte Hannah sich schließlich doch eingestehen, daß Courts Anwesenheit ihr Herz höher schlagen ließ, und allmählich begann sie, sehnsüchtig auf seinen wöchentlichen Besuch zu warten. Solange sie mit ihm zusammen war, quälte sie der Gedanke an Michael nicht mehr, und der Schmerz um seinen Verlust wurde allmählich geringer. Aber das, dachte sie, war der Lauf der Dinge. Das Leben mußte weitergehen. Sie konnte nicht bis ans Ende ihrer Tage trauern, denn noch befand sie sich in der Blüte ihrer Jahre, und ein großer Lebensabschnitt lag noch vor ihr.

An diesem Nachmittag im Juli erwartete Hannah Courts Besuch mit besonderer Ungeduld, denn sie waren zum Reiten verabredet. Court war ein hervorragender Reiter, und unter den verschiedenen Reitpferden der Plantage hatte er sich für ›Black Star‹ entschieden, Michaels früheres Pferd. Seit jener schrecklichen Nacht hatte keiner mehr diesen Hengst geritten. Einige der Stallknechte hatten es versucht und waren abgeworfen worden. Es schien so, als wäre das Pferd, seitdem es seinen Herrn verloren hatte, völlig untauglich zum Reiten geworden. Aber sonderbar genug, der Hengst war sofort auf Court eingegangen und schien sich nunmehr gleichfalls auf seine Besuche zu freuen.

Hannah ritt ebenso gerne, auch sie war eine gute Reiterin, aber sie hatte sich seit Michaels Tod dieses Vergnügen nicht mehr gestattet. Doch jetzt ritt sie mit Court bei jeder sich bietenden Gelegenheit aus und genoß es sehr.

Sie war bereits im Reitdreß, als Courts Kutsche um die Ecke bog. Es war noch früher Nachmittag. Elegant wie immer entstieg Court seinem Wagen. Wenn er mit ihr zum Reiten verabredet war, trug er weder Hut noch Perücke. Sie hatte ihn außerdem noch nie mit gepuderten Haaren gesehen.

»Hannah, meine Liebe«, er beugte sich tief über ihre Hand, »Sie sehen, wie immer, hinreißend aus.«

»Danke, Court«, erwiderte sie verlegen, »sollen wir gleich aufbrechen? Die Pferde sind schon gesattelt und warten.«

Court reichte ihr den Arm, und zusammen gingen sie

hinüber zu den Ställen. Der Reitknecht hielt die Pferde bereits am Zügel. ›Black Star‹ schnob und rollte die Augen, als er Court erblickte. Court tätschelte ihm den Hals und wandte sich dann Hannah zu, welcher er zuerst in den Sattel half, bevor er selbst aufstieg. Der Reitknecht öffnete das Gatter, und sie trabten hinaus in die grüne Weite.

Hannah mußte, während sie so dahinritten, zwanzig Jahre zurückdenken. Damals war sie auf dem ersten ›Black Star‹, dem Vater des heutigen, gesessen. Das war ein bedeutend temperamentvolleres Tier als die Stute, die sie heute ritt. So war sie auch abgeworfen worden und bewußtlos liegengeblieben. Als sie wieder erwachte, fand sie sich in Malcolm Verners Armen wieder und begriff, wie sehr er ihr zugetan war. Kurz darauf wurde sie seine Frau.

»Hannah, Sie bleiben ja zurück«, rief ihr Court über die Schulter zu. Sie lachte und trieb ihr Pferd zu schnellerer Gangart an. Kurz darauf galoppierten sie, Seite an Seite, über die Wiesen auf ein Wäldchen zu, das sich am Horizont abzeichnete. Es befand sich am Ufer eines Flüßchens, welches sich durch das weite Plantagengebiet schlängelte. Hannahs Haar flog im Winde. Schließlich war sie doch um drei Pferdelängen zurück, bevor sie die Bäume erreichte. Hannah war völlig außer Atem, als sie sich jetzt lachend Court zugesellte, der sie im Schatten der Eichen bereits erwartete.

»Hannah, Sie sind nicht ehrgeizig genug«, neckte er sie. »Wie können Sie erwarten, mich je in einem Rennen zu schlagen, wenn Sie gar nicht mal den Versuch machen?«

»Oh, wenn's drauf ankommt, bin ich schon ehrgeizig«, entgegnete sie mit blitzenden Augen. »Wir können's ja mal versuchen. Aber sagen Sie, Court, wie würden Sie reagieren, wenn ich Sie tatsächlich schlagen würde und schneller ankäme?«

»Wenn das ein fairer Sieg wäre, würde es mir nicht im geringsten etwas ausmachen, Hannah. Ich würde Ihnen aufrichtig zum Sieg gratulieren.«

Er glitt aus dem Sattel und half ihr vom Pferd. Dann band er die Pferde so an, daß sie ungehindert grasen konnten. Arm in Arm schlenderten Court und Hannah zum Ufer des Flüßchens, wo sie sich im Grase niederließen und dem glitzernden Wasser zuschauten, wie es über die Steine sprang und sprudelte.

Court unterbrach das lange Schweigen: »Katharina, meine Frau, die vor vielen Jahren starb, war sehr ehrgeizig«, sagte er nachdenklich, »sie versuchte immer, mich auszustechen, nun war sie allerdings viel zarter als Sie, Hannah, eine Frau von anfälliger Gesundheit. Deshalb starb sie wohl auch so früh. Natürlich gelang es ihr nur selten, mich bei solchen Gelegenheiten zu besiegen. Ich hätte sie ja gewinnen lassen können, aber Katharina kannte mich genau, sie kannte meine Leistung und würde es gemerkt haben. Das hätte sie übel genommen, ebenso, als wenn ich sie belogen hätte.«

Hannah hatte überrascht zugehört. Sie hielt den Atem an, wagte nicht zu antworten für den Fall, daß er weitersprechen und von sich erzählen würde. Aber er schwieg eine ganze Zeit. So fragte sie schließlich: »Haben Sie Kinder, Court?«

Er schreckte aus tiefen Gedanken hoch, blickte sie an und erwiderte kurz: »Nein, Hannah, wir hatten keine Kinder. Katharina war zu zart. Sie hätte eine Schwangerschaft nicht durchstehen können, geschweige denn eine Geburt.«

Wieder verfiel er in tiefes Schweigen, und dann, mit einer Plötzlichkeit, die sie fast erschreckte, ergriff er ihre beiden Hände und sagte: »Hannah, ich bin jetzt seit über zwei Monaten schon einmal wöchentlich hierhergekommen, um Sie zu besuchen. Ich habe unsere Ausritte mehr genossen, als ich Ihnen beschreiben kann.«

Atemlos blickte sie ihn an. »Ich doch genauso, Court«, erwiderte sie schlicht, »mehr als ich es selbst für möglich gehalten hätte, noch dazu in Anbetracht des Umstands, daß Sie sozusagen ein Anrecht auf Malvern haben, solange das Geld nicht vollends zurückgezahlt ist.«

Sein Lächeln wirkte ein wenig kläglich, als er nun fortfuhr: »Anfangs redete ich mir ein, ich käme nur aus Geschäftsinteresse hierher, um zu schauen, wie Sie zurechtkämen, und ob Sie in der Lage sein würden, den Rest des Kredits auch zu zahlen. Aber gestern abend habe ich mich denn doch zur Wahrheit durchgerungen.«

»Und die wäre, Court?«

»Ich bin überhaupt nicht wegen der Plantage hierhergekommen. Ich bin nur einzig und allein Ihretwegen immer wieder hier gewesen, liebste Hannah!«

Er hatte sich ihr zugewandt. Seine Hände lagen auf ihren Schultern, kräftige Hände, deren Griff fast schmerzte. Langsam zog er sie zu sich. Hannah blickte nur in seine Augen und fühlte sich darin gefangen, unfähig von der Umwelt noch Notiz zu nehmen. Und dann sein Mund – da gab es keinen Widerstand mehr, dieser schön geschnittene, sinnliche Mund, der jetzt zwei Reihen weißer Zähne sehen ließ. Sein Atem war warm. Sie schloß die Augen. Und dann lagen seine Lippen auf den ihren, und diese Berührung erweckte einen Aufruhr in ihr. Irgendwo tief innen regte sich noch ein leiser Widerstand. Aber dieses Gefühl der unmittelbaren körperlichen Nähe eines Mannes, so lange nach Michaels Tod, erfüllte sie mit solcher Erregung, daß auch der letzte Widerstand dahinschmolz. Sie ließ sich ganz in diese Umarmung fallen.

Er hielt sie so fest, daß sie seine Stärke durch den Kleiderstoff spürte. Ohne zu sprechen, ohne seinen Mund von dem ihren zu lösen, fuhr er ihr mit einer Hand zärtlich übers Haar. Und wieder umschloß er ihr Gesicht mit beiden Händen, bevor er begann, sanft ihren Rücken zu streicheln. Sie trug unter dem Reitkleid kein Korsett. Der Stoff ihrer Bluse war hauchdünn, und sie fühlte erregt die Wärme seiner liebkosenden Hand. Seine Hand beschrieb immer weitere Kreise, preßte sie an sich, streichelte sie fordernd in leidenschaftlichem Begehren. Sie bog sich ihm entgegen. Ein Stöhnen entrang sich ihr, als sie nun die fordernde Härte seiner Männlichkeit fühlte.

Von Schwäche überwältigt wußte sie, daß sie nicht in der Lage war, Widerstand zu leisten, falls er sie hier und jetzt nehmen sollte, hier, im Schatten dieser Eichen. Hannah war schon immer eine leidenschaftliche Frau gewesen. Seit Michaels Tod hatte sie keinen Mann mehr gehabt. Die Berührung dieses Mannes entfachte Wünsche in ihrem Inneren, deren Stärke sie fast schmerzte.

Courts Mund wanderte nun über ihren Hals bis zu der höchst empfindsamen Stelle unterhalb des Ohrläppchens. Als er seine Zungenspitze hier kreisen ließ, stöhnte sie leise und öffnete die Augen.

Und dort drüben, zwischen den Bäumen, saß Nathaniel Bealls auf seinem grauen Pferd und starrte herüber zu ihnen beiden. Als sich ihre Blicke jetzt trafen, lächelte er, ein kleines mokantes, wissendes Lächeln. Seine Augen brannten. Dann tippte er an den Hutrand, stieß seinem Pferd die Sporen in die Flanken und ritt lautlos über den weichen Waldboden davon.

Court hatte ihn nicht gesehen.

Ernüchtert versuchte Hannah, sich aus Courts Umarmung zu befreien. Verlegenheit und Scham hatten Besitz von ihr ergriffen. Sie erhob sich und trat einen Schritt zurück. »Nein, Court, nein.«

Die Röte stieg ihm ins Gesicht. Sein Blick war ungläubig. »Was soll das heißen – nein? Du hast es doch ebenso genossen wie ich. Das habe ich doch gespürt. Du hast meine Zärtlichkeiten erwidert.«

»Vielleicht. Aber deshalb ist es dennoch nicht recht.«

Sein Blick wurde kühl. »Und warum nicht, wenn ich fragen darf? Wir sind zwei erwachsene, alleinstehende Menschen. Was ist daran nicht recht, wenn wir uns zueinander hingezogen fühlen?«

Eigensinnig schüttelte sie den Kopf: »Es ist eben nicht recht.«

»Also Hannah, bitte, spiele hier nicht die spröde Jungfrau«, sagte er scharf. »Du hattest eben nichts dagegen. Versuche bitte nicht, die Kokette herauszukehren. Es steht dir nicht.«

Jetzt flammte ihr eigener Zorn hoch: »Weder spiele ich die Spröde noch die Kokette, Sir. Sie haben kein Recht anzunehmen, daß ich ebenso schnell zu Fall zu bringen bin wie die junge Frau, die ich neulich in Ihrem Hause gesehen habe.«

»Eine derartige Annahme habe ich nie gehegt, Madame«, entgegnete er steif. »Falls ich Sie gekränkt haben sollte, entschuldige ich mich hiermit in aller Form und gebe Ihnen die Versicherung, daß Sie von mir nie mehr belästigt werden.«

Er wandte sich abrupt ab und ging hinüber zu seinem grasenden Pferd. Hannah wollte nicht glauben, daß er tatsächlich davonreiten wollte. Aber da saß er schon im Sattel und gab ›Black Star‹ die Sporen.

Zu spät versuchte Hannah, ihm in den Weg zu treten, ihn aufzuhalten. Sie streckte die Hand aus: »Court, gehen Sie doch nicht so!« Aber er war bereits in Galopp verfallen. Vermutlich hörte er ihren Ausruf gar nicht mehr oder er gab vor, ihn nicht zu hören.

Hannah ärgerte sich über die eigene, unvernünftige Reaktion und über Nathaniel Bealls, der sie hier ausspioniert hatte. Statt nun auch davonzureiten, setzte sie sich noch eine Weile ins Gras und blickte gedankenverloren in das Wasser des Flüßchens.

Natürlich war sie ungerecht Nathaniel gegenüber. Schließlich war er der Aufseher dieser Plantage und hatte das Recht, überall hinzureiten, um seinen Pflichten nachzugehen. Aber hatte er auch dort gestanden, um seine Aufgabe als Aufseher zu erfüllen? In der Nähe gab es keine Felder, auf denen Arbeiter beschäftigt waren. Plötzlich erinnerte Hannah sich, daß sie den Aufseher schon des öfteren aus der Ferne beobachtet hatte, wenn sie mit Court ausgeritten war. Vielleicht war ihre erste Annahme doch richtig und Bealls spionierte ganz einfach hinter ihnen her? Aber aus welchem Grund?

Dann kam sie aber doch zu dem Schluß, daß Nathaniel aus reinem Zufall hier dazwischengeplatzt war. Sie wußte nicht, ob sie zornig oder traurig über diese Unterbrechung sein sollte. Gewiß hatte es dazu beigetragen, daß nicht mehr geschehen war. Aber hatte sie denn wirklich gewünscht, daß es nicht dazu kam? Sie wußte sich diese Frage nicht zu beantworten. Im Verlauf der letzten beiden Monate hatte sich ihr Verhalten Court Wayne gegenüber grundlegend geändert. Sie fand seine Gegenwart erfreulich und fühlte sich körperlich von ihm angezogen. Und dessen war sie sich erst heute richtig bewußt geworden. Court hatte nicht ein einziges Mal bei all seinen Besuchen den Kredit erwähnt. Das Geld schien ihn überhaupt nicht mehr zu interessieren.

Sie stieg in den Sattel und ritt langsam zurück zum Herrenhaus. Mittlerweile hatte sie sich in gewisser Weise daran gewöhnt, daß Michele nicht da war. Aber dennoch fühlte sie sich zwischendurch recht einsam. Courts Besuche hatten diese Einsamkeit verscheucht. Hatte sie ihn nun wohl für immer vertrieben, oder würde er in der nächsten Woche wieder vorbeikommen?

Zur selben Zeit saß Court Wayne in seiner Kutsche auf dem Rückweg nach Williamsburg und schwor sich, Hannah Verner nie mehr wiedersehen zu wollen. Das verflixte Frauenzimmer! Sie hatte ihn so weit gebracht, seine Leidenschaft geweckt und war im allerletzten Augenblick zurückgewichen. Er mochte Frauen nicht, die sich so verhielten. Court hatte immer geglaubt, daß er ein besserer Frauenkenner sei als die meisten Männer, und er war sich bewußt, ein guter Verführer zu sein. Was diesen Zwischenfall mit Hannah so besonders bitter machte, war der Umstand, daß er eigentlich immer wußte, wenn eine Frau im Begriff war, sich ihm zu ergeben. Und er hätte schwören mögen, bei Hannah sei das heute der Fall gewesen.

Nun ja, er würde Hannah Verner noch ein einziges Mal sehen, nämlich an dem Tage, an dem sie ihre Restschuld begleichen würde. Dann war er quitt mit ihr.

Und plötzlich mußte Court über sich selbst lachen. Im Grunde genommen war doch nur sein männlicher Stolz verletzt. Vielleicht hatte er seinen Charme überschätzt und war zu rasch vorgegangen. Und mit einem Male wußte er, daß er Hannah sehr wohl wieder besuchen würde. Abgesehen von ihrer erotischen Ausstrahlung war es vor allem ihre Persönlichkeit, die er liebgewonnen hatte, vielleicht mehr, als klug war. Seit dem Tode von Katharina dachte er mehr an sie, als er je an eine andere Frau gedacht hatte. Natürlich würde er sie wieder aufsuchen. Vielleicht würde sie ihn das nächste Mal nicht mehr verschmähen.

Inzwischen mußte er sehen, wohin mit seinen Bedürfnissen. Das Gefühl von Hannahs weichen Rundungen, der Geschmack ihres Mundes, der frische Duft ihres Haars hatten ihn aufs äußerste erregt. Und es war zwei Wochen oder noch länger her, daß er eine Frau gehabt hatte.

Als die Kutsche den Stadtrand von Williamsburg erreichte, streckte er den Kopf aus dem Fenster und rief zum Kutscher hinauf: »Fahren Sie an Mrs. Johnsons Haus vorbei.«

Als Micheles erster Brief endlich eintraf, nahm ihn Hannah mit hinauf in ihr Schlafzimmer, um ihn ganz ungestört lesen zu können. Hastig schlitzte sie den Umschlag auf und las:

›Liebe Mama, ich schreibe dir diesen Brief in dem elegantesten Gästezimmer, das Du Dir vorstellen kannst. Ich sitze an einem entzückenden kleinen Damenschreibtisch am Fenster und habe einen wunderschönen Ausblick auf einen großen Platz.

Madame Dubois' Haus ist wunderschön und kostbar möbliert. Hier stehen so viele wertvolle Dinge herum, daß es schon fast zuviel ist. Aber man hat mir erzählt, diese Art sei absolut das Schickste, was man in Paris zu sehen bekommt.

Madame Dubois ist sehr freundlich. Sie tut alles, damit wir uns bei ihr wohl fühlen. André fühlt sich schon wie im siebenten Himmel. Ich habe nie gewußt, wie sehr er die Heimat vermißt hat in all den Jahren, in denen er bei uns lebte.

Morgen wird mich André zum Vortanzen bei Monsieur Deampierre mitnehmen. Ich bin so aufgeregt, daß ich heute nacht gewiß kein Auge zutun werde. Ich werde versuchen, mein Bestes zu geben, dessen kannst Du sicher sein. Und anschließend werde ich Dir sofort schreiben.

Paris ist sehr groß, eine wunderschöne Stadt. Es gibt so viel zu sehen, und immer ist etwas los. Ich wünschte, Du wärest hier bei uns, damit Du auch dies alles erlebtest. Es ist ja wunderbar hier, aber ich vermisse Dich sehr. Ich hoffe, daß zu Hause alles wohlauf ist und daß Du Dich wohl fühlst bei Deiner Arbeit. Vielleicht kannst Du doch noch herkommen, wenn die Ernte eingebracht ist. Über nichts würde ich mich mehr freuen.

Paß gut auf Dich auf, liebste Mama, und schreibe mir bald, hierher, an die Anschrift von Madame Dubois. Ich verspreche, Dir regelmäßig zu schreiben.

André sendet Dir ganz liebe Grüße. Der liebe André! Ich wüßte nicht, was ich ohne ihn tun sollte.

Mit den allerallerbesten Wünschen in Liebe

Deine Tochter Michele.‹

Hannah seufzte und las den Brief immer wieder. Wie fantastisch wäre es, nach Frankreich zu reisen. Nun ja, wenn das kommende Jahr sich als freundlich erweisen würde, könnte sie diese Reise immer noch nachholen.

6

Das Tanzstudio von Arnaut Deampierre lag in einer ausgesprochenen Einkaufsgegend von Paris. Es war im obersten Stockwerk eines Gebäudes untergebracht, in dessen Parterre sich ein Modesalon befand.

Als Michele die steilen Stufen hinter André hinaufstieg, klopfte ihr das Herz vor Erwartung und Aufregung bis zum Halse. Würde Arnaut Deampierre sie gut finden? Würde er sie akzeptieren? Was geschah, wenn sie diesen ganzen langen Weg hierher umsonst gekommen wäre und man ihr sagen würde, man könne sie nicht nehmen? Bei dieser Vorstellung schlug ihr Herz noch schneller, und ihr Mund war wie ausgetrocknet.

»Hier sind wir schon, Chérie«, sagte André mit beruhigendem Ton in der Stimme. »Nun bleib einen Moment stehen, atme tief, entspanne dich. Hab keine Angst. Du bist gut und genügst den Anforderungen, glaub mir das. Habe Selbstvertrauen, Michele. Und laß dich von Arnaut nicht einschüchtern. Er ist für einen Ballettmeister ungewöhnlich strikt. Aber ich kannte ihn schon, da war er selbst noch Tänzer in einem Ballett. Er ist bei all dem nicht unfreundlich. So, nun Kopf hoch. Halt dich gerade und erinnere dich an alles, was ich dir beigebracht habe.«

Michele tat, wie André ihr geheißen hatte. Mit erhobenem Kopf und zurückgenommenen Schultern schritt sie, trotz ihrer bebenden inneren Angst, energisch durch die Tür, die er ihr aufhielt.

Sie betrat den größten Übungsraum, den sie je gesehen hatte. Obwohl der Himmel draußen bedeckt war, war der Raum dennoch von Licht überflutet. Ein großes Fenster in der schrägen Decke, das die gesamte Fläche einnahm, erhellte ihn. Eine Wand des Raumes war bis zu einer Höhe von etwa einsachtzig mit Spiegeln bedeckt. An den übrigen drei Wänden verliefen die Übungsstangen. Hölzerne Bänke standen da und in einer Ecke stand das Cembalo. Davor saß ein älterer Herr.

Mindestens zwölf Leute befanden sich in dem großen Raum, alle im Übungsdreß. Der nicht mehr ganz junge Mann, der aus der Gruppe herausragte, mußte wohl der Ballettmeister sein, Arnaut Deampierre. Als er sich ihnen mit elastischen Schritten näherte, sah Michele, daß er einen muskulösen, perfekten Körperbau hatte, breitschultrig, schmalhüftig, durchtrainiert in jeder Faser.

Seine Gesichtszüge konnte sie zuerst nicht deutlich erkennen, weil er im Gegenlicht stand. Aber dann betrachtete sie ihn genau. Er mußte ungefähr im Alter ihrer Mutter sein. Sein Gesicht, streng geschnitten, wirkte sehr slawisch, mit den hohen Backenknochen und den leicht schräg gestellten, sehr dunklen Augen, eher ein interessantes als ein schönes Gesicht. Er trug keine Perücke. Die weiße Strähne, die das dunkle Haar durchzog und ihm locker in die Stirn fiel, gab der ganzen

Erscheinung dieses Mannes noch zusätzlich etwas Theatralisches.

Seine Stimme war tief. Wenn er sprach, klang es, als gäbe er nur Befehle: »Nun, André, alter Freund, bist du nach all den Jahren endlich doch wieder nach Hause gekommen?«

André deutete eine ironische Verbeugung an und erwiderte lächelnd: »Ganz recht, Arnaut, der verlorene Sohn ist heimgekehrt.«

Deampierre küßte André auf beide Wangen, trat einen Schritt zurück und schlug ihm freundschaftlich auf die Schultern: »Es ist wirklich eine Freude, dich wiederzusehen, alter Freund«, sagte er herzlich, »und ebenso erfreulich finde ich es, daß du, obwohl du nun keine Karriere gemacht hast, doch deine Kenntnisse nutztest, um andere zu unterrichten. Diese junge Dame ist vermutlich Mademoiselle Verner, von der du mir so ausführlich geschrieben hast?«

»Ja«, bestätigte André und legte stolz einen Arm um Micheles Schulter, »sie ist doch etwas Liebes, findest du nicht auch, Arnaut?«

Deampierre machte keine Anstalten, diese Frage zu beantworten, und Michele, rot vor Verlegenheit und Zorn, hätte André am liebsten einen kräftigen Stoß in die Rippen versetzt.

Schließlich sagte Deampierre doch noch: »Was hier zählt, André, ist Begabung, wie du weißt.« Er wandte sich Michele zu: »Mademoiselle, macht es Sie befangen, in Gegenwart der übrigen Mitglieder des Balletts zu tanzen, oder soll ich sie lieber für die Dauer Ihres Probetanzes hinausschicken? Das liegt ganz bei Ihnen.«

Michele hätte nur zu gerne gesagt, daß es ihr nichts ausmache, vor den anderen zu tanzen. Aber ihre Schüchternheit war zu groß. Sie versuchte, Haltung zu bewahren und ihre Stimme nicht ins Schwanken geraten zu lassen, deutete einen kleinen Knicks an und erwiderte: »Wenn es Ihnen nichts ausmacht, Monsieur, ich bin doch ziemlich nervös und möchte lieber vor Ihnen alleine tanzen.« Ihre Worte kamen klar und deutlich, da war keine Spur von Unterwürfigkeit vor der Autorität, und sie glaubte einen Ausdruck von Anerkennung in den Augen des Meisters zu erkennen.

Er nickte leicht. »Wie Sie wünschen, Mademoiselle«, sagte er, wandte den Kopf und rief mit erhobener Stimme: »Meine Damen und Herren, für die Dauer des Vortanzens dieser jungen Dame sind Sie entlassen. Entfernen Sie sich nicht zu weit. Anschließend geht die Probe für ›Les Indes Gallantes‹ sofort weiter.«

Als die jungen Leute den Raum verlassen hatten, wies Deampierre auf das Cembalo und den davor sitzenden älteren Herrn. »Möchten Sie von Monsieur Duval begleitet werden oder ist es Ihnen lieber, wenn André die Musikbegleitung übernimmt?«

Wieder bemühte sich Michele um Festigkeit in der Stimme: »Es wäre mir lieb, wenn André das übernähme, Monsieur. Ich bin an seine Begleitung gewöhnt. Ich werde Ihnen einen Teil aus der Choreographie ›Die Liebe zwischen Mars und Venus‹ vortanzen.«

Deampierre nickte, und André ging zum Instrument und stellte die Noten auf.

Michele schloß für einen Moment die Augen, atmete tief und versuchte, mit aller Konzentration sich vorzustellen, sie befände sich in ihrem eigenen Übungsraum zu Hause.

André schlug den ersten Akkord an, und sie begann zu tanzen.

Als sie den letzten Schritt, die letzte Drehung getan hatte, wußte Michele, daß sie Gutes geleistet hatte. Dennoch zögerte sie, den Ballettmeister anzublicken, weil sie fürchtete, Mißfallen oder offene Ablehnung in seinem Gesichtsausdruck sehen zu müssen.

Als der letzte Akkord verklungen war, herrschte eine ganze Weile Stille im Raum, bevor Deampierre zu sprechen begann:

»Sie ist anmutig, André, besitzt gute Haltung und Ausdruck, dennoch hat sie noch viel zu lernen.«

Michele fühlte, wie ihr Herz zu hämmern begann, und jetzt wagte sie auch, Deampierre anzusehen, um seinen Gesichtsausdruck erkennen zu können, denn was er soeben ausgesprochen hatte, war für sie gleichbedeutend mit Verdammung. Jetzt aber bemerkte sie, daß sein Gesichtsausdruck eher nachdenklich zu nennen war, wie er da saß und sie, das Kinn in die Hände gestützt, betrachtete.

»Du warst dem Ballett lange Zeit fern, mein lieber André«, sagte er, »seitdem du Frankreich verlassen hast, hat es viele Neuerungen in der Tanzkunst gegeben, so manche Stilwandlung. Da sie jedoch Talent und die nötigen Grundkenntnisse hat, denke ich, es wird keine allzu großen Schwierigkeiten bereiten, das Fehlende aufzuholen.«

Seine Geste, mit der er sich nunmehr an Michele wandte, war überaus verbindlich: »Seien Sie morgen früh, Punkt acht Uhr hier, Mademoiselle. Zuspätkommen dulde ich nicht. Ziehen Sie etwas Einfaches, Praktisches an, denn ich verspreche Ihnen, daß Sie in Schweiß geraten werden. Sie sollten sich außerdem etwas zu Essen für die Mittagspause mitbringen, denn wir arbeiten im allgemeinen bis tief in den Nachmittag hinein. Und vergessen Sie nicht, einen Schal mitzubringen, damit Sie nicht frieren, wenn Sie zwischendurch einmal nicht beschäftigt sind. Und jetzt entschuldigen Sie mich bitte. Ich muß mit meinen Tänzern weitermachen. André, morgen abend hätte ich Zeit, dann können wir uns zusammensetzen und über alte Zeiten plaudern.«

André erhob sich vom Instrument. Er strahlte über das ganze Gesicht: »Das wäre mir eine große Freude, Arnaut. Treffen wir uns hier oder in unserem alten Café?«

»Hier, um fünf Uhr.«

»Sehr schön, bis fünf dann. Und vielen Dank auch noch, Arnaut, für die Zeit, die du uns zur Verfügung gestellt hast, und für deine Geduld. Ich danke dir von Herzen.«

Deampierre nickte, etwas kurz angebunden, wie Michele fand, und dann waren sie beide draußen, im Hausflur, von den neugierigen Augen der zurückkehrenden Tänzer aufs Korn genommen.

Als sie die enge Treppe hinunterstiegen, begann André plötzlich laut und glücklich zu lachen: »Du bist angenommen, Chérie! Angenommen von dem bedeutendsten Ballettmeister in ganz Paris. Deine Zukunft ist gesichert!«

Michele fühlte sich eher niedergeschlagen und auch ein bißchen zornig. »Er schien nicht besonders von mir begeistert zu sein«, sagte sie abwehrend.

André schloß sie in die Arme. »Meine liebe Michele, laß dich durch Arnauts Art nicht irritieren. So ist er nun mal. Was glaubst du wohl, wenn man ihn kennt, dann war das, was er sagte, ein reines Kompliment.«

Michele gab einen kleinen Laut des Mißfallens von sich, sagte aber nichts mehr. Immerhin, sie war schließlich angenommen worden, und deshalb, das empfand sie nun auch, hatte sie allen Grund, sich zu freuen. Nun gut, sie würde hart arbeiten und ihn schon noch überzeugen. Dessen war sie sicher, und vor allem – dazu war sie fest entschlossen.

»Meine Damen und Herren, darf ich um Ihre Aufmerksamkeit bitten, ich möchte Ihnen eine neue Kollegin vorstellen.« Deampierres Stimme hallte in dem großen Raum wider, und die jungen Leute versammelten sich daraufhin gehorsam um ihn.

»Hiermit stelle ich Ihnen unsere neue Mitschülerin, Michele Verner, aus Virginia in den Englischen Kolonien, vor. Ich verlasse mich darauf, daß Sie sie willkommen heißen und ihr jede Hilfe zukommen lassen werden, die sie braucht. In der Mittagspause können Sie sich einzeln bekannt machen. Und jetzt nehmen Sie bitte Ihre Plätze an der Stange ein.«

Die Tänzer eilten zu ihren offensichtlich angestammten Plätzen und überließen Michele den ungünstigsten, am weitesten vom Ballettmeister entfernten Platz. Michele stellte erbittert fest, daß die Aufforderung des Lehrers, ihr zu helfen, von ihnen wohl keineswegs in die Tat umgesetzt werden würde. Na schön, wenn das so aussah, würde sie die anderen eben auch nicht beachten. Außer Arnaut Deampierre brauchte sie hier keinen Menschen.

Sie warf den Kopf in den Nacken, nahm den ihr überlassenen Platz an der Stange ein und richtete ihren Blick auf den Ballettmeister.

»Wir beginnen jetzt mit den pliés. Duval, sind Sie bereit? Und jetzt bitte: beugen-strecken, beugen-strecken, beugen-strecken!«

Michele wandte kein Auge von Deampierre, während sie übte. Drei Stunden später, schweißdurchnäßt und mit keuchenden Lungen, war sie froh, als der Meister die Pause ausrief.

Nach Luft ringend, wischte Michele sich das schweißnasse Gesicht mit dem Handtuch ab, das sie zu diesem Zweck mitgebracht hatte, und ließ ihre Blicke durch den Raum schweifen. Zu ihrer Freude schienen die anderen genauso erschöpft zu sein wie sie selbst. So hatte sie also doch mit ihnen Schritt halten können.

Sie wickelte sich eng in ihren Schal und folgte den anderen in den Umkleideraum, wo alle ihre Essensvorräte aufzubewahren schienen. Vorgestellt hatte sich ihr bisher niemand.

Michele war sowohl niedergeschlagen als auch gereizt. Sie war von Virginia her gewöhnt, daß man sich um sie kümmerte, ihre Gesellschaft suchte, sie anerkannte. So empfand sie das Verhalten ihrer Mitschüler deprimierend und grausam. Waren sie alle so um ihren eigenen Stand im Ballett besorgt, daß sie einem Neuankömmling nicht einmal ein freundliches Wort gönnen konnten?

Verzagt und bedrückt wartete Michele, bis der Ankleideraum wieder leer war, und ging dann, um ihren eigenen Korb mit den Mittagsvorräten zu holen. Madames Köchin hatte alles sehr lecker für sie zubereitet. Gerade war sie im Begriff, den kleinen Raum wieder zu verlassen, als sie sich einem der Tänzer gegenübersah, einem jungen Mann, der zwar nicht besonders groß gewachsen, aber wunderschön proportioniert war. Unter einem wirren dunklen Haarschopf blickten zwei seltsam hellgrüne Augen sie an.

Er verbeugte sich. »Mademoiselle Verner, darf ich mich Ihnen vorstellen? Ich bin Louis Lascaut und stehe zu Ihren Diensten!«

Michele errötete und erwiderte seine Verbeugung mit einem kleinen Knicks. »Vielen Dank, daß Sie sich bekannt machen. Sie sind der erste.«

Offenbar spürte er die Bitterkeit in ihrer Stimme. Er lächelte, wobei sein eher etwas ernstes Gesicht sich erhellte: »Oh, die anderen kommen auch noch. Aber sie finden es unpassend, zu neugierig oder zu zuvorkommend zu erscheinen.« Sein knabenhaftes Lächeln wirkte entwaffnend. Er blinzelte ihr verschwörerisch zu und erklärte: »Um die Wahrheit zu sagen. Die sterben alle fast vor Neugierde. Sie sind ganz wild darauf, möglichst alles über Sie in Erfahrung zu bringen. Aber ich habe sie daran gehindert.«

Sie erwiderte sein Lächeln: »Oh, und warum das, Sir?«

»Oh, ich wollte es vermeiden, daß sie Sie beim Essen stören. So esse ich lieber allein mit Ihnen und werde hemmungslos nach allem fragen, was mich interessiert. Oder haben Sie Einwände dagegen?«

Michele schüttelte lachend den Kopf. »Nein, nein, im Gegenteil. Ich freue mich darüber.«

Sie lüftete den Deckel des großen Korbes: »Ich nehme an, die Köchin hat übergenug eingepackt, so daß es ohne weiteres für zwei reicht.«

Lachend nahm er ihr den Korb ab: »Kommen Sie, lassen Sie uns ein stilles Plätzchen, weitab von den anderen, suchen. Das wird ihre Neugier nur noch steigern, weil sie nun glauben werden, daß wir Geheimnisse miteinander haben.«

Micheles Stimmung hatte sich augenblicklich gehoben. So folgte sie Louis vergnügt in den nächsten Raum, in dem sich viele gepolsterte kleine Sitzgelegenheiten vor hohen Fenstern befanden. Sie begaben sich in eine entfernte Ecke und öffneten im Schutz des weiten Fenstervorhangs den großen Eßkorb. Er enthielt eine Menge Köstlichkeiten, die Louis eifrig auszupacken begann. »Wundervoll!« rief er und beförderte eine kleine Flasche Weißwein zutage, Pfirsiche, Pflaumen, Kuchen und ein gebratenes Hähnchen, ein großes Stück Käse, eingemachte Zwiebeln und Marzipan zum Nachtisch.

»Sie müssen mir beim Essen Gesellschaft leisten«, bat Michele. »Ich bin zwar hungrig wie ein Wolf, aber dennoch ist dies viel zuviel für einen allein.« Sie hielt ihm ein Stück gebratenes Hähnchen entgegen.

Louis lächelte ihr zu: »Aber gerne. Ich habe noch nie großzügige Angebote in den Wind geschlagen. Und heute sind meine eigenen Vorräte ziemlich mager.«

Beide griffen sie kräftig zu, und in erstaunlich kurzer Zeit war alles verzehrt – außer einem kleinen Rest Wein, den Louis auf Micheles Drängen hin auch noch austrinken mußte.

»So«, sagte sie abschließend, »und jetzt habe ich eine Bitte an Sie. Würden Sie mir einen Gefallen tun?«

Er klopfte sich vergnügt auf den Magen. »Alles, was Sie wollen, meine Liebe. Für dieses lukullische Mahl allein bin ich für ewig in Ihrer Schuld, obwohl ich vermutlich deswegen heute nachmittag keinen Schritt werde tanzen können.«

»Erzählen Sie mir bitte, was die anderen hier im Ballett machen. Sagen Sie mir, wie die einzelnen heißen und wie ich sie einzuschätzen habe.«

Er lehnte sich zurück. »Na, das ist ja einfach. Ich fange mal gleich bei mir selbst an. Ich bin Louis Lascaut, erster Tänzer.«

Michele sah ihn verblüfft an: »Wirklich? Sie sind premier danseur?«

Louis lachte leise. »Na schön, sagen wir – *fast*. In Wirklichkeit ist unser premier danseur der arrogante Bursche, der dort drüben an der Tür steht. Sein Name ist Roland Maraise.«

Michele folgte der Richtung seines Blickes. Dort stand ein

muskulöser, blonder junger Mann. Er machte in der Tat in seiner gesamten Erscheinung einen überheblichen Eindruck. Und er bewegte sich, das hatte sie zuvor schon beobachtet, mit der Selbstsicherheit eines Menschen, der nicht nur weiß, daß sein Platz im Leben sicher, sondern auch höchst beneidenswert ist.

»Er ist, wenn Sie mir meine rüde Ausdrucksweise verzeihen wollen, ein absolutes Ekel«, fuhr Louis fort, »und Sie tun gut daran, ihm aus dem Weg zu gehen. Denn er kann keinen, der außer ihm noch Talent beweist, leiden.«

Michele fuhr in ihrer Betrachtung des jungen Mannes fort. Er sah absolut gut aus, obwohl er kühl und sehr egozentrisch wirkte. Sie rekapitulierte, was Louis soeben gesagt hatte, und plötzlich fiel ihr die Bedeutung seiner Worte auf: »Ach so, Sie finden also, daß ich Talent habe?«

Er lächelte vieldeutig: »Habe ich das gesagt? Dann ist es mir eben so rausgerutscht. Wie unverzeihlich von mir.« Er wies auf die Gruppe der übrigen Tänzer und Tänzerinnen: »Das junge Mädchen, welches direkt neben ihm steht, ist Denise DeCoucey. Sie gehört, außer unserer Primaballerina Cybella, die heute leider nicht anwesend ist, zu den Begabtesten, die wir hier haben. Aber sie ist eiskalt und hat nicht mehr Herz als eine Uhrwerkpuppe. Ich glaube, das hat sie von ihrer Mutter geerbt, denn die ist noch bedeutend ekliger als ihre Tochter. Dennoch sind Denise und der Maraise ein Herz und eine Seele. Alleine das sollte Ihnen zu denken geben.«

Das Mädchen, über das Louis eben seinen Kommentar abgab, war zierlich, schlank und hellblond, eine eher zarte Sechzehnjährige, schmallippig mit kalten grauen Augen, und Michele mußte Louis insgeheim recht geben – Denise DeCoucy sah sehr unsympathisch aus.

»Wir haben noch zwei weitere exzellente Tänzer«, fuhr Louis in seinen Erklärungen fort, »einer von ihnen, wenn Sie mir diese Unbescheidenheit gestatten, bin ich, der andere ist Maurice Decole, mit dem naheliegenden Spitznamen ›Café au Lait‹, was, wie Sie ja wissen werden, ›Milchkaffee‹ heißt.«

Michele folgte der Richtung seines Blicks. Dort stand ein hochgewachsener junger Mann, dessen Haut tatsächlich die Farbe von Milchkaffee hatte. Seine Haare waren leicht gekraust, und seine vollen Lippen sprachen gleichfalls für seine negroide Abstammung. Sie warf Louis einen fragenden Blick zu.

Er zuckte die Achseln. »Sein Vater ist von Uradel und gehört zu den engen Beratern des Königs. Seine Mutter ist eine sehr schöne mulattische Tänzerin. Der Vater unterstützt ihn und zahlt großzügig, will ihn aber nicht als Sohn anerkennen.«

Michele wollte gerade fragen, wer das hübsche braunhaarige Mädchen sei, als Arnaut Deampierres Stimme durch den Raum dröhnte: »Die Pause ist um, zurück an die Stangen.«

Als die Tanzschüler zurück in den Übungssaal gingen, war die braunhaarige Kleine plötzlich an Micheles Seite und flüsterte: »Ich möchte mich schnell vorstellen. Ich bin Marie Renaud.«

Ihr Lächeln war rückhaltlos freundlich. Michele erwiderte es ebenso herzlich: »Ich freue mich, dich kennenzulernen«, flüsterte sie zurück.

»Ich möchte mich gerne mal länger mit dir unterhalten«, sagte Marie hastig, »vielleicht während der Pause, an einem der nächsten Tage. Mich interessieren die Kolonien so sehr.«

»Gerne«, stimmte Michele zu. Mehr zu sagen, blieb nun keine Zeit mehr, denn sie waren wieder im Übungsraum angelangt.

In den nächsten zwei Wochen bestand Micheles Leben nur in Tanzübungen und Tanzproben. Das Ballett übte für ›Les Indes Gallantes‹, das Deampierre in der nächsten Zeit uraufführen wollte, weshalb er seiner Truppe hart zusetzte.

Michele würde mit dem ›corps de ballet‹, also mit der Gruppe, tanzen, und da sie erst spät zu den Proben hinzugekommen war, hatte sie allerhand zu tun, um das Versäumte aufzuholen.

Oftmals beobachtete sie, ein wenig verzweifelt und auch ein wenig voller Neid, die Primaballerina Cybella Manet. Cybella, die etwa ein Jahr älter als Michele sein mochte, besaß perfekte Körperbeherrschung und sehr viel Grazie. Sie war für eine Primaballerina ziemlich groß, aber wunderbar ebenmäßig gewachsen. Ihre Biegsamkeit ließ vermuten, daß sie keine Knochen habe, so leicht und graziös wirkte jede ihrer Tanzposen. Ihr Gesicht war von klassischer Schönheit. Die dunklen Haare trug sie in der Mitte gescheitelt, streng zurückgekämmt, in einem tiefen Knoten. Sie sieht auch aus wie eine Primaballerina aus dem Bilderbuch, dachte Michele und überlegte, ob sie Cybellas Vollkommenheit als Tänzerin wohl je erreichen würde.

Da Roland Maraise in zwei verschiedenen, laufenden Tanzaufführungen beschäftigt war, gab Deampierre Louis die männliche Hauptrolle in ›Les Indes Gallantes‹, neben Cybella. Michele konnte sich nun, wenn sie die beiden beim Proben beobachtete, davon überzeugen, daß Louis ein ausgezeichneter Tänzer war, stark, athletisch und graziös. Die beiden tanzten überaus harmonisch zusammen, und während Michele ihnen zusah, wünschte sie, daß sie es wäre, die die weibliche Hauptrolle tanzte. Und auf einmal konnte sie feststellen, daß sie nicht die einzige war, die sich dieser Art von Tagträumen hingab. Denise DeCoucy beobachtete Cybella mit unfreundlichen Blicken. Der Neid stand ihr, für alle deutlich erkennbar, in ihr verkniffenes, kleines Katzengesicht geschrieben.

Trotz des vollgepackten Stundenplans und Deampierres Strenge, mit der er unnachsichtig von seinen Tänzern Disziplin forderte, genoß Michele beides aus vollem Herzen – das Üben und die Proben. Allmählich wuchs sie in die Ballett-Truppe hinein, wurde mit allen anderen Tänzern vertraut, indem sie von ihnen mehr und mehr anerkannt wurde. Die meisten verhielten sich ihr gegenüber freundschaftlich, ganz besonders Marie Renaud mit ihrem schier endlosen Interesse für die Kolonien und dem dortigen Leben.

Insofern war mit Besichtigungstouren und den in Aussicht genommenen Einladungen noch nicht viel unternommen worden. Madame Dubois hatte ihr erst gestern abend erklärt, daß sie jetzt endlich in die Pariser Gesellschaft eingeführt werden müsse. Und zwar sollte das am kommenden Sonntag erfolgen, wenn Madame einen ihrer berühmten Salons abhalten würde, zu dem Michele und André als Ehrengäste erscheinen sollten. Madame hatte eine Menge von Andrés alten Freunden eingeladen, und André war schon heute voll froher Erwartung. Michele ging es ähnlich. Nun, nachdem sie sozusagen ein Mitglied der Truppe geworden war, wollte sie endlich auch Paris und seine Menschen kennenlernen. Und dazu war, wie man ihr versichert hatte, Madames Salon die beste Gelegenheit.

Am Tag des Ereignisses war das Wetter ziemlich trübe, dafür

machten die Gäste, die sich im Salon von Madame Dubois versammelt hatten, mit ihren prächtigen farbenfrohen Toiletten den grauen Tag wieder wett. Seide, Spitze und Brokat in den köstlichsten Farben wogten durch die Räume, und Michele, die ihre Freude an dem Anblick schön herausgeputzter Damen und Herren hatte, stellte fest, daß André und all die anderen Herren jeden Alters fast genauso zierlich, ja, mitunter geziert, wirkten wie die Damen. Insgeheim fand sie, daß die Männer, zu Hause in Virginia, ihr ohne all diese Kleider- und Perückenpracht viel besser gefielen. André jedoch schien völlig in seinem Element zu sein. Er genoß es mit strahlendem Gesicht, sich wieder zu Hause zu wissen.

Michele wandte ihr Interesse jetzt vor allem den Damen zu, die, mit Samtmasken vor dem Gesicht, erschienen, welche sie nur deshalb trugen, um ihre Haut vor dem garstigen Wetter zu schützen. Alle waren gepudert und elegant gekleidet. Aber keine von ihnen konnte es an Eleganz mit Madame Dubois aufnehmen. Madame trug einen so weiten Reifrock, daß er kaum durch eine Tür ging. Ihre schneeweiß gepuderten Haare waren mit Juwelen geschmückt und in einem ganz besonderen Lockenarrangement aufgebunden. Sie war stark geschminkt und hatte viele Schönheitspflästerchen im Gesicht. Michele erschien es, als wäre die Frau, die sie kannte und schätzte, unter dieser aufwendigen Zierde fast verlorengegangen. Die tiefe, ein wenig rauhe Stimme war jedoch die gleiche geblieben. Madame unterhielt ihre Gäste gerade mit einer Geschichte, die Michele ziemlich abgeschmackt fand und die sich, zu ihrem größten Erstaunen, mit König Ludwig XV. vielgerühmter Manneskraft befaßte.

Sie spürte, wie ihr das Blut ins Gesicht stieg, und versuchte verzweifelt, diese Schamröte hinter ihrem Fächer zu verbergen. Eine männliche, amüsiert klingende Stimme hinter ihr lenkte sie von ihrer Verlegenheit ab: »Wie ich sehe, fühlen Sie sich bei Madames Histörchen unbehaglich?«

Sie blickte sich um. Dort stand ein etwas hagerer kleiner Mann, in hellblauem Satin gekleidet. Die grauen Augen in dem etwas verlebten Gesicht verrieten galligen Humor.

Michele fand ihn nicht unsympathisch und versuchte deshalb auch nicht, ihre tiefe Verlegenheit zu leugnen. »Ich glaube, daß ich an die Wiedergabe solcher Geschichten in aller Öffentlichkeit nicht so recht gewöhnt bin«, meinte sie mit einem schwachen Versuch zu lächeln. »Unterhalten sich die Franzosen öfter in dieser Weise über ihren König?«

Der blaugekleidete Herr brach in schallendes Gelächter aus: »Aber ja, meine Gnädigste! Durchaus. Es gehört sogar zu den schönsten Vergnügungen der Bevölkerung. Alles was der König tut und treibt, seine Liebesaffären und seine kleinen und großen Laster, einschließlich seiner Verführungserfolge, gehören zum allgemeinen Wissen seiner Bürger und werden auch in aller Öffentlichkeit von diesen kommentiert. Es gehört zu den Pflichten des Königs, für die Unterhaltung der Massen zu sorgen. Und unser guter König Ludwig, das muß man ihm lassen, tut dies ausgiebig.«

Jetzt mußte auch Michele lachen. Dieser Mann war zu drollig und besaß einen gewissen Charme. Wer mochte er sein?

»Mit wem habe ich eigentlich das Vergnügen?« fragte sie.

Er verneigte sich, wobei sie feststellen konnte, daß seine Perücke, obwohl frisch überpudert, nicht die sauberste war.

»Mein Name ist Albion Villiers«, sagte er und fächelte sich mit seinem Spitzentuch Luft zu. »Stets zu Ihren Diensten, Mademoiselle. Und Sie, hübsches junges Wesen, sind Michele Verner, Madames Gast und Schülerin meines alten Freundes André Leclaire, nicht wahr?«

»Oh, Sie sind einer von Andrés Freunden, wie nett. Vielleicht kann ich Sie dazu überreden, mir mehr von André zu erzählen als ich weiß. Ich kenne ihn seit meiner Kinderzeit. Er lebte bei uns schon, bevor ich geboren wurde. Dennoch weiß ich eigentlich ganz wenig über ihn. Wie war er als junger Mann, als er noch hier in Paris lebte?«

Albion nahm in einem der vergoldeten Sesselchen Platz, zog eine goldene Tabaksdose mit juwelengeschmücktem Deckel aus der Tasche und applizierte sich eine winzige Menge Schnupftabak in beide Nasenlöcher. Ein heftiges Niesen folgte, er wischte sich die Nase mit seinem Spitzentaschentuch ab, und begann jetzt erst zu sprechen: »Oh, es gibt so viel zu erzählen, meine Liebe, daß ich kaum weiß, wo ich anfangen soll.«

»Kennen Sie ihn schon lange?«

»Seitdem wir beide junge Leute waren, Mademoiselle.«

Michele schien es, als ob dieser Mann recht mitteilungsfreudig wäre. Vielleicht konnte sie von ihm Genaueres darüber erfahren, was André seinerzeit veranlaßt hatte, Frankreich zu verlassen. Ihre Neugier, dies in Erfahrung zu bringen, war von jeher groß gewesen. Aber André äußerte sich, befragt dazu, nur allgemein und flüchtig. Sie ließ ihre Blicke durch den mit Menschen überfüllten Raum schweifen und hoffte nur, daß jetzt nicht ausgerechnet André auftauchen würde. Aber der lauschte immer noch hingerissen den Geschichten, die Madame Dubois von König Ludwig zum besten gab.

»Wann haben Sie ihn zuletzt gesehen?« fragte Michele beiläufig.

Albion dachte eine Weile nach: »Genau einen Tag, bevor er sich von hier in Ihre Kolonien aufmachte. Damals ahnte ich nicht, daß ich ihn so lange Zeit nicht wiedersehen würde. Das Ganze war eine traurige Angelegenheit, aber er hat es sich alles selbst zuzuschreiben. Ich erinnere mich noch, daß ich ihm geraten habe, ›André, laß den jungen Mann. Es gibt so viele andere, die liebeshungrig und willig sind. Warum mußt du dich ausgerechnet mit einem solchen Mann in Gefahr bringen?‹ Aber nein, er wollte nicht hören. Nun, welcher verliebte Mann hört schon auf gute Ratschläge? Und dann zwang der Vater des fraglichen jungen Mannes, ein prüder Staatsmann von hohem Rang, André, Frankreich zu verlassen. So ein Jammer. André befand sich auf dem Gipfel seiner Karriere. Er war bereits Solotänzer, und dann dies ...«

Michele glaubte, sich verhört zu haben. Hatte Albion von einem ›jungen Mann‹ gesprochen? Das war doch wohl nicht möglich! Aber er hatte auch ›Solotänzer‹ gesagt, und darauf kam sie jetzt zurück: »Sie sagen, André war premier danseur?«

Albion hob die Augenbrauen. Man konnte ihm das Vergnügen am Klatsch deutlich ansehen. »Hat er Ihnen davon nichts erzählt? Welch eine Unterlassungssünde von dem guten Jungen. Haben Sie sich denn niemals Gedanken darüber gemacht, woher er seine tänzerischen Kenntnisse hatte? Schließlich hat er Sie doch lange genug unterrichtet, denke ich.«

»Nein, ich habe nie darüber nachgedacht. Ich nahm André so wie er war. Wir alle taten das.«

Albion blickte verschmitzt drein, und Michele hatte das unbehagliche Gefühl, daß er ihr jetzt etwas erzählen wollte, in der Hoffnung, ihr einen Schock zu versetzen. Sie bereute bereits, diese Unterhaltung überhaupt begonnen zu haben, aber nun konnte sie nicht mehr unvermittelt abbrechen. Sie wollte Albion zumindest nicht merken lassen, daß ihr dies alles höchst unangenehm wurde.

Ihr Gegenüber zog seinen Sessel näher zu ihr heran und beugte sich vertraulich vor: »Aber Sie wissen doch, daß André vom anderen Ufer ist, oder etwa nicht?«

Michele überlegte, was für eine Redewendung dies wohl sei. Sie sagte ihr gar nichts.

»Ich fürchte, ich weiß nicht, was Sie meinen«, sagte sie schließlich.

»Na schön«, Albion rückte noch ein wenig näher heran. »Dies ist ein Ausdruck aus der Jugendzeit unseres guten Königs. Er wurde seinerzeit in Versailles erwischt, als er jenseits eines Bächleins im großen Park mit jungen Männern – nun, wie drücke ich mich da möglichst delikat aus?, sagen wir mal – herumexperimentierte. Oh, es war *der* Skandal von Paris. Die betreffenden jungen Männer wurden schleunigst von Hofe entfernt, und ihr Anführer, der Marquis de Rambures, wurde ins Gefängnis, in die Bastille, geworfen. Da dies alles, wie gesagt, auf der nicht mehr zum Schloßteil des Parkes gehörenden Seite des großen Geländes stattfand, da, wo der Wald am dichtesten war, hat sich der Ausdruck ›vom anderen Ufer‹ für derartige Männerspiele eingebürgert.«

Albions maliziöses Lächeln, sein bohrender Blick, machten es Michele schwer, halbwegs Fassung zu bewahren. Sie empfand plötzlich äußerste Abneigung diesem kleinen, klatschsüchtigen Mann gegenüber. Wie konnte sie ihn anfangs nur sympathisch gefunden haben? Und der behauptete, Andrés Freund zu sein? Mit solchen Freunden brauchte man wohl erst keine Feinde mehr. Sie war empört und angewidert, aber schließlich war es ihre Schuld, daß es so gekommen war. Sie hatte ihn dazu ermuntert.

Als das Schweigen zwischen ihnen sich ausdehnte, bemerkte sie, daß Albion sie mit unverhohlener Genugtuung beobachtete. Offenbar war es ihr doch nicht gelungen, sich ihre Empfindungen nicht anmerken zu lassen. Albion wußte, daß er sie bis ins Mark getroffen hatte, und sie wünschte von ganzem Herzen, zurückschlagen zu können, aber sie fühlte auch, daß ihr dies wohl kaum gelingen würde.

Schließlich raffte sie sich auf und erwiderte kurz angebunden: »Ach, das wußten wir natürlich. Wie ich Ihnen schon vorhin sagte: Wir nahmen André stets so, wie er ist, und betrachteten ihn in all den Jahren als Mitglied unserer Familie.«

»Oh, gewiß«, sagte er nur und tupfte sich die Stirn mit dem stets gegenwärtigen Spitzentaschentuch, »und jetzt muß ich Sie leider verlassen, Mademoiselle. Ich habe da gerade jemanden gesehen, den ich unbedingt noch sprechen muß. Wenn Sie mich bitte entschuldigen wollen?«

Er erhob sich eilends aus seinem Sessel, verbeugte sich tief und hastete davon, um in der Gruppe, die sich um Madame Dubois gebildet hatte, unterzutauchen. Michele lehnte sich seufzend in ihrem Sessel zurück. Vermutlich war Neugierde eben doch eine Sünde. Sie wünschte, sie hätte Albion Villiers nie über André ausgefragt. Aber sie hatte kaum noch Zeit, darüber nachzudenken, weil gerade eben Madame Dubois auf sie zusteuerte, zwei Damen neben sich, von denen eine Michele sehr bekannt vorkam.

7

Erst als die drei Damen direkt vor ihr standen, erkannte Michele in der einen von ihnen Denise DeCoucy, die heute etwas anders ausschaute als in dem Übungsdreß, in welchem Michele sie bisher ausschließlich gesehen hatte.

Wie alle anderen anwesenden Damen war Denise geschminkt und mit gepuderter Perücke versehen. Sie war sehr sorgfältig zurechtgemacht. Das rosa Brokatkleid, welches sie trug, stand ihr ganz ausgezeichnet, aber die schwere Schminke ließ sie bedeutend älter erscheinen als sechzehn Jahre.

»Michele, meine Liebe«, sagte Madame Dubois, »hier ist eine deiner jungen Freundinnen aus dem Ballett.«

Michele lächelte pflichtschuldigst, als spräche Madame Dubois die reine Wahrheit. In Wirklichkeit hatte sie von Anfang an eine instinktive Abneigung gegen dieses Mädchen empfunden, die ihrerseits überhaupt keine Anstrengungen unternommen hatte, eine freundschaftliche Verbindung herzustellen. Statt dessen hatte sie Michele ihre eigene Feindseligkeit stets deutlich spüren lassen.

Wie auch immer, dies war ein gesellschaftlicher Anlaß.

Michele lächelte also und erwies der älteren Dame ihre Reverenz, die sie sogleich, wegen der nicht zu übersehenden Ähnlichkeit, als Denises Mutter erkannt hatte.

Madame DeCoucy entpuppte sich als ebenso ablehnend und unfreundlich wie ihre Tochter. Genauso, wie Louis erzählt hat, dachte Michele. Bei der Vorstellung lächelte sie keineswegs, sondern nickte nur knapp und sehr von oben herab. Sie war derart geschminkt, daß ihre Haut gipsern wirkte. Es erinnerte Michele an Puppengesichter.

»So, ich überlasse Sie jetzt einander, damit Sie ein wenig plaudern können«, schlug Madame Dubois freundlich vor, und Michele sah ihr mit Bedauern nach, wie sie in der Menge ihrer Gäste verschwand. Was, um des Himmels willen, sollte sie mit diesen beiden Frauen überhaupt reden?

Madame DeCoucy übernahm die Konversation: »Madame Dubois sagte, daß Sie aus den Englischen Kolonien kämen«, sagte sie in einem Ton, als handele es sich hier um eine bittere Anklage.

Beim Sprechen bewegte sie kaum die Lippen, und Michele war sich ziemlich sicher, daß sie aus Vorsicht so handelte, weil andernfalls ihre Gesichtsbemalung in tausend Sprünge gegangen wäre. So entstand der gespenstische Eindruck, daß ihre Stimme von irgendwoher käme, nur nicht aus ihrem Mund.

»Ja, das ist richtig«, bestätigte Michele höflich, »ich komme aus dem unabhängigen Staat Virginia.«

Madame DeCoucy nickte, ohne sich zu einem Lächeln aufzuraffen. Denise schwieg noch immer und betrachtete starren Blickes Michele mit ihren kalten, grauen Augen.

»Sie können von Glück sagen, daß Sie in Arnaut Deampierres Ballett-Truppe aufgenommen worden sind«, setzte Madame DeCoucy die schleppende Unterhaltung fort.

»Da stimme ich Ihnen voll und ganz zu«, sagte Michele, »ich sehe das auch als ein großes Glück an.«

Madame DeCoucy hob die bleistiftdünnen Brauen: »Meine Tochter ist seit ihrem zwölften Lebensjahr Mitglied der Truppe. Und seit ihrem dreizehnten Jahr tanzt sie Solo-Partien.«

Dabei besagte der Blick der Dame, daß Michele sich nicht unterstehen solle, sich mit diesen Leistungen zu messen. Michele dachte jedoch gar nicht daran, sich in dieses kindische Rivalitätsspiel einzulassen. »Das ist höchst bewundernswert«, sagte sie statt dessen.

»Sie wäre première danseuse, wenn es da nicht Bevorzugungen gäbe ...«

»Bevorzugung?« fragte Michele überrascht. Von was, um alles in der Welt, sprach diese Frau?

Madame DeCoucy nickte so heftig, daß ihre Perücke gefährlich ins Schwanken geriet. »Cybella meine ich. Sie und Deampierre haben ein Verhältnis miteinander. Das weiß doch jeder. Aber vielleicht wird er ihr eines Tages überdrüssig, und dann nimmt Denise den Platz ein, der ihr von Rechts wegen gebührt.«

Michele wurde es äußerst unbehaglich zumute. Um das Thema zu wechseln, wandte sie sich dem anderen Mädchen zu: »Hast du eigentlich immer schon tanzen wollen, Denise?«

Denises farblose Augen blieben ohne Ausdruck. »Ja«, bestätigte sie mit ihrer hohen Kinderstimme. »Schon immer. Seitdem ich denken kann, habe ich mir vorgenommen, die berühmteste Tänzerin der Welt zu werden. Ich werde so berühmt sein wie Salle und Camargo.«

»So ist es«, bekräftigte ihre Mutter leuchtenden Blickes und musterte Michele mit ihren scharfen Habichtaugen, als erwarte sie einen Widerspruch. Und mit dieser Vermutung lag sie in etwa richtig. Michele sah nicht ein, daß soviel Größenwahn unwidersprochen bleiben sollte: »Ich glaube, jede junge Tänzerin träumt davon, Primaballerina zu sein«, meinte sie kühl.

Madame DeCoucy maß sie mit hochmütigen Blicken: »Das mag ja sein«, erwiderte sie scharf, »aber meine Tochter ist nicht irgendeine junge Tänzerin, sondern etwas ganz Besonderes.«

Michele, die Zorn in sich aufsteigen fühlte, zwang sich, hierauf keine Erwiderung zu geben. Sie schwieg. Wenn sie jetzt etwas sagte, würde das diese Frau nur noch gereizter machen, und nichts wollte sie weniger, als in Madame Dubois' Salon eine Szene verursachen. Und dann sah sie, wie eine Rettung vom Himmel gesandt, André sich nähern. Nie hatte sie sich bei seinem Anblick so gefreut, fand sie jetzt.

André schenkte Madame DeCoucy sein charmantestes Lächeln: »Würden Sie bitte verzeihen, gnädige Frau, aber ich muß Michele entführen, weil da jemand ist, den sie kennenlernen muß.«

Michele erhob sich hastig und griff nach Andrés Arm. »Es war mir ein Vergnügen«, sagte sie mit süßer Stimme, von der sie nur hoffen konnte, daß sie echt klang. Dann entschwebte sie an Andrés Arm, so schnell es nur eben ging. »Danke, André«, sagte sie atemlos, als sie außer Hörweite waren, »du hast keine Ahnung, vor was du mich bewahrt hast.«

André zwinkerte vergnügt. »Doch, Chérie, das habe ich. Ich konnte deinen Gesichtsausdruck quer durch den ganzen Raum entziffern.«

Sie blickte erstaunt auf: »War das so deutlich?«

André lachte: »Wenn du zornig wirst und auch sonst, Chérie, ist dein Gesicht wie ein aufgeschlagenes Buch.«

Michele verzog den Mund: »Wie soll ich meinen Zorn unterdrücken, wenn ich beleidigt werde?«

»Durch Geduld, mein Kind, durch Geduld. Aber nun wollen wir uns Erfreulicherem zuwenden. Wie findest du diese Gesellschaft und Madames Salon?«

Michele zuckte hilflos die Achseln. »Die einzigen Leute, mit denen ich bisher gesprochen habe, waren die DeCoucys und ein widerlicher, kleiner Mann, namens Albion Villiers, der behauptete, ein Freund von dir zu sein.«

»Ach, du bist der Natter begegnet«, sagte er lachend, »so nannten wir ihn früher, seiner giftigen Zunge wegen.«

»Ein passender Name«, bekräftigte Michele, »und die hat er offenbar auch heute noch, wenn die Unterhaltung, die wir miteinander führten, für ihn eine normale Art der Konversation ist. Er nannte sich deinen Freund und verbreitete dabei die abscheulichsten Dinge über dich.«

Andrés Lächeln schwand jäh dahin. »Ja, ich kann mir schon vorstellen, was er dir erzählt hat, Michele, und ich kenne dich gut genug, um zu wissen, daß es dich verärgert hat. Später, wenn wir allein sind, werden wir noch darüber sprechen. Aber jetzt möchte ich dich ein paar erfreulicheren und gescheiten Leuten vorstellen, das wird dich ablenken.«

Es folgte eine wahre Sturzflut von Vorstellungen mit Leuten, die zumeist Andrés Versprechungen noch übertrafen. Männer machten ihr unverhohlene Komplimente, die sie, auch wenn sie nicht immer ganz glaubhaft erschienen, doch genoß. Sie lernte eine Menge geistreicher Männer und Frauen kennen und unterhielt sich prächtig dabei.

Während sie gerade angeregt mit einem jungen Mann plauderte, der ihr erzählte, daß er demnächst bei Hofe eingeführt werde, hatte sie das sichere Gefühl, daß jemand sie beobachte. Höflich lächelnd, um ihrem Gesprächspartner nicht den Eindruck zu vermitteln, sie interessiere sich nicht für seine Unterhaltung, wandte sie sich vorsichtig um und – begegnete dem Blick von Arnaut Deampierres dunklen Augen. Er stand, lässig gegen die seidenbespannte Wand gelehnt, direkt hinter ihr.

Er stach von der Menge der übrigen anwesenden Herren sehr ab, denn er trug einen ganz schlichten Überrock aus dunkelgrauem Samt, eine unauffällige, ebenfalls leicht grau gepuderte Perücke, die mit einem passenden Band zurückgebunden war. Als er ihren Blick einfing, lächelte er ein wenig ironisch, so, als wolle er sie wissen lassen, daß er ihr Erstaunen wohl bemerkt habe.

Michele erwiderte dieses Lächeln und überlegte, wie vornehm und fantastisch gut er doch aussah, obgleich sein dunkles Haar unter der Perücke verborgen war.

Als sie sich ihrem Gesprächspartner wieder zuwandte, bemerkte sie aus dem Augenwinkel heraus, daß Deampierre seinen Platz an der Wand verlassen hatte und sich ihr nun näherte.

Sie spürte eine plötzliche Erregung in sich aufsteigen. Anfangs hatte sie sich durch ihn nur einschüchtern lassen, aber nachdem sie ihn ein wenig besser kennengelernt hatte, war sie durch seine tänzerischen und pädagogischen Fähigkeiten entsprechend stark beeindruckt. Außerdem fand sie ihn außerordentlich attraktiv. In der Klasse jedoch, und auch während der Pausen, hatte er kaum ein paar Worte mit ihr gewechselt und dann auch nur, um Fehler, die sie beim Tanzen gemacht hatte, zu korrigieren. Aber beileibe nie, um etwa ein Kompliment auszusprechen. Mit der Zeit begann sie zu zweifeln, ob er überhaupt zu einem Kompliment in der Lage sei.

Und da stand er auch schon neben ihr. Er übersah geflissentlich den jungen Mann, als sei dieser aus lichtem Glas, so, daß dessen Redefluß jäh ins Stoppen geriet.

»Mademoiselle Verner«, sagte Deampierre und neigte den Kopf ein wenig, »wie nett, Sie hier zu sehen.«

Michele versuchte, möglichst gelassen zu bleiben. »Auch

ich freue mich, Sie hier zu sehen, Monsieur«, erwiderte sie in der Hoffnung, möglichst weltgewandt zu wirken.

»Mögen Sie diesen Salon?«

»Es ist – nun ja, ich finde es sehr interessant, Monsieur. Sehr verschieden von den gesellschaftlichen Anlässen, die ich bisher kennengelernt habe.«

Sein Blick schien sie zu durchdringen. Er lächelte: »Das kann ich mir vorstellen.«

Der junge Mann, um den sich nun keiner mehr kümmerte, zog sich zögernd zurück. Zu Micheles Verblüffung nahm Deampierre ihren Arm. »Es ist ziemlich warm hier, und die parfümgeschwängerte Luft ist kaum noch zu ertragen. Sollen wir einen kurzen Spaziergang im Garten machen?«

Er schob sie bereits in die Richtung der Terrassentür, und Michele empfand einen ganz kurzen Widerstand, weil er ohne weiteres ihre Zustimmung voraussetzte. Aber andererseits war es wirklich sehr warm im Raum, und sie fand es aufregend, sich mit ihm längere Zeit unterhalten zu können.

Der Garten an der Rückseite des großen Stadthauses war, dem Stil der Zeit folgend, symmetrisch angelegt, mit gestutzten Hecken und gezirkelten Blumenbeeten. Während sie an seinem Arm den Gartenpfad entlangging, war sie sich seiner Nähe sehr bewußt. Der Boden schien unter ihren Füßen zu wanken, so zwang sie sich, darauf zu achten, daß ihr weiter Rock sich nicht in den Hecken verfing, damit sie wieder in die Realität zurückfände.

Die Wolken hatten sich aufgelöst. Eine goldene Nachmittagssonne tauchte die Gartenpracht in warmes Licht. Bei diesem Anblick empfand Michele ein wenig Heimweh nach Malvern, obwohl dessen Garten so ganz anders aussah als diese geometrisch angelegte Blumenfülle.

Deampierre atmete tief und streckte die Arme aus. »Ah, das ist schon besser«, sagte er, »auf die Dauer kann es da drinnen kein Mensch aushalten. Die Luft ist stickig von Puder und Parfüm. Mir hat mal jemand gesagt, daß man mit dem Mehl, welches über die Köpfe der Vornehmen von Paris gestäubt ist, sämtliche Pariser Armen satt bekäme, und ich bin auch bereit, das zu glauben.«

In seiner Stimme schwang Abscheu. Es bestand kein Zweifel, daß er mit den Damen und Herren dort im Festsaal nichts im Sinn hatte, und das machte Michele um so neugieriger.

»Das gesellschaftliche Leben scheint Ihnen nicht viel zu bedeuten, Monsieur«, sagte sie ein wenig schroff, nicht ganz sicher, wie weit sie bei ihm gehen durfte.

Er lächelte – und dann lachte er lauthals. Aber es klang nicht heiter: »Ich nehme an, daß Sie mit ›gesellschaftlichem Leben‹ das Getriebe dort im Salon meinen?«

»Ja, warum sind Sie dann gekommen?« fragte sie verständnislos.

»Weil ich, der Zweckmäßigkeit halber, zum Feigling geworden bin«, entgegnete er grollend, »ich bin auf das Wohlwollen von Madame Dubois und mancher anderer dort drinnen angewiesen, denn ich habe eine Ballett-Truppe und eine Schule zu erhalten. Beides ist mir wichtig genug, um notwendige Kompromisse einzugehen.«

Aber dann schwand sein Unmut und wich einem liebenswürdigen Lächeln: »Sie sehen, Mademoiselle, es ist mein Ungemach, daß ich die Tanzkunst mehr liebe, als ich die Gesellschaft verachte. Ich bin der Sklave meiner Kunst.«

Michele hielt den Atem an, so sehr verwirrte sie dieser jähe Stimmungswechsel.

»Kommen Sie«, sagte er leichthin und nahm wieder ihren Arm, »ich sollte mit Ihnen, die Sie gerade diese Gesellschaft kennenlernen wollen, nicht so sprechen. Sie müssen mir verzeihen. Ich werde alt und rechthaberisch.«

»Sie sind nicht alt, Monsieur«, rief sie spontan aus, und wußte dann vor Verlegenheit nicht weiter, »ich meine, Sie sind ein vitaler Mann, ich meine ...«

Diesmal klang sein Lachen herzlich. Er führte sie zu einer nahestehenden steinernen Bank: »Vielen Dank, meine liebe Michele, aber manchmal fühle ich mich doch recht bejahrt. Sie sind, wie alt? Siebzehn? Ich könnte ohne weiteres Ihr Vater sein. Aber lassen Sie uns jetzt von erfreulicheren Dingen sprechen. Was halten Sie zum Beispiel von unserer schönen Stadt?«

»Ich weiß nicht recht«, erwiderte sie zögernd, »es ist wohl eine schöne, eine sehr interessante Stadt, aber doch, wie ich finde, etwas oberflächlich. Die Menschen hier scheinen mir vergnügungssüchtiger zu sein, weniger ernsthaft und gründlich als die Menschen, die ich von zu Hause kenne.«

Er nickte ernst: »Das liegt daran, daß Sie bis jetzt nur Leute der Oberschicht kennengelernt haben. Doch die verkörpern nicht das echte Paris, das wahre Frankreich.«

»Das mag ja sein«, erwiderte sie, »aber die Leute, die ich von zu Hause kenne, gehören ja auch zumeist der Oberschicht an. Dennoch sind es Leute, die auch *arbeiten*. Bei uns in Amerika arbeitet jedermann. Auch die sogenannte Oberschicht, seien es nun Großgrundbesitzer oder Großkaufleute. Wir haben keine Aristokraten drüben, Leute, die überhaupt nichts tun.«

»Ah«, sagte er, »da haben Sie genau den Finger auf die Wunde gelegt. Das ist unsere Schwachstelle, und deshalb ist Ihr Land um so vieles gesünder als das meine. Seit dieser Louis den Thron bestiegen hat, sind wir ein dekadentes Volk geworden, überreif wie ein faulender Pfirsich. Sein Vater wußte noch, was es bedeutet, König zu sein, doch der Sohn denkt nur an Weiber und Lustbarkeit.«

»Aber ich habe auch sagen hören, er sei ein guter König«, wandte Michele ein.

Deampierre zuckte die Achseln. »Einige finden das nur, weil es in ihrem Interesse liegt. Aber bezeichnend ist es, daß er keinen volkstümlichen Beinamen hat wie sein Vater, den man den ›Sonnenkönig‹ genannt hat.«

»Haben Sie ihn jemals gesehen?« erkundigte sich Michele.

Deampierre nickte. »Ich wurde bei Hof vorgestellt und habe, sowohl in Fontainebleau als auch in Versailles, vor ihm getanzt. Ich habe ihn und seinen Hof genau beobachtet. Die Höflinge sind eine Schar Chamäleons, Opportunisten, Windfahnen und Kriecher. Parasiten sind es, Speichellecker des Königs. Sie denken keinen vernünftigen eigenständigen Gedanken und leisten nichts Nützliches.«

»Wie sieht er denn aus, Ihr König?«

»Er sieht nicht einmal schlecht aus«, erwiderte Deampierre verächtlich, »dunkle Augen, die feingeschnittene, bourbonische Nase, aber einen willensschwachen Mund. Doch es ist auch gar nicht sein Gesicht, an dem ich Anstoß nehme, sondern sein Charakter. Er ist degeneriert, grausam und feige.«

Micheles Neugier war geweckt. »Inwiefern ist er grausam?« wollte sie wissen.

Deampierre blickte in die Ferne. »König Louis macht es Freude, andere leiden zu sehen«, antwortete er, »er quält seine

Höflinge oftmals mit ganz kleinen Grausamkeiten und entwickelt ein krankhaftes Interesse an allem, was mit Tod und Sterben zusammenhängt. Wenn er seinen Regierungsgeschäften doch nur halb soviel Aufmerksamkeit widmen könnte wie seinen Mätressen. Doch genug davon. Es ist kühl geworden und Sie frieren gewiß. Wir wollen wieder in die festlichen Räume zurückgehen und uns möglichst angepaßt verhalten.«

Er betrachtete sie nachdenklich. »Ich weiß nicht, warum ich mit Ihnen über diese Dinge gesprochen habe. Es war nicht meine Absicht, über Ihre ersten Erfahrungen mit dem gesellschaftlichen Leben von Paris einen Schatten zu werfen.«

Michele, glücklich, daß er überhaupt so lange mit ihr gesprochen hatte, erwiderte seinen Blick mit strahlendem Lächeln. »O nein, ich habe unsere Unterhaltung sehr genossen«, widersprach sie, und sagte damit die volle Wahrheit.

»Schön, dann machen Sie mir vielleicht das Vergnügen, mit mir zu Abend zu essen?«

Dieser Vorschlag machte sie sprachlos. Sie war so entzückt, daß sie alle Mühe hatte, diese Reaktion vor ihm zu verbergen.

»Aber gerne, Monsieur«, sagte sie nur.

Zusammen kehrten sie in den Salon zurück, und für die nächste Stunde wußte sie kaum, mit wem sie sprach, noch was sie sagte, weil nur ein Gedanke sie beherrschte – Arnaut Deampierre und der Klang seiner Stimme, der ihr immer noch gegenwärtig war.

Der nächste Tag war ein Montag, und auf ihrem Weg zum Ballettunterricht schlug Micheles Herz höher bei dem Gedanken, den Ballettmeister heute wiederzusehen.

Beim Abendessen in Madame Dubois' Salon hatten sie ihre Bekanntschaft ausgedehnt. Deampierre, als ihr Tischherr, hatte sich charmant und witzig gezeigt, ganz ohne den Zynismus, den er sonst an den Tag zu legen pflegte. Nichts von den ärgerlichen Gedanken, die er zuvor im Garten geäußert hatte, war mehr zu verspüren. Michele hatte dieses Abendessen an seiner Seite aus vollem Herzen genossen. Nach dem Essen hatte Deampierre sich dann verabschiedet. Doch obwohl sie es bedauerte, daß er schon ging, so war ihr Herz doch beschwingt. Von allen Frauen, die hier anwesend waren, hatte er einzig und allein ihre Gesellschaft gesucht. Das hätte sie nicht im Traume zu hoffen gewagt.

Als sie den Übungsraum betrat, war sie von prickelnder Erwartung durchdrungen, und das erste, was sie erblickte, war denn auch Deampierre. Er stand neben der Spiegelwand in konzentriertem Gespräch mit Denise DeCoucy und Roland Maraise.

Dann wandte er sich wieder der Klasse zu, aber sein Blick glitt ebenso achtlos über Michele wie über alle anderen Schüler. Es gab kein besonderes Zeichen irgendwelcher Gemeinsamkeit.

»Also denn«, rief er und klatschte in die Hände, »an die Stangen, wenn ich bitten darf!«

Michele, überwältigt von tiefer Enttäuschung, begab sich an ihren Platz. Sie hatte wenigstens ein kleines Zeichen des Ballettmeisters erwartet, ein verstohlenes Lächeln, ein winziges Kopfneigen, irgend etwas. Nach der Aufmerksamkeit, die er ihr in Madames Salon gewidmet hatte ... Was hatte sie sich denn eingebildet? Daß er sie mochte? Daß er ihre Gesellschaft suchte? Zwar hatte es so geschienen, aber wenn das wirklich stimmte, warum hielt er sich dann heute so zurück?

Automatisch nahm sie die Grundstellung ein, während sich die Überlegungen weiter in ihrem Kopf jagten. Vielleicht wollte er sie nur nicht vor allen anderen auszeichnen? Ja, vielleicht war das der Grund, aber andererseits hatte sie ihn doch oft genug beobachtet, wenn er längere Zeit mit dem einen oder anderen seiner Schüler und Schülerinnen sprach.

Bei dem Gedanken an das, was Madame DeCoucy behauptet hatte, daß nämlich er und Cybella ein Verhältnis miteinander hätten, stieg der Zorn in ihr hoch. Möglicherweise hatte Madame DeCoucy recht gehabt? Vielleicht hatte Deampierre sich am vorangegangenen Abend nur deshalb mit ihr unterhalten, weil sie von diversen Übeln ringsum das kleinere war?

Deampierres scharfe Stimme brachte sie in die Gegenwart zurück: »Michele, passen Sie besser auf, Sie stolpern. Mehr Aufmerksamkeit, bitte!«

Hochrot im Gesicht straffte sie ihren Rücken und erhob das Kinn. Warum benahm sie sich auch so töricht? Was war denn los mit ihr? Es war doch ganz klar, daß sie Deampierres gestrige Aufmerksamkeit mißdeutet hatte. Er zeigte nicht das geringste Interesse an ihr, außer, daß sie ein Mitglied seiner

Truppe war. Schön, sie würde ihm keine Gelegenheit mehr geben, sie zu tadeln! Schließlich und endlich war ihr nur das Tanzen wichtig. Das war das einzige, was wirklich zählte. Sie war entschlossen, sich in Zukunft nur hierauf zu konzentrieren und auf sonst gar nichts.

Dennoch hoffte sie im Verlauf des Tages immer noch im stillen auf ein kleines Zeichen. Aber es erfolgte nichts dergleichen. Wenn sie ihn dicht neben Cybella stehen sah, in eifrigem Gespräch mit ihr, schien ihr, als krampfe eine grausame Faust ihr Herz zusammen. Schleppenden Schrittes verließ sie den Übungsraum.

8

Auf Malvern begannen die Baumwollfrüchte allmählich zu springen. Nicht mehr lange, dann war Erntezeit und es mußte gepflückt werden. Die Arbeit auf der Plantage war munter vorangeschritten. Hannah war mit Nathaniel Bealls mehr als zufrieden. Er hatte ihre Erwartungen noch übertroffen.

Court hatte nach dreiwöchiger Abwesenheit seine regelmäßigen Besuche wieder aufgenommen. Er kam auf das Vorgefallene nicht mehr zu sprechen, entschuldigte sich weder für sein Verhalten dort hinten am Bach, noch für sein Fortbleiben. Hannah, die nur allzu froh war, ihn wiederzusehen, ging stillschweigend auf dieses Spiel ein und tat gleichfalls, als sei nichts gewesen. Court machte keinerlei Annäherungsversuche mehr, und merkwürdigerweise gefiel Hannah dies auch nicht. Sie hütete sich jedoch wohlweislich, über den Grund dieses Mißbehagens nachzudenken. Und dann war da noch etwas, das störte – stets, wenn Courts Kutsche eingetroffen war, brachte Nathaniel es fertig, sich in der Nähe des Herrenhauses aufzuhalten. Dennoch hatte sie fortan während ihrer Ausritte niemals mehr beobachtet, daß er hinter ihnen herspionierte. So mußte es sich, ihrer Meinung nach, wohl auch bei dem ersten und einzigen Mal um einen Zufall gehandelt haben.

Von Jules Dade hatte sie bisher nicht einmal etwas gehört, was sie allmählich doch verblüffte. Der kleine braune Mann, wie sie ihn in Gedanken nannte, schien sich um den Kredit keine Sorgen zu machen. Dieser Umstand und die erfreulichen Zeichen für eine üppige Baumwollernte lullten ihre Befürchtungen, die sie Dades wegen gehabt hatte, so weit ein, daß sie seine Existenz gelegentlich ganz vergaß. Infolgedessen war sie einigermaßen überrascht und auch irritiert, als Dade eines schönen Nachmittags in einem offenen Einspänner in Malvern vorfuhr. Hannah befand sich gerade auf dem Weg von den Stallungen zum Herrenhaus, als sie den Staub in der Auffahrt wirbeln sah.

Sie blieb stehen, um zu sehen, wer das sein könnte, und beschattete ihre Augen vor der grellen Mittagssonne mit der Hand. Ihr erster Gedanke war, es könnte Court sein. Aber dies war nicht die Stunde, zu der er für gewöhnlich einzutreffen pflegte. Als sie feststellte, daß es sich hier um einen offenen Einspänner handelte, erkannte sie ihren Irrtum. Dann sah sie, wie Nathaniel auf seinem großen, grauen Pferd hinter dem Dogcart hergaloppierte und ärgerte sich. Hatte der Mensch denn nichts anderes zu tun, als zu beobachten, welche Besucher zu ihr kamen?

Und dann erkannte sie, wer ausstieg – Jules Dade. Langsam ging sie auf die Veranda zu, um den unerwarteten Gast zu begrüßen. »Guten Tag, Mrs. Verner«, rief dieser und schwenkte seinen Dreispitz.

»Was verschafft mir die Ehre Ihres Besuches?« erwiderte sie kühl.

Dade war mittlerweile herangekommen. Sein Lächeln wirkte wie eingefroren. Wie bei ihm offenbar üblich, war er Braun in Braun gekleidet, von der Perücke bis zu den Stiefeln. Die Begründung, die er nun abgab, war ohne Zweifel eine Ausrede: »Oh, ich hatte hier in der Nähe zu tun, und da dachte ich, ich könnte auch bei Ihnen eine kurze Visite machen.«

Eine spitze Bemerkung lag ihr auf der Zunge, aber sie unterdrückte sie gerade noch rechtzeitig.

»Darf ich Ihnen eine Tasse Tee zur Erfrischung anbieten?« fragte sie statt dessen höflich.

»Mit Vergnügen, Madame«, erwiderte der Gefragte.

Hannah klingelte nach dem Mädchen und geleitete Dade zu der Sitzgruppe auf der Veranda. Dade ließ sich nieder und legte seinen Dreispitz sorgfältig neben sich. Hannah setzte sich ihm gegenüber und stellte fest, daß von diesem Mann, selbst in dieser scheinbar harmlosen Sitzposition, so viel gefährliche Kraft ausging, daß es ihr unheimlich wurde.

»Sie haben gewiß gesehen, daß die Aussichten für meine Baumwollernte sehr gut sind, Mr. Dade«, begann sie die Unterhaltung, »ich bin sicher, daß ich Ihnen in Kürze den Kredit zurückzahlen kann.«

»O ja, sehr gut«, entgegnete Dade mit dünnem Lächeln. »Ich konnte das auf meinem Weg hierher beobachten. Ich freue mich für Sie. Wenn wir Geldverleiher auch nicht den besten Ruf genießen, so sind wir doch keine Unmenschen. In meiner Funktion als Kreditgeber ist es mir immer wieder eine Freude, wenn ein Schuldner pünktlich zurückzahlen kann.«

Hannah erwiderte nichts auf diesen Ausbruch von Menschlichkeit. Sie glaubte ihm kein Wort. Dann bemerkte sie, daß er jemand hinter ihrem Rücken fixierte. Als sie sich umwandte, sah sie Nathaniel immer noch unbeweglich auf seinem Pferd, neben dem Dogcart des Gastes. Gerade wollte sie verärgert darüber den Mund öffnen, aber Nathaniel schien Gedanken lesen zu können. Er tippte an seinen Hut, gab dem Pferd die Sporen und ritt davon.

»Wer war der junge Mann?« erkundigte sich Dade. »Meine Anwesenheit schien ihn ja außerordentlich zu interessieren.«

»Das ist Nathaniel Bealls, mein neuer Aufseher. Ich muß ihm vieles nachsehen, weil er wirklich alles getan hat, um eine gute Ernte zu gewährleisten.«

»Sie sind glücklich zu preisen, Madame, daß Sie als Witwe und so allein auf diesem großen Besitz einen so strammen Burschen um sich haben, der um Ihr Wohlergehen besorgt ist«, meinte Dade trocken.

Hannah blieb eine Antwort erspart, weil gerade das Mädchen mit dem Tee-Tablett kam, hauchdünne Teetassen und eine große Schale leckerer Plätzchen hinstellte, Tee eingoß und wieder verschwand.

Für eine ganze Weile herrschte Stille, weil Dade sich mit erstaunlichem Appetit über die Plätzchen hermachte. Seine Tischmanieren waren nicht die besten. Den Tee schlürfte er so laut und genußvoll, daß Hannah sich zusammennehmen mußte, um ihren Abscheu nicht merken zu lassen.

Während er mampfte und ungeniert rülpste, versuchte sie, ein Gespräch in Gang zu halten.

»Ich habe gehört, daß Sie Ihr Vermögen mit Schiffstransporten gemacht haben«, sagte sie unbedacht.

Er blickte durch schmale Augenschlitze mißtrauisch zu ihr hinüber. »Das ist richtig, Madame«, sagte er schließlich, »ich war im maritimen Geschäft in Norfolk. Ich habe immer noch ein gewisses Interesse an der Firma, die ich seinerzeit gründete. Ich habe sie an einen Jüngeren verkauft. Es ist ein riskantes Geschäft, und ich möchte mich auf keine Risiken mehr einlassen.«

Sie fühlte den unwiderstehlichen Drang, ihn zu reizen.

»Ihre Seetransporte gingen wohl mit Sklavenhandel Hand in Hand?« fragte sie. »Ich habe so etwas gehört.«

»So, Sie haben so etwas gehört?« wiederholte er verärgert. Sein Gesicht hatte einen verkrampften Ausdruck angenommen. »Wer mag Ihnen wohl diese Verleumdung zugetragen haben?«

»Verleumdung? Ach, Sie bestreiten das?«

»Ich habe es nicht nötig, mich vor Ihnen zu rechtfertigen, Mistreß Verner. Sklavenhandel ist entlang der Südküste üblich.« Seine dünnen Lippen verzogen sich zu höhnischem Grinsen. Er deutete mit einer weitausholenden Handbewegung auf die Felder im Hintergrund: »Schließlich hängt Ihre Plantage auch von Sklaven ab.«

»Sie irren«, erwiderte sie heftig, »alle Arbeitskräfte auf Malvern sind freie Leute, Männer wie Frauen. Wußten Sie das nicht?«

»Nein, Madame, das wußte ich nicht, und meiner Ansicht nach ist das auch eine blödsinnige Regelung.«

»Ich habe die Sklaverei immer verabscheut.«

»Das können Sie natürlich halten wie Sie wollen, aber«, er beugte sich vor, seine Augen funkelten bösartig, »Sie haben mir meine Frage von vorhin noch nicht beantwortet. Wer hat Ihnen von meiner Tätigkeit im Sklavenhandel erzählt? Ich könnte mir vorstellen, daß es dieser Kerl, der Courtney Wayne, gewesen ist. Habe ich recht?«

Sie runzelte die Stirn: »Was wissen Sie von Courtney Wayne?«

»Für mich ist er ein Schuft und ein Schurke.« Dade grinste breit, »ich weiß im übrigen auch, daß Ihr verstorbener Mann einen stattlichen Kredit bei ihm aufgenommen hat. Ich frage Sie nochmals, kommen diese Informationen von ihm?«

Sie wich, unangenehm berührt, zurück: »Die Quelle meiner Informationen geht Sie nichts an, Mr. Dade.«

Er zuckte die Achseln. »Damit haben Sie meine Frage ja bereits beantwortet, oder nicht? Na ja, ich kann Ihnen nur raten, sich mit diesem Mann so wenig wie möglich einzulassen ...«

Sie erhob sich jäh: »Halten Sie sich aus meinem Privatleben heraus, wenn ich bitten darf.«

Er lachte rauh: »Ach, sieh da – Ihr Privatleben, Mistreß Verner?«

Sie fühlte, wie ihr das Blut heiß in die Wangen stieg.

»Sie werden beleidigend. Ich würde vorschlagen, daß Sie jetzt gehen.«

»Wie Sie meinen«, und er erhob sich gleichfalls und deutete eine Verbeugung an, »ich wünsche Ihnen noch einen schönen Tag, Madame.«

Hannah stand hochaufgerichtet. Sie hatte alle Mühe, ihren Zorn zu beherrschen. Sie rührte sich nicht eher vom Fleck, bis er seinen kleinen Wagen bestiegen hatte und davonfuhr. Dann erst schwand ihr Zorn und machte einem Gefühl der aufsteigenden Furcht Platz. Es war ihr klar, daß sie einen großen Fehler gemacht hatte, als sie sich mit Jules Dade anlegte.

Andererseits, was konnte er ihr anhaben, solange sie ihre Schuld an ihn zurückzahlte? Sie machte eine verächtliche Handbewegung und ging ins Haus.

Jules Dade kochte innerlich vor Wut, als er davonfuhr, aber er hatte im Geschäftsleben, einerlei ob er sich mit ruchlosen oder halbwegs legalen Transaktionen beschäftigte, gelernt, seinen Jähzorn zu zügeln, um Verluste zu vermeiden. Er hatte festgestellt, daß er damit gegenüber jedem Geschäftspartner in jeder Auseinandersetzung einen Vorsprung hatte. Aber nun, allein und unter freiem Himmel, ließ er seiner unbändigen Wut freien Lauf, indem er die gemeinsten Flüche über Hannah Verner und Courtney Wayne losließ – speziell über letzteren. In den vergangenen Jahren war er diverse Male mit Wayne zusammengestoßen, und jedesmal hatte Wayne in dieser oder jener Weise die Oberhand behalten. Dade schwor sich, diesem Mann das zu gegebener Zeit noch heimzuzahlen. Er würde schon dafür sorgen, daß Wayne in Hannah Verners Augen in Mißkredit geriet, daß sie und die Bürger der Stadt Williamsburg ihn noch verachten würden.

Aber das Wichtigste zuerst: In erster Linie ging es ihm darum, Malvern in seinen Besitz zu bringen, das Ansehen zu gewinnen, das er zu keinem Zeitpunkt und nirgendwo in seinem Leben genossen hatte – Großgrundbesitzer wollte er werden. Er hatte es sich einfacher vorgestellt. Als die Verner den Kredit in Anspruch nahm, glaubte er fest, daß sie nie in der Lage sein werde, ihn zurückzuzahlen. Als Witwe und ganz allein mit der Plantage! Er hätte ja nie im Leben daran gedacht, daß sie einen Aufseher einstellen würde. Er war sicher gewesen, daß die Schwarzen das ohnehin nicht schaffen könnten. Nun ja, das war auch so eine eigensinnige, eingebildete Weibsperson, die glaubte, wie ein Mann handeln zu können. Ekelhaft so was!

Er mußte etwas unternehmen. So durfte das nicht weitergehen. Er mußte sich was einfallen lassen, damit die Ernte doch noch ein Reinfall wurde.

Etwa eine Meile von Malvern entfernt sah Dade den Aufseher zu Pferde, wie er einigen Arbeitern ihre Aufgabe zuwies.

Dade hielt den Wagen an und rief: »Sir! Könnte ich Sie wohl einen Augenblick sprechen?«

Nathaniel Bealls wandte unwillig den Kopf und gab keine Antwort.

»Es dauert ja nur ein paar Minuten«, versuchte Dade den Mann zu überreden, der ihn finster anblickte, »und außerdem«, fuhr er beschwörend fort, »soll es auch nicht zu Ihrem Schaden sein. Das verspreche ich Ihnen.«

Der Aufseher wandte das Pferd und ritt bis zum Straßenrand. Neben dem Wägelchen hielt er an: »Ich habe weiß Gott zu viel zu tun, um hier einfach meine Zeit zu verplaudern«, sagte er grollend.

Dade grinste breit: »Das wird keine Plauderei, Mr. Bealls. Sie sind doch Mistreß Verners Aufseher?«

»So ist es.«

»Mein Name ist Jules Dade. Ich stehe in geschäftlicher Verbindung zu Ihrer Arbeitgeberin. Sie bekam einen Kredit von mir, um genau zu sein.«

Bealls schlug sich mit der Reitgerte gegen den Stiefelschaft.

»Ich sehe da keinen Zusammenhang, Master Dade, was hat das mit mir zu tun?«

»Na ja, um gleich Nägel mit Köpfen zu machen, Sir. Es wäre mir lieb, wenn Mistreß Verners Ernte nicht so gut ausfiele, wie sie auszufallen scheint.«

Bealls blickte ihn mißtrauisch an, zog eine Zigarre aus der Tasche, zündete sie an und erwiderte kalt: »Das hat immer noch nichts mit mir zu tun.«

»Sie werden doch erst bezahlt, nachdem die Ernte eingebracht ist, oder?«

Bealls zuckte die Achseln: »Ja und? Das ist durchaus üblich. Daran ist nichts Ungewöhnliches.«

»Aber wenn Sie mein Angebot annehmen, bekommen Sie viel mehr viel eher bezahlt.«

»Mistreß Verner kann mit meiner Zuverlässigkeit rechnen«, entgegnete Bealls unbeeindruckt.

»Zuverlässigkeit? Daß ich nicht lache! Spielen Sie doch nicht den loyalen Einfaltspinsel, mein Lieber. Loyalität ist in der Welt von heute wertlos. Man kann sie aber kaufen, wenn der Preis hoch genug ist.«

»Das mag ja vielleicht auf andere zutreffen«, Bealls wandte sein Pferd und vollendete den Satz, über die Schulter sprechend: »Ich bin jedenfalls nicht käuflich.«

»Bewundernswert, Sir, wirklich bewundernswert! Warten Sie, Mr. Bealls!« rief Dade hinter ihm her. »Ich bitte Sie ja nur, mein Angebot in Erwägung zu ziehen. Überlegen Sie genau und entscheiden Sie dann, wo Ihr persönlicher Vorteil liegt.«

Bealls hatte sich im Sattel noch einmal umgewandt. Er musterte den Sprecher von oben bis unten, lächelte verkniffen und sagte: »Ich möchte gerne wissen, wie sie reagieren würde, wenn ich ihr von diesem Vorschlag erzählen würde.«

»O ja«, Dade lächelte zurück, und es war ein äußerst unangenehmes Lächeln, »es wäre sicher nicht weise, wenn Sie das täten. Zum Vorteil würde es Ihnen bestimmt nicht gereichen. Im übrigen würde ich abstreiten, je etwas Derartiges geäußert zu haben, das ist Ihnen doch klar?«

Dade schnalzte mit der Peitsche, und das Pferd setzte sich in Bewegung. Während er davonfuhr, fühlte Dade förmlich den Blick des Aufsehers in seinem Rücken.

Nathaniel Bealls saß tatsächlich im Sattel und verfolgte das

Wägelchen mit seinen Blicken, bis es im Staub der Landstraße verschwand. Dabei klopfte er gedankenverloren mit der Peitsche gegen seinen Stiefelschaft.

Er war gar nicht verärgert, zumindest fühlte er sich durch Dades Vorschlag nicht beleidigt. Unter anderen Umständen hätte er ihn vielleicht sogar ganz annehmbar gefunden. Nathaniel wurde im allgemeinen nicht von moralischen Skrupeln geplagt und war immer gut mit dieser Lebenseinstellung zurechtgekommen. Sein Interesse galt stets und an erster Stelle seinem eigenen Vorteil. Für einen Mann seiner Position gab es ohnehin nicht allzu viele Chancen.

Aber an Malvern gab es weit mehr, was ihm wichtig war, wichtiger als Geldeswert, und das war Hannah Verner in eigener Person. Sie war zwar ein paar Jahre älter als er, aber sie war eine fabelhafte und schöne Frau, nach der es ihn gelüstete. Seit dem ersten Augenblick hatte er sie begehrt, und das war auch der Grund, warum er als Aufseher geblieben war. Als er erfuhr, daß die Arbeiter auf Malvern alles Freigelassene und keine Sklaven mehr waren, hatte er eigentlich das Angebot nicht annehmen wollen. Nathaniel hatte auf vielen Plantagen seine Erfahrungen gemacht, und eine davon war, daß es töricht ist, einem Schwarzen seine Freiheit zu geben. Im ungeeigneten Moment konnte er sich gegen seinen Befreier wenden, und das konnte außerordentlich gefährlich werden. Als Sklave würde er hingegen niemals aufzumucken wagen.

Aber sein Begehren war größer gewesen als sein Impuls, ihr Angebot abzuschlagen. Er war geblieben, geduldig wartend, wann seine Zeit gekommen sein würde. Bis vor drei Wochen die Rivalität mit diesem Dandy, diesem Wayne, offenkundig geworden war. Als er dort hinten am Bach die beiden sah, wie sie sich in den Armen hielten, war sein ganzer Optimismus doch gewaltig gedämpft worden. Aber als Wayne dann eine ganze Weile nicht mehr erschien, schöpfte er schnell wieder Hoffnung. Das war doch ein sicheres Zeichen dafür, daß Hannah Waynes Zärtlichkeiten zurückgewiesen hatte.

Im Verlauf dieses Rückblicks in die nahe Vergangenheit entschied Nathaniel, daß heute der Zeitpunkt gekommen sei, auf den er schon immer gewartet hatte – heute würde er sich Hannah offenbaren.

Nachdem er diesen Entschluß einmal gefaßt hatte, wurde er ungeduldig. Das erstemal ließ er die Feldarbeiter unbeaufsichtigt zurück und ritt im gestreckten Galopp hinüber zum Herrenhaus. Nachdem er das Pferd in den Stall gebracht und sich selbst mit aller Sorgfalt frischgemacht und umgezogen hatte, machte er sich auf den Weg. Einen Augenblick überlegte er noch, ob er die Reitpeitsche mitnehmen solle oder nicht, entschied sich dann aber doch, seiner Gewohnheit treu zu bleiben. Mit Riesenschritten näherte er sich dem Hauptgebäude, während er sich nervös mit der Gerte gegen den Stiefelschaft schlug.

Das Hausmädchen sagte ihm, daß die Herrin im Arbeitszimmer beschäftigt sei und saß sie ihn anmelden wolle. Aber Nathaniel schob sie unwirsch beiseite: »Ist nicht nötig, mein Mädchen, das erledige ich schon selbst.«

Er schritt durch die Diele, blieb einen Augenblick vor der Tür des Arbeitszimmers stehen, um tief Atem zu holen. Dann klopfte er.

Als das Klopfen an der Tür ertönte, wandte Hannah sich in ihrem Schreibtischsessel um. Sie saß wieder einmal über den Büchern, weil sie sich plötzlich Sorgen gemacht hatte, Dade das geschuldete Geld nicht zurückzahlen zu können. Sie wußte, daß sie ihn beleidigt hatte. Das konnte gefährlich werden. Plötzlich waren die Sorgen wieder da. So hatte sie sich ins Arbeitszimmer zurückgezogen, um die Schuldsumme nochmals nachzurechnen und die Bücher zu überprüfen. Das hatte sie jetzt schon zum zweitenmal getan, aber natürlich hatte sich nichts geändert. Alles blieb so wie es war. Sie schuldete Dade immer noch den gleichen Betrag. Was jedoch besonders beunruhigend war – die täglichen Ausgaben beanspruchten eine Menge des geliehenen Betrages. Die Plantage in Gang zu halten, war eben kostspielig. Sie versuchte schon, soviel wie möglich, Lebensmittel und anderes auf vorläufigen Kredit einzukaufen, aber es gab doch noch einiges, was sie nicht auf diese Weise besorgen konnte. Und es riß ins Geld. Es gab nur einen Trost in diesem Dilemma, in vier, höchstens sechs Wochen war es soweit. Die Aussichten für die Ernte waren gut.

Wenn jetzt nichts mehr dazwischenkam, konnte alles noch zu einem guten Ende kommen.

Als sie in ihren Betrachtungen gerade an diesem Punkt angelangt war, klopfte es an der Tür, und sie war dankbar für diese Ablenkung. »Herein!« rief sie.

In der geöffneten Tür stand Nathaniel Bealls. Die Vorstellung, daß etwas Schreckliches passiert sein müsse, nahm so völlig von ihr Besitz, daß sie, aufgeschreckt, die spontane Frage stellte: »Was ist los, Nathaniel? Was ist geschehen?«

Er schaute sie verdutzt an: »Was soll passiert sein? Es ist alles in bester Ordnung, Madam!«

Sie fuhr sich seufzend mit den Fingern durchs dichte Haar. »Wissen Sie, ich habe mich nur so aufgeregt, weil dieser Mensch da war, ich...« Sie brach ab und lachte nervös. »Dieser Mann hat etwas an sich, was unheilverkündend wirkt.«

»Ach, meinen Sie Jules Dade?«

»Ja.« Wieder unterbrach sie sich und blickte ihn prüfend an. »Wieso kennen Sie seinen Namen?«

Er nahm den Hut von einer Hand in die andere, um seine Verlegenheit zu verbergen: »Er hielt bei dem Feld an, wo ich gerade die Aufsicht führte, und stellte sich vor.«

»Ach, er stellte sich vor? Sonst nichts weiter?«

»Oh, wir plauderten noch eine Weile. Er wollte wissen, wie die Ernte steht.«

Sie hatte das bestimmte Gefühl, daß er nicht die volle Wahrheit sagte, aber sie wollte nicht weiter in ihn drängen. »Weshalb sind Sie jetzt gekommen, Nathaniel?« fragte sie statt dessen.

Er tat ein paar Schritte auf sie zu, jedoch statt sie anzusehen, blickte er angelegentlich aus dem Fenster. »Ich bin nun schon seit einigen Monaten in Ihren Diensten. Finden Sie...«, er schluckte. »Sind Sie mit meiner Arbeit zufrieden?«

»O ja, Nathaniel, sehr zufrieden. Ich wüßte nicht, was ich ohne Sie getan hätte.«

Nun endlich wandte er, wenn auch zögernd, seinen Blick und schaute sie an. Etwas seltsam Unruhiges, Drängendes lag in seiner Erscheinung, fand Hannah. Kleine Schweißperlen standen auf seiner Stirn. Der Geruch von Pferden fiel ihr plötzlich auf. Ein irgendwie männlicher Duft ging von ihm aus. Er überwältigte sie fast, ihr wurde schwindelig.

»Geht es um Geld?« fragte sie hastig. »Brauchen Sie für irgend etwas Geld, Nathaniel? Meine finanzielle Situation ist nicht gerade rosig, aber ich werde schon einen Weg finden, Ihnen etwas im voraus zu zahlen.«

»Nein, nein, es ist nicht Geld«, sagte er rauh. »Hannah,

wissen Sie überhaupt, wie schwer es für einen Mann ist, dauernd in Ihrer Nähe zu sein, ohne Sie haben zu dürfen?«

Hannah starrte ihn fassungslos an. Nicht im Traume wäre ihr eingefallen, daß er sie begehren könne. Vielmehr war es eher so gewesen, daß sie manchmal in einsamen Nachtstunden, wenn ihr Körper sein Recht verlangte, an Nathaniel gedacht hatte. Er war zweifellos ein gutaussehender, sehr männlich wirkender Mann. Zwar war er ein paar Jahre jünger als sie, aber schließlich war es nichts Ungewöhnliches, wenn sich eine ältere Frau einen jüngeren Mann zum Liebhaber nahm.

Doch das waren vorübergehende, eher flüchtige Fantasien gewesen. Am Tage, wenn sie voll mit ihrer Arbeit beschäftigt war, wäre ihr dergleichen nie in den Sinn gekommen. Wenn sie je romantische Tagträume hatte, so drehten sie sich samt und sonders um Court.

»Sie sind eine schöne gesunde Frau, Hannah«, fuhr Nathaniel fort, »und seit langem ohne Mann. Ich weiß es, auch Sie verlangen nach mir, und das wissen Sie selbst genau.«

»Sir, Sie nehmen sich ganz entschieden zuviel heraus«, sagte sie überaus kühl. »Schließlich können Sie kaum wissen, was in mir vorgeht.«

»Ich habe meine Erfahrungen mit Frauen«, erwiderte er selbstgefällig, »und ich weiß die Zeichen zu deuten. Leugnen Sie nicht, auch Sie haben schon daran gedacht. Dessen bin ich mir sicher.«

Er warf die Reitgerte auf den Tisch und ergriff sie bei den Schultern. Es war ein fast harter Griff. Ehe sie sich wehren konnte, zog er sie aus dem Sessel zu sich heran und preßte leidenschaftlich seinen Mund auf den ihren. Seine Lippen brannten, und während er sie noch dichter zu sich heranzog, spürte sie unter dem Stoff seine heftig drängende Männlichkeit.

Eine heiße Welle des Verlangens durchwogte sie. Plötzliche Schwäche in allen Gliedern machte sie nahezu willenlos. Wie leicht wäre es doch, seinem Begehren zu willfahren, sich nehmen zu lassen, sich ganz seiner animalischen Ausstrahlung und dem flammenden Verlangen hinzugeben, das sie so jäh erfüllte. Doch ein winziger Rest klaren Verstandes sagte ihr, daß dies ein nie wiedergutzumachender Fehler sein würde. Es würde eine Vereinigung ohne Liebe sein, weil dieser Mann solcher Gefühle einfach nicht fähig war. Sich ihm jetzt zu ergeben, hieße, ihm ein für allemal Macht über sich einzuräumen. Es würde nicht bei diesem einen Mal bleiben. Wann immer er Lust auf sie verspürte, würde er kommen und es für selbstverständlich halten, daß sie seine Wünsche auch erfüllte.

Sie begann sich zu wehren. Er hatte sie nahezu brutal in die Arme geschlossen, und Hannah spürte, wenn sie ihn nicht jetzt, in diesem Augenblick, in seine Schranken wies, würde es zu spät sein. Er würde die Macht des Stärkeren gebrauchen und sie, wenn es sein mußte, mit Gewalt nehmen. Plötzlich aufsteigender Zorn erstickte jenes Begehren, das ihr zuvor noch zu schaffen gemacht hatte.

Sie drehte den Kopf zur Seite und entzog ihm ihre Lippen.

»Hören Sie sofort damit auf, Nathaniel«, schrie sie empört, »sofort und auf der Stelle!«

Er gab keine Antwort und lachte nur rauh, nahm ihr Gesicht mit hartem Griff zwischen seine beiden Hände, zwang sie, den Kopf wieder herumzudrehen, so daß er ihre Lippen wieder finden konnte.

In einem letzten verzweifelten Versuch, sich zu befreien, stieß Hannah ihm mit aller Kraft ihr Knie in die Leistengegend. Aufheulend ließ er sie los und taumelte zurück, halb rasend vor Schmerz. Bebend trat Hannah gleichfalls zurück und floh hinter den Schreibtisch.

»Es tut mir leid, daß ich Ihnen weh tun mußte, Nathaniel«, sagte sie kalt. »Aber Sie haben es verdient. Sie haben sich wie ein Tier benommen.«

Langsam erhob er sich aus seiner zusammengekrümmten Haltung, Schweißperlen auf der Stirn, mit bleichem, schmerzverzerrtem Gesicht. Seine Augen funkelten vor Wut. »So – also wie ein Tier?« zischte er giftig. »Aber für den Kerl, den Wayne, die Beine breit zu machen, da haben Sie sich nicht geziert.«

Sie prallte zurück: »Das ist nicht wahr!«

»Vergessen Sie nicht, neulich, dort unten am Fluß, habe ich Sie sehr genau beobachtet.«

»Da haben Sie überhaupt nichts sehen können. Ich stolperte, und Wayne hielt mich fest, damit ich nicht fiel.«

»O ja, Sie fielen, da bin ich ganz sicher. Gemeinsam mit ihm fielen Sie auf den Boden, nachdem ich weg war. Und dann habt ihr beide losgelegt wie die brünstigen Viecher.«

Besinnungslos vor Zorn eilte sie um den Schreibtisch und schlug ihn mit aller Wucht mitten ins Gesicht, so daß ihre Hand eine brennende Spur hinterließ.

Er griff nach der Reitpeitsche, die immer noch auf der Schreibtischplatte lag, und ging drohend ein paar Schritte auf sie zu.

Hannah hob die Hände vor ihr Gesicht. »Nathaniel, wenn Sie es wagen, die Peitsche gegen mich zu erheben, sind Sie erledigt. Ich schmeiße Sie fristlos und ohne einen Pfennig Lohn hinaus. Also hören Sie sofort damit auf und verlassen Sie den Raum. Ich werde mich dann bemühen, aus meinem Gedächtnis zu streichen, was hier vorgefallen ist. Ich werde dies alles auf eine vorübergehende Unzurechnungsfähigkeit Ihrerseits zurückführen, und wir werden weiter so zusammenarbeiten wie bisher.«

Die Peitsche in der erhobenen Rechten stand er eine Weile bewegungslos und dachte nach. Sein Gesicht spiegelte die sich jagenden Überlegungen wider. Schließlich atmete er tief durch und ließ die Peitsche sinken.

»Ich schätze Sie als Aufseher, Nathaniel«, sagte Hannah, »und ich möchte, daß Sie weitermachen. Um ehrlich zu sein – ich brauche Sie als Mitarbeiter, aber als nichts anderes. Ich liebe Sie nicht und wünsche, daß Sie das in aller Deutlichkeit begreifen. So bin ich auch bereit, diesen Zwischenfall zu vergessen. Ist das klar?«

Sein Gesicht blieb verschlossen. Nichts mehr war darin zu erkennen. »In Ordnung, Mistreß Verner«, sagte er ausdruckslos. Damit wandte er sich heftig um und ging, erhobenen Hauptes, aus dem Zimmer.

Hannah seufzte erleichtert auf, als die Tür sich hinter ihm geschlossen hatte. Sie überlegte, ob sie nicht einen Fehler machte, weil sie ihn nicht sofort entließ. Schließlich hatte sie ihm keine Veranlassung gegeben, sich ihr in dieser Weise zu nähern. Aber andererseits war sie von seiner Mitarbeit abhängig. Es würde schwierig, wenn nicht gar unmöglich sein, die Plantage allein weiterzuführen, wenn es auch nur bis zu dem Tag sein würde, an dem die Ernte fällig war.

Zwar ärgerte es sie, daß sie so handeln mußte, aber um des Geldes willen, das sie Jules Dade schuldete, mußte sie eben auch dieses Risiko auf sich nehmen. Sobald das Geld bezahlt sein würde, konnte sie Nathaniel Bealls auf der Stelle entlassen.

Am Nachmittag des nächsten Tages erwartete sie Courts Besuch. Das war allmählich zur Gewohnheit geworden, und Hannah war bereits voller Ungeduld.

Am Morgen war es noch sonnig und schön gewesen, dann bezog sich allmählich der Himmel. Um die Zeit, zu der sie Court erwartete, goß es bereits in Strömen. Hannah überlegte, ob er wohl überhaupt kommen würde.

Zu der üblichen Zeit stand Hannah hinter dem Fenstervorhang verborgen und spähte die Auffahrt entlang. Gottlob war der Regen nicht heftig genug, um der Ernte zu schaden, aber bestimmt war eine Kutschenfahrt bei diesem Wetter kein Vergnügen.

Dann sah sie den Wagen die Auffahrt heraufrollen. Ihr Herz schlug höher. Sie trat vom Fenster zurück. Niemals durfte er wissen, daß sie so auf ihn wartete! Sie eilte hinüber in ihr Arbeitszimmer. Dabei entdeckte sie, daß eines der Stubenmädchen kichernd die Hand vor den Mund hielt und sich hinter einem Vorsprung verbarg. Hannah tat so, als sähe sie das Mädchen nicht. Ihr war ziemlich klar, daß sowohl das Hauspersonal als auch die Feldarbeiter über Courts Besuche klatschten. Aber das war nun einmal nicht zu ändern.

Sie saß an ihrem Schreibtisch über die Bücher gebeugt, ohne die Zahlen darin wahrzunehmen, als das Mädchen an die Tür klopfte.

»Ja, Mary, was ist?«

Die Tür öffnete sich einen Spalt. »Mister Wayne ist soeben eingetroffen, Mistreß.«

»Führen Sie ihn in den Salon, ich komme gleich ... o Mary, fragen Sie ihn, ob er ein Glas Sherry möchte.«

Sie ließ ein paar Minuten verstreichen, während sie sich im Spiegel betrachtete, der hinter dem Schreibtisch hing. Zuerst hatte sie ihr Reitkleid angezogen, als es dann aber zu regnen begann, hatte sie auch das Kleid gewechselt. Sie trug eines ihrer hübschesten Kleider, aber ohne Reifen darin. Ihre Wangen waren sorgfältig gepudert und mit einem Schönheitspflästerchen versehen. Schließlich fand sie, daß sie wirklich gut aussah, und machte sich auf den Weg zum Salon.

Court erhob sich bei ihrem Eintreten: »Guten Tag, Hannah,

das Wetter ist ja leider abscheulich. Vielleicht sollten wir heute unseren Ritt vergessen.«

Sie nickte. »Ja. Ich habe bereits die Garderobe gewechselt.«

»Als ich von Williamsburg losfuhr, hatten wir noch herrliches Wetter. Hätte ich gewußt, was kam, wäre aus meinem heutigen Besuch vielleicht nichts geworden.«

Sie kam durch den Raum auf ihn zu. »Ich bin froh, daß es nicht so gekommen ist«, sagte sie herzlich. »Ich hätte Sie vermißt.«

»Und ich Sie ebenfalls, liebe Hannah.« Er betrachtete sie bewundernd von oben bis unten: »Es ist selten genug, daß ich Sie anders als im Reitdreß sehe. Ich muß sagen, Sie sehen heute wirklich bezaubernd aus.«

Sie trat dicht auf ihn zu. »Es ist lieb von Ihnen, daß Sie so etwas sagen.«

»Wieso, Madam? Es ist die reine Wahrheit.«

Flüchtig stieg die Erinnerung an die gestrige Auseinandersetzung mit Nathaniel in ihr auf, und die Erregung des vorangegangenen Tages übertrug sich nun auf Court. Ein inneres Gefühl sagte ihr jedoch, daß es nicht klug sei, Court von diesem Zwischenfall zu berichten. Wahrscheinlich würde er darauf bestehen, dem Aufseher seine Meinung zu sagen.

Sie blickte ihm tief in die Augen. Sie waren einander nun so nahe, daß sie seinen warmen Atem auf ihrer Wange spüren konnte, und sie schwankte leicht: »O Court, Lieber.«

Und plötzlich, sie hätte später nicht mehr sagen können, wie es geschah, befand sie sich, eng an ihn gepreßt, in seinen Armen und spürte seine suchenden Lippen in einem zärtlichen Kuß.

Das allein genügte, um ein übermächtiges Verlangen in ihr auszulösen. Ihr Blut rauschte. Voller Begierde, ihn so nah wie möglich zu spüren, preßte sie sich noch dichter an ihn, umarmte ihn innig und streichelte seinen Rücken.

»Hannah«, sagte er rauh, »so etwas kann ein Mann nur eine begrenzte Weile aushalten.«

»Es ist schon recht so, Court«, erwiderte sie sanft. »Heute ist es anders, nicht so wie neulich beim Flußufer. Ich verspreche es dir.«

Sie ergriff ihn bei der Hand und führte ihn die Stufen hinunter in ihr Arbeitszimmer. Sie wagte es nicht, mit ihm die Treppe hinauf ins Schlafzimmer zu gehen. Die Dienstboten waren gerade jetzt mit Putzarbeiten im ersten Stock beschäftigt. Court mit ins Schlafzimmer zu nehmen, hieße einen Sturm des Klatsches in ganz Malvern auslösen. Aber in ihrem Arbeitszimmer befand sich ein Divan, auf dem sie gelegentlich ein Mittagsschläfchen hielt. Das reichte.

Sie verriegelte sorgfältig die Tür hinter sich und schmiegte sich in seine Arme. »Auch für mich war das damals nicht einfach, Court«, sagte sie leise, »es ist seitdem kein Tag vergangen, an dem ich nicht bereut habe, daß ich so reagierte.«

»Bereut, Hannah?« fragte er mit Erstaunen in der Stimme.

»Ja, bereut«, bestätigte sie heftig, »und wenn mich dies Bekenntnis zu einer wollüstigen Person stempelt, so kann ich's auch nicht ändern.«

Er hielt sie liebevoll an den Schultern fest: »Ich finde, daß du einen bezaubernden Lüstling abgibst.«

Sein Mund suchte den ihren, und wieder begann das süße Feuer in Hannahs Adern zu brennen. Sie wollte ihm so nah wie möglich sein, eins mit ihm. Als sie sich kurz zuvor umgezogen hatte, ließ sie in der Eile das Korsett weg. Nun tasteten sich seine Hände nach ihrer Brust vor, die sich warm und weich unter dem dünnen Stoff anfühlte, und umspannten sie.

Sie überlegte, halb betäubt vor Lust, ob sie beim Umkleiden genau dies gewünscht habe. Vielleicht war es ein unbewußter Wunsch gewesen? Nicht der Verstand, sondern ihr Körper hatte die Oberhand gehabt.

Sie rang nach Luft, trat zurück und begann, ihr Kleid aufzuknöpfen. Währenddessen ging sie hinüber zu den Fenstern und zog die Vorhänge zu. Immer noch regnete es. Gleichförmig klopfte der Regen gegen die Fensterscheiben. Als sie sich umwandte, sah sie Court auf dem Divan sitzen und sich die Schuhe ausziehen.

Ihr Blick hing an ihm, während er sich entkleidete. Als sie noch damit beschäftigt war, ihre Unterwäsche abzulegen, stand Court bereits in vollkommener Nacktheit da. Sein Körper war gepflegt und ungewöhnlich straff für sein Alter. Die Muskeln spielten unter seiner Haut. Selbst unbekleidet wirkte er elegant, sicher und ausgewogen in jeder Bewegung.

Er befand sich im absoluten Erregungszustand. Hannah erschauerte, als sie es bemerkte. Sie selbst bewegte sich jetzt langsam, fast schwerfällig, als ginge sie fußtief im Sand.

Sobald sie das letzte Kleidungsstück abgelegt hatte, wandte sie sich ihm zu, und wieder erschauerte sie, als er sie mit seinem Blick umfaßte.

»Hannah, Liebste, du bist so wunderschön, wie ich es mir vorgestellt habe«, sagte er mit halberstickter Stimme. »Ich habe diesen Augenblick erträumt, eigentlich von dem Moment an, in dem du mein Haus betratest.«

Er nahm sie in die Arme, seine Hände streichelten zärtlich ihren Rücken. Sie reagierte ungewöhnlich sensibel auf seine Berührung und genoß mit allen Fasern die seidige Zärtlichkeit seiner Haut auf der ihren.

Er küßte sie, und seine Lippen glitten ihren Hals hinab. Weit beugte sie den Kopf zurück und stöhnte lustvoll, als sein Mund ihre Brustspitzen fand. Seine Zunge fuhr liebkosend darüber hinweg. Sie verschränkte die Arme hinter seinem Kopf, um noch intensiver zu spüren, wie seine Zungenspitze die Unterseite ihrer Brüste ertastete und sich ihren Weg langsam immer weiter bahnte.

Dann ließ er sich auf den Divan zurückfallen und zog sie mit sich. Sie war darauf eingestellt, daß er sie jetzt und auf der Stelle nähme, aber er ließ sich Zeit. Mit Lippen und Händen liebkoste er ihren Körper und erwies sich als vollendeter Liebespartner. Michael war ein guter Liebhaber gewesen, zärtlich zuweilen, aber dann wieder hart und fordernd. Court war mindestens so stark wie Michael, aber von unglaublicher Zartheit und ganz darauf bedacht, ebensoviel Lust zu geben wie zu empfangen.

Alles um sie herum war für Hannah versunken, von dem Augenblick an, da sie sich in den Armen lagen, aber nun war die aufgestaute Lust kaum noch auszuhalten und verlangte so nach dem Höhepunkt, daß sie ihn mit Händen und Lippen bedrängte. »Bitte, Court, nicht mehr, nicht weiter, komm, komm jetzt«, bat sie wie von Sinnen.

»Ja, Hannah, liebe, liebe Hannah«, murmelte er und hob sich über sie, um in sie einzudringen. Der Taumel der Lust, als sie ihn in sich aufnahm, war fast unerträglich wundervoll. Sie verfielen sofort in den gleichen Rhythmus, als seien sie seit undenklichen Zeiten schon ein Liebespaar.

Und dann wurde er so stürmisch und fordernd, als sei er ein ganz junger Mann. Ihr Rhythmus wurde schneller und schneller. Hannah stieß kleine spitze Schreie aus, während ihre

Hände seinen durchgebogenen Rücken liebkosten; sie verkrallten sich plötzlich, als die Wonne den Höhepunkt erreichte und sie in einer Woge der Lust zu vergehen schien. Sie zog seinen Kopf zu sich herab und suchte seinen Mund, damit seine Lippen ihre Lustschreie erstickten.

Und dann war es Court, der angespannt war wie eine Feder. Sein Schrei löste sich tief von innen heraus und verebbte langsam. Während Hannah seinen Kopf an ihrer Schulter barg, fiel ihr auf, daß keiner von ihnen seine Liebe beteuert hatte. Ihr wurde klar, daß Court ein Mann sei, der nicht unbedacht sprach und handelte. Ihrer eigenen Gefühle war sie sich noch nicht vollends sicher, aber sie wußte, daß der Mann, den sie hier in den Armen hielt, ihr teuer war und es ihr nicht allzuschwer fallen würde, ihn zu lieben.

Der Augenblick war so köstlich gewesen. Es war zu vernünftig, jetzt solche Überlegungen anzustellen. Was immer die Zukunft bringen mochte, sie war sicher, daß sie sie meistern würde.

»Weißt du was, Court?«

»Was denn, mein Liebes?«

»Ich bin froh, daß es heute so geregnet hat.« Sie lachte aus tiefstem Innern. »Dies war so viel schöner als Reiten.«

Vor dem Fenster des Arbeitszimmers stand Nathaniel Bealls und spürte den Regen nicht, der ihn von oben bis unten durchnäßte. Die Vorhänge hatten einen winzigen Spalt offengelassen, gerade genug, um zu erkennen, was drinnen geschah. Eine dumpfe Wut hielt ihn gepackt, als er das eng umschlungene Paar auf dem Divan beobachtete. Aha, Madame Verner war sich wohl zu gut für ihn. Außerdem hatte sie gelogen, der Fatzke, der Wayne, war also doch ihr Liebhaber.

Sie würde diesen Tag noch bereuen, dafür würde er sorgen! Er erinnerte sich der Szene vom Vortag, in dem gleichen Raum, und konnte das Gefühl der Demütigung kaum ertragen. Oh, sie würde noch vor ihm kriechen, wenn er erst einmal hier fertig sein würde – fertig auch mit ihr.

Sein Blick verharrte wie hypnotisiert auf dem leidenschaftlichen Paar. Dabei schlug er sich wütend mit der Peitsche gegen die Reitstiefel und genoß die Vorstellung, daß es Hannah sei, die sich unter jedem Peitschenhieb wand.

9

Micheles Tanz war vollkommener geworden. Nicht nur sie spürte es, auch andere waren dieser Meinung. Aber das alles konnte sie nicht von ihrem großen Kummer heilen. Es war ihr trotz der vielen Ablenkungen, die Paris bot, nicht gelungen, ihre Gefühle für Arnaud Deampierre zu ersticken.

Und dann geschah eines Tages das, wonach sie sich so lange gesehnt hatte. Während der Mittagspause richtete Arnaut das Wort an sie. Zuerst erschrak sie zutiefst, weil sie glaubte, daß es nur eine Kritik sein könne, die er ihr mitzuteilen hatte, aber dann hörte sie, wovon sie kaum zu träumen gewagt hatte. »Michele, ich habe Sie die ganze Zeit nicht aus den Augen gelassen und bin nunmehr überzeugt, daß Sie aus der Studiengruppe ins corps de ballet überwechseln können. Stellen Sie sich darauf ein, daß Sie an der kommenden Freitagabend-Vorstellung teilnehmen werden.«

Damit wandte sich der Meister um und ging. Sprachlos vor Glück blieb Michele zurück. Die Neuigkeit machte auch ohne ihr Zutun sofort die Runde. Kurz darauf versammelten sich die Kollegen um sie, um ihr zu dem Ereignis zu gratulieren. Selbst Denise und Roland waren darunter, wenngleich sie sich eher zurückhaltend benahmen. Dafür waren die anderen um so herzlicher.

Der Nachmittag verging schnell, und Michele fühlte sich während der ganzen Probe wie auf Wolken. Sie würde nicht sofort hinuntergehen zu der wartenden Kutsche von Madame. Der Kutscher würde noch ein wenig länger warten müssen. Erst wollte sie sich bei Deampierre bedanken. Als sie diesen Entschluß faßte, begann ihr Herz schneller zu schlagen. Er würde diesen Dank doch nicht als Dreistigkeit auffassen? Während die anderen einzeln und zu mehreren den Übungssaal allmählich verließen, tat Michele alles, um ihr eigenes Weggehen zu verzögern. Sie kramte in ihren Sachen und zog sich besonders langsam um, bis sie schließlich die Letzte war. Nur Deampierre war am äußersten Ende des großen Raumes noch mit den Papieren auf seinem Schreibtisch beschäftigt.

Nervös und verlegen ging Michele auf ihn zu. Er war mit den Dokumenten vor sich so intensiv beschäftigt, daß er ihre Gegenwart offensichtlich gar nicht wahrgenommen hatte.

War es Absicht, oder sah er sie wirklich nicht, wie sie da vor dem Schreibtisch stand?

Das Gefühl, einen Fehler gemacht zu haben, wurde immer stärker in Michele. Langsam wandte sie sich zum Gehen. Da blickte er auf. In seinen dunklen Augen lag Erstaunen und auch ein wenig Verärgerung. Ihr sank der Mut.

»Was ist, Michele? Wollten Sie mich sprechen?«

Die Röte schoß ihr ins Gesicht. Sie nickte. Jetzt, wo er sie endlich ansah, versagte ihr die Stimme.

»Ich... Ich wollte Ihnen nur danken für alles, was Sie für mich getan haben«, stammelte sie. Verzweifelt verschränkte sie die Hände, völlig hilflos. Was war nur mit ihm? Er war doch neulich bei dem Empfang von Madame so freundlich zu ihr gewesen? Warum strahlte er jetzt soviel Kälte aus?

Sein Gesichtsausdruck entspannte sich ein wenig. Er lächelte sogar. »Das ist nicht notwendig. Sie müssen mir nicht danken. Sie haben hart gearbeitet. So haben Sie mit Recht Ihren Platz in der Truppe verdient.«

»Danke schön«, erwiderte sie matt. Und dann brach es aus ihr heraus: »Warum sind Sie mir die ganze Zeit immer nur aus dem Weg gegangen? Nach dem Empfang neulich dachte ich – ich dachte...«, sie stockte. »Ich dachte, wir seien Freunde.«

Wieder überflutete sie tiefe Röte. Sie hatte sich bloßgestellt, hatte jammervoll geklungen, das war ihr klar. Gewiß dachte er nun... Ja, *was* dachte er eigentlich? Sie hätte nicht so lange bleiben sollen, bis die anderen weg waren. Wenn sie ihm schon danken wollte, hätte sie ihm auch formell schreiben können. Er mußte sie für völlig verrückt halten.

Sie blickte ihm ins Gesicht, fasziniert von dem Wandel, der jetzt darin stattfand: Der Ausdruck der Überraschung wich dem der Zärtlichkeit.

»Meine liebe Michele«, sagte er weich, »mein liebes, kleines Mädchen. Ich habe nie geglaubt... Ich wollte nicht...« Sein Lächeln fiel ein wenig kläglich aus.

Michele stand wie festgewurzelt, als er nun auf sie zukam.

Er umschloß mit seinen warmen, festen Händen ihr Gesicht und blickte ihr tief in die Augen. »Ich *bin* Ihr Freund, Michele, und gerade, weil ich es bin, habe ich es soweit wie möglich vermieden, mich Ihnen zu nähern.« Es klang versonnen, als er nun fortfuhr: »Es wäre so leicht, so furchtbar leicht...« Er brach ab und blickte über ihren Kopf hinweg in die Ferne.

»Michele, ich will aufrichtig mit Ihnen sein. Als Ballettmeister einer Tanztruppe darf ich unter keinen Umständen Beziehungen zu meinen Tänzerinnen anknüpfen. Ich möchte das beste Ballett in ganz Frankreich haben, womöglich das beste der ganzen Welt. Und um das zu erreichen, muß ich einige persönliche Opfer bringen. Ich habe früher in vielen anderen Balletts selbst getanzt und habe dabei genau beobachten können, was geschieht, wenn der Leiter der Truppe eine Liebesbeziehung zu einer seiner Tänzerinnen aufnimmt. Es kommt nur Schlimmes und Herzbrechendes dabei heraus.« Wieder schwieg er eine Weile, bevor er mit bittendem Unterton in der Stimme fortfuhr: »Es ist nur zu Ihrem eigenen Besten, wie ich mich verhalte, Michele, bitte glauben Sie mir das!«

Mit dem Gesicht zwischen seinen Händen spürte Michele nur eines, die Zärtlichkeit, die von ihm auf sie überging. Ohne viel nachzudenken, ließ sie sich an seine Brust sinken. Seine Hände umschlossen ihr Gesicht fester. Er stöhnte leise, und dann suchten seine Lippen die ihren, und das süßeste Gefühl, das sie je gekannt hatte, durchströmte Michele. Er drückte seinen Mund auf ihr Haar und flüsterte dicht an ihrem Ohr: »O Chérie, meine süße, kleine Michele, wie sehr habe ich mich danach gesehnt, dies tun zu dürfen.«

Und wieder legte er seinen Mund auf ihre Lippen, weich und suchend. Seine Zunge fand die ihre. Micheles Erregung steigerte sich fast ins Unerträgliche. Die Lust schien sie zu sprengen. Instinktiv bog sie sich ihm entgegen und erschrak über die drängende Härte seiner Männlichkeit als vor etwas ihr völlig Unbekanntem.

Einen Augenblick nur ergriff sie Furcht, aber das Lustgefühl, die Sehnsucht, ihm nah zu sein, waren dann doch so starke Empfindungen, daß sie nicht zurückwich.

Deampierre atmete rasch und stoßweise. Michele konnte das Hämmern seines Herzens spüren, als er begann, tastend ihren Körper zu erforschen, von den Schultern zur Taille, zum Schwung ihrer Hüften, mit immer wachsendem Begehren.

Sie hörte, wie ihr eigener Atem schneller wurde, spürte, wie ihr Puls raste. Sie wußte nicht, was nun geschehen würde, aber was es auch sein mochte, sie *wollte*, daß es geschah. Er rieb seinen Körper gegen den ihren und entfachte damit einen Feuersturm des Verlangens in ihr. Und im nächsten Augenblick lag sie in seinen Armen. Er trug sie in den Umkleideraum, in dem sich eine kleine Liege befand, für den Fall, daß einer der Tänzer sich nicht wohl fühlen sollte und hinlegen mußte. Und dann, irgendwie, hatte sie kein Kleid mehr an, ihre Unterwäsche folgte. Und sie lag nackt, und erstaunlicherweise ganz und gar ohne Scham, unter seinen liebkosenden Händen. Er streichelte sie und berührte sie an Stellen ihres Körpers, von denen sie immer gedacht hatte, daß sie tabu seien. Sie wunderte sich, wie herrlich sich das anfühlte, wie köstlich das doch war. Und obwohl sie das Neue, das sie hier erfuhr, erzittern ließ, folgte sie unbewußt seinen streichelnden Händen, hob sich seiner Berührung entgegen.

Dies schien Deampierre vollends um den Verstand zu bringen. Sie spürte deutlich, wie seine Erregung wuchs, sah, wie er sich schließlich erhob, um die eigene Kleidung abzulegen. Michele lag da, wie benommen, verwirrt von all dem Unbekannten, Neuen, das ihr widerfuhr, von den nie geahnten Reaktionen ihres eigenen Körpers.

Als er schließlich warm und schwer auf ihr lag, als sie die seltsame Härte wieder fühlte, die sich zwischen ihre Schenkel drängte, war sie keines Gedankens mehr fähig. Sie fühlte, wie er seinen Körper hob, obwohl sein Mund auf dem ihren blieb, wie seine sichere Hand behutsam ihre Schenkel spreizte, und dann preßte sich etwas unvorstellbar Starkes gegen sie, schien sie zu sprengen, und ein unerwarteter, scharfer Schmerz durchzuckte sie. Aber er war sofort vergessen, als sich das folgende Lustgefühl in ungeahnte Höhen schraubte und sie in dem köstlichen Wechsel von Zusammenziehen und Lösen einen lauten Schrei des Entzückens ausstieß.

Während dieses Schreis wurden Deampierres Bewegungen leidenschaftlicher, und obwohl ihr dies nun, nachdem sie selbst entspannt war, sogar ein gewisses Unbehagen bereitete, fühlte sie sich doch wie im siebenten Himmel, weil sie spürte, daß jetzt sie es war, die *ihm* Lust verschaffte. Es erfüllte sie mit tiefer Genugtuung, daß sie in einem so beherrschten, nach außen so kühlen Mann derartige Emotionen erwecken konnte.

Und dann spannte sich Deampierres Körper wie im Krampf. Er rang nach Luft, und nun stieß auch er einen lauten Schrei aus. Noch einmal warf er sich über sie, und sie fühlte, wie es in ihr zuckte und verebbte. Lange lag er bewegungslos und entspannt auf ihr, dann ließ er sich zur Seite rollen. Sein Atem ging noch immer unregelmäßig. Etwas wie Enttäuschung ergriff Michele, als er sich neben sie legte. Zwar war sein Gewicht schwer gewesen, aber sie hatte es gern getragen. Sie wandte den Kopf, um ihn anzusehen. Er lag da und hatte einen Arm über die Augen gelegt und sein Gesicht abgewandt. Diese Geste schien sie voneinander zu trennen, und Michele fühlte einen Anflug von Besorgnis bei diesem Anblick. Sie hätte ihn so vieles fragen wollen, wagte es aber nicht, die Stille zu unterbrechen, eine Stille, die allmählich schreckliche Ängste in ihr weckte.

Und dann konnte sie es nicht mehr aushalten. Sie wollte wissen, ob dieses Zusammensein für ihn auch so herrlich gewesen war wie für sie. Sie berührte sacht seine Schulter: »Arnaut?« sagte sie mit bebender Stimme. »Bitte, Arnaut, sprich mit mir. Du machst mir angst.«

Langsam ließ er den Arm sinken und wandte sich ihr zu. Sein Gesicht blieb verschlossen. »Es tut mir leid, Chérie, *das* habe ich nicht gewollt.«

Michele schnürte sich die Kehle zu. Was konnte das bedeuten? Warum sprach er so ernst? »Stoß mich nicht weg, Arnaut«, flüsterte sie. »Wir waren uns erst so nah, und nun – nun ... Ich fühle mich plötzlich so alleingelassen.«

»Ah, Chérie«, er zog sie eng an sich. »Das will ich nun auch wieder nicht. Verzeih mir, ich war selbstsüchtig, ich habe überhaupt nicht darüber nachgedacht, daß es für dich das erste Mal war.«

Er küßte sie zart auf die Stirn, und Michele versuchte, sich einzureden, nun sei alles so, wie es sich gehöre, aber tief in ihrem Innern wußte sie, daß alles ganz anders sei, daß Deampierre im Begriff war, ihr etwas zu sagen, was sie nicht hören wollte.

Er hielt sie ein kleines Stück von sich weg und blickte ihr tief in die Augen. »Michele, was jetzt eben geschehen ist, war für mich etwas Wundervolles. Ich möchte, daß du das weißt. Dir so nahe zu sein, dich lieben zu dürfen, war etwas unbeschreiblich Schönes, was ich nie vergessen werde.«

Micheles Herz begann heftig zu schlagen. Warum sprach er so mit ihr? Das war ja, als solle es ein Abschied für immer sein.

Er seufzte. »Ich hoffe, du verstehst mich, Chérie, obwohl ich es andererseits sehr bezweifle.« Wieder seufzte er tief und berührte ihre Wange sanft mit den Fingerspitzen. »Du bist so unendlich jung, mein Kleines.«

Michele umklammerte ihn und barg ihr Gesicht an seiner Brust. Jähes Schluchzen schüttelte sie. Er strich ihr liebevoll über das Haar. »Michele, was ich versuche, dir zu sagen, ist folgendes: Dies darf nicht wieder geschehen. Ich habe es zwar ebenso heftig gewünscht, wie ich es genossen habe, aber es darf nicht wieder geschehen.«

Immer noch gegen seine Brust gepreßt, fragte sie weinend: »Warum denn, Arnaut, warum?«

»Weil es eigentlich überhaupt nicht hätte passieren dürfen, mein Liebes. Nicht nur, weil du der Schützling eines mir lieben Freundes bist, auch nicht deshalb, weil du so jung bist. Du bist ein Mitglied meines Balletts, und, wie ich dir vorhin schon sagte, gehört es zu meinen Grundsätzen, mich niemals mit einem der Mädchen einzulassen, die in meiner Truppe tanzen. Das war heute eine absolute Ausnahme. Es hat mich überwältigt, aber ich hatte nicht von vornherein die Absicht, es zu tun. Meine einzige Entschuldigung dafür ist, daß ich auch nur ein Mensch mit Fehlern und Irrtümern bin und daß du, Chérie, sehr schön und begehrenswert bist.«

Michele schluchzte fassungslos. »Warum spielt es eine Rolle, daß ich zu deiner Truppe gehöre?«

»Das habe ich doch schon gesagt, Michele. Ich kann mir innerhalb des Balletts keine Gefühlsstürme leisten. Sollte ich dir zum Beispiel irgendwann eine Solopartie übertragen, würde jeder sagen, das täte ich nur deshalb, weil du meine Geliebte bist. Es gäbe Eifersucht und Mißgunst. Das willst du doch auch nicht, oder?«

Michele schüttelte heftig den Kopf: »Es wäre mir völlig egal.«

Er schüttelte sie sanft und hielt sie von sich, so daß er ihr klar ins Gesicht sehen konnte. »Das meinst du nicht ernstlich, Kind, das sagst du jetzt nur, weil du aufgeregt bist.«

Michele schluckte. Sie fühlte sich verraten und verkauft. »Es ist doch wirklich egal«, sagte sie, »das behaupten die auch so. Madame DeCoucy erzählt überall, daß du und Cybella etwas miteinander hättet.«

Deampierre seufzte. »Die Dame ist für ihre Klatschsucht bekannt«, erwiderte er verärgert, »aber ich versichere dir, mein Kind, daß dies eine infame Lüge ist. Madame DeCoucy ist blind und taub für die Realität, wenn es um die Karriere ihrer Tochter geht. Sie glaubt, es hätte einen privaten Grund, daß Cybella und nicht ihre Tochter Primaballerina ist. Aber Cybella ist nun einmal besser. Hast du diesen Unsinn etwa geglaubt?

So, jetzt mußt du wieder vernünftig sein. Wenn du so spät nach Hause kommst, denken André und Madame Dubois, es wäre ein Unglück geschehen. Komm nun, hör auf zu weinen, Michele.«

Sie versuchte es, aber die Tränen flossen weiter. »Soll das heißen, daß sich hiernach nichts zwischen uns ändert und daß alles so weitergeht wie bisher?«

Er nickte, entschlossen, aber freundlich. »Das genau meine ich, mein Kleines. Für dich muß ich weiterhin nur der Ballettmeister bleiben. Es mag am Anfang schwierig sein. Aber du wirst sehen, es geht, und es wird für uns beide besser sein. Ich kenne dich mittlerweile, Michele. Tanzen bedeutet für dich wie für mich das Wichtigste auf dieser Welt. Daran mußt du immer denken. Und nun wollen wir nicht einmal mehr davon sprechen. Komm, ich hole dir Wasser zum Waschen, und du ziehst dich an, ja?«

Später wußte Michele nicht mehr, wie es weitergegangen war, wie sie zum geduldig wartenden Kutscher hinuntergegangen und wie sie nach Hause gekommen war. Sie hatte noch die Kraft, freundlich zu lächeln, sich wegen Kopfschmerzen für das Abendessen zu entschuldigen und auf ihr Zimmer zurückzuziehen. Dort weinte sie sich in einen tiefen Erschöpfungsschlaf.

In den folgenden Wochen fühlte Michele sich so unglücklich wie nie zuvor in ihrem Leben, selbst beim Tode ihres Vaters nicht. Aber das Leben ging weiter. Sie studierte mit Eifer ihre Choreographie, versäumte keine Probe und verbrachte gesellige Abende und Wochenenden mit André und Madame Dubois. Auch die Proben für die bevorstehende Aufführung, in der sie zum erstenmal mit dem corps de ballet tanzen, zum erstenmal auf einer wirklichen Bühne auftreten sollte, bewirkten schließlich, daß ihre Gedanken nicht mehr unaufhaltsam um Arnaut Deampierre kreisten. Ganz allmählich wich die Last von ihrer Seele.

Ein unvorhergesehener Zwischenfall vor der Uraufführung

erregte die Gemüter aller, René, die eine kleine Solopartie tanzen sollte, stolperte über etwas im Wege Liegendes und fiel so unglücklich, daß sie sich den Knöchel brach. Denise erhielt daraufhin die Rolle.

»Es ist doch seltsam«, sagte Marie zu ihrer Freundin Michele, nachdem das Unglück passiert war. »Immer, wenn Denise eine Sonderaufgabe zugeteilt bekommt, ist zuvor jemand anders tanzunfähig geworden.«

»Das kann doch Zufall sein«, meinte Michele begütigend. Sie konnte sich soviel Bosheit beim besten Willen nicht vorstellen. Jemand wissentlich Schaden zuzufügen, um sich selbst einen Vorteil zu verschaffen, das war ihrem klaren Denken vollkommen fremd.

»Allmählich ist es kein Zufall mehr«, erwiderte Marie nachdenklich. »Ich möchte, daß du gewarnt bist, Michele, denn das sieht ja jeder, daß Denise gerade dir am liebsten die Pest an den Hals wünschte. Paß auf. Dies Mädchen ist zu allem fähig.«

Michele war zutiefst erschrocken. Sie nickte nur stumm. »Vielleicht hast du recht«, sagte sie schließlich, »aber du kannst sicher sein, Marie, ich werde aufpassen. Danke für die Warnung.«

Und dann war endlich der langersehnte Tag gekommen, für den sie sich so angestrengt hatte. Sie würde in der Öffentlichkeit tanzen dürfen, auf einer richtigen Bühne. Zum erstenmal vor richtigem Publikum.

Während sie sich in der Garderobe zurecht machte, füllte ein tiefes Gefühl des Dankes, ein ganz neues Glücksgefühl sie vollkommen aus. Die Zukunft, nach der sie sich immer so gesehnt hatte, schien nun greifbar nahe.

10

Als Michele mit den übrigen Ballettmitgliedern im Halbdunkel der Kulissen stand und auf ihren Auftritt wartete, versuchte sie, jeden Eindruck besonders intensiv in sich aufzunehmen, weil dies das erste Mal war. Es war dunkel im Bühnenhintergrund. Die Bühne erstrahlte dafür in um so hellerem Licht. Hunderte von Kerzen, die ihren Schein in blanken

Messingschilden reflektierten, ließen den Auftritt der Solisten verzaubert und unwirklich erscheinen.

Und dann kam ihr eigener Auftritt zusammen mit den anderen, und Michele fühlte sich im gemeinsamen Rhythmus des Tanzes so unendlich glücklich, daß sie glaubte, das Herz müsse ihr zerspringen.

Nur allzuschnell war alles vorbei, und sie nahmen mit vielen Verbeugungen den donnernden Applaus entgegen. Weil es im Zuschauerraum dunkel war, konnte sie keine Gesichter erkennen, aber sie hörte Andrés Stimme über allen anderen: »Bravo! Bravo!«

Wie schön war das Leben!

Im überfüllten Umkleideraum herrschte eitel Freude und Erleichterung über den guten Verlauf des Abends. Und mitten drin scherzte und lachte Michele, bis sie sich, fremde Blicke auf sich spürend, umwandte und Denise genau in die lauernden Augen sah.

»Ist es nicht wundervoll verlaufen?« rief Marie, indem sie das Wort an Michele richtete, die ihren Blick sofort von dem des anderen Mädchens abwandte. »Hat Louis nicht prachtvoll getanzt? Und Cybellas Auftritt war einzigartig, findet ihr nicht auch?«

In diesem Augenblick hörte man ein Klopfen an der Tür. Eines der Mädchen öffnete und erschien kurz darauf mit einem Strauß roter Rosen. Michele hörte ihren Namen rufen. »Die sind für dich, Michele«, sagte das Mädchen, das die Tür geöffnet hatte, »ein Bote hat sie für dich abgegeben.«

Sofort war sie von allen Mädchen neugierig umringt. Die müssen von André sein, dachte Michele. Das hätte er nicht tun sollen. Sie war tief errötet. Die anderen sollten nicht denken, sie fühle sich als etwas Besonderes. Es war ihr in tiefster Seele peinlich.

»Von wem sind sie denn?« fragte Marie und griff nach der Karte, die im Strauß steckte. »Laß mal sehen.«

Michele hätte die Freundin am liebsten daran gehindert, aber es war schon zu spät. Marie las strahlend vor: »Für eine entzückende junge Dame und begabte Tänzerin. Würden Sie mir das Vergnügen machen, mit mir zu Abend zu speisen?«

»Also nun sag schon, von wem?« riefen die anderen Mädchen.

»Ist das hier ein großes Geheimnis?«

Marie wandte die Karte um. Ihre Augen wurden groß vor Erstaunen: »Lord Bayington, steht da.«

Michele, die Andrés Namen erwartet hatte, war starr vor Überraschung. »Wer ist denn *das*? Nie gehört.«

Schallendes Gelächter war die Antwort.

»O Michele«, rief Marie vergnügt, »du bist wirklich ahnungslos. Dies ist der bestaussehende und reichste junge Engländer in ganz Paris. Er ist seit einigen Wochen bei seiner Tante zu Besuch und auf jeder größeren Gesellschaft zu finden. Den kennt doch jeder. Ein toller Mann!«

Sie gab die Rosen Michele.

»Paß auf, Michele«, sagte Felice, ein dunkelhaariges, zierliches Mädchen. »Er ist zwar sehr charmant, aber er soll ein Filou sein. Wirst du seine Einladung annehmen?«

»Ich denke ja nicht daran«, erwiderte Michele, der das Ganze höchst unangenehm und unangebracht schien. Marie seufzte.

»O Michele, du bist so – wie soll ich sagen, so amerikanisch. Das ist doch alles nur Spaß, den man sich nicht entgehen lassen sollte. Und es wäre toll für dein Ansehen, wenn alle Welt erfährt, daß ein Lord Bayington dir den Hof macht.«

Michele schüttelte beharrlich den Kopf. »Nein, kommt nicht in Frage. Sag du dem Boten, ich dankte vielmals. Es täte mir leid, aber ich könne die Einladung nicht annehmen.«

Marie zuckte die Schultern. »Na schön, wenn du meinst, sag ich ihm das, aber das geht ganz und gar gegen die üblichen Spielregeln.«

Kurz darauf verkündete Deampierre seinen Tänzern, daß er beabsichtige, ein neues Ballett einzustudieren ›Die Schöne und das Ungeheuer‹. Obwohl jedem von ihnen klar war, daß Roland und Cybella die Hauptrollen tanzen würden, so gab es doch viel hoffnungsvolles Geraune. Denn es waren noch einige andere, wichtige Rollen in diesem Märchenballett zu besetzen. Jeder in der Truppe hoffte auf eine Gelegenheit, sich zu beweisen.

Schließlich machte Deampierre der Spannung ein Ende. »Ich habe mir über die Besetzung eine Menge Gedanken gemacht«, sagte er. »Cybella wird die ›Schöne‹ tanzen und Louis das ›Ungeheuer‹, denn er ist schauspielerisch ebenso begabt wie tänzerisch. Das ist in diesem Fall wichtig.

Und nun zu den anderen Rollen: Roland, du tanzt den Vater.

Du bist groß und kräftig. Das entspricht auch der Autoritätsausstrahlung, die für diese Rolle notwendig ist. Michele tanzt die Rolle der Schwester. Es ist kein großer Part, aber er gibt dir Gelegenheit, Michele, festzustellen, wie weit deine Möglichkeiten als Solotänzerin reichen. Und nun alle wieder an die Stangen! Morgen fangen wir mit den Proben für das neue Ballett an.«

Michele konnte es nicht fassen. Sie sollte einen Solopart bekommen! Sie konnte ihr Glücksgefühl kaum unter Kontrolle bringen und schaute schnell hinüber zu Louis, um ihren Triumph mit ihm zu teilen. Statt dessen fing sie den Blick von Denise auf, aus dem ihr blanker Haß entgegenschlug. Das war so deutlich, daß Michele förmlich vor Erschrecken über die Mißgunst der anderen zurückfuhr. Aber sie fing sich sofort und erwiderte diesen Blick außerordentlich kühl. Wie kam sie dazu, sich von diesem Mädchen aus dem Gleichgewicht bringen zu lassen? Und wenn Denise, wie Marie es angedeutet hatte, für ihre Rivalinnen Unfälle zu arrangieren pflegte, nun wohl, sie war gewarnt und würde sich entsprechend vorsehen. Michele war entschlossen, nicht so ohne weiteres Denises Opfer zu werden.

Natürlich gab es noch andere neidvolle Blicke, aber die meisten der jungen Tänzer und Tänzerinnen wünschten ihr aufrichtig Glück zu diesem Start. Es war, so empfand es Michele, einer der glücklichsten Tage in ihrem Leben.

Nur wenige Tage später geschah es, daß Michele einen scharfen Glassplitter in ihrem Ballettschuh fand. Sie hätte sich ernstlich daran verletzen können.

Sie zeigte Louis ihren Fund. Der schüttelte mißbilligend den Kopf. »Es ist ja unglaublich«, sagte er, »man müßte ihr mit gleicher Münze heimzahlen. Auf irgendeine Weise muß diesem Frauenzimmer das Handwerk gelegt werden, bevor jemand wirklich zu Schaden kommt.«

Michele blickte ihn nachdenklich an. »Man sollte sich eigentlich nicht mit ihr auf eine Stufe begeben«, sagte sie. »Außerdem liegt ja ein wirklicher Beweis gar nicht vor, wir vermuten ja bloß. Wenn man sie bloß einmal dabei erwischen würde. Das würde dem ein Ende bereiten.«

So behielt Michele die Augen offen und beobachtete Denise, wo sie ging und stand.

Dann kam die Zeit der Kostümprobe. Louis' Kostüm war fabelhaft geworden, aus gelblichem Plüsch. Es sah tatsächlich wie ein Tierfell aus. Dazu die schreckerregende Maske eines Menschenmonsters. Man konnte Angst bekommen, wenn Louis hineingeschlüpft war. Das entsprach ganz Deampierres Absicht – die Kostüme sollten überzeugen, sollten Stimmung vermitteln.

Die Kostüme der beiden Mädchen – der ›Schönen‹ und ihrer Schwester – waren ganz einfach gehalten, weich fallend wie Gewänder aus der griechischen Antike. Die Ballettmitglieder waren bis dahin anderes gewöhnt gewesen, nämlich Rüschen und Reifröcke, und so gab es viele erstaunte Kommentare.

»Also weißt du«, flüsterte Marie, »darunter sieht man alles. Dieser leichte Stoff schmiegt sich doch jeder Körperform an.«

»Genau das soll er auch«, antwortete Deampierre, dem Maries geflüsterte Bemerkung nicht entgangen war. »Ich wollte schon längst von der üblichen Kostümierung weg. Und dieses Ballett gibt mir eine Gelegenheit dazu. Außerdem geschieht das nicht das erste Mal. Auch der große Tänzer Salle arbeitete damit.«

»Und verursachte einen Mordsspektakel«, rief Denise vorlaut dazwischen. »Ich bin nur froh, daß ich nicht in einem so schamlosen Kostüm tanzen muß.«

Michele und Marie wechselten einen schnellen Blick der Übereinstimmung. »Sie würde sonst was drum geben, wenn sie's könnte«, flüsterte Marie.

Dieser Zwischenfall ließ Michele abermals viel über Denise nachdenken. Es mußte etwas unternommen werden, damit sie aufhörte, Unheil zu stiften. Nachdem sie lange darüber gebrütet hatte, kam Michele zu dem Schluß, daß Louis vor einigen Tagen das Richtige angeregt habe: Man mußte Denise Gleiches mit Gleichem vergelten.

Am selben Abend sprach sie mit André, erzählte ihm das Vorgefallene und bat ihn um Hilfe.

»Du hast ganz recht, Chérie«, meinte er, »das muß aufhören. Und es muß ihr gezeigt werden, daß auch andere auf ähnliche Tricks verfallen können. Warte, ich will etwas besorgen, was ihr nicht wirklich schadet, aber was sie für einige Stunden hundeelend machen wird. Daran wird sie denken.«

Am nächsten Tag erschien Michele zur Probe mit Andrés Pülverchen in einer kleinen Schachtel. Sie wartete, bis alle anderen im Proberaum waren. Dann machte sie sich an Denises Frühstückskorb zu schaffen, indem sie Andrés Rat befolgte und den Inhalt der Schachtel vorsichtig in die entkorkte Rotweinflasche gleiten ließ. Anschließend schüttelte sie die Flasche gründlich, damit sich das Pulver auch richtig verteilte.

Sie kam zu spät zu den Übungen an der Stange, ertrug jedoch Deampierres Rüge mit Gelassenheit. Es war die Sache wert, dachte sie. Mal sehen, was nun in der Frühstückspause geschehen würde.

Während der Essenspause, in der sie sich alle mit ihren Vorratskörben beschäftigten, flüsterte sie Louis und Marie leise zu: »Paßt mal auf Denise auf, aber so, daß sie es nicht merkt. Ich habe ihr etwas in den Wein getan, was sie für eine Weile außer Gefecht setzen wird.«

Louis lachte breit und vergnügt, und Marie fing an zu kichern. »Was ist es denn, Michele?« fragte sie.

»Warte nur ab«, erwiderte Michele, und dann saßen sie alle drei und beobachteten Denise möglichst unauffällig. Diese trank reichlich aus ihrer Rotweinflasche. Und bei jedem Schluck empfand Michele ein Gefühl der Genugtuung. Hoffentlich wirkte das Abführmittel auch so, wie André es versprochen hatte.

»Da schaut«, sagte Louis plötzlich, »schaut mal hinüber zu Denise!«

Michele blickte hinüber und sah zum erstenmal so etwas wie Ausdruck in Denises Gesicht. Das Mädchen sah sehr blaß aus. Sie runzelte erstaunt und wie in tiefstem Mißbehagen die Stirn. Dann preßte sie die Hände vor den Leib und stöhnte, und schließlich sprang sie, völlig ungraziös, auf und rannte hinaus.

Louis blickte hinüber zu Michele. Er war äußerst fröhlich. »Toll«, meinte er anerkennend. »Wie hast du das geschafft?«

Michele lächelte zurück. »Ganz einfach«, sagte sie. »Das war nur ein Abführmittel, welches André mir zu diesem Zweck gegeben hat. Ein starkes Mittel. Vermutlich wird Denise den ganzen Nachmittag mehr draußen als drinnen sein, vermutlich hat sie auch noch während der Nacht mit sich zu tun. Bis morgen wird sie ganz schön geschafft sein. Dann werde ich ihr sagen, daß nicht nur sie allein solche schmutzigen Spielchen spielen kann und, wenn sie mir verspricht, keine weiteren ›Unfälle‹ für mich zu produzieren, ich umgekehrt dasselbe tun werde.«

»Na, siehst du«, meinte Louis zufrieden, »ich habe ja gleich gesagt, sie muß einen gehörigen Denkzettel bekommen.«

»Ja, das hast du, du rachedurstiger Mensch«, lachte Michele, »obwohl ich es im Grunde genommen nur mit Widerwillen getan habe. Aber in diesem Fall muß man sich wirklich wehren. Es ist einfach zu gefährlich, was sie treibt.«

»Das nenne ich praktische Justiz«, sagte Marie lachend. »Es ist gut, wenn ausgleichende Gerechtigkeit herrscht.«

Am Abend des gleichen Tages, nachdem sie André von dem Erfolg seines Mittels berichtet hatte, kamen die beiden endlich zu dem Gespräch, das André ihr seinerzeit bei dem großen Empfang in Madames Salon in Aussicht gestellt hatte. Michele erinnerte ihn einfach daran.

»André«, sagte sie und legte ihm die Hand auf den Arm, »da wir nun schon mal allein zusammensitzen und niemand uns hört, wäre es Zeit, daß du dein Versprechen einlöst.«

Andrés Lächeln verschwand. Er wurde tiefernst. »Natürlich, Chérie, ich erinnere mich genau. Du wolltest wissen, weshalb ich aus Frankreich flüchten mußte. Ich wünschte, ich hätte es dir nicht versprochen.«

»O André«, Michele schüttelte den Kopf. »Warum sagst du so was? Wir sind doch gute Freunde, die sich alles sagen können, oder?«

Er ergriff ihre Hand: »Du hast ja recht, Michele, aber es fällt mir sehr schwer. Denn es ist ein sehr delikates Problem, was ich nun vor dir ausbreiten muß.«

Michele drückte herzlich seine Hand: »André, du weißt doch, wie lieb ich dich habe. Du bist für mich all die Jahre wie ein Onkel oder wie ein älterer Bruder gewesen, und nach Vaters Tod hast du mir wahrhaftig in vielem den Vater ersetzt, was soll's? Ich will dich nicht zwingen, aber andererseits ist es schwer für mich, nur ein paar Andeutungen von anderen Leuten gehört zu haben, aus denen ich mir kein Bild machen kann, was eigentlich wirklich passiert ist.«

Er seufzte: »Nun ja, das verstehe ich auch. Also fangen wir an. Ich hoffe nur, daß du mich anschließend nicht verabscheust oder gar haßt.«

»Glaub mir«, entgegnete Michele herzlich und drückte ihm

einen Kuß auf die Wange, »es gibt nichts, was meine freundschaftlichen Empfindungen für dich zerstören könnte.«

Wieder seufzte er und blickte ihr direkt in die Augen. »Eigentlich ist es eine denkbar einfache Geschichte«, begann er, »obwohl sie außerhalb deiner Erfahrungen liegt, Chérie. Es gibt gewisse Männer – und übrigens auch Frauen –, die, aus welchem Grunde auch immer, unfähig sind, einen Menschen des anderen Geschlechts zu lieben. Diese Männer und Frauen lieben nur Personen des eigenen Geschlechts.«

Michele versuchte, dies, ohne zu erschrecken, in sich aufzunehmen.

»Du meinst – nicht nur seelisch?«

André lächelte. Es war ein trauriges Lächeln. »Nein, meine liebe Michele, nicht nur seelisch, sondern auch körperlich. Genauso wie Männer Frauen lieben und umgekehrt.«

»Und du bist einer von ihnen? Ich meine, du kannst nur Männer lieben?«

»Ja, Michele, so ist es. Ich bin selbst nicht besonders glücklich darüber, so veranlagt zu sein. Aber ich kam so auf die Welt. Es ist nicht zu ändern. Es steht zumindest nicht in meiner Macht, soviel Kummer es mir auch bereitet hat.«

»Schon, seitdem du ein kleiner Junge warst?«

»Ja, schon da. Manchmal habe ich mir gedacht, daß ich ein Irrtum der Natur sein müsse, ein Mädchen in einem Jungenkörper.«

In Michele wogte ein Durcheinander verschiedenster Gefühle bei dieser Eröffnung, aber bei weitem am stärksten war das Mitgefühl für den alten Freund.

»Nun ja«, fuhr André fort, »es war und ist strafbar. Eine Beziehung, die ich hatte, wurde entdeckt. Und ich mußte das Land verlassen. Andererseits ist es doch auch gut so, wie es gekommen ist, denn sonst hätte ich weder deine Mutter, noch dich je kennengelernt. In eurer Familie habe ich stets das Gefühl gehabt, zu Hause zu sein.«

»Und ...«, Michele suchte nach Worten, um ihre Frage nicht verletzend zu stellen, »... und war es nicht auch in Virginia schwierig für dich? Ich meine, so allein zu sein mit seinen Gefühlen. Oder hast du dort jemanden getroffen, der so empfindet wie du?«

Er lächelte schwermütig. »O ja, kurz dauernde Freundschaften, keine ernsthafte Liebe. Nichts, was einen seelisch bereichert hätte. Du siehst, auch in den sittenstrengen Kolonien gibt es Leute meiner Veranlagung.

So, meine liebe Michele, und das ist nun die Erklärung, die ich dir geben wollte, mit all ihren Konsequenzen, die sie für mich nach sich zog. Ich hoffe, daß du mich jetzt nicht verabscheust, nachdem du es weißt.«

Michele, die zum Schluß nur noch fasziniert zugehört hatte, schüttelte entschieden den Kopf. »Ich gestehe, daß ich nicht alles völlig begreife. Ich kann mir nicht vorstellen, daß ich mich in eine Frau verliebe und sie umarme. Aber deshalb ändern sich meine Gefühle für dich überhaupt nicht, lieber André. Da kannst du ganz beruhigt sein. Du bist immer noch mein lieber Freund und Lehrer, dem ich viel verdanke. Ich danke dir für dein Vertrauen und dafür, daß ich mir nun nicht mehr den Kopf zu zerbrechen brauche.«

Die Konfrontation mit Denise am nächsten Tag wurde viel einfacher, als Michele sich das vorgestellt hatte. Wie André vorausgesagt hatte, war Denise am Morgen bereits wieder bei den Proben anwesend, doch sie sah sehr blaß aus und war offensichtlich noch ziemlich schlapp. Man merkte es ihrem Tanz an.

In der Mittagspause ging Michele direkt auf sie zu. »Man hat mir gesagt, während des Mittagessens gestern wurdest du krank. Ist doch seltsam, oder?«

Denise blickte sie verblüfft und haßerfüllt an. Michele fuhr fort: »Du weißt sicher auch – und zwar ganz genau –, daß mir vor ein paar Tagen etwas Unerfreuliches zustieß. Eine Glasscherbe, in meinem Schuh versteckt, hätte mich für längere Zeit tanzunfähig machen können – wenn ich nicht aufgepaßt hätte. Weißt du, Unfälle, die dem einen zustoßen, können genausogut auch jedem anderen widerfahren, wenn du verstehst, was ich meine.«

Denises harte graue Augen waren ausdruckslos. Sie hatte die Lippen fest zusammengepreßt. Zwar gab sie keine Antwort, aber Michele war sich ziemlich sicher, daß sie diese verschlüsselte Information verstanden hatte.

»Deshalb nehme ich fest an«, fuhr Michele fort, »daß derlei ›zufällige‹ Unfälle nicht mehr passieren – weder dem einen noch dem anderen, ist das klar? Bitte, Denise, äußere dich dazu!«

Die andere zögerte, aber schließlich antwortete sie mit erstickter Stimme und abgewandtem Blick: »Ja.«

Michele ging, um Marie und Louis zu suchen und ihnen den Erfolg des Unternehmens mitzuteilen. Sie fühlte sich nun doch sehr viel besser, weil Denise ja begriffen haben mußte, daß ihre bösartigen Tricks durchschaut waren, und weil sie mit etwas Ähnlichem rechnen mußte, sollte sie es noch mal versuchen.

Und dann war es endlich soweit, der Tag der Premiere war gekommen, an dessen Abend Deampierres ›Die Schöne und das Monster‹ uraufgeführt werden sollte. Michele in ihrer Garderobe verspürte heftig das ihr mittlerweile schon vertraute Lampenfieber. Alles, was in Paris Rang und Namen hatte, war im Zuschauerraum versammelt, das wußte sie. Und hinter den Kulissen standen die Kollegen. Sie alle würden ihren ersten Auftritt als Solotänzerin kritisch verfolgen.

Würde sie es schaffen? Oder würde ihr vielleicht ein Fehler unterlaufen?

Im Augenblick litt sie unter dem schrecklichen Gefühl, sich überhaupt nicht erinnern zu können, welche Schritte sie setzen mußte, wann sie aus der Kulisse heraus und auf die Bühne tanzen mußte. Alles in ihr war fieberhafte Angst. Selbstzweifel überfluteten sie, und sie befürchtete, daß sie im nächsten Moment bewußtlos zu Boden sinken würde.

Sie sah an sich herunter, betrachtete ihr Kostüm – zweifellos, es war wunderschön und anmutig, aber keinesfalls das, woran das Publikum gewöhnt war. Nun ja, heute abend würde sie zusammen mit Cybella auftreten, und die trug das gleiche Kostüm, nur in einer anderen Farbe, und dennoch hatte Michele das Gefühl, sie müsse ganz allein vor das Publikum treten. Es war eben sehr gewagt, in einem durchsichtigen Gewand zu tanzen, das sich bei jeder Bewegung, bei jedem Schritt, so eng dem Körper anschmiegte.

Die Ouvertüre drang von draußen an ihr Ohr. Mit zitternden Händen beendigte sie ihre Toilette und strich ihr Haar zurecht. Dann war es Zeit, mit Cybella zusammen hinauszutanzen. Und Cybella lächelte so lieb und drückte ihr ganz leicht die Hand. Im nächsten Augenblick existierte nur noch die Bühne, und Michele vergaß alles um sich, außer der Musik und ihrem schwebenden Tanz.

Donnernder Applaus nach der Aufführung bewies, daß

Deampierres ›Die Schöne und das Monster‹ ein rauschender Erfolg geworden war.

Es hatte zwar heftiges Erstaunen und einige Ausrufe der Verblüffung gegeben, als Cybella und Michele in ihren leichten Kostümen erschienen. Doch die meisten Zuschauer machten keinen Hehl aus ihrem Entzücken.

War Michele schon aufs höchste verlegen gewesen, als sie das erste Mal als Mitglied des Balletts und innerhalb der Gruppe Aufsehen erregt hatte, so war sie jetzt völlig überwältigt. So viele Blumen auf einmal hatte sie noch nie gesehen. Und die dazugehörigen Grußkarten! Auf einigen wurde sie um ein Rendezvous gebeten, andere luden sie zum Essen ein, andere zum Besuch der Oper und samt und sonders versicherten sie Michele ihrer leidenschaftlichen Zuneigung.

Sie wußte nicht, ob sie lachen oder weinen sollte. Es war einfach zuviel.

Das einzige, was ihr diesen wundervollen Abend trübte, war die Abwesenheit ihrer Mutter. Wie gerne hätte sie sie dabeigehabt, zusammen mit der Mutter ihren Triumph genossen. Gedankenverloren überlegte Michele, was ihre Mutter wohl jetzt gerade in Malvern tun mochte.

11

Just in diesem Augenblick war es Erntezeit in Malvern, und es war, wie man sehen konnte, eine Super-Baumwollernte. Alle Leute auf der Plantage, mit Ausnahme des Hauspersonals, waren mit dem Einbringen beschäftigt. Vom frühen Morgen bis zum späten Abend wurden die bauschigen weichen Baumwollbälle gepflückt. Selbst die Kinder wurden zur Mithilfe mit herangezogen. Die Pflücker hatten einen großen Sack an einer Kordel über die Schulter gehängt, und wenn der Sack voll war, wurde er in einem der hochwandigen Wagen entleert, die am Ende des Feldes standen.

Auch Hannah war von früh bis spät auf den Beinen. Nathaniel Bealls, auf seinem grauen Schimmel, war gleichfalls überall zugegen. Hannah hatte keine weiteren Schwierigkeiten mehr mit ihm gehabt.

Sie sprachen nur das Notwendigste miteinander, und Nathaniel legte eine ausgesuchte Höflichkeit an den Tag. Nur ein- oder zweimal hatte sie einen Blick von ihm aufgefangen, der nichts Gutes verhieß. Der reine Haß loderte darin. Sie war nach wie vor entschlossen, ihm zu kündigen, sobald sie ihn – nach der Ernte – ausgezahlt haben würde.

Auch Jules Dade hatte seinen Besuch nicht wiederholt. Sie wartete ungeduldig auf den Zeitpunkt, an dem sie ihm endlich den geschuldeten Betrag zurückzahlen konnte. Um möglichst bald fertig zu werden, setzte sie alle Arbeitskräfte für die Ernte, und nur einige wenige zum Aussortieren des Samens ein. Nathaniel machte sie darauf aufmerksam, daß dies nicht von Vorteil sei. Es könne immer noch ein Unwetter kommen, dann sei der Rest der Ernte vernichtet, ohne daß man genügend Samen für den neuen Anbau sichergestellt habe.

Hannah reagierte kühl: »Sie sind zwar hier der Aufseher«, sagte sie hochmütig, »aber noch bin ich die Besitzerin der Plantage und entscheide letzten Endes, was zu tun ist.«

Während der zwei Erntewochen sah Hannah Court nur zweimal. Sie hatte ihn gebeten, nicht zu kommen, da sie keine Zeit für ihn haben würde, solange die Erntearbeit im Gange war.

Pünktlich am Ende der ersten Woche bog Courts Kutsche um die Ecke, und obwohl ihr Herz vor Freude schneller zu schlagen begann, war ihr sein Besuch doch nicht recht, da sie den ganzen Tag mit den Arbeitern gemeinsam auf dem Feld gewesen war und sich nun, staubig und verschwitzt, präsentieren mußte.

»Meine liebe Hannah«, sagte Court herzlich, »wie habe ich dich vermißt die ganze Zeit. Weißt du, daß es kaum eine Frau gibt, der ich so etwas gesagt habe?«

»Liebling, du hast mir genauso gefehlt, aber schau doch nur, in welcher Verfassung ich bin. Eigentlich habe ich gar keine Zeit für dich und muß weiterhelfen.«

»Ein bißchen Zeit wirst du doch für mich erübrigen können«, seine Augen drückten brennendes Verlangen aus, »nur eine kleine Weile.«

Sein Lächeln ließ ihren Widerstand schmelzen. »Wir benehmen uns wie zwei Jungverliebte«, meinte sie lachend, »ist das nicht ungewöhnlich für unser Alter?«

»Wenn du neben mir bist, Hannah, fühle ich mich wieder jung.«

Das Gefühl, begehrt zu werden, das körperliche Zusammensein mit ihm, die Leidenschaft zwischen ihnen beiden, machten auch sie wieder jung. Aber sie würde es ihm nicht eingestehen. Dennoch ging sie ohne weiteren Einspruch mit ihm ins Haus und ins Arbeitszimmer. Allein seine Berührung fachte ihr eigenes Begehren an, und sein fordernder Kuß ließ ihre Nerven erbeben.

Die Tatsache, daß sie sich mitten aus der Arbeit hinwegstehlen mußte, machte ihre Begegnung noch spannungsgeladener. Das schien auch Court zu empfinden. Schon auf dem Weg zum Diwan begann er, immer seine Lippen auf den ihren, sie zu entkleiden. Aber ihrer beider Bedürfnis nach Lösung dieser ungeheuren Spannung war so groß, daß sie sich nicht einmal vollends entkleideten. Court entledigte sich in aller Eile seiner Reithosen und entfernte nur hastig das Nötigste von ihrer Seidenwäsche, um das ersehnte Ziel zu erreichen. Ohne weiteres Vorspiel drang er sofort in sie ein. Lodernd vor Leidenschaft hob Hannah die Hüften, um seinem Drängen zu begegnen, und dann verloren sie sich in einem rasenden Rhythmus der Lust. Wenn diese Begegnung auch nur kurz war, sie war für beide ungewöhnlich innig. Hannahs Lustschrei und das erlöste Stöhnen von Court erfolgten im gleichen Augenblick.

Als sie erschöpft und glücklich nebeneinander lagen, überfiel Hannah eine köstliche Trägheit. Sie dachte keinen Augenblick mehr an die Feldarbeit da draußen. Nathaniel würde schon sehen, daß die Arbeit weiterging, genauso schnell wie vorher.

Sie rollte sich in seinen Arm, bettete den Kopf an seiner breiten Schulter und verfiel in einen kurzen, erquickenden Schlaf.

Sie erwachte jedoch kurz darauf, als Court wieder begann, ihre Schenkel zu liebkosen. Er befand sich in vollständiger Erregung, bereit zur nächsten Umarmung. Schlaftrunken murmelte sie: »Schon wieder? Und so bald? «

»Daß es so bald ist, stimmt nicht ganz, mein Herz. Draußen bricht schon die Dämmerung herein.«

»Was? Und dabei hätte ich weiter helfen sollen!« Sie setzte sich mit einem Ruck aufrecht, aber er umarmte sie und zog sie wieder zu sich herab. »Komm, bevor du zu den Feldern kommst, ist es vollkommen dunkel, und hier ist es doch so viel schöner, findest du nicht auch?« Er berührte sie an ihren empfindsamsten Körperstellen – zärtlich, wissend.

»O Court, mein Liebster...«

Sie ließ sich willig in seine Umarmung fallen, und bald darauf begann das köstliche Miteinander von neuem. Diesmal zögerte Court den Höhepunkt bewußt hinaus, bewegte sich nur langsam, hielt inne, wartete und brachte sie damit in eine wahre Raserei des Verlangens. Der endliche Höhepunkt war für sie beide wie eine einzige, wundervolle Explosion. Und diesmal gestand Court auf dem Gipfel seiner Leidenschaft: »O Hannah, meine Liebe, Liebste. Ich liebe dich so!«

Und dann lagen sie wieder mit keuchendem Atem und immer noch wild pochenden Herzen beieinander und blickten sich an. »O Court«, sagte sie leise, denn jetzt erst begriff sie den Sinn seiner Worte, »o Court, hast du wirklich gesagt, daß...?«

Sie wurde durch ein hartes Klopfen an der Tür unterbrochen. Hannah versuchte in fliegender Eile, ihre Kleidung in Ordnung zu bringen, dann erinnerte sie sich, daß die Tür verschlossen war.

»Ja, wer ist da?«

»Ich bin's, Nathaniel Bealls. Ich wollte Ihnen nur sagen, Mrs. Verner, daß wir die heutige Erntearbeit beendigt haben.«

»Ja, und was wünschen Sie von mir? Ich fühle mich nicht wohl. Wahrscheinlich hat mir die viele Sonne nicht gutgetan.«

Eine Weile schwieg er. Dann fiel ihm eine passende Antwort ein.

»Ich dachte, Sie hätten noch Anweisungen für mich.«

»Nein«, erwiderte sie kurz, »keine speziellen Anweisungen, Mr. Bealls. Wir sehen uns dann morgen früh.«

Sie wartete mit angehaltenem Atem und stellte sich dabei vor, daß er gewiß mit der Reitpeitsche seine Stiefel bearbeiten würde. Dann hörte sie erleichtert, wie er sich mit schweren Schritten entfernte.

Sie wandte sich zu Court. »Er hat natürlich kein Wort geglaubt. Der weiß genau, daß du hier mit mir im gleichen Raum bist. Das ist ja auch einfach zu erraten, solange dein Wagen mit dem Kutscher draußen wartet.«

Court zuckte gleichmütig die Achseln. »Ist doch ganz egal, ob er's weiß oder nicht. Er ist dein Aufseher, Hannah, und du bist die Herrin von Malvern.«

»Du weißt ja nicht, wie er ist.« Sie holte tief Luft und bedauerte auch schon, etwas gesagt zu haben.

Er ergriff ihr Handgelenk. »Was soll das heißen? Hat er sich dir etwa genähert? Ich werde dafür sorgen, daß ihm das noch leid tut.«

»Es ist nur...«, sie überlegte, ob es klug sei, ihm alles zu erzählen. Aber nun war es wohl zu spät. »Er hat uns damals dort unten am Fluß beobachtet.«

Court fuhr heftig auf. »Dieser widerliche Spanner, warte nur, dem werde ich...«

»Nein nein«, sie legte ihm die Finger auf den Mund, »ich bin ziemlich sicher, daß es ein Zufall war. Er ritt gerade da entlang. Du brauchst außerdem keine Sorge zu haben. Ich habe ihn in seine Schranken gewiesen.«

»Der braucht eine gesunde Tracht Prügel«, grollte Court, »und die werde ich ihm verpassen.«

»O nein, Liebster, tu das nicht. Er ist imstande und verläßt Malvern sofort. Ich brauche seine Mitarbeit noch bis zum Ende der Ernte.«

»Nun schön«, Court versuchte, seinen Jähzorn niederzukämpfen, »ich verstehe das ja. Aber hoffentlich machst du keinen Fehler. Kerlen wie dem ist alles zuzutrauen.«

»Laß nur«, beschwichtigte ihn Hannah, »ich werde schon fertig mit ihm.« Aber insgeheim war sie selbst nicht sehr überzeugt davon.

Hätte Hannah Nathaniel Bealls' Gedanken zu diesem Zeitpunkt lesen können, wäre sie sehr erschrocken gewesen.

Nathaniel raste innerlich vor Wut. Dieses verdammte Weib, dachte er, sie glaubte wohl, sie könne ihm was vormachen? Er wußte doch ganz genau, daß dieser Lackaffe, der Wayne, sich mit ihr dort drinnen herumwälzte.

Dies war wirklich die letzte Demütigung, die er sich von ihr bieten ließ. Er hatte bisher Dades Vorschlag immer wieder verworfen. Aber nun war er fest entschlossen, ihn anzunehmen.

Er sparte sich das Abendessen, ging in sein Zimmer, machte sich frisch, zog sich um und holte heimlich sein Pferd aus dem

Stall. Wenn er nach Williamsburg und zurück reiten wollte, so dauerte das verdammt lange, und er würde auf eine Menge Schlaf verzichten müssen. Aber das war egal. Er würde den morgigen Tag schon durchstehen. Und wenn Madame bemerkt haben sollte, daß er fort war, würde er ihr sagen, er hätte dringend eine Frau im Bett gebraucht und wäre deshalb nach Williamsburg geritten. *Das* würde sie doch wohl besonders gut verstehen!

Er hatte keine Ahnung, wo Dade in Williamsburg wohnte, und erfragte die Anschrift in einer Taverne. Er war verblüfft, wie klein und verwahrlost Dades Behausung am Rande der Stadt wirkte. Es war fast Mitternacht, als er es endlich gefunden hatte, aber im Haus brannte noch Licht.

Nathaniel zögerte keinen Augenblick. Er stieg vom Pferd, schritt hinüber zur Haustür und klopfte, daß es nur so widerhallte. Als nicht gleich eine Antwort kam, klopfte er wieder, diesmal noch lauter. Dann sah er das Flackern einer Kerze und hörte eine verängstigte Stimme: »Ja, ja, ich komme ja gleich. Wer stört denn um diese Nachtzeit den Schlummer eines Christenmenschen?«

Nathaniel wartete ungeduldig und vertrieb sich die Zeit, indem er mit der Peitsche gegen seine Stiefelschäfte schlug.

Dann öffnete sich die Tür einen winzigen Spalt. »Wer ist da?«

»Ich bin's, Nathaniel Bealls.«

»Mr. Bealls?« Es klang überrascht. Nun öffnete Dade die Tür weit und ließ den nächtlichen Besucher bereitwillig eintreten. Er trug ein nicht besonders sauberes, langes Nachthemd. Die Quaste der Schlafmütze fiel ihm immer wieder in die Augen.

»Was gibt es denn so Dringliches?« fragte Dade erstaunt, »daß Sie mich mitten in der Nacht beehren?«

»Es ist Erntezeit, Mr. Dade, da kann ich am Tage keine Stunde abwesend sein. Mir geht eine ganze Nacht Schlaf verloren, Ihnen höchstens eine Stunde. Aber wenn es Ihnen zu spät ist, kann ich ja wieder zurückreiten.«

»Nein, nein«, rief Dade eifrig, »kommen Sie nur. Es wäre ja unchristlich von mir, wenn ich Sie unverrichteter Dinge wieder davonziehen ließe.«

Nathaniel hatte das gierige Glitzern in den Augen des anderen genau bemerkt. Er ließ sich nicht täuschen. Der

Geldverleiher konnte es gar nicht erwarten, mit ihm ins Geschäft zu kommen.

Dade führte ihn durch ein unaufgeräumtes Wohnzimmer und durch weitere Unordnung in ein chaotisches Arbeitszimmer im rückwärtigen Teil des kleinen Hauses, in dem ein verstaubter alter Schreibtisch stand, hochbepackt mit Papieren. Auch an den Wänden stapelten sich in wildem Durcheinander Aktenstücke und Bürokrempel. Dade setzte den Kerzenleuchter auf den Tisch und ließ sich in einen Schreibtischsessel fallen. Da sich kein weiterer Stuhl in dem ganzen Raum befand, mußte Nathaniel stehen. So stand er da, mit gespreizten Beinen, die Arme über der Brust verschränkt.

»So, mein Lieber«, sagte Dade, »und nun wollen wir mal sehen, was für ein dringendes Anliegen Sie haben.«

»Sie kennen mein Anliegen genau, Mr. Dade«, erwiderte Nathaniel schroff. Er machte aus seiner Verachtung für diesen niederträchtigen, zwergenhaften Mann keinen Hehl und trat entsprechend auf. Der andere brauchte *ihn*, nicht umgekehrt. »Es handelt sich um den Vorschlag, den Sie mir gemacht haben«, fuhr er fort.

»Ah, ja? Sie haben es sich also überlegt?«

»Ich habe es mir überlegt und mich entschlossen, ihn anzunehmen.«

»Nun ja, ich habe das vor einigen Wochen erwähnt, vielleicht habe ich meine Ansicht inzwischen geändert, nachdem soviel Zeit vergangen ist?«

»Das glaube ich kaum, Dade. Sie wollten, daß Hannah Verner keinen Nutzen aus ihrer Baumwollernte zieht. Und die Ernte ist noch nicht ganz soweit, daß sie verkauft werden kann.«

»Aber die Zeit wird ziemlich knapp, Mr. Bealls.« Dade schob sich die Quaste seiner Schlafmütze aus den Augen und schielte hinüber zu Nathaniel. »Ich finde ja, das hätte Ihnen früher einfallen müssen, damit noch was draus wird.«

»Für das, was ich vorhabe, ist es immer noch Zeit genug«, entgegnete Nathaniel ungerührt. »Wie wär's denn, wenn Sie dieser Frau nicht nur in die Quere kommen, sondern dabei auch noch einen gesunden Profit in die eigene Tasche schieben könnten?«

Die Gier flackerte in Dades Augen. Aber er blieb vorsichtig:

»Sehr hübsch, Sir, kein Zweifel. Aber wie wollen Sie das bewerkstelligen, wenn ich fragen darf?«

»Zuerst müssen wir mal die Bedingungen aushandeln, vorher läuft gar nichts. Schließlich will ich meinen Anteil haben.«

»Ich sagte Ihnen doch, daß Sie dabei mehr verdienen als bei der Vernerschen.«

»Und das ist mir nicht genug. Ich sagte Ihnen ja, das, was ich mir ausgedacht habe, legt nicht nur ihr Schicksal in Ihre Hand, es bringt Ihnen noch einen Haufen Geld ein. Und von diesem Haufen will ich die Hälfte haben.«

»Die Hälfte!« rief Dade empört. »Seien Sie nicht so habgierig, Sir.«

Nathaniel blieb ganz ruhig: »Ausgerechnet *Sie* sprechen von Habgier, Mr. Dade?«

Dade warf ihm einen verschlagenen Blick zu. »Bevor ich dazu meine Einwilligung gebe, müssen Sie mir Ihren Plan schon verraten, mein Lieber. Sie erwarten doch wohl nicht, daß ich die Katze im Sack kaufe, oder?«

»Wenn ich Ihnen das im voraus sage, brauchen Sie mich plötzlich nicht mehr, könnte ich mir denken.«

»Oh, Sie trauen mir also nicht«, sagte Dade und brachte es wirklich zustande, gekränkt auszusehen. »Wir sind doch Partner in diesem Unternehmen, oder etwa nicht? Ohne Vertrauen kann das aber nicht funktionieren.«

»Wir sind Partner bei einer kriminellen Handlung, und ich traue Ihnen keine drei Schritte über den Weg, Mr. Dade. Also zuerst wird jetzt eine Einverständniserklärung unterschrieben.«

Dade seufzte, fuhrwerkte mit den Papieren auf seinem Schreibtisch umher und zögerte noch. »Der Plan, den Sie da haben, bringt er diesem Weib, der Verner, den Bankrott?«

»Darauf können Sie Gift nehmen!«

Wieder seufzte Dade. Dann zog er ein leeres Blatt Papier aus der Schreibtischschublade und begann, darauf zu kritzeln. Nachdem Nathaniel mit einiger Mühe die Erklärung entziffert hatte – seine Schulbildung war nur unzureichend – wollte er noch dies und das geändert haben. Nach einigem Hin und Her, das eine weitere halbe Stunde dauerte, setzten schließlich beide Männer ihre Unterschrift unter das Dokument. Damit war Nathaniel die Hälfte dessen zugesichert, was bei diesem Geschäft herausspringen würde.

»So, Mr. Bealls«, sagte Dade entschlossen, »und nun Ihr Plan!«

In kurzen Zügen setzte ihm Nathaniel auseinander, was er vorhatte. Dade nickte anerkennend und rieb sich zum Schluß erfreut die Hände. »Ja, das ist eine hervorragende Idee, wirklich! Das zwingt Mistreß Verner in die Knie, und Malvern wird mir gehören – mir!«

Sobald die Baumwolle geerntet war, sorgte Hannah dafür, daß auch der Samen aussortiert wurde. Alle Arbeiter waren allein damit beschäftigt. Dann reiste sie nach Williamsburg und suchte Baumwollkäufer auf. Alle waren äußerst interessiert und sicherten einen guten Preis zu. Zwar war Baumwolle noch ein kleiner Industriezweig im amerikanischen Süden, aber die Zahl der Baumwollspinnereien in England und einiger weniger in den Nordstaaten nahm von Jahr zu Jahr zu. Hannah segnete im stillen Michaels Entscheidung, den Großteil der Felder auf Malvern für Baumwolle zu nutzen.

Und dann hatte sie eine Idee. Warum sollte sie es nicht den Tabakpflanzern gleichtun und eine Auktion veranstalten? Sie würde die interessierten Käufer zu sich nach Malvern einladen, und dann konnte einer den anderen überbieten. Sie entschloß sich, sobald sie nach Hause zurückgekehrt war, Einladungen zu verschicken. Bis dahin würde die Arbeit getan und die Baumwolle verkaufsbereit sein.

Auf dem Rückweg befahl sie John beiläufig: »Wir fahren noch schnell, um Mr. Wayne einen kurzen Besuch abzustatten.«

Johns Gesicht blieb undurchdringlich, er neigte nur den Kopf: »Sehr wohl, Madam«, und schlug die Richtung zu Waynes prächtigem Haus ein.

Court selbst öffnete die Tür. Er war aufs höchste überrascht und erfreut: »Du hier, Hannah?« fragte er, »es ist doch hoffentlich nichts Schlimmes passiert?«

»Nein, nein – keine Sorge. Alles läuft großartig. Ich möchte nur eine Tasse Tee bei dir trinken, und dann erzähle ich dir von meinen neuesten Plänen.«

Er trat zurück, ließ sie eintreten und geleitete sie in den

Salon. Aber erst als sie Seite an Seite auf dem Diwan saßen, berichtete sie von ihrer geplanten Baumwollauktion.

Court war ehrlich verblüfft und voller Anerkennung: »Ich muß sagen, meine liebe Hannah, manchmal beweist du doch einen erstaunlichen Geschäftssinn, auch wenn dir der Ausrutscher passiert ist, von einem Mann wie Dade Geld zu leihen.«

»Schön, du sollst recht haben«, lachte sie, »aber nun kann ich ihm ja bald auf Heller und Pfennig zurückzahlen. Die Ernte ist jedenfalls unter Dach. Es kann nichts mehr dazwischenkommen. Ich muß nur noch abwarten, bis der Baumwollsamen vollends aussortiert ist. O Court, du glaubst nicht, wie erleichtert ich bin!«

Sie schlang die Arme um seinen Hals und küßte ihn voller Inbrunst. Er erwiderte den Kuß mit der gleichen Heftigkeit. Und wie immer, wenn sie sich in den Armen hielten, wuchs ihr Verlangen aufeinander. Stumm legte er sie zurück und begann, sie behutsam zu entkleiden. Hannah lag ganz still. Als das letzte Kleidungsstück entfernt war, berührten seine Fingerspitzen zärtlich ihre Haut, seine Lippen folgten – Hannah bebte vor Entzücken. Vorsichtig nahm er eine erigierte Brustwarze zwischen die Lippen.

»O Court«, seufzte sie genießerisch und zog seinen Kopf ganz zu sich herunter. Dann war auch er nackt, und so lagen sie, eng umschlungen, für lange Zeit.

»Sag, Court, liebst du mich?« flüsterte sie, »bitte, sag es mir!«

»Ja, Hannah, o ja, ich liebe dich von ganzem Herzen.«

»Und wie sehr ich dich liebe, einzig Liebster, o Court!«

Langsam begann Court, sich zu bewegen, wurde schneller und immer schneller, während Hannah kleine Schreie des Entzückens ausstieß.

Am Vorabend der Auktion ging Hannah total erschöpft zu Bett. Sie war schon vor Sonnenaufgang auf den Beinen gewesen und hatte sich den ganzen Tag keine Ruhe gegönnt. Dafür war nun alles bereit, damit die Auktion am anderen Tag beginnen konnte. Die Aussaat für die nächste Ernte war gesichert, der Samen aussortiert, und die flauschige Baumwolle lag hochgetürmt in großen Wagen, einer neben dem anderen, in dem großen Schuppen, damit die interessierten Käufer die Qualität der Ware aus nächster Nähe inspizieren konnten.

Wenngleich Hannah eigentlich der Meinung war, daß nun

wirklich nichts mehr dazwischenkommen konnte, hatte sie vorsichtshalber doch drei der Arbeiter als Wachen für die Nacht in den Schuppen beordert. Die Leute hatten die Anweisung, nichts und niemand einzulassen.

So sank Hannah nun in einen wohlverdienten, tiefen und traumlosen Erschöpfungsschlaf. Sie schlief so fest, daß sie lange Zeit das harte Hämmern an ihrer Schlafzimmertür überhörte. Als jedoch das Klopfen nicht aufhörte, hob sie schlaftrunken den Kopf und bemerkte blinzelnd, daß draußen erst Morgendämmerung herrschte. Die Sonne war noch nicht aufgegangen. Was, um des Himmels willen, war denn los? Es war doch noch nicht Zeit für die Auktion. Die sollte doch erst am Nachmittag stattfinden, warum also weckte man sie?

»Was ist denn?« rief sie ärgerlich. »Wer ist da?«

»Mistreß, ich bin's, John. Sie müssen sofort herunterkommen!«

»Warum denn? Was ist los, John?«

»Die Baumwolle ist weg.«

»Weg?« Sie setzte sich mit einem Ruck im Bett aufrecht. »Aber das ist doch unmöglich!«

»Doch! Bestimmt! Bitte, kommen Sie gleich!«

Völlig wach sprang sie aus dem Bett und warf sich in aller Eile ein Kleid über. Vor der Tür stand John mit ratlos verzweifeltem Ausdruck im dunklen Gesicht.

»Was ist mit meiner Baumwolle passiert?« rief sie entsetzt.

»Ich weiß selbst nicht, wie das passieren konnte, bitte kommen Sie mit zum Schuppen, und sehen Sie selbst, Mistreß.«

Sie flog förmlich die Treppe hinunter, John dicht hinter ihr. Es war kurz vor Sonnenaufgang, als sie den Schuppen betraten. Wie erstarrt blieb sie stehen. Sämtliche zuvor mit Baumwolle beladenen Wagen waren leer. Sie rannte von einem zum anderen und sah verzweifelt hinein – alles leer. Die Baumwolle war fort.

Hannah verharrte in sprachlosem Schweigen. Es war nicht zu glauben. Sie hatte das Gefühl, daß über Nacht ein böser Zauber am Werk gewesen sei, um die Baumwolle verschwinden zu lassen. Und dann bemerkte sie die reglosen Körper der drei Wachen am Boden liegend. Ratlos wandte sie den Blick zu John.

»Nein, sie sind nicht tot, Mistreß«, versicherte er, »es sieht eher so aus, als hätten sie ein starkes Schlafmittel bekommen.«

Und plötzlich wußte sie, was geschehen war.

»Komm!« sagte sie nur und eilte John voraus zu Nathaniels Quartier. Es war so, wie sie es sich vorgestellt hatte – das Bett war leer, seine Kleider, die sonst am Haken an der Wand gehangen hatten, waren fort.

Langsam wandte sie sich um. »Nathaniel war's. Ich hätte auf Court hören sollen. Irgendwie hat er es fertiggebracht, in der Nacht die ganze Baumwolle zu klauen. Das muß er seit Wochen geplant haben. O John, ich bin erledigt, ohne Baumwolle kann ich Dade nicht zahlen.«

12

Mit kalten Winden und wolkenverhangenen Tagen hatte der Herbst seinen Einzug in Paris gehalten.

Während die Kutsche durch die Landschaft rollte, betrachtete Michele gedankenverloren die sich färbenden Bäume links und rechts des Weges.

»Woran denkst du, Chérie?« fragte André, der ihr gegenüber auf dem Kutschenrücksitz saß.

»Oh, an Malvern. Die Landschaft hier ist von der zu Hause gar nicht so verschieden. Schau mal, der Wald färbt sich schon bunt.«

Er seufzte. »Ja, im Trubel der Stadt bemerkt man so etwas gar nicht. Was ist in der Zeit, seit unserer Ankunft in Paris, schon alles geschehen, Chérie. Als wir ankamen, warst du hier völlig unbekannt, und nun ist dein Name in aller Munde. In so kurzer Zeit, mon Dieu, es ist kaum zu glauben. Wenn das deine liebe Mutter miterleben könnte. Dann wäre das Ganze wirklich vollkommen, auch diese Reise nach Fontainebleau, die Einladung des Königs.«

Michele nickte ihm lächelnd zu. »Du hast recht, wenn Mutter dabei wäre, wenn sie sehen könnte, wie wir dem König vorgestellt werden und vor ihm tanzen – es wäre himmlisch!«

»Welch herrlicher Tag!« schwärmte André. »Wenn ich mir vorstelle, unter welch finsteren Bedingungen ich vor zwanzig Jahren das Land verließ, und jetzt all der Glanz! Es ist wirklich wunderbar.«

»Und der Gedanke, daß wir drei volle Tage im Schloß bleiben dürfen«, setzte Michele seine begeisterten Betrachtungen fort. »Ich wünschte, die ganze Truppe könnte bleiben.«

André zuckte die Achseln. »Es sind zu viele, und selbst in einem Schloß wie Fontainebleau muß die Anzahl der Gäste irgendwie beschränkt bleiben. Aber für euch Solisten ist es eine große Ehre und eine wunderbare Gelegenheit, das Leben bei Hofe kennenzulernen. Was wirst du später einmal alles erzählen können, Chérie! Allein die Tatsache, daß du bei König Louis zu Gast warst, wird dir Ruhm einbringen.«

Michele verzog den Mund. »Also, ich möchte schon lieber meines Tanzes wegen berühmt werden, muß ich dir sagen!«

André lachte: »Das wirst du auch, glaube mir. Aber nicht jeder Mensch ist am Tanz interessiert, doch jedermann daran, zu erfahren, wie ein König lebt, wie er sich benimmt, oder wie er sich danebenbenimmt.«

Auch Michele mußte lachen. Es war ihr immer noch wie im Traum. Deampierre war mit der ganzen Truppe zur Vorstellung bei Hofe gebeten worden. Das Ballett durfte tanzen. Nach der Aufführung würden die Solisten drei weitere Tage in Fontainebleau bleiben dürfen. Und nun saß sie hier in Madames Kutsche, André als ihren Zeremonienmeister neben sich. Sie würde vor dem König von Frankreich tanzen. Sie hatte darauf bestanden, daß André sie begleiten durfte, weil sie überzeugt davon war, daß es für ihn noch weit mehr bedeutete als für sie.

Mittlerweile näherten sie sich dem Schloß. Es wirkte nicht wie ein einzelnes Gebäude, sondern vielmehr wie eine kleine Stadt für sich, eine Reihe von prachtvollen Gebäuden nebeneinander und einander gegenüber. Vor dem mächtigen Mittelbau war eine prächtige, geschwungene Freitreppe, zu welcher die Auffahrt führte, die sie nun entlangfuhren. Links und rechts vom Weg befand sich ein zauberhafter Garten mit gezirkelten Wegen, gestutzten Buchsbaumhecken, geometrischen, bunt bepflanzten Blumenbeeten und vielen Marmorstatuen dazwischen.

Michele konnte den staunenden Blick nicht abwenden: »Welche Pracht!« sagte sie atemlos, »welch ein Aufwand!«

»Warte nur, bis du erst drinnen bist«, sagte André. »Ich habe mir sagen lassen, dieses Schloß sei wie eine einzige Schatzkammer, angefüllt mit kostbaren Gemälden, Skulpturen, wundervollen Teppichen und Möbeln. So eine Gelegenheit, einen Blick auf das zu werfen, was andere nie zu sehen bekommen werden – das ist einmalig für uns beide, Chérie.«

Michele beugte sich vor und streichelte seine Hand. »Ich bin so froh, André, daß du dies alles mit mir zusammen genießen kannst. Ich hätte Todesangst gehabt, alleine hierher zu müssen, auch wenn die anderen alle da sind. Ich fühle mich viel sicherer, wenn du neben mir bist.«

André strahlte väterlich: »Keine Sorge, mein Liebes«, sagte er voller Stolz, »ich werde schon auf dich aufpassen. König Louis ist dafür bekannt, daß er ein Auge auf schöne Mädchen hat. Aber mit mir brauchst du keine Angst zu haben.« Michele überlief ein Schauder. Wie kompliziert war doch das Leben, selbst bei soviel Glanz oder vielleicht gerade darum? Es war ein deprimierender Gedanke.

Sie konnte dem jedoch nicht länger nachhängen, denn soeben hielt die Kutsche direkt vor der Freitreppe.

Ein Bediensteter eilte herbei, um ihr aus dem Wagen zu helfen, während sie sich bemühte, so zu tun, als sei der tägliche Besuch dieses Schlosses für sie die selbstverständlichste Sache von der Welt. Aber das Herz klopfte ihr bis zum Halse.

André, jeder Zug ein Grandseigneur, nahm ihren Arm und geleitete sie die Treppen hinauf zu dem prächtigen Eingang, den zu durchschreiten wohl nur sehr wenig junge Damen aus den Kolonien Gelegenheit haben würden.

Nachdem das Zimmermädchen Micheles Sachen ausgepackt und in den Schrank gehängt hatte, zog sie sich diskret zurück. Michele stand mitten im Raum und blickte staunend um sich. Bisher hatte sie geglaubt, Madames Haus in Paris sei der Inbegriff der Eleganz, aber verglichen mit dieser Umgebung war es nichts. Wände und Decke waren stuckverziert und mit Gemälden aus der griechischen Mythologie geschmückt. Die übrige Ausstattung war nicht minder kostbar. Das Bett an der Stirnwand des Zimmers war zwar nicht groß, aber reich geschnitzt und umhüllt von einem bauschigen, duftigen Betthimmel, dessen Vorhänge von seidenen Kordeln gerafft wurden. Die vergoldeten zierlichen Sesselchen waren mit rosa Damast bezogen – sie hatte nie gewußt, daß Reichtum sich in solcher Fülle darstellen könnte. Voller Unbehagen überlegte sie, ob wohl die Garderobe, welche Madame ihr für diesen Anlaß empfohlen hatte, ausreichend sei. Würde sie wegen mangelnder Eleganz neben den anderen königlichen Gästen auffallen? Aufgeregt von all dem Neuen und gleichzeitig ermüdet von den überwältigenden Eindrücken dieses Tages, streckte sie sich auf dem Bett aus, um ein wenig zu ruhen. Dies würde heute der aufregendste Abend ihres Lebens werden – wie konnte sie da Schlaf finden.

Sie tat kein Auge zu. So sprang sie sofort wieder hoch, als es ungestüm an die Türe pochte. Froh um die Ablenkung, eilte sie hin, um zu öffnen. Draußen standen mit lachenden Gesichtern Marie, Louis und ›Milchkaffee‹. Louis trat sofort ein und umarmte Michele so heftig, daß sie fürchtete, er würde ihr die Rippen brechen. »Sag, ist es nicht wunderbar?« rief er begeistert, »konnten wir je erwarten, nach Fontainebleau eingeladen zu werden?«

Michele befreite sich lächelnd aus seinem Griff, plötzlich verwirrt durch seine Nähe und männliche Wärme. Da jedoch die anderen inzwischen durchs Zimmer quirlten, hatte sie keine Gelegenheit mehr, ihre Gefühle zu analysieren.

»O Michele, wir haben uns die verschiedenen Zimmer angeschaut. Die sind alle so prächtig«, sagte Marie mit leuchtenden Augen. »Hast du dir schon mal die Umgebung des Schlosses angesehen?«

Michele verneinte: »Wir sind erst vor kurzem angekommen und André meinte, ich solle vor der Aufführung noch ein wenig ruhen.«

Marie nahm auf einem der goldenen Stühle Platz und fuhr in ihrer Begeisterung fort: »Du solltest den Ballsaal sehen, wo wir auftreten werden, Michele! Er ist überwältigend. Die Decke von Pfeilern getragen und märchenhaft schöne griechische Fresken – lauter Mythologie mit Götter und Göttinnen. Der Boden ist in wunderschönen Mustern angelegt und so glatt, daß wir selbst wie Göttinnen und Götter darüber hinschweben werden.«

»Es ist wirklich erstaunlich«, sagte Louis und ergriff Micheles Hand, »über der Tribüne für die Musiker ist ein wundervolles Gemälde angebracht, das ein Konzert darstellt, und auf der gegenüberliegenden Wand eines, auf dem ein Ritter einen Wolf tötet.«

Michele, ziemlich verlegen, daß Louis immer noch ihre Hand hielt, entzog ihm diese. »Ja, das klingt alles wirklich großartig, dabei habe ich Mühe, mich von dem Eindruck zu erholen, den dieses Zimmer schon auf mich gemacht hat.«

Marie blickte mit aufgerissenen Augen und voller Entzükken um sich: »Es ist auch wirklich zauberhaft. Und diese Pracht hast du ganz für dich alleine! Stell dir vor! Das corps de ballet benutzt gemeinsam einen großen Raum als Ankleidezimmer, und der ist nicht so groß wie dieser. Cybellas Zimmer ist auch nicht größer.«

»Nach der Vorstellung sind wir zum Souper geladen«, unterbrach Louis sie. »Denk dir nur! Der König wird anwesend sein. Wir soupieren alle mit dem König! Oh, ich bin so aufgeregt, daß ich wahrscheinlich überhaupt nicht tanzen kann!«

Michele, selbst ganz nervös, riß die Augen auf: »Und wird die Königin auch da sein?«

Louis lachte: »Ich glaube kaum. Aber seine Mätresse ist bestimmt dabei.«

Michele schaute ihn verdutzt an: »Willst du behaupten, der König läßt sich in der Öffentlichkeit mit seiner Geliebten sehen?«

Nun lachten auch die anderen.

»O Michele«, sagte Marie amüsiert, »manchmal wirkst du, als kämest du aus einer anderen Welt.«

»Natürlich läßt sich der König mit seiner Mätresse sehen. Jeder weiß das, jeder akzeptiert das. Siehst du, wegen der Staatsraison ist es üblich, daß der König eine Ausländerin heiratet. Die hat dann nichts anderes zu tun, als dem Thron einen Erben zu bringen. Das ist doch ganz praktisch, oder? Der König hat eine Polin geheiratet, Maria Leczinska. Da war er erst fünfzehn, und sie war sieben Jahre älter. Sie hat ihre Pflicht getan, indem sie ihm zehn Kinder geboren hat. Darüber hinaus ist sie eine völlig belanglose Frau. Natürlich sucht er sich sein Vergnügen woanders.«

Michele schüttelte mißbilligend den Kopf: »Das ist aber völlig anders als bei uns zu Hause. Dort heiratet man aus Liebe.«

Louis zwinkerte ihr belustigt zu: »Du bist vielleicht eine

Romantikerin. Glaubst du nicht, daß bei euch auch mal aus praktischen Gründen geheiratet wird?«

Michele zuckte die Achseln: »Vielleicht, aber man spricht nicht darüber. Wer ist denn die Geliebte des Königs? Ist sie eine schöne Frau?«

»Madame de Mailly«, entgegnete Louis, »ob sie schön ist, na ja, das kannst du heute abend ja selbst feststellen.«

Ein Klopfen an der Tür unterbrach die Unterhaltung der jungen Leute. André stand auf der Schwelle und ermahnte sie, auf ihre Zimmer zu gehen und sich allmählich umzuziehen. »Danach gehen Sie alle in den Ballsaal, wo Monsieur Deampierre bereits mit den Musikern das Nötige abspricht.«

Michele versuchte, sämtliche Ratschläge Andrés zu befolgen und diese Aufführung wie eine beliebige andere Aufführung anzusehen. Sobald sie in ihr Kostüm geschlüpft war, fühlte sie sich auch schon bedeutend ruhiger und selbstsicherer.

Im Ballsaal, zusammen mit den anderen, hatte sie noch Zeit, sich genau umzusehen. Marie hatte recht gehabt – dies war ein märchenhafter Raum. Direkt vor der Tribüne der Musiker befand sich die Fläche, auf der sie vor dem König tanzen würden. Davor standen lange Stuhlreihen und in der Mitte ein vergoldeter Thronsessel. Als Kulissen – in denen sie verschwinden und aus denen sie heraustreten konnten – dienten ihnen die Säulen beiderseits des Raumes.

Michele erblickte von weitem Louis, der sich für die kommende Aufführung mit ein paar Sprüngen aufwärmte. Sie winkte ihm zu. Auch Cybella und Roland übten bereits, Cybella so ausgeglichen und ruhig wie immer. Dieses Mädchen konnte durch nichts aus der Ruhe gebracht werden, dachte Michele ein wenig neidvoll. Roland hingegen wirkte nervös und sah recht blaß aus. Dafür machte er zur Abwechslung einmal keine finstere Miene. Wahrscheinlich ist er zu aufgeregt, um, wie üblich, schlechte Laune zu haben, amüsierte sich Michele im stillen. Sie hatte in dieser Aufführung auch ein paar Schritte mit Roland zu tanzen, und obgleich er ein guter Tänzer war und dieser Part ohne Schwierigkeiten gemeinsam von ihnen getanzt wurde, spürte sie doch deutlich Rolands Abneigung und mußte sich selbst sehr zusammennehmen, um ihre Gefühle auszuschalten und nur an den Tanz zu denken.

Sie war wirklich froh, daß sie sich mit Denise doch recht deutlich ausgesprochen hatte; denn Denise würde Roland den Wortlaut ihrer Unterhaltung bestimmt wiedererzählt haben. Aber hier stand sie und dachte über Unnötiges nach, statt dessen war es höchste Zeit, sich aufzuwärmen, denn der Zeitpunkt der Aufführung rückte bedenklich näher. Sie begann die Streck- und Beugeübungen, die man absolviert, bevor man zu tanzen anfängt. Auch die anderen machten Lockerungs- und Aufwärmübungen. Dann begannen die Musiker eine Melodie zu spielen, die Michele nicht kannte, worauf sich das Ballett zwischen die Säulen zurückzog, um dem Einzug des Hofes zuzuschauen. Durch die weit geöffneten Flügeltüren betrat, grimmig und militärisch, die Garde des Königs den Saal. Dahinter schritten einige Herren in blauen Samtjaketts mit viel Silbertressen und engen, schwarzen Escapins. Marie, die hinter Michele stand, flüsterte dieser ins Ohr: »Das ist die Hofwache, und dahinter kommt des Königs persönliche Garde, die aus lauter Edelleuten besteht. Sehen sie nicht fabelhaft aus?«

Michele nickte und überlegte, wovor diese Garden den König hier, in seinem eigenen Schloß, wohl bewachen sollten.

Und danach kamen im langen Zug die Höflinge – Damen und Herren nach der allerneuesten Mode gekleidet. Noch nie hatte Michele soviel Farben, soviel Puder, soviel Juwelen auf einmal gesehen – selbst auf jenem denkwürdigen Empfang in Madames Salon nicht. »Sie sehen aus wie Pfauen«, flüsterte sie Marie zu, die in heftiges Gekicher ausbrach. »Und sieh doch nur, wie sich alle die Gesichter bemalt haben, sogar die Männer. Du liebe Güte!«

»Pst!« flüsterte Marie zurück, »der König kommt!«

Die Hofleute bildeten links und rechts von der Flügeltür Spalier. Trompeter in gold-blauer Livree bezogen Posten. Die Musiker hörten auf zu spielen, statt dessen erklangen nunmehr laute Fanfaren. In diesem Augenblick durchschritt ein Mann die Tür, und Michele beugte sich so weit wie möglich vor, um einen Blick auf ihn zu erhaschen.

Er kam ihr eher schmalwüchsig vor, aber vielleicht schien das nur so, weil sich die Ärmel seines Spitzenhemdes unter den Brokatmanschetten so bauschten. Das gepuderte und geschminkte Gesicht wirkte ebenmäßig. Dunkle Augen leuchteten darin, und der Mund war klein und voll.

Er sieht eigentlich wie jeder andere Mann aus, dachte Michele. Dabei regiert er ein ganzes Land, und die Leute katzbuckeln vor ihm!

Nun begann das Orchester mit der Ballettouvertüre, und Micheles Nervosität stieg ins Unerträgliche. Sie hatte das Gefühl, als flatterten in ihrem Magen tausend Schmetterlinge. Aber dann dachte sie an Andrés Ermahnungen und riß sich zusammen, und plötzlich war die Aufgeregtheit wie weggeblasen. Cybella und sie taten die ersten Schritte, Cybella lächelte ihr zu und ergriff sie bei der Hand. Die Musik spielte die wohlbekannten Passagen des Tanzes der beiden Schwestern. Sie spürte, wie die Sicherheit zurückkam, und tanzte anmutiger und schwebender als je zuvor. Die ganze Umgebung versank, und sie geriet in dieses entrückte Gefühl, die Ekstase des Tanzes, die sie immer überkam, wenn sie selbst spürte, daß sie ihr Bestes gab.

Dann kam der kurze Tanz mit dem Vater, von Roland dargestellt, und anschließend konnte sie zwischen die Säulen zurücktreten. Dort stand Deampierre, lächelte ihr zu und reichte ihr ein Handtuch, damit sie sich den Schweiß abtrocknen könne. Eine leichte Berührung an der Schulter – und sie wußte, das war eines von Deampierres seltenen Komplimenten. Es bewies, daß sie gut getanzt hatte. Nun gab es überhaupt keine Furcht mehr vor dem weiteren Verlauf des Abends. Alle Nervosität war verschwunden.

Verborgen zwischen den Säulen, sah sie Cybellas Solo zu. Die ›Schöne‹ hat soeben erfahren, daß ihr Vater sie dem Monster versprochen habe, und sie legt alle Angst, alles Entsetzen in ihren Tanz. Cybella ist perfekt, dachte Michele, ach, wenn ich doch auch einmal *so* tanzen könnte! Als Primaballerina!

Erst nachdem Cybellas Solo vorbei war, wagte es Michele, zwischen den Säulen auf die Hofgesellschaft hinaus zu spähen. Welche von diesen übertrieben bemalten, aufgedonnerten Damen war wohl die Geliebte des Königs? Aber der Blick aus dem Schatten der Säulen war nicht besonders günstig. Das einzige, was sie wirklich deutlich erkennen konnte, war ein junger Mann am äußeren Ende der Stuhlreihe, der sich in Haltung und Kleidung völlig von den anderen Höflingen unterschied; denn er trug einen Kilt, die schottische Nationaltracht, und eine Kappe saß keck auf seinen ungepuderten

Haaren. Seltsam, irgendwie kam ihr sein Gesicht bekannt vor. Offenbar war er eine wichtige Persönlichkeit. Doch Michele hatte keine Zeit mehr, über die Bedeutung dieses jungen Mannes nachzudenken; denn bald war Cybellas zweiter Auftritt fällig – pas des deux der ›Schönen‹ und des ›Monsters‹ –, und Michele wollte zusehen, um sich jedes Detail einzuprägen und daraus zu lernen. Es konnte ja immerhin sein, daß Cybella, aus welchem Grund auch immer, eines Tages vielleicht nicht auftreten konnte, und zutiefst im Inneren hegte sie den Wunsch, daß dann vielleicht sie einspringen dürfte.

Während sie zuschaute, war Michele, wie immer, gerade bei diesem Solopart ergriffen von der Meisterschaft dieser Choreographie, in der die wachsende Zuneigung der ›Schönen‹ für das ›Monster‹ und die bittersüße Verehrung des ›Monsters‹ für die ›Schöne‹ so hervorragend zum Ausdruck gebracht wurden.

Das corps de ballet hatte im Anschluß daran seinen Auftritt als die Dienerschaft, die für die ›Schöne‹ und das ›Monster‹ aufwartet. Michele beobachtete Maries Tanz, und sie erkannte auch, wie verbittert Denises Gesichtsausdruck war, weil sie mit dem corps de ballet tanzen mußte, statt in einem Solo zu glänzen.

Und dann war es Zeit für Micheles eigenes Solo. Sie stand ganz allein auf der Tanzfläche, vor dem königlichen Zuschauer und seinem Hof und – sie vergaß alles, konzentrierte sich ganz auf ihren Tanz und auf das, was er ausdrücken sollte, hörte nur die Musik und dachte nur daran, das wiederzugeben, was sie fühlte.

Sie verließ die Tanzfläche unter donnerndem Applaus, nicht geringer als der, den Cybella und Louis bekommen hatten. Zwischen den Säulen stand Louis strahlend und umarmte sie herzlich. Marie und einige andere Mädchen des corps de ballet eilten herbei, um ihr zu gratulieren.

Es war ein aufregender Augenblick, einer, das spürte Michele, den sie nie vergessen würde.

Am Schluß der Vorstellung erschien das ganze Ballett, um den Beifall der Zuschauer entgegenzunehmen. Michele hatte angenommen, daß so verwöhnte Menschen wie die Höflinge, die doch gewiß schon alles gesehen hatten, eher kühl reagieren würden. Aber sie hatte sich geirrt. Der ganze Hof applaudierte stehend, auch der König hatte sich erhoben, sie konnten gar nicht genug klatschen.

Die Gesichter der Menschen, die erst sehr gelangweilt gewirkt hatten, waren fröhlich und drückten echte Begeisterung aus. Im Grunde genommen waren sie das dankbarste Publikum, das Michele je erlebt hatte.

Als die Reihe an Michele war, sich allein zu verbeugen, fand sie sich plötzlich genau dem König gegenüber, und es entging ihr nicht, daß er sie offensichtlich mit dem größten Vergnügen von oben bis unten betrachtete.

Als sie aus ihrer Verbeugung wieder auftauchte, nickte er ihr lächelnd zu, was sie tief erröten ließ.

Als sie den Kopf wandte, begegnete sie dem lächelnden Blick des jungen Mannes im Kilt, und in plötzlichem Erschrekken erkannte sie ihn, trotz seiner so erstaunlichen Kleidung: Es war Jan MacLeven, der junge Mann, dem sie auf der Überfahrt nach Europa auf dem Schiff begegnet war.

Was tat er hier in Fontainebleau?

13

»Aber Monsieur, wir müssen uns doch erst umziehen!« rief Cybella aufs äußerste verblüfft und blickte hilfeflehend hinüber zu Michele.

Deampierre zuckte die Achseln: »Das habe ich Seiner Majestät auch gesagt, aber er bestand darauf, daß ihr so, wie ihr seid, in euren Kostümen, zur Abendtafel erscheinen sollt. Er sagte, das wäre doch ein höchst erfreulicher Anblick.«

Louis wischte sich die schweißnasse Stirn und lachte erbittert: »Sehr erfreulich für ihn, aber nicht für uns. Ich finde das nur peinlich. Wahrscheinlich werden von meiner Monstermähne in jede servierte Schüssel Haare fallen.« Er schüttelte den Kopf, wobei aus der Mähne seiner Maske, genau wie er gesagt hatte, die Plüschhaare nur so stoben.

»Es geht ja nur um die Kostüme der Mädchen«, grollte Roland. »Unser lieber König Ludwig möchte sie nur deswegen halbbekleidet an seinem Tisch haben, um sich an diesem Anblick weiden zu können.« Er blickte erbost zu den beiden Mädchen hinüber, als sei die Idee, im Kostüm zur Tafel zu erscheinen, ihre Schuld. Denise nickte eifrig und zustimmend, obwohl Michele insgeheim davon überzeugt war, daß sie selbst sich notfalls nackt an der Tafel des Königs niederlassen würde, wäre damit das Aufsehen garantiert, welches sie gerne auf sich gezogen hätte.

Cybella seufzte tief: »Na schön, es wird wohl nicht anders zu machen sein.«

Deampierre lachte: »Nein, meine liebe Cybella, ganz gewiß nicht. Es ist ein königlicher Befehl. Es ist zwar nur eine Laune des Königs, aber königliche Launen haben genauso tiefgreifende Wirkungen wie bürgerliche Gesetze.«

Die königliche Tafel war ehrfurchtheischend, dachte Michele, während sie über Louis' Schulter hinweg das schneeweiße Tischtuch erblickte mit den goldenen Tellern darauf, den funkelnden Kristallgläsern und -karaffen und der prachtvollen Tischdekoration aus kostbarem Porzellan.

Sie war, zusammen mit Cybella, Louis, Roland, André und Deampierre am oberen Ende der Tafel plaziert worden. Sie saßen jedoch nicht direkt beieinander, sondern jeweils mit anderen Gästen zusammen. Das übrige Ensemble saß an einer kleineren Tafel.

Michele nahm mit einigem Unbehagen Platz. Sie fühlte sich in dem leichten, durchsichtigen Kostüm wie ein Ausstellungsstück. Auf der Bühne hatte sie sich daran gewöhnt, ja, hatte während des Tanzes keinen Gedanken daran verschwendet, wie sie wohl aussehen möge. Aber dies war eine völlig andere Situation.

Heimlich beobachtete sie die anderen Gäste, während sie Platz nahmen. Aus der Nähe betrachtet war die Wirkung von Schminke und Puder auf den Gesichtern geradezu abstoßend, zumal der Effekt von Glätte und Rosigkeit hie und da doch im wahrsten Sinne des Wortes zu bröckeln begann. Der Puder bekam Risse, die Farbe war verwischt. Eigentlich eine häßliche Mode, dachte sie, und unbequem dazu.

Ein dicklicher, stutzerhafter Herr setzte sich neben sie und lächelte ihr jovial zu: »Ich muß sagen, meine Liebe«, begann er mit volltönender Stimme, »Sie haben alle ganz fabelhaft getanzt! Seit Ewigkeiten habe ich mich nicht mehr so gut unterhalten wie heute abend!«

»Vielen Dank, Sir«, erwiderte sie mit einem leichten Neigen des Kopfes, »Sie waren ja auch ein bezauberndes Publikum.«

Der dickliche Herr lachte amüsiert: »Das liegt daran, daß wir nach jeder Art von Belustigung halb verschmachtet sind. Ah! Wir brauchen divertissement! Ständig sind wir auf der Suche nach neuen Vergnügungen. Das Leben bei Hofe kann gelegentlich überaus langweilig sein. Es ist schwer, wirklich sehr schwer!« Aber immer noch lächelte er. Dies schien wohl sein einzig möglicher Gesichtsausdruck zu sein.

Michele war total verblüfft. Langweilig? Das Leben bei Hofe, hier, in Fontainebleau, war langweilig? Wie war das möglich?

»Es ist so wie auf einem großen Schiff«, ertönte eine Stimme von der anderen Seite der Tafel, »man sieht Tag für Tag immer die gleichen Leute, und alles, was zur Routine wird, selbst erfreuliche Dinge, geraten mit der Zeit zur Langeweile.«

Obwohl es schon so lange her war, erkannte sie diese Stimme doch sofort. Sie wandte sich zur Seite und blickte in die belustigten grauen Augen von Jan McLeven, die sie genau betrachteten.

Sie fühlte, wie sie errötete: »Mr. McLeven«, sagte sie etwas schroffer, als sie eigentlich beabsichtigte, denn im Grunde genommen freute sie sich, ihn wiederzusehen, »ich muß sagen, ich bin sehr erstaunt, Sie ausgerechnet hier wiederzusehen.«

»Miß Verner«, entgegnete er vergnügt, »es ist wirklich ein bemerkenswerter Zufall, daß wir uns zur gleichen Zeit hier befinden. Übrigens, das Ballett war hervorragend, und Sie haben großartig getanzt!«

Michele neigte den Kopf voller Anmut: »Vielen Dank, Sir.«

»Sie haben sich ganz offenbar fantastisch in Frankreich eingelebt«, fuhr er fort, »jedermann spricht von der schönen, jungen Tänzerin aus den englischen Kolonien. Sie sind in überraschend kurzer Zeit bekannt geworden. Das ist nur auf Ihr Talent und natürlich auf Ihre Schönheit zurückzuführen.«

Michele fühlte sich allmählich unter der Last so vieler Komplimente eher unbehaglich. »Ich hatte das Glück, bei einem ausgezeichneten Ballettmeister lernen zu dürfen und Mitglied eines exzellenten Ensembles zu werden«, entgegnete sie, »und Sie... Darf ich fragen, wie...?« Sie stockte. Wie sollte sie, ohne taktlos zu erscheinen, in Erfahrung bringen, was ausgerechnet er am französischen Königshof suchte?

Er lachte unbefangen: »Sie sind wirklich sehr höflich, daß

Sie jetzt nach einer passenden Wendung suchen, um sich zu erkundigen, was ich hier treibe, wie ein junger Schotte, der doch eigentlich recht unbekannt ist, an den Hof von Frankreich kommt. Ist es nicht so? Nein, Sie brauchen deswegen nicht zu erröten. Es ist eine völlig natürliche Frage.«

Michele fühlte, wie ihr das Blut in die Wangen stieg, und als sie den Blick von Jan abwandte, sah sie genau dem König in die Augen, der ihr freundlich zulächelte. Wieder errötete sie. Was war bloß los mit ihr, die sie doch immer leicht die passenden Worte fand? Warum war sie in der Gesellschaft des jungen Schotten nur so verlegen?

Sie fühlte seine Hand warm auf ihrem Handgelenk und dachte augenblicklich an das Gefühl seiner warmen Lippen auf ihrem Mund, damals, an jenem Abend an Bord des Schiffes. Die Erinnerung daran machte sie noch verlegener.

»Ich fürchte, Miß Verner«, sagte der junge Mann, »ich war seinerzeit an Bord des Schiffes Ihnen gegenüber nicht aufrichtig.«

Überraschung und Neugier lenkten sie von ihrer Verlegenheit ab.

»Was meinen Sie damit?« fragte sie erstaunt.

»Ich meine, daß ich Ihnen nicht die volle Wahrheit über meine Person gesagt habe«, erwiderte er ruhig.

Michele verstand immer noch nicht. »Ich glaube kaum, daß jeder Mensch anderen Menschen immer die volle Wahrheit über sich mitteilt«, wandte sie ein.

Jan nickte: »Das ist zweifellos richtig, aber ich habe Ihnen mit Absicht nichts über meine Person, über mein Woher und Wohin erzählt. Es gab jedoch einen Grund dafür – ich reiste inkognito. Ein Teil dessen, was ich Ihnen erzählte, war aber die Wahrheit. In meiner Familie ist es üblich, daß der älteste Sohn, der Erbe, eine Weltreise macht, bevor er seine Aufgabe als Familienoberhaupt übernimmt. Man hofft, daß eine solche Reise den Gesichtskreis erweitert, welterfahrener macht, toleranter, kurzum, daß der Reisende klüger zurückkehrt, als er aufgebrochen ist. Was ich Ihnen nicht sagte, diese Reise muß inkognito gemacht werden. Der junge Mann soll fremde Länder und Sitten, fremde Völker und alles, was ihm auf einer solchen Reise begegnet, als gewöhnlicher Sterblicher kennenlernen, nicht als privilegierter Aristokrat.«

Einen winzigen Augenblick lang fühlte Michele sich gekränkt, so, als habe man sie hinters Licht geführt. Aber die Erklärung, die der junge Schotte dafür abgab, war einleuchtend. Nun war also Jan McLeven kein gewöhnlicher junger Schotte, sondern ein Adliger, ein Lord. Sie gestand sich nicht ein, daß diese Eröffnung ihr ein Gefühl der Enttäuschung bereitete. Die Kluft, die sich damit zwischen ihnen auftat, war zu groß. Warum sie das betroffen machte, war ihr selbst im Augenblick unklar.

Wie meistens in solchen Fällen, wenn sie verärgert oder enttäuscht war, hatte sie eine scharfe Erwiderung auf der Zunge: »Nun ja, so sind Sie also Edelmann. Ich bin ja ziemlich übertölpelt worden, finde ich. Ihr Verhalten allerdings war an Bord wohl nicht in *jeder* Situation gentlemanlike, oder?«

Er zuckte zusammen wie unter einem Peitschenhieb. Das Blut war ihm in die Wangen gestiegen. Seine grauen Augen blickten ernst. »Das hat gesessen, Miß Verner. Aber darf ich Sie darauf hinweisen, daß die Tatsache, ob ein Mann bürgerlich oder adelig ist, nichts mit der Versuchung zu tun hat, die Schönheit nun einmal ausübt? Ich möchte Sie bitten, daß wir darum doch Freunde bleiben. Mir scheint, daß wir seinerzeit an Bord genau dort angelangt waren – gute Freunde zu sein.«

Michele fühlte sich im gleichen Augenblick beschämt, sich so kratzbürstig gezeigt zu haben. Er war ein guter Mensch, das hatte sie bereits damals auf dem Schiff gespürt. Und das gleiche Gefühl hatte sie auch jetzt. Damals mochte sie ihn sehr, und auch heute, stellte sie fest, mochte sie ihn noch genauso. Außerdem war sie in der Zwischenzeit reifer geworden und konnte nun verstehen, daß er auf dem Schiff für sie wohl das gleiche empfunden haben mochte, was sie für Deampierre empfand. Und ihr fiel auf, was sie früher nicht zugegeben hätte, daß sie damals etwas von dieser Zuneigung auch erwidert hatte. Sie war seinerzeit auch nur so zornig geworden, weil sie sich nicht an Gefühle verlieren wollte, und das wollte sie natürlich auch heute nicht. Aber seine Gesellschaft war angenehm, warum also sollte sie nicht freundlich zu ihm sein? Das hieß ja noch nicht, sich in Gefühle zu verstricken.

Die Stimmen in der Umgebung des Königs waren lauter geworden, und Michele warf einen schnellen Blick in jene Richtung, um zu sehen, daß der König und diejenigen, die ihm am nächsten saßen, sich offenbar köstlich amüsierten. Sie lachten laut und herzlich.

Sie wandte den Blick wieder Jan zu: »Verzeihen Sie meine scharfe Zunge, Lord McLeven. Ich bin sehr dafür, daß wir Freunde sind.«

Er lächelte so strahlend und erfreut, daß es sie fast rührte. »Das ist die beste Nachricht, seitdem ich an diesem fragwürdigen Hof weile«, flüsterte er ihr zu. Er hatte sich weit vorgebeugt und hob ihr sein Glas entgegen. »Lassen Sie uns auf diesen Anlaß trinken!«

Sie hob gleichfalls ihr Glas, aber sie konnte ihre Neugier nicht beherrschen: »Wieso nennen Sie diesen Hof fragwürdig?«

Jan verzog das Gesicht zu einer komischen Grimasse: »Es tut mir leid, daß ich zu aufrichtig war, aber schauen Sie sich doch mal ringsum die Leute an. Alles dekadent. Sehen Sie sich diesen Überfluß an, Gold und Malereien, Juwelen und kostbares Porzellan und die übersättigten Höflinge, die auf Vergnügungen aus sind, weil sie sich halbtot langweilen. Und dann gehen Sie hinaus auf die Straße, gehen Sie durch die Städte und Dörfer, und betrachten Sie die Gesichter der Menschen dort. Da entdecken Sie Verzweiflung und Zorn. Während der König und seine Hofschranzen gebratenen Fasan und Wachteleier von goldenen Tellern essen, verhungern seine Untertanen – und ihr Zorn staut sich. Eines Tages wird er ausbrechen. Das sage ich Ihnen heute schon, darauf gehe ich jede Wette ein.«

Sie zog die Stirn kraus: »Von Politik verstehe ich nur wenig, Lord McLeven, und heute abend, muß ich gestehen, habe ich dafür auch wenig Sinn. Können wir uns nicht über Erfreulicheres unterhalten?«

Er lächelte zustimmend: »Natürlich, verzeihen Sie mir meine Gedankenlosigkeit. Nur um eines darf ich Sie bitten, reden Sie mich, um des Himmels willen, nicht immer mit ›Lord McLeven‹ an. Sie kennen mich vom Schiff her einfach als Jan, und Sie nannten mich auch so. Wollen Sie das nicht bitte so fortsetzen?«

Sie nickte dankbar, dauernd seinen Titel erwähnen zu müssen, hätte sie verlegen gemacht.

Dann lehnte sie sich so weit über die Tafel, daß ihr Tischnachbar zur Rechten sie nicht hören konnte: »Nun sagen

Sie mir bitte, wer die Mätresse des Königs ist, ich komme schon fast um vor Neugier.«

Er lachte herzlich. Dann legte er den Mund fast an ihr Ohr und flüsterte: »Das ist diese kräftige große Frau direkt an seiner Seite. Jetzt können Sie schnell hinüberschauen, weil sie gerade den Blick woanders hingerichtet hat.«

Michele tat, wie ihr geheißen, und erblickte am oberen Tafelende die Frau, von der die Rede war – und ihr blieb der Mund fast offenstehen vor Erstaunen; diese Frau sah nicht nur groß und robust aus, sie war zudem noch außergewöhnlich häßlich. Da konnten auch die dicke Schminkschicht und der viele Puder nichts dagegen ausrichten.

Michele wandte sich wieder Jan zu. »Aber die ist doch unglaublich häßlich!« sagte sie verblüfft, »wirklich häßlich.«

Jan hielt die Serviette gegen den Mund, um sein Gelächter etwas zu dämpfen: »Ich bin ganz Ihrer Meinung«, sagte er, nachdem er sich etwas erholt hatte. »Sie haben sie noch nie zuvor gesehen? «

Sie schnitt eine kleine Grimasse: »Nein, nur meine Freunde haben mir flüchtig von ihr erzählt – aber eben nicht alles. Warum nimmt sich der König eine so unattraktive Frau zur Geliebten? Das verstehe ich nicht. Man hat mir gesagt, die Königin sähe nach absolut nichts aus, aber sie kann ja wohl nicht schlimmer aussehen als diese Dame.« Immer noch schüttelte Michele den Kopf. »Ich habe immer gedacht, gerade Geliebte müßten schöne Frauen sein, immer anziehend, immer begehrenswert. Ein König kann doch, glaube ich, jede Frau haben, die er haben möchte. Und warum nun ausgerechnet diese?«

Jan schüttelte den Kopf. »Dies, meine liebe Michele, hat bisher noch niemand enträtseln können. Keiner kennt die geheimen Qualitäten dieser Dame – außer dem König. Und der macht darüber keine Mitteilung«, setzte er lachend hinzu. »Sehen Sie, ein König ist ein Mann mit außergewöhnlichen Privilegien, und das tut ihm keineswegs gut.«

Michele lächelte ein wenig zwiespältig.

»Gilt das gleiche auch für jeden anderen Aristokraten?« fragte sie.

»Manchmal schon. Aber die meisten Adeligen haben zumindest irgend etwas zu tun, jedenfalls in meinem Land ist das so. Ich habe ein großes Gut zu führen, ein Schloß instand zu halten, Bauern und Landarbeiter zu überwachen. Das hält mich dauernd in Trab. Ich bin voll beschäftigt. Ich habe keine Zeit für Intrigen, Klatsch und leere Vergnügungen.« Jan seufzte. »Ich werde bald nach Hause zurückkehren. Dieser kurze Aufenthalt am französischen Hof war eine ›konventionelle Notwendigkeit‹, wie mein Vater das zu nennen pflegt. Er findet, es sei wichtig, sich mit den Mächtigen dieser Welt gut zu stellen, auch, wenn man ihre politischen Machenschaften nicht billigt.«

»So bald gehen Sie schon wieder?« Michele stellte zu ihrer eigenen Überraschung fest, daß ihre Frage sehr enttäuscht klang.

Er nickte bestätigend: »Ja, sehr bald.«

Michele versagte sich weitere Fragen. Ihr Blick schweifte nachdenklich über die lange Tafel und begegnete dem forschenden Blick ihres Kollegen Louis, dessen Tischdame, eine füllige, überreife Erscheinung im blauen Satinkleid und mit unendlichen Juwelen behängt, ihn wenig zu reizen schien. Louis' Blick war intensiv auf Jan und Michele gerichtet, und letztere fand, daß er noch nie so ernst ausgesehen habe, ganz im Gegensatz zu seiner sonst so fröhlichen, leichten Art. Sie lächelte ihm herzlich zu, und er erwiderte ihr Lächeln.

Ein Speisengang folgte dem anderen. Wein floß in Strömen. Michele hatte aufgehört zu zählen. Sie war so gesättigt und so müde, daß sie nur noch einen Wunsch verspürte, sich möglichst bald ins Bett legen zu können und zu schlafen. Aber noch war das Dessert abzuwarten – Marzipanfrüchte, die täuschend echt aussahen, Kuchen, Puddings, Pasteten, Käse und immer noch mehr Wein.

Michele, unfähig auch nur noch einen Bissen zu essen, lehnte sich in ihren Stuhl zurück und betrachtete amüsiert ihre Umgebung. Allmählich hörte sie aus dem vielfältigen Gewirr von Stimmen und Gelächter die schrillen Töne heraus, die überlauten Stimmen der Wichtigtuer. Sie erkannte das falsche Gelächter der Schmeichler. Sie ließ ihre forschenden Blicke auf den schminkeverkleisterten Gesichtern ruhen – die illustre Gesellschaft sah mittlerweile mehr einer Gruppe von Harlekinen ähnlich, die in den Regen geraten waren und nun mit ihrer verwischten Farbe dasaßen. Der Anblick deprimierte sie. Lange konnte sie dies alles nicht mehr ertragen. Wann würde die Tafel endlich aufgehoben?

Jan beobachtete sie anteilnehmend, und sie fühlte seinen Blick: »Wann ist dies endlich zu Ende?« fragte sie ihn hilflos. »Ich bin so furchtbar müde. Müssen wir hier sitzenbleiben, bis der König aufsteht?«

»Ich fürchte schon, Milady«, bestätigte Jan. »Keiner darf vor dem König gehen. Aber ich glaube, nun dauert es nicht mehr lange. Schauen Sie mal, er ist fast in seinem Sessel eingeschlafen.«

Michele schaute zum oberen Ende der Tafel. Dort saß der König, offenbar schwer vom vielen Wein, und nickte vor sich hin. Es sah aus, als wäre er, genau wie Michele, kurz vorm Einschlafen. Was würde geschehen, wenn er hier am Tisch einschliefe, müßten sie dann alle die ganze Nacht hindurch hier sitzenbleiben? Gewiß würde kein Mensch es wagen, ihn zu wecken.

Aber dann erhob sich zu Micheles großer Erleichterung der König, ergriff den strammen Arm von Madame de Mailly und schwankte mit ihr zur Tür, gefolgt von seinen Höflingen, die sich ebenfalls in den verschiedensten Stadien der Trunkenheit befanden.

Michele seufzte aus Herzensgrund: »Dem Himmel sei Dank. Wenn das noch länger gedauert hätte – ich wäre glatt in meinem Stuhl eingeschlafen.«

Jan hatte sich schon erhoben und bot ihr den Arm. »So, wie das Fest fortgeschritten war, hätten es die meisten Anwesenden nicht einmal bemerkt«, meinte er lächelnd. »Darf ich Sie zu Ihrem Raum geleiten, Miß Verner?«

Michele, froh, nun endlich zu Bett zu kommen, nickte dankbar. »Ja, gerne.«

Gerade als sie sich zum Gehen wandten, sah Michele, wie André sich ihnen eilends näherte. Er sah sehr besorgt aus. Doch sie war viel zu müde, um sich über seinen Gesichtsausdruck zu wundern. Sie wollte nur endlich zu Bett und nicht länger aufgehalten werden.

»Michele? Chérie, ist alles in Ordnung mit dir?«

Sie warf ihm einen verdrießlichen Blick zu: »Natürlich«, erwiderte sie gereizt, »was soll nicht mit mir in Ordnung sein?«

André zuckte ein wenig verlegen die Achseln und schaute von ihr zu Jan: »Es war schließlich ein langer Abend«, meinte er etwas unsicher, und dann wechselte sein Gesichtsausdruck von Sorge zu Verwunderung und aufrichtiger Freude: »Ach, *Sie* sind es«, rief er. »Jan McLeven, nicht wahr? Natürlich. Ich habe Sie zuerst gar nicht erkannt. Wie kommen Sie denn hierher?«

Michele hob die Hand: »Bitte, André, das ist eine ziemlich lange Geschichte, und mir wäre es lieb, wenn Jan sie dir erzählt, nachdem ich ins Bett gegangen bin. Ich bin todmüde.«

André tätschelte ihre Wange. »Natürlich, mein Liebes, wie gedankenlos von mir. Komm, ich begleite dich zu deinem Zimmer.«

Sie schüttelte den Kopf. »Danke, Lord McLeven hat das schon angeboten. Wir sehen uns dann morgen früh, André.«

Sie konnte ein Gähnen nicht mehr unterdrücken. So nickte André nur zustimmend und betrachtete mit etwas zweifelnden Blicken den jungen Schotten. »Jetzt bin ich aber neugierig, Ihre Geschichte zu hören, Lord McLeven – so ist es doch korrekt? Meine Neugier ist geweckt, und nun habe ich volles Vertrauen, daß Sie Michele sicher geleiten werden.«

Jan lächelte: »Ich bringe Michele bis zu ihrer Zimmertür und keinen Schritt weiter – Sie haben mein Ehrenwort.«

André stieg die Röte in die Stirn, Michele war aber schon viel zu schläfrig, um das kleine Geplänkel zwischen den beiden Männern überhaupt noch zu bemerken.

Sie lehnte sich schwer auf seinen Arm, bis ihr Zimmer erreicht war. In der offenen Tür wandte sie sich noch einmal um und bot ihm eine ›Gute Nacht‹. Er berührte leicht ihren Arm. »Darf ich Sie morgen sehen, Michele? Ich kenne mich hier in Fontainebleau gut aus und kann Ihnen das Schloß und die Parks zeigen. Es würde mir eine große Freude sein.«

Sie nickte und lächelte verschlafen: »Das wäre wunderbar. Aber bitte nicht zu früh. Ich habe das Gefühl, daß ich eine Woche lang ununterbrochen schlafen könnte.«

»Natürlich. Also dann bis morgen!«

»Bis morgen«, wiederholte sie und betrat ihr Zimmer. Dort konnte sie sich gerade noch entkleiden, zwischen die Laken schlüpfen und das Licht löschen. Dann war sie auch schon fest eingeschlafen.

14

Court befand sich in sehr niedergedrückter Stimmung, als er von Malvern nach Hause zurückfuhr. Am Tag zuvor war John schon früh bei ihm erschienen und hatte ausgerichtet, daß seine Herrin ihn dringend sprechen müsse. Bei seiner Ankunft in Malvern hatte Court Hannah völlig aufgelöst vorgefunden, einem hysterischen Anfall nahe. Als sie seiner ansichtig wurde, brach sie in Tränen aus. Es war das erste Mal, daß er sie überhaupt hatte weinen sehen.

Schluchzend fiel sie ihm in die Arme: »O Court, ich bin am Ende, ich bin ruiniert.«

Sanft streichelte er ihren Kopf, der an seiner Schulter lag. »Nun beruhige dich erst einmal, mein Liebes. Ich weiß, deine Baumwollernte ist verschwunden. John hat mir unterwegs alles erzählt.«

»Alles ist fort. Die Arbeit eines Jahres, alles umsonst! Was soll ich nur tun, Court? Ohne die Ernte kann ich meine Schulden an Dade nicht bezahlen.« Sie hob ihr tränenüberströmtes Gesicht zu ihm empor.

»Laß uns doch erst einmal überlegen, wie das geschehen konnte«, schlug er vor.

»Komm, ich zeige es dir.« Sie ergriff ihn bei der Hand und führte ihn hinüber zum Schuppen. »Alle Interessenten erschienen heute morgen, um zu steigern. Ich habe sie alle wieder wegschicken müssen.« Sie wies in das kahle Innere der Scheune: »Siehst du? Da stehen zwar alle Wagen, aber sie sind leer. Und jetzt weiß ich auch, wem ich das zu verdanken habe – Nathaniel! Oh, hätte ich doch auf dich gehört.«

»Glaubst du wirklich, daß Bealls dahintersteckt?«

»Er hat sich in der Nacht wie ein Dieb davongeschlichen und alle seine Sachen mitgenommen. Nicht einmal seinen Lohn hat er gefordert. Ist das nicht Beweis genug?«

Er nickte grimmig: »Das sieht allerdings so aus.«

Einer der Arbeiter betrat die Scheune. Hannah rief ihn herbei: »Linus, komm bitte mal her.« Zu Court gewandt erklärte sie: »Das ist einer der drei Männer, die ich als Wachen zurückgelassen habe. Heute morgen lagen sie alle betäubt auf dem Boden hier in der Scheune. John nimmt an, daß man ihnen ein Schlafmittel gegeben hat.

Erzähle Mr. Wayne, was du mir erzählt hast!«

»So um Mitternacht«, begann der Mann seinen Bericht, »also so um diese Zeit, fingen wir an, müde zu werden. Ben ging dann in die Küche, um eine Kanne Tee zu holen. Wir dachten, der macht uns wieder munter. Als Ben dann mit dem Tee zurückkam, hörten wir draußen einen ziemlichen Krawall.« Er wies zum anderen Ende der Scheune. »Wir liefen alle raus, um nachzusehen. Aber da war nichts. Dann gingen wir wieder hier herein, um unseren Tee zu trinken. Das nächste, woran ich mich erinnern kann, war, daß ich gräßlich müde wurde. Ich wollte noch ins Haupthaus gehen, um Bescheid zu sagen, denn es war mir selbst unheimlich. Aber das schaffte ich nicht mehr. Das nächste, was mir wieder einfällt, ist, daß John mich geschüttelt hat, und draußen war's schon hell.« Er blickte jammervoll drein. »Es tut mir so leid, Mistreß«, schloß er.

»Schon gut, Linus. Es war ja nicht eure Schuld. Du kannst jetzt gehen.«

Als Linus außer Hörweite war, sagte sie: »Siehst du, wie Nathaniel das angestellt hat? Er hat ihnen etwas in den Tee gegeben. So muß es gewesen sein, Court.«

»Ja, es scheint so«, bestätigte er. »Aber ebensogut – und das leuchtet sogar ziemlich ein – könnte Dade hinter der Sache stecken.«

»Dade? Daran habe ich nie gedacht.« Hannah riß die Augen auf. »Du lieber Himmel, das letzte Mal, als Dade hier in Malvern war, hat er sich mit Nathaniel unterhalten. Der erzählte es mir sogar. Natürlich nicht, worüber sie sprachen. Aber sie steckten zusammen. Du hast ganz gewiß recht, Court. Was können wir nur tun? Sollen wir zur Polizei nach Williamsburg gehen?«

»Nein, ich glaube, das wäre nicht sehr klug.«

»Aber sie haben meine Baumwolle gestohlen. Sie sind Diebe.«

»So lange sind sie es nicht, wie du es nicht beweisen kannst. Und kannst du das? Du kannst zwar überzeugt davon sein, daß Dade die Baumwolle aus dieser Scheune herausgeholt hat, um sie anderswo zu lagern. Aber es wird schwierig sein, das auch herauszufinden.«

»Dann können wir also gar nichts tun?« fragte sie verzweifelt.

»Also *ich* werde mit Sicherheit etwas unternehmen, da

kannst du dich drauf verlassen«, sagte er grimmig. »Ich werde versuchen, Dade dahin zu bringen, daß er dir die Baumwolle zurückgibt.«

»Kannst du das?«

»Ich kann es zumindest versuchen. Ich habe einige Druckmittel, die ich gegen diesen Mister Dade zur Anwendung bringen kann.«

Sie blickte ihn erstaunt und neugierig an: »Welche Druckmittel denn, Court?«

»Das möchte ich zu diesem Zeitpunkt nicht näher erklären, Hannah. Es liegt lange Zeit zurück und geht nur uns beide an. Es ist besser, du weißt nichts darüber.«

Nun, auf der Kutschfahrt zurück nach Williamsburg, wanderten Courts Gedanken zurück zu jener lange vergangenen Zeit, in der er nicht nur Jules Dade, sondern auch Michael Verner begegnet war.

Es lag über zwanzig Jahre zurück. Man schrieb das Jahr 1718. Court Wayne war gerade zwanzig Jahre alt geworden und tat Dienst bei der königlichen Marine an Bord einer Schaluppe. Sein Vorgesetzter war damals Leutnant Robert Maynard. Sie unterstanden dem Befehl des königlichen Gouverneurs von Virginia, Admiral Alexander Spotswood. Ihr Auftrag hieß, der ruhmlosen Laufbahn des Piraten Edward Teach, ›Schwarzbart‹ genannt, ein Ende zu setzen. Sie waren ausgefahren, um ihn zu suchen und gefangenzunehmen.

Die Suche war lang und schwierig gewesen. Immer wieder gelang Teach die Flucht, wobei er über seine Verfolger nur verächtlich die Nase rümpfte. An Bord der beiden Schaluppen unter Leutnant Maynards Kommando ging das Gerücht, daß der Gouverneur in die Piratenmannschaft des Seeräubers einen Spion eingeschleust habe. Dieses Gerücht fand seine Bestätigung, als sie schließlich einen Hinweis erhielten, wo der Seeräuber aufgestöbert werden könne.

Am Morgen des 19. Novembers 1718 stellten die beiden Schaluppen das Piratenschiff ›Adventure‹.

Court befand sich an Bord des Kommandoschiffes, das der Leutnant befehligte. Beide Schaluppen verfolgten das Seeräuberschiff, welches versuchte, auf die offene See zu entkommen. Sie hatten die Bordwaffen, mit denen der Pirat bestückt war, unterschätzt. Eine der beiden verfolgenden Schaluppen, bemüht, das fliehende Schiff aufzuhalten, manövrierte sich auf Schußlänge an den Piraten heran, worauf dieser mit ungeahnter Schnelligkeit sein Schiff wendete und eine volle Breitseite auf den Verfolger abschoß. Die Hälfte der Schaluppen-Crew, mitsamt ihrem Kapitän, kam ums Leben. Klüver und Vordermast waren weggeschossen. Kampfunfähig geworden driftete die Schaluppe hilflos im Wasser.

Die andere Schaluppe, unter Maynards Kommando, war dem Piraten nähergerückt, aber auch nicht schnell genug. ›Schwarzbarts‹ Matrosen hatten Zeit, neu zu laden und eine weitere Breitseite auf den zweiten Verfolger abzufeuern. Einundzwanzig Leute an Bord der Schaluppe wurden getötet. Maynard, der ein weiteres Abschlachten verhindern wollte, befahl seine Leute unter Deck.

Es war eine List, die wirkte. Als sich der Pulverdampf verzogen hatte, war an Bord des königlichen Schiffes keine Menschenseele mehr zu erblicken. ›Schwarzbart‹ dachte nichts anderes, als daß die ganze Crew umgekommen sei. Er fuhr längsseits der scheinbar verlassenen Schaluppe, enterte und führte seine Leute, wie er das immer zu tun pflegte, als erster ins Innere des Schiffes. Daraufhin erschienen Maynards Leute wieder an Bord, und die Schlacht nahm nun erst richtig ihren Anfang. Einige Minuten ging es heiß und grausam her. ›Schwarzbart‹, schaurig lachend, mit hoch erhobenem Entermesser und flatterndem dunklen Bart, wirkte auf den jungen Court Wayne wie der Teufel in eigener Person.

Maynard und der Seeräuber gerieten sodann in einen Kampf Mann gegen Mann. Beide feuerten ihre Pistolen ab. Der Pirat verfehlte sein Ziel. Der Leutnant hingegen traf die bullige Gestalt, aber es war kein tödlicher Schuß. Der Seeräuber wankte zwar, hielt sich jedoch aufrecht und drang auf den Leutnant ein. Beide schwangen jetzt ihre Entermesser gegeneinander. Aber der hinterhältige Pirat hatte noch zwei Schüsse in Reserve. Mit dem einen schoß er Maynard das Messer aus der Hand, als sei es ein leichtes Stück Holz. Teuflisch lachend machte er sich sodann daran, den zweiten Schuß aus nächster Nähe auf den Gegner abzufeuern. Es wäre ein tödlicher Schuß geworden. Unausweichlich.

Court Wayne erkannte die Situation. Seine eigene Schußwaffe war leer, aber mit einem Riesensatz sprang er hinüber zu dem Mann, der gerade zielend die Pistole hob, und schlitzte ihm mit seinem Dolch die Kehle auf. Nun waren auch die anderen herbeigeeilt und feuerten oder gingen mit gezogenen Messern auf den Piraten los. Dieser, zwar tödlich verwundet, versuchte immer noch, sich zu wehren. Court sah es mit fast ehrfürchtigem Staunen. War dieser Mann denn gar nicht zu treffen? War er vielleicht unverwundbar? Noch einmal versuchte ›Schwarzbart‹, die Pistole zu ziehen, die ihm im Gürtel steckte. Doch dann fiel er wie ein Stein zu Boden – tot.

Später stellte man fest, daß er fünfundzwanzig Wunden am Körper trug, die meisten davon so schwer, daß sie ausgereicht hätten, einen normalen Mann auf der Stelle zu töten.

Der Kampf war beendet. Er hatte kaum länger als zehn Minuten gedauert. Die meisten Seeräuber lagen tot auf den Planken der Schaluppe. Einige waren von Bord gesprungen. Die übrigen ergaben sich. Während er seine Waffe aufs neue lud, sah Court, wie der Leutnant sich über die Leiche des Seeräubers beugte und mit lauter Stimme befahl: »Trennt dem Räuber das Haupt vom Rumpf und hängt es an den Bugsprit unseres Schiffes, damit alle Welt sehen kann – der König der Schurken ist tot!«

Court, dem es von dem Gemetzel ohnehin übel geworden war, wandte sich ab, ging zum Bug und lehnte sich über die Reling. Er hatte das Gefühl, daß er sein Innerstes nach außen kehren müsse.

Ringsum befand sich keine Menschenseele in Sichtweite.

Irgendwo im rückwärtigen Teil des Schiffes hörte er Pistolenschüsse. Sie galten den fliehenden Piraten, die über Bord sprangen. Er blickte über die Reling. Just in dem Augenblick spritzte das Wasser auf, ein weiterer von ›Schwarzbarts‹ Männern war gesprungen. Gleichzeitig hörte Court einen Schuß und sah, wie der Kopf des Mannes zu einer blutigen Masse wurde und unterging.

Court, dem sich der Magen umdrehte, blickte schnell zur anderen Seite. Auch da sprang gerade einer der Fliehenden über die Reling. Der Mann ging ganz kurz unter, dann tauchte sein Kopf wieder auf, direkt unterhalb der Stelle, an welcher Court, vornüber gebeugt, stand. Offenbar hatte niemand sonst den Mann springen sehen. Court starrte hinab in das angstverzerrte Gesicht. Langsam zog er die Pistole und zielte sorgfältig. Er konnte jeden Zug dieses Gesichts erkennen und würde ihn vermutlich ein Leben lang nicht vergessen, grau vor Angst das runde Gesicht mit den aufgerissenen Augen, die Haare wie eine Kappe naß an den Kopf geklebt. Mit dem Ausdruck des Entsetzens blickte der Mann in die Pistolenmündung.

Eigentlich hatte Court schießen wollen, aber jetzt erkannte er, es war ihm unmöglich, mitten in dieses hilflose Gesicht zu feuern. Langsam ließ er die Waffe sinken. Ein Ausdruck des Unglaubens und der Verwunderung breitete sich auf dem Gesicht des Mannes da unten aus. Dann drehte er sich um und schwamm so schnell wie möglich dem weit entfernten Strand zu.

Court sah ihm nach, bis der Fliehende nur noch als Punkt im Wasser zu erkennen war. Er war sich ziemlich sicher, daß jemand anders den Schwimmenden entdecken und erschießen würde. Aber nichts und niemand rührte sich. Court empfand kein Bedauern, den Mann nicht erschossen zu haben. Es hatte schon genug Mord und Totschlag gegeben am heutigen Tage.

Court wandte sich ab und ging Richtung mittschiffs, als er Leutnant Maynard, einen ihm fremden Mann im Gefolge, auf sich zukommen sah. Der Mann trug einen dichten, schwarzen Vollbart und hatte scharf dreinblickende schwarze Augen. Court fand, er sähe nicht anders aus als jeder andere Pirat aus ›Schwarzbarts‹ schlimmer Crew.

Maynard lachte breit über das ganze Gesicht und schob den Mann nach vorn, so daß alle Matrosen ihn sehen konnten. »Dies ist der Mann, dem wir den Sieg über ›Schwarzbart‹ verdanken, Leute!« rief Maynard mit erhobener Stimme. »Dies ist Gouverneur Spotwoods Agent, der in die Mannschaft des Seeräubers eingeschmuggelt wurde, Michael Verner. Ein ›Hoch!‹ für Mr. Verner, Leute!«

Ein brausendes ›Hoch‹ drang aus den Kehlen der Matrosen. Michael Verner trat vor und rieb sich die Handgelenke.

»Ich bin es, der euch Dank schuldet«, sagte er, »Teach hatte bereits entdeckt, daß ich ein Spion war und mich fesseln und unter Deck bringen lassen. Heute wäre ich dran gewesen, wenn ihr Jungs nicht gekommen wäret. Ihr wart meine Rettung!«

Ein paar Tage später lief die Schaluppe des Leutnants in die Bucht von Bath ein, und der Kommandeur gab seinen siegreichen Leuten Erlaubnis zum ausgiebigen Landgang. Die Nachricht von der Ankunft des Schiffes hatte an Land schnell die Runde gemacht. Die Bürger der Stadt standen bereits am Kai versammelt. Sie alle wollten den am Bugsprit hängenden Kopf des Seeräubers sehen.

Einige Stunden später, als Court in einer Hafenkneipe saß und geruhsam ein Bier trank, trat Michael Verner an seinen Tisch:

»Darf ich mich zu Ihnen setzen, Sir?«

»Aber gerne, Mr. Verner. Bitte, nehmen Sie Platz.«

Verners dunkle Augen blickten überrascht: »Sie kennen mich?«

»Natürlich, denn ich war an Bord der Schaluppe, als Leutnant Maynard Sie aus dem Verlies des Piratenschiffes herausholte und uns, seinen Leuten, vorstellte. Mein Name ist Courtney Wayne.«

»Dann stoße ich auf Sie und Ihre Kameraden an, Mr. Wayne. Ihnen allen gilt mein nie endender Dank!« Michael Verner erhob sein Glas.

Court wurde ein wenig verlegen. »Ich hatte herzlich wenig Anteil daran, Mr. Verner«, sagte er.

»Durchaus nicht, Mr. Wayne. Ich hörte von dem Leutnant, daß er Ihnen sein Leben verdankt. Sie griffen ein, als ›Schwarzbart‹ den Leutnant attackierte. Teach hätte ihn mit Gewißheit erledigt.«

Court machte eine wegwerfende Handbewegung: »Ich habe nur meine Pflicht getan.« Er überlegte, ob er Verner von dem Piraten erzählen sollte, den er hatte entkommen lassen. Würde er ihn dann auch noch für einen Helden halten? Er entschloß sich zu schweigen, weil er den unbestimmten Wunsch hatte, in den Augen des anderen gut dazustehen.

»Machen Sie Karriere in den Diensten des Königs?« erkundigte sich Michael Verner.

Court schüttelte abwehrend den Kopf. »Du lieber Himmel, nein! Wenigstens hoffe ich das nicht. Ich bin in die Marine eingetreten, weil mich die Abenteuerlust gepackt hatte. Außerdem war es für mich auch so eine Art Versorgungsfrage. Aber mein Bedarf an Abenteuern ist nach dieser Schlacht gedeckt. Außerdem ist die Bezahlung miserabel.«

»Ich glaube, auch bei mir war es Abenteuerlust, daß ich Spion des Gouverneurs wurde«, sagte Michael Verner. »Das und die Tatsache, daß ich mit meinem Vater nicht auskam.«

Sein Gesichtsausdruck wurde finster. »Vielleicht ist die Situation auf Malvern jetzt erfreulicher geworden. Jedenfalls eines steht fest, ich freue mich auf die Rückkehr! Mittlerweile sehe ich ein, daß ein Großteil des Ärgers auch meine eigene Schuld gewesen ist.«

Er lachte rauh. »Zwei Jahre unter Seeräubern, in der Gesellschaft von Schurken, wie Edward Teach einer war, macht einen unerfahrenen Jugendlichen schnell zum Mann.«

»Was ist Malvern?«

»Das ist der Familienbesitz, unsere Plantage außerhalb von Williamsburg.« Michael blickte melancholisch drein. »Mein Vater führt die Plantage nun allein. Ich hatte keine Lust, den Besitz mit der ganzen Verantwortung zu übernehmen. Ich fand das seinerzeit ungeheuer langweilig. Da gab es manche Auseinandersetzung darüber zwischen meinem Vater und mir. Nun ja, die Zeiten ändern sich. Mittlerweile finde ich es gar nicht mehr so langweilig.« Er lachte. »Ich war ein junger Wilder damals; Mädchen, Spielen und Wetten füllten mich ganz aus. Da fielen harte Worte, die mir heute leid tun. Ich habe meinen Vater nicht verstanden, aber so bald ich kann, will ich nach Malvern zurückkehren und das wiedergutmachen.«

Den ganzen Abend sprach Michael von seiner Jugend auf Malvern. Court beneidete ihn insgeheim und fand, es sei völlig verrückt von dem Jungen gewesen, so ein gutes Leben zu verschmähen und fortzugehen. Court war von Geburt an Halbwaise. Er wuchs bei seiner Mutter auf, und das Leben war für ihn von klein auf ein Kampf gewesen. Als junger Mann war er dann zur königlichen Marine gegangen. Kurz zuvor war seine Mutter gestorben. Nun hatte er keine Bleibe mehr. Niemand, der für ihn sorgte, nichts zu essen – da war der Dienst als Matrose eine Rettung.

Michael hatte Court nicht nach dessen Vergangenheit gefragt, und Court selbst sah keine Veranlassung, etwas von sich zu erzählen. Als sie sich verabschiedeten, wußte Court so gut wie alles von dem anderen, und er fand ihn spontan sympathisch. Offensichtlich erwiderte Michael diese Sympathie, denn er verabschiedete sich mit den Worten: »Wenn Sie je nach Williamsburg kommen sollten, Sie sind in Malvern immer aufs herzlichste willkommen!«

Es vergingen fast zwanzig Jahre, bis Court wirklich nach

Williamsburg kam, und in der ganzen Zeit hatte er Michael Verner nicht mehr gesehen. Dafür bekam er zweimal Jules Dade zu Gesicht. Er war sich nie ganz sicher, ob dies der wirkliche Name des Mannes war, dem er seinerzeit das Leben geschenkt hatte. Jedenfalls war er kein Pirat mehr.

Das erste Mal war es in Charleston gewesen im Staate Süd-Carolina, fünf Jahre nachdem ›Schwarzbart‹ zur Strecke gebracht worden war. Zu dieser Zeit war Court noch Matrose an Bord eines Handelsschiffes, das nach einer langen und mühseligen Fahrt in den Orient Gewürze geladen hatte und von Boston aus den Weg die Küste entlang segelte. In Charleston mußte frisches Wasser an Bord genommen werden, außerdem war das Schiff an verschiedenen Stellen reparaturbedürftig. Drei Tage lang lagen sie deshalb im Hafen, und Court hatte Zeit, sich in der romantischen Hafenstadt Charleston umzusehen, die er von allen anderen Hafenstädten besonders gern mochte.

Am Vormittag des zweiten Tages stand er am Kai, als ein Schiff festmachte. Aus dem Gespräch zweier stattlicher Männer, offenbar handelte es sich um reiche Pflanzer, konnte er schließen, daß das ankommende Schiff Sklaven brachte und mit seiner traurigen Ladung geradewegs aus Afrika kam. Die Pflanzer warteten bereits, weil sie einige Sklaven kaufen wollten. Obgleich Court Sklaverei abscheulich fand, blieb er doch am Kai und wartete ab, was geschehen würde. Einige Beiboote wurden vom Schiff herübergerudert. Sie waren bis auf den letzten Platz mit schwarzen Männern und Frauen gefüllt. Zwei Weiße steuerten die Boote. Sie waren bis an die Zähne bewaffnet. Als die Boote anlegten, konnte Court erkennen, daß die Schwarzen mit Ketten aneinander gefesselt waren. Er verbarg seinen Abscheu darüber nicht und war gerade im Begriff wegzugehen, als er plötzlich auf einen der beiden weißen Männer in den Booten aufmerksam wurde. Er kam ihm irgendwie bekannt vor, und als das Boot an der Kaimauer festmachte, ging er möglichst nah heran, um dann festzustellen, daß dieser Mann der Pirat war, den er seinerzeit hatte entkommen lassen. Dann kletterte der Mann auf das Dock, um das Ausladen der Schwarzen zu überwachen. Auch sein Blick blieb an Court haften, den er augenblicklich erkannte. Wie festgenagelt blieb er stehen. Alles Blut war ihm aus dem Gesicht gewichen. So standen sie sich eine ganze Weile gegenüber, bis Court eine verächtliche Handbewegung machte, sich auf dem Absatz umdrehte und ging.

Er hatte kurz überlegt, ob er diesen Menschen als ehemaligen Piraten und Helfershelfer von Edward Teach anzeigen solle. Aber dann unterließ er es. Vielleicht wurde ihm nicht einmal geglaubt. Und was war damit gewonnen? Der Mann war kein Seeräuber mehr, und wenngleich Court Sklavenhandel ebenso gering achtete wie Piraterie, so wußte er doch, daß kaum jemand seine Ansicht teilte. Am wenigsten die Pflanzer, die sich jetzt versammelt hatten, um einen Blick auf die Schwarzen zu werfen, bevor diese auf die Auktionstribüne gestellt wurden.

Es vergingen weitere fünf Jahre, bis er Dade wiedersah. Court war gerade von Boston gekommen und ging wieder in Charleston an Land. Er hatte drei Jahre Dienst auf einem Walfänger gemacht und war des blutigen Geschäfts überdrüssig, obwohl er dadurch zu einem recht wohlhabenden Mann geworden war. Er wollte endgültig nicht mehr zur See fahren und sich in Charleston nach etwas umsehen, in was er sein Geld investieren könne. Nachdem er drei Tage nach etwas Passendem gesucht hatte, fand er ein paar Meilen außerhalb der Stadt eine Farm. Court hatte noch nie eigenes Land besessen. Grundbesitzer zu sein war etwas, was er sich schon lange gewünscht hatte. Gewiß war es keine Plantage, aber er hatte auch keine großen Pläne, Landwirt oder Pflanzer zu werden. Er wollte hier lediglich Maultiere züchten, da er wußte, daß das ein gutes Geschäft sein könnte.

Nachdem er den Bauernhof mitsamt dem Land gekauft hatte und der Vertrag unterzeichnet war, schlenderte er noch ein wenig durch die Stadt, in der er sich so wohl fühlte. Während er so ziellos durch die Straßen ging und um sich schaute, erblickte er plötzlich eine Kutsche mit einem livrierten schwarzen Kutscher auf dem Bock. Auf dem Rücksitz saß, elegant gekleidet und eine dicke Zigarre schmauchend, der gleiche Mann, der, Jahre zuvor, die schwarzen Sklaven an Land gebracht hatte. Court beobachtete den Mann in der Kutsche, der ihn seinerseits noch nicht erblickt hatte.

»Verzeihen Sie«, wandte Court sich an einen der Umstehenden, »kennen Sie vielleicht dort den Mann in der Kutsche?«

Der Mann warf einen Blick in die angegebene Richtung:

»Ach ja«, sagte er, »das ist Jules Dade. Das Sklavenschiff, das im Hafen liegt, gehört ihm. Gestern abend hat er ausgeladen.«

Court nickte seinen Dank und ging hinüber zu der Kutsche.

»Mr. Dade?«

Bei der Nennung seines Namens fuhr der Mann herum – und gleichzeitig fiel ihm die Zigarre aus dem Mund, als er Court vor sich erblickte.

Court lächelte grimmig: »Ich sehe, daß Sie mich erkennen, Mr. Dade.«

Dade starrte ihn mit zusammengekniffenen Lippen an, gab jedoch keine Antwort.

»Ich muß sagen, Sie haben es wirklich zu etwas gebracht, seitdem Sie vor nicht allzu langer Zeit noch um Ihr Leben schwammen, wissen Sie, seinerzeit, als ›Schwarzbart‹ getötet wurde!«

Dade warf ängstliche Blicke um sich. Er hob die Lippen, als ob er knurren wolle, flüsterte aber nur: »Halten Sie gefälligst den Mund!«

Ungerührt fuhr Court fort: »Obwohl es Ihnen ja Geld einzubringen scheint, muß ich sagen, daß ich von Ihrer neuen Tätigkeit genausowenig halte wie von der vorigen. Sklavenhandel ist ähnlich wie Seeräuberei.«

»Was ich tue, ist nicht gegen das Gesetz«, zischte Dade.

Court nickte: »Das stimmt – leider. Ich überlege nur, was diese guten Leute hier sagen würden, wenn sie wüßten, daß Sie einer von ›Schwarzbarts‹ Leuten waren.«

»Sie werden denen das nicht sagen!« Auf einmal hatte Dade eine Pistole in der Hand, der Lauf ruhte auf dem Rand der offenen Kutsche und wies genau auf Courts Herz.

»Ach, Sie wollen mich, Ihren Retter, umbringen? Den Mann, der Ihr absolut wertloses Leben erhielt?« mokierte sich Court. »Na, so eine Undankbarkeit!«

Dade hatte inzwischen etwas von seiner Unverfrorenheit zurückgewonnen: »Es steht lediglich Ihr Wort gegen meines«, schnauzte er, »und ich bin mittlerweile ein respektierter Bürger dieser Stadt.«

»Ich frage mich, wie lange es Ihnen gelingt, die anderen Bürger weiterhin zu täuschen«, Court betrachtete völlig ruhig die auf ihn gerichtete Pistole, »einmal ein Verbrecher, immer ein Verbrecher.«

»Ich könnte Sie jetzt erschießen, und keiner würde mich dafür zur Verantwortung ziehen. Ich würde einfach sagen, Sie hätten versucht, mich zu berauben.«

»Ich zweifle, daß Sie den Mut dazu haben. Außerdem glaube ich, daß Ihnen letzten Endes Ihr Vorteil immer noch das Wichtigste ist. Denken Sie doch bloß mal, was solch ein Zwischenfall alles mit sich brächte. Ihre kostbare Auktion wäre fürs erste blockiert. Außerdem habe ich nicht die Absicht, Ihre Schurkerei zu enthüllen. Es ist zu spät dazu. Ich kann nur noch bedauern, daß ich Sie damals nicht umgelegt habe.«

Dade sah ihn wutbebend an und knirschte mit den Zähnen. Court machte nur eine verächtliche Handbewegung und ging davon.

Er sah Dade nicht mehr, bis er sich eines Tages in Williamsburg niederließ. Court hatte nach zwei Jahren erfolgreicher Maultierzucht seinen Besitz mit hohem Gewinn verkauft. Er war auch in weiteren Geschäften sehr erfolgreich gewesen. Dann traf er Katharina und heiratete sie, um sie nach allzu kurzer Zeit wieder zu verlieren.

Oh, wie sehr bedauerte er heute, Dade seinerzeit an jenem schlimmen Tag, an dem Teach gefangen und getötet wurde, am Leben gelassen zu haben. Oder daß er ihn zumindest nicht als ehemaligen Seeräuber angezeigt hatte. Hätte er das eine oder andere getan, wäre Hannah heute nicht in einer so furchtbaren Situation.

Wieder wanderten seine Gedanken zurück in die Vergangenheit. Er wußte heute nicht mehr, warum er eigentlich damals nach Williamsburg gezogen war. Er hatte auf seinen vielen Geschäftsreisen einmal dort übernachtet und fand, daß dies eine ruhige, friedliche, nette Kleinstadt sei. Und nichts brauchte er zu jenem Zeitpunkt dringender als Ruhe und Frieden. Er hatte seit frühester Jugend hart arbeiten müssen und mit den Jahren ein beträchtliches Vermögen angehäuft. Er besaß genug, um sich zur Ruhe zu setzen. Es bestand keine Notwendigkeit, noch mehr weltliche Güter anzuhäufen. Außerdem war seit Katharinas Tod seine frühere Unternehmungslust völlig zum Erliegen gekommen. So fand er es nur gut, den Rest seiner Tage in Ruhe und ohne Geschäftigkeit wie bisher in einer friedlichen kleinen Stadt unter freundlichen Nachbarn zu verbringen. Natürlich war das zu der Zeit, als er noch nichts von Dades Anwesenheit in der gleichen Stadt wußte. Die Tatsache, daß dieser Mann ihm so nahe lebte, störte ihn ungemein, und er war entschlossen, ihn anzuzeigen, falls er Schwierigkeiten machen sollte. Natürlich war er sich darüber im klaren, daß eine so späte Anzeige allerlei Fragen aufwerfen würde, unter anderem die, ›warum hat er all die Zeit geschwiegen?‹.

Er wußte natürlich auch, daß Michael Verner nicht allzuweit von Williamsburg auf Malvern lebte. Aber er zögerte, ihn zu besuchen. Die Einladung lag immerhin schon zwanzig Jahre zurück. Es konnte sehr gut möglich sein, daß Verner die Zeit, die er unter ›Schwarzbarts‹ Leuten verbringen mußte, nicht mehr heraufbeschwören wollte. Außerdem hatte Court erfahren, daß Michael inzwischen geheiratet und eine halbwüchsige Tochter hatte.

Dann aber, an einem kalten Wintertag, als Court in der Taverne saß und sein Bierchen genoß, hörte er eine Stimme von hinten: »Kenne ich Sie nicht, Sir?«

Court wandte sich um und blickte in Michael Verners freundliches Gesicht.

»Mr. Verner«, er erhob sich von seinem Stuhl, »natürlich kennen Sie mich, und ich kenne Sie. Als wir uns das letzte Mal sahen, hatten wir in einer Taverne wie dieser einen sehr gemütlichen Drink miteinander.«

Michael nickte und lächelte in der Erinnerung. »Ja, das war nach der Ergreifung von Edward Teach in Bath. Und Sie sind Court Wayne, stimmt's?«

»Meine Freunde nennen mich Court.« Er streckte dem anderen die Hand entgegen.

»Es würde mich freuen, Ihr Freund sein zu dürfen, Court.«

»Wollen Sie sich nicht zu mir an den Tisch setzen?« fragte Court.

»Auch das mit dem größten Vergnügen.« Die beiden Männer setzten sich, und Michael betrachtete sein Gegenüber. »Sie haben sich kaum verändert, Freund Court.«

Court lächelte: »Außer, daß ich zwanzig Jahre älter geworden bin.«

»Das sind wir alle. Ich hörte bereits, daß sich ein Fremder in Williamsburg niedergelassen habe. Es kann sein, daß man sogar den Namen erwähnt hat, aber erst jetzt bringe ich das mit Ihnen in Verbindung. Sie leben schon einige Monate hier, oder?«

»Ja, kurz nach Weihnachten bin ich hierher gezogen.«

»Warum sind Sie dann nicht mal nach Malvern herausgefahren? Ich wiederhole meine Einladung. Erzählen Sie mir, was Sie in den langen Jahren so alles gemacht haben.«

Court beschrieb ihm in möglichst kurzen Worten die Ereignisse in seinem Leben.

Als er von Katharinas Tod erfuhr, sagte Michael ernst: »Ich bezeuge Ihnen meine tiefe Anteilnahme, Court. Ich bin selbst verheiratet, wie Sie sich denken können, und wüßte nicht, wie ich es ertragen sollte, wenn meiner Hannah, meinem ein und alles, etwas zustoßen würde.«

Dann begann Michael von sich zu erzählen, vom Tod des Vaters und von seiner späteren Heirat mit Hannah, der jungen Witwe seines Vaters, und von seinem Leben auf Malvern.

»Dann scheint es doch so, als ob Ihnen das Leben auf einer Plantage gut bekäme«, meinte Court.

»Schon – aber leider bin ich mit der Plantage nicht so erfolgreich, wie ich es gerne wäre.« Michael starrte stumm in sein Glas. Eine gewisse Verzweiflung drückte sich in seinem abgewandten Gesicht aus.

»Was bedrückt Sie, mein Freund? Sagen Sie es mir.«

Michael hob den Blick und seufzte tief. »Ich befinde mich in einem finanziellen Engpaß, Court. Mein eigensinniger Stolz hat mich bisher davor zurückgehalten, mich Freunden mitzuteilen. Nicht einmal Hannah weiß etwas davon. Im vorigen Jahr hatte ich eine Mißernte. Aber das war nicht das Schlimmste. In der Hoffnung, die Zeit bis zur nächsten Ernte durch plötzliche Gewinne überbrücken zu können, begann ich, wieder zu spielen. Sie erinnern sich, ich erzählte Ihnen, daß ich als junger Mann ein ausgesprochener Spieler war. Aber ich gab es sofort auf, als ich meine geliebte Hannah heiratete – bis vor kurzem.

Die Hoffnung, mich über die knappe Zeit hinwegzubringen, trog jedoch. Ich verlor und verlor. Natürlich war es ein Fehler, aber nun ist es geschehen.« Michael Verner sah grau aus, seine Augen blickten trübe. »Ich bin jetzt buchstäblich mittellos«, fuhr er fort. »Ich weiß nicht mehr, wie ich durchkommen soll, und habe schon überlegt, ob ich zu einem

Geldverleiher gehen sollte. Es gibt da einen Jules Dade in der Stadt. Aber irgendwo geht es mir gegen den Strich, Schulden machen zu müssen.«

»Jules Dade?« Court schnappte förmlich nach Luft. »Gehen Sie um des Himmels willen nicht zu *dem*, ich bitte Sie dringend, mein Freund!«

»Ach wissen Sie, wenn schon, dann ist es doch einerlei, zu welchem. Ein Geldverleiher ist so gut oder so schlecht wie jeder andere, finde ich.«

»Nicht in diesem Fall. Ich will Ihnen alles über Jules Dade erzählen ...«

Nachdem er mit seinem Bericht fertig war, seufzte Michael tief. »Dieser Dade ist also ein besonderer Schurke?«

»Der schurkigste unter allen.«

»Ich glaube, den könnte man immer noch wegen seiner Zugehörigkeit zu den Piraten vor Gericht bringen.«

»Vielleicht, aber es würde vermutlich nur einen Aufruhr geben und wenig bewirken. Aber bitte, gehen Sie, nach allem, was Sie jetzt wissen, nicht zu diesem Menschen, um Geld zu leihen.«

»Nein, natürlich nicht«, erwiderte Michael bestürzt. »Dennoch weiß ich nicht, wie ich bis zur nächsten Ernte durchkommen soll.«

»Lassen Sie mich Ihnen das Geld leihen, Michael.«

Michael starrte ihn fassungslos an: »Sie?«

»Ja, ich habe genug Geld. Sie können bekommen, was Sie bis zur nächsten Ernte brauchen.«

Michael versank in tiefes Nachdenken. Schweigend saß er da und überlegte. Schließlich nickte er. »Ich werde von Ihrem freundschaftlichen Angebot Gebrauch machen. Es ist mir zwar unendlich peinlich, aber ich habe überhaupt keine andere Wahl und ich bin Ihnen sehr dankbar dafür. Doch um ein Versprechen muß ich Sie bitten.«

»Und das wäre?«

»Meine Hannah darf nie von meiner Torheit erfahren. Wenn sie jemals von dem Kredit erfahren sollte – was ich schon mal von vornherein vermeiden möchte –, darf sie nie den Grund dafür wissen.«

»Sie haben mein Ehrenwort.«

»Ich sehe, Sie wollen einen Freundschaftsdienst erbringen, aber ich bestehe auf einem korrekten Vertrag mit allem, was dazu gehört. Das soll Sie vor Verlust bewahren, wenn mir vor der Rückzahlung etwas zustoßen sollte.«

Nun ja, dachte Court, ich habe mein Wort gehalten. Hannah hat nie erfahren, warum er so dringend Geld brauchte. Sein Wagen hatte inzwischen den Stadtrand von Williamsburg erreicht. Er rief den Kutscher, lehnte sich aus dem Wagenfenster und befahl, zu Dades Wohnung zu fahren.

Die Dämmerung war schon hereingebrochen. Als Courts Wagen vor dem kleinen Haus hielt, sah man ein trübes Licht hinter einer der Fensterscheiben brennen.

Court schlug laut gegen die Tür. Diese öffnete sich nur einen Spalt, und Dade schielte heraus.

»Sie?!« rief er verwundert und riß erstaunt die Augen auf.

Gerade wollte er die Tür wieder mit einem Schwung zuwerfen, aber Court kam ihm zuvor. Er stemmte den Fuß in den Spalt und drückte mit der Schulter dagegen. Dem waren Dades Kräfte nicht gewachsen. Er wich zurück, Angst im Gesicht.

»Dade«, sagte Court und trat ein, »ich muß ein paar Minuten ernstlich mit Ihnen reden.«

Dade war währenddessen immer weiter zurückgewichen, bis er einen seitlich stehenden Tisch erreichte. Dort lag eine Pistole, die nicht zu übersehen war. Gerade tastete Dade rückwärts nach der Waffe, als Court mit einem gezielten Tritt den Tisch zum Kippen brachte. Die Pistole fiel zu Boden. Court zog den anderen mit hartem Griff zu sich heran: »Diesmal keine Schießerei, Mr. Dade.«

»Was wollen Sie von mir, Sir?« fragte Dade mit erbärmlicher Stimme. Er zitterte vor Angst am ganzen Leibe.

»In der vergangenen Nacht ist Hannah Verners Baumwollernte auf mysteriöse Weise verschwunden.«

»Was hat das mit mir zu tun?«

»Sie haben die Baumwolle gestohlen, Dade, oder Sie ließen Nathaniel Bealls für sich stehlen.«

»Ich kenne niemand namens Bealls, wer immer das auch sein mag.«

»Dade, ich habe nicht die Geduld, mir Ihre Lügen weiter anzuhören.«

»Das können Sie nicht beweisen!« Dades schrille Stimme überschlug sich fast.

»Das brauche ich gar nicht erst zu beweisen. Ich weiß sicher, daß Sie dahinterstecken. Und mir ist auch klar, daß Sie die Baumwolle noch nicht verkaufen konnten. Dazu war die Zeit zu kurz. Aber Sie haben sie irgendwo versteckt.«

»Lügen, alles Lügen!«

Court blieb ganz ruhig: »Sie werden dafür sorgen, daß Hannahs Baumwolle morgen wieder dort ist, wo sie hingehört.«

Dade wand sich und schrie: »Sie sind wohl total verrückt geworden. Wie können Sie es wagen, mit einer so wahnsinnigen Anschuldigung hier in mein Haus zu kommen!«

Als habe er überhaupt nicht hingehört, fuhr Court in aller Ruhe fort: »Wenn die Baumwolle bis morgen mittag nicht zurückgebracht worden ist, werde ich der Bevölkerung von Williamsburg Mitteilung über Ihre früheren Schurkereien machen. Die Strafen für Piraterie verjähren nicht, wie Sie wissen. Sie können immer noch dafür hängen. Die Bevölkerung dieser Stadt wird sich sehr wohl noch an die Beutezüge von ›Schwarzbarts‹ Meute in dieser Gegend erinnern.«

»Das können Sie nicht beweisen. Mein Wort steht gegen Ihres.«

»Auch wenn man Zweifel haben sollte, so wird damit doch feststehen, daß Sie ein sehr fragwürdiger Charakter sind, mein Lieber. Von Williamsburg können Sie dann zumindest gleich wegziehen.«

»Ich werde allen Leuten sagen, daß *Sie* der Pirat sind, der die Geschichte nur umdreht, um sich herauszumogeln.«

»Erzählen Sie, was Sie wollen«, erwiderte Court achselzuckend. »In jedem Fall kann *ich* echte Beweise antreten. Aber Sie, mein Herr, falls Sie zu fliehen versuchen sollten...«, er schüttelte den Mann, den er immer noch festhielt, »... dann werde ich tun, was ich vor zwanzig Jahren schon hätte tun sollen.«

Er ließ Dade mit einem plötzlichen Ruck los. Dieser taumelte an die Wand, Entsetzen im flackernden Blick.

»Also überlegen Sie es sich wohl, Mr. Dade. Sie haben noch die Möglichkeit, sich zu retten. Geben Sie Mrs. Verners Baumwolle zurück. Dann werde ich kein weiteres Wort über Sie verlieren, so sehr ich Sie auch verachte. Falls Sie das nicht tun, haben Sie mit dem Verlust Ihrer Existenz in dieser Stadt, oder auch Ihres Lebens durch den Strang zu rechnen. Überlegen Sie es sich genau, Dade. Sie verlieren im besten Fall nichts als die Baumwolle, die Ihnen ohnehin nicht gehörte.«

Court wandte sich zur Tür. »Denken Sie daran, Mister Dade, bis morgen mittag ist die Baumwolle wieder in Malvern. Falls dem nicht so sein sollte, werden Sie es bitter bereuen. Das schwöre ich Ihnen!«

15

Nachdem Jan McLeven Michele bis zu ihrer Zimmertür gebracht hatte, kehrte er leichten Schrittes in seinen eigenen Raum zurück. Die Freude, die er darüber empfand, Michele Verner wieder begegnet zu sein, überwältigte ihn geradezu. Tief innen regte sich eine Hoffnung, der er noch keinen Ausdruck zu geben vermochte. Er konnte sich nicht erinnern, jemals etwas Ähnliches für eine Frau empfunden zu haben. Seine einzige Sorge war nur, daß sie möglicherweise nichts dergleichen für ihn empfand.

In seinem Zimmer angekommen, öffnete er weit die Fensterflügel und sog in tiefen Atemzügen die duftende Nachtluft ein. Er fühlte sich nie wohl auf Fontainebleau, wann immer er hier zu Besuch weilte. Die Dekadenz dieses Ortes und der Menschen, die ihn bevölkerten, stieß ihn ab.

Wie anders war doch das Leben auf McLeven Castle, dessen Leitung er nun bald übernehmen sollte. Im McLeven Clan war es von jeher üblich gewesen, daß der Patriarch in einem gewissen Alter abtrat und dem ältesten Sohn die Leitung des Besitzes übergab. So war es nun an ihm, die Verantwortung für die Güter und für die Menschen, die darauf arbeiteten, zu übernehmen. Obwohl er sich darauf freute, so betrübte es ihn doch auch, seinen Vater alt und hinfällig werden zu sehen.

An seine Mutter konnte er sich kaum noch erinnern. Sie mußte eine schöne Frau gewesen sein, und sein Vater hatte sie wohl sehr geliebt. Wenn wenigstens Douglas noch lebte, dachte Jan, aber es war gerade der Tod des Bruders gewesen, der den Vater so plötzlich zu einem alten Mann gemacht hatte.

Einen kurzen, schmerzlichen Augenblick lang erinnerte er sich des ebenmäßigen, schönen Gesichts des toten Bruders. Obwohl zehn Jahre Altersunterschied zwischen ihnen bestand, hatten die Brüder immer sehr aneinander gehangen, und der vorzeitige Tod des Bruders hatte nicht nur Jan, sondern auch die beiden Schwestern, Margaret und Elizabeth, völlig aus dem seelischen Gleichgewicht geworfen. Es bestand ein großer Zusammenhalt in dieser Familie, und wenngleich Douglas' Tod schon länger als drei Jahre zurücklag, so lebte der Bruder doch in ihrer aller Herzen weiter.

Zum Teil, dessen wurde er sich jetzt klar, war es gerade der Tod des älteren Bruders, der Jan dazu drängte, sich Michele erklären zu wollen. Eigentlich hätte Douglas, der Älteste, Familienoberhaupt werden sollen, und Jan gelobte im stillen, für diese Aufgabe, die ihm nun zufiel, sein Bestes zu geben, um dem toten Bruder keine Schande zu machen.

Immer, wenn er von Schottland abwesend war, vermißte Jan sein Zuhause und seine Familie schmerzlich. Er war der vielen Reisen müde, und er wäre auch nicht nach Fontainebleau gekommen, wäre da nicht König Ludwigs Einladung gewesen. Sie auszuschlagen, hatte sein Vater gemeint, wäre auf jeden Fall unklug gewesen. Der König war immer begierig, neue Leute in seinem Hofstaat zu sehen oder zumindest bei Hofe zu Gast zu haben. Seitdem er bei ähnlichem Anlaß vor einigen Jahren Frankreichs König vorgestellt worden war, hatte dieser einen Narren an ihm gefressen. Seitdem war er immer wieder mit Einladungen geradezu überschüttet worden.

Dieses Mal, dachte Jan fröhlich, war nichts dagegen einzuwenden, hatte er doch auf diese Weise Michele Verner wiedergesehen. Sie war, das wußte er, nur für die Dauer des Wochenendes in Fontainebleau anwesend. Aber diese kurze Zeit, so hoffte er inständig, würde vielleicht genügen, sie davon zu überzeugen, daß es das einzig Richtige sei, ihn zu heiraten. Trotz seines Heimwehs würde er noch ein paar Tage Aufenthalt in Paris zulegen. Vielleicht sogar ein paar Wochen, falls es soviel Zeit brauchte, um Michele zu überreden, mindestens einmal nach Schottland zu kommen und ihn und die Familie auf McLeven Castle zu besuchen. Wenn sie erst einmal dort war, würde es nicht so schwerfallen, sie zum Bleiben zu bewegen.

Michele schlief bis in den nächsten Morgen hinein und frühstückte köstlich im Bett: Treibhauserdbeeren mit Sahne, frisches Brot mit Butter und Tee.

Sie hatte tief und fest geschlafen. Deshalb fühlte sie sich besonders frisch und erwartungsvoll. Was der Tag wohl noch bringen mochte? Sie freute sich auf das Wiedersehen mit Jan McLeven, mehr, als sie sich selbst eingestand. Ihn zwischen all diesen fremden Menschen entdeckt zu haben, ein vertrautes, liebgewordenes Gesicht, war fast so schön, als hätte sie jemand von zu Hause wiedergesehen. In der Zwischenzeit hatte sie ja fast vergessen, was für ein gutaussehender Mann er war. Außerdem fand sie es wundervoll, jemanden hier zu haben, mit dem sie englisch sprechen konnte. Sie sprach zwar mittlerweile fließend französisch, dennoch fühlte sie oft eine heftige Sehnsucht nach der eigenen Muttersprache. Zwar unterhielt sie sich gelegentlich auch mit André englisch, aber wenn sie sich in Gesellschaft anderer befanden, mußte es doch auf jeden Fall französisch sein.

Nachdem Michele gefrühstückt hatte, erschien die Zofe, um ihr beim Ankleiden behilflich zu sein.

Michele entschied sich für ein weich fließendes, grünes Samtkleid und einen dazu passenden breitrandigen Hut. Das Kammermädchen legte ihre Haare in Locken, die anschließend aus dem Gesicht gekämmt wurden. Gerade war die Zofe dabei, die letzte Locke festzustecken, als es an der Tür klopfte. Freudige Erwartung erfüllte Micheles Herz. Sie erhob sich, während das Mädchen hinging, um die Tür zu öffnen.

Michele hörte Jans Stimme an der Tür. Eine schöne Stimme, dachte sie, tief und stark und noch anziehender durch den rollenden, schottischen Akzent, der weder im Englischen noch im Französischen zu überhören war.

Die Zofe wandte sich Michele zu: »Hier ist Monsieur McLeven, Mademoiselle. Er sagt, Sie erwarten ihn?«

»Das ist richtig, vielen Dank, Nicole. Wir wollen in den Parks spazierengehen.«

Das Mädchen lächelte freundlich: »Ich wünsche Ihnen einen angenehmen Spaziergang, Mademoiselle«, sagte sie und knickste.

Michele fühlte, wie sie unter dem wissenden Blick des anderen Mädchens errötete. Die Franzosen schienen doch wohl in jeder Situation nur an die Liebe zu denken. Ich glaube, die können nicht begreifen, daß es auch platonische Beziehungen geben kann, dachte Michele.

Der Blick aus Jans Augen, den sie auffing, als sie zur Tür

ging, um ihn zu begrüßen, belohnte sie für alle Anstrengungen, hübsch auszusehen. Er nahm ihre Hand in die seine und verbeugte sich tief: »Der heutige Tag ist wunderschön«, sagte er auf französisch, »aber Sie, Mademoiselle, stellen ihn weit in den Schatten!«

Michele fühlte, wie ihr das Blut in die Wangen stieg, doch sie nickte nur, wie sie hoffte, ganz beiläufig, und erwiderte: »Vielen Dank, Sir, aber könnten wir vielleicht englisch miteinander sprechen. Ich fürchte, sonst meine Muttersprache noch zu verlernen.«

Sein Lächeln drückte Verständnis aus: »Ich kann es Ihnen nachfühlen«, sagte er, »immer, wenn ich in Frankreich bin, bin ich wie verhungert nach der eigenen Sprache.«

Während Jan sie die langen Korridore entlangführte, betrachtete Michele ihn verstohlen von der Seite. An diesem Morgen trug er einen anderen Tartan und eine kurze, dunkle Jacke, statt des Rüschenhemdes aus Leinen. Sie fand den Kilt zwar ungewöhnlich, aber doch sehr attraktiv. Jans Beine waren kräftig und muskulös, und die derben, bis zum Knie reichenden Wollstrümpfe wirkten angenehm rauh und männlich im Zusammenwirken mit dieser schottischen Nationaltracht. Mal was anderes als diese dauernden Seiden-Satin- und Samtstoffe der französischen Aristokraten, dachte Michele.

»Die Gärten werden Ihnen gefallen«, sagte er, während sie dahinschritten. »Sie sind wirklich wunderschön. Allerdings müßten Sie sie erst einmal im Frühling sehen! Aber heute haben wir einen klaren, sonnigen Tag, und Sie werden gewiß auch die frische Landluft genießen. Das wird Sie an Ihr eigenes Zuhause erinnern.« Er lächelte freundlich zu ihr herab.

Sie konnte nicht anders als diese Freundlichkeit, ja, Herzlichkeit erwidern: »Kennen Sie denn Virginia?« fragte sie.

Er nickte: »O ja. Auf meiner Weltreise kam ich auch durch Virginia, und ich finde, daß es ein wunderschönes Land ist. Außerdem muß ich gestehen, beneidete ich die dortigen Bauern um ihren fruchtbaren Boden. Meilenweit sah ich Felder voll Tabak und Baumwolle, ebenso wie riesige Gemüsefelder. Und ihre Häuser, so zierlich und lieblich, wie weiße Schwäne in grüner Parklandschaft.«

Sie lachte, entzückt von dieser Beschreibung. »Aber wieso finden Sie unsere Häuser zierlich? Mein Elternhaus ist überhaupt nicht zierlich. Unser Herrenhaus Malvern steht schon seit über fünfzig Jahren und wird, wie ich hoffe, noch sehr viel länger halten.«

Er erwiderte ihr Lachen. »Oh, meine Liebe, ich wollte Ihre heimischen Häuser nicht schlecht machen. Sie sind, wie ich schon sagte, ganz besonders hübsch und dem dortigen Klima angepaßt. Aber in Schottland sind die Schlösser aus Stein gebaut, und auch die einfachen Häuser. Wir haben nicht genug Wälder, um mit Holz zu bauen. Dafür haben wir Steine, und die widerstehen auch dem grimmigsten Winter mit Stürmen, Regen und Schnee. McLeven Castle wurde vor über zweihundert Jahren erbaut, und Gott allein weiß, wie lange es noch stehen wird.«

Michele seufzte: »So alt! Und die Kolonien sind so neu. Wenigstens was die Zivilisation anbelangt. Ich kann mir vorstellen, daß Schottland wunderschön ist. Wenigstens habe ich das gehört.«

Jan nickte: »Ja, das ist es, obwohl es herber ist als Ihr Virginia. Aber nun wollen wir uns im Heute und Hier umsehen. Schauen Sie, wie schön! Dies ist der Garten der Königin, und jene Statue stellt die Göttin der Jagd, Diana, vor.«

Michele fühlte sich leicht und glücklich. Ihr war, als sei sie zu Hause. Es war wundervoll, einmal nicht an den Beruf zu denken und nur den Augenblick zu genießen, und ihr wurde bewußt, wie selten sie das tat. Immer nur hatte sie sonst den Tanz im Sinn. Natürlich war es schön, mit den anderen Tänzern zusammenzusein und zusammen zu arbeiten. Louis und Marie waren ihre besten Freunde. Doch zwischen ihnen gab es kein anderes Gesprächsthema als den Tanz. Jetzt, im Zusammensein mit Jan, wurde Michele klar, wie eng begrenzt ihr Leben in der letzten Zeit war.

»Wollen wir uns eine Weile hinsetzen? Da, neben dem Springbrunnen sehe ich eine hübsche Bank.«

Sie nickte: »Ja, gerne. Es ist hier so friedlich. Ich habe das Gefühl, als wären wir beiden die einzigen Menschen weit und breit.«

Er nahm ihre Hand in die seine, und selbst durch den Stoff des Handschuhs hindurch fühlte sie die Wärme seiner schmalen, kräftigen Hand.

»Ich wünschte, wir wären es«, sagte er, und seine Stimme

klang tief und ein wenig rauh. »Ich meine, die einzigen beiden Menschen«, fügte er hinzu.

Sie warf ihm einen schnellen Blick zu und sah verlegen zur Seite. Sie fühlte, wie ihr Herz schneller schlug und eine Welle der Erregung in ihr aufstieg. Sie konnte die feinen Härchen an Jans Handgelenken sehen, die rotgolden in der Sonne glänzten. Sie fühlte die beherrschte Leidenschaft, die von ihm ausging. Seine Hand zitterte leicht auf der ihren. Eine fast panische Furcht ergriff sie – sie mußte sich unter Kontrolle halten. Sie durfte sich hier nicht in Gefühle verlieren.

Sanft entzog sie ihm ihre Hand und tat so, als müsse sie ihr Gewand ordnen. Die Antwort auf seine Bemerkung blieb sie ihm schuldig. Krampfhaft suchte sie nach einem anderen, weniger aufregenden Thema, über das sie sich unterhalten könnten.

»Ich bin wirklich neugierig auf Ihr Schottland«, sagte sie schließlich hastig und fand dabei, daß ihre Stimme viel zu aufgeregt und nervös klang. »Ich fände es interessant zu hören, wie Sie und Ihre Familie dort leben. Haben Sie eine große Familie und viele Geschwister?«

Jan gab nicht zu erkennen, daß er wohl verstand, was dieser Themawechsel bezwecken sollte. Dennoch fühlte sie sich verstanden und war erleichtert.

Er machte keinen Versuch, nochmals ihre Hand zu ergreifen, aber er saß jetzt sehr dicht neben ihr. »Mein Vater lebt noch. Wir sind drei Geschwister, meine beiden Schwestern Elizabeth und Margaret und ich. Elizabeth ist die Jüngste. Wir hatten noch einen älteren Bruder, aber er starb vor drei Jahren.«

Michele, angerührt durch die Trauer in seiner Stimme, sagte: »Ich habe nie Geschwister gehabt, aber ich fühle mit Ihnen. Ich kann mir vorstellen, wie schlimm es wäre, einen Bruder zu verlieren.« Unbewußt hatte sie ihm ihre Hand auf den Arm gelegt. »Standen Sie sich sehr nahe?«

Jan nickte: »Ja, sehr. Er war zehn Jahre älter als ich. Ich bewunderte ihn. So vieles habe ich von ihm gelernt. Wir leiden alle noch unter seinem Tod. Er war um so tragischer, als er nicht notwendig gewesen wäre.«

»Woran starb er?« fragte Michele sanft.

»Auf schändliche Weise«, erwiderte Jan mit Bitterkeit in der Stimme. »Er war auf dem Weg zu einem guten Freund, Robert

Campbell of Glencoe. Die McLevens und die Campbells sind seit über hundert Jahren miteinander befreundete Familien und sind seit der gleichen Zeit mit den MacDonnels verfeindet, welche einmal einen Campbell im Streit töteten. Nun übten die MacDonnels Blutrache, weil es sich für sie gerade so ergab. Sie beobachteten die beiden Freunde, Douglas und Robert, beim Fischen und kamen aus dem Hinterhalt. Dabei trugen mein Bruder und sein Freund keine Waffen. Douglas fiel, Robert entkam.

Mein Vater litt am meisten unter dem Tod seines Ältesten, der einmal der Erbe hätte sein sollen. Oh, und er nahm Rache. Mindestens drei MacDonnels hat er erschlagen. Doch der Tod der Feinde bringt Douglas nicht zurück.«

Michele erschauderte, diesen Mann so kalt von Rache und Totschlag sprechen zu hören. »Kommt so etwas in Ihrem Land oft vor?« fragte sie, »ich meine, so blutig?«

Er betrachtete sie mit Augen, aus denen alle Wärme gewichen war. »Ich fürchte schon, Michele. Obwohl wir im Grunde genommen ganz friedlich sind, gibt es doch bei uns eine Menge verfeindeter Familien. Sie muß es erschrecken. Für mich ist es üblich. Das ist Schottland.«

Wieder schauderte Michele. Wieder hätte sie zu gerne das Thema gewechselt.

»Kommen Sie«, sagte sie schließlich, »Sie haben versprochen, mir die Gärten zu zeigen.«

Er erhob sich und reichte ihr den Arm. »Sie haben recht, Michele. Dies ist ein zu schöner Tag, um über Kampf und Tod zu sprechen. Verzeihen Sie mir.«

Der Rest des Nachmittags verging allzu schnell, und nachdem Michele alle Sehenswürdigkeiten der königlichen Gärten kennengelernt hatte, unter anderem auch die Fontainebelle-Eau, von der das Schloß seinen Namen bezog, hatte sie das Gefühl, ihre Füße seien nicht mehr imstande, sie zu tragen.

»Wir müssen meilenweit gegangen sein«, meinte sie, als sie sich wieder dem Schloß näherten.

Jan betrachtete sie bekümmert. »Es tut mir so leid, meine Beste. Ich bin wirklich gedankenlos. Ich bin so gewohnt, meilenweit durch die Moore zu wandern, daß ich gar nicht bemerkt habe, wie weit wir gekommen sind. Ich wollte Sie bestimmt nicht überanstrengen!«

Michele lächelte. »Die Entfernung ist eigentlich weniger schlimm, aber meine Schuhe sind nicht für solche Gewaltmärsche geeignet. Ich muß gestehen, daß ich sie eher der Eleganz als der Zweckmäßigkeit wegen ausgesucht habe.«

Jan blickte auf die zierlichen Slipper, die unter dem Saum ihres Gewandes hervorlugten. »In der Tat«, meinte er lachend, »besonders praktisches Schuhwerk ist das nicht. Also ich wäre vermutlich nicht in der Lage, in solchen Schuhen spazierenzugehen.«

Michele konnte gar nicht mehr aufhören zu lachen. Die Vorstellung von Jan in Seidenslippern war zu komisch. Schließlich stimmte er herzlich in ihr Gelächter ein.

Als sie so dastanden und sich vor Lachen bogen, erkannte Michele Louis und Cybella, die auf das Schloß zukamen. Cybella, immer ausgeglichen und fröhlich, stimmte, ohne den Grund zu kennen, sofort in ihr Lachen ein. Louis blieb stocksteif und ernst.

»Da bist du ja«, sagte er erbittert, »wir haben dich überall gesucht.«

Schließlich bekam sich Michele wieder unter Kontrolle und erwiderte, immer noch atemlos: »Ich bin mit einem alten Bekannten, Jan McLeven, spazierengegangen. Jan, darf ich Ihnen meine Freunde vorstellen? Cybella und Louis sind Mitglieder des Ensembles.« Sie wandte sich Louis zu: »Wieso habt ihr mich gesucht?«

Louis' Blick ging von Michele zu Jan. »Haben Freunde nicht das Recht, nacheinander Ausschau zu halten? Wir wollten gerne mit dir zusammen das Schloß und die Gärten besichtigen.«

Sein Blick blieb jetzt vorwurfsvoll an Jan hängen, was Michele über die Maßen ärgerte. Gut, Louis war ihr Freund, aber deshalb war sie ihm noch lange keine Rechenschaft schuldig über das, was sie tat. Dennoch gab sie nach und sagte entschuldigend: »Es tut mir leid, Louis, aber ich habe Lord McLeven so lange nicht gesehen und wollte mich gerne mit ihm unterhalten. Das Schloß kann ich morgen ja noch besichtigen.«

Louis biß sich auf die Unterlippe. »Wir wollten dir auch noch sagen, daß der König für heute einen Galaabend angeordnet hat. Es gibt ein Festmahl und anschließend Tanz. Wir werden Ehrengäste sein.«

Michele, in dem Versuch, Louis' Laune zu heben, lächelte ihm freundlich zu. »Das ist großartig«, und zu Jan gewandt: »Wenn das so ist, muß ich zusehen, aus diesen Schuhen zu kommen und mich noch ein bißchen auszuruhen. Ich danke Ihnen für Ihre Begleitung, Lord McLeven. Es war schön, Sie wieder einmal zu sehen.«

Jan sah von einem zum anderen, man merkte ihm an, daß er gerne noch etwas gesagt hätte, es aber in Gegenwart der beiden anderen unterließ. Cybella erkannte die Situation sofort, ergriff Louis beim Arm und sagte: »Komm, Louis, wir beide müssen auch noch ein wenig Ruhe haben, bevor es losgeht.«

Wieder blickte Louis von Michele zu Jan, dann ließ er sich zögernd von Cybella mitziehen.

Jan beobachtete die Szene mit einem merkwürdigen Gesichtsausdruck. Dann wandte er sich zu Michele um. »Ist das nicht der junge Mann, der die Rolle des Monsters tanzte?«

Michele, erstaunt über diese Frage, erwiderte: »Ja, warum fragen Sie?«

»Er ist verliebt in Sie, falls Sie das noch nicht bemerkt haben sollten.«

Michele blieb wie erstarrt stehen und sah ihren Begleiter ungläubig an: »Was sagen Sie da, Jan? Er ist mein Freund, weiter nichts.«

Jan lächelte dünn. »Vielleicht für Sie, aber ich wette mit Ihnen, daß Sie ihm sehr viel mehr bedeuten.«

Michele fühlte, wie sie errötete. Ihr erster Impuls war, solch eine unverschämte Behauptung heftig zurückzuweisen. Aber als sie an Louis' Reaktion am vergangenen Abend dachte und sein heutiges Benehmen erwog, war sie sich nicht mehr so sicher. Hatte Jan recht? Und was sollte sie darauf erwidern?

Sie fand, daß es am besten sei, die Sache leichthin abzutun, statt eine Staatsaffäre daraus zu machen. So sagte sie lächelnd: »Ich glaube bestimmt, daß Sie sich irren, Jan. Aber wir haben keine Zeit mehr, das zu diskutieren. Ich muß mich für diesen Abend vorbereiten, und Sie doch sicher auch.«

Jan legte einen Finger unter ihr Kinn und blickte ihr tief in die Augen. »Darf ich Sie morgen wiedersehen? Wollen Sie mir erlauben, Ihnen auch das Innere des Schlosses zu zeigen? Ich warne Sie, ich werde verzweifelt sein, wenn Sie ›nein‹ sagen!«

Michele zögerte einen Augenblick. Sie dachte an Louis,

aber dann erinnerte sie sich daran, daß sie ihn doch fast täglich in Paris sah. So konnte er doch vielleicht die kurze Zeit hier auf Fontainebleau auf das gewohnte tägliche Beisammensein verzichten.

»Es wird mir ein Vergnügen sein«, entgegnete sie und war selbst erstaunt darüber, wie sehr sie sich über ihren eigenen Entschluß freute.

16

Die vielen goldenen Kronleuchter mit Tausenden brennender Kerzen tauchten den Ballsaal in strahlendes Licht.

Auf der Schwelle der großen Flügeltür blieb Michele eine Weile stehen. Sie spürte, wie ihr Herz nervös flatterte. André, der an ihrer Seite schritt, blickte erstaunt auf sie herab. »Was ist, Chérie? Bist du aufgeregt?«

Sie schluckte und nickte. Heute abend, das wurde ihr erst jetzt beim Betreten des Ballsaales bewußt, würde sie sich mitten unter dem Hofstaat des Königs befinden, und dieser Gedanke hatte wirklich etwas Aufregendes.

»Ja«, bestätigte sie nochmals, »ich bin furchtbar aufgeregt. Laß uns noch eine Weile stehenbleiben.«

André tätschelte beruhigend ihre Hand auf seinem Arm. »Aber gewiß, petite, das ist eine gute Idee.«

Michele betrachtete die Tänzer, die sich anmutig in einer Quadrille bewegten. Das Kerzenlicht ließ die kostbaren Stoffe und die vielen Juwelen glitzern und gleißen. Es war ein Anblick, den sie, das wußte sie genau, nie in ihrem Leben wieder vergessen würde. Nirgendwo in der Welt, dachte sie ehrfürchtig, konnte Reichtum besser und überzeugender zum Ausdruck gebracht werden als hier.

»Komm«, sagte André, als der Tanz beendet war und ein neuer begann, »es ist Zeit, uns zu den anderen zu begeben, mein Kätzchen.« Und so, an Andrés Arm, schwebte Michele durch den prachtvollen Raum. Nichts entging ihrer Aufmerksamkeit. Sie sah den König, der mit einer Dame tanzte, die womöglich noch robuster und noch häßlicher war als Madame Mailly.

»Mit wem tanzt der König?« flüsterte sie André zu.

Er folgte der Richtung ihres Blickes. »Das ist Madame de Vintimille, Madame de Maillys Schwester.«

»Na, dann bleibt's wenigstens in der Familie«, bemerkte Michele trocken, worauf André sie erst verblüfft anstarrte und dann in schallendes Gelächter ausbrach.

Kurz darauf sah Michele Louis mit einer älteren, übertrieben geschminkten Frau im Goldbrokat-Gewand tanzen. Die Dame trug ein schweres Brillantkollier. Dann tanzte Jan mit einer hübschen jungen Frau in einem rosa Seidenkleid vorbei.

Als der Tanz zu Ende war, quirlten die Paare über die Tanzfläche, entweder um sich seitlich auf den Sesselchen niederzulassen, oder um einen neuen Tanzpartner zu suchen. Und mitten in diesem Menschengewirr sah sich Michele plötzlich König Louis gegenüber, der sie freundlich anlächelte.

Micheles Herz machte vor Schreck einen Satz wie ein verängstigtes Kaninchen beim Anblick der Schlange. Sie befand sich Auge in Auge mit dem König von Frankreich, der, allem Anschein nach, im Begriff war, sie zum Tanz aufzufordern.

Sie blickte hilfeflehend zu André hinüber. Doch der lächelte nur matt und zuckte die Achseln, um ihr anzudeuten, daß sie sich nun in einer Situation befände, aus der kein Mensch ihr heraushelfen könne. Sie war ganz allein auf sich gestellt.

Trotz ihrer Aufregung behielt Michele genügend klaren Kopf, um die Gelegenheit wahrzunehmen und Seine Majestät gründlich aus der Nähe zu betrachten. Wie sie schon von ferne bemerkt hatte, war der König eher von etwas weichlicher Hübschheit ohne wirklich männlich energische Züge, eine Tatsache, welche die Hofmaler stets zu verschleiern wußten. Seine großen dunklen Augen waren allerdings schön zu nennen. Im großen und ganzen war dies ein ebenmäßiges Gesicht. Sein ausschweifender Lebenswandel drückte sich in der Gedunsenheit des Gesichts aus. Geschwollene Augenlider und ein geschwungener, genußsüchtiger, kleiner Mund sprachen für sich. Er schien Ende Zwanzig zu sein. Michele konnte nicht anders, sie mußte an die zehn Fürstensprößlinge denken, die er in die Welt gesetzt haben sollte. Nun ja, man hatte ihr auch erzählt, daß er bereits mit fünfzehn Jahren geheiratet habe.

Der König war mit einer Eleganz gekleidet, welche die

sämtlicher Gäste bei weitem in den Schatten stellte. Goldbrokatrock und -weste, rieselndes Spitzenjabot, weiße Seidenkniehosen, weiße Seidenstrümpfe und Lackschuhe mit juwelenbesetzten Goldschnallen. Das Ganze war von einer schneeweißen, reich gepuderten Perücke gekrönt.

Der König lächelte, offenbar belustigt über die Wirkung, die seine so nahe Anwesenheit auf Michele ausübte.

»Ich wäre entzückt«, sagte er mit weicher Stimme, »wenn Mademoiselle mir das Vergnügen bereiten würde, bei der nächsten Quadrille meine Tänzerin zu sein.«

Michele, der es die Sprache verschlagen hatte und der absolut nichts mehr von all den Anweisungen einfiel, die ihr André gegeben hatte, was zu tun wäre, wenn sie mit dem König ins Gespräch käme, brachte schließlich doch noch einen tiefen Hofknicks zustande und fand immerhin soweit ihre Stimme wieder, um höflich zu erwidern: »Es wird mir eine hohe Ehre sein, Sire!«

Der König bot Michele seinen Arm, auf den Michele ihre zitternde Hand legte. Im gleichen Augenblick begannen die Musiker aufzuspielen, und der König schritt mit Michele auf die Tanzfläche und begann die verschlungenen Figuren der Quadrille zu tanzen.

Diesmal hatte Michele keine Zeit, während des Tanzes auch noch die anderen Paare zu beobachten. Zu sehr war sie mit dem Mann an ihrer Seite beschäftigt. Sie stellte fest, daß der König ein sehr guter Tänzer war und daß er sie während des Tanzes mit unverhohlener Bewunderung und recht ungeniert betrachtete. Dies machte sie um so nervöser, als sie sich in diesem Augenblick aller Geschichten erinnerte, die man ihr bezüglich des königlichen Verhaltens Frauen gegenüber erzählt hatte. Was sollte sie tun, wenn er sich ihr in dieser Weise nähern würde? Es wäre gewiß nicht klug, einen König zu beleidigen, aber ebenso gewiß war es, daß sie nichts tun würde, was gegen ihre Überzeugung ging – einerlei ob es sich dabei um den König von Frankreich handelte!

Der Tanz schien Michele eine Ewigkeit zu dauern. Sie fragte sich, wie lange sie das bei guter Haltung noch ertragen würde. Doch schließlich erklangen die letzten Takte, und der König begleitete sie zu ihrem Platz an der Längsseite des Saales zurück, wo André schon wartete.

»Sie tanzen wie eine Elfe, Miß Verner«, sagte er höflich,

»was schließlich auch bei einer Berufstänzerin mit Ihrer Begabung kaum verwunderlich ist.« Seine dunklen Augen musterten sie, während er sprach, von oben bis unten, so daß ihr das Blut heiß in die Wangen stieg.

»Ich möchte Sie heute abend noch einmal zum Tanz bitten«, fuhr er fort, »doch zuerst muß ich leider noch einige Pflichttänze absolvieren.«

Michele konnte nur stumm und ergeben nicken. Dann versank sie wiederum in einen Hofknicks.

Als der König außer Hörweite war, tat sie einen tiefen Stoßseufzer: »Du liebe Güte! André, ich habe gedacht, ich halte das nicht aus. Nicht einmal mein erster Bühnenauftritt war so anstrengend.«

André lachte leise. »Aber du hast dich gut gehalten, ma petite. Zumindest bist du nicht in Ohnmacht gefallen.«

»Das wundert mich wirklich selbst«, entgegnete Michele aufseufzend, »einige Male habe ich schon gedacht, mir rutscht der Boden unter den Füßen weg. Es war die reine Tortur!«

Michele wedelte sich mit dem Fächer heftig Luft zu. Ihr Gesicht war rot und erhitzt.

»Also das höre ich natürlich nicht gerne«, erklang eine warme heitere Stimme hinter ihrem Rücken. »Sie leiden zu sehen, ist mir unerträglich.« Michele wandte sich um und blickte in Jans lächelndes Gesicht.

Sie schüttelte den Kopf. »Falls Sie mich mit dem König haben tanzen sehen, sahen Sie mich auch leiden.«

Jan lachte amüsiert. »Wieso eigentlich? Ich habe immer sagen hören, daß König Louis ein exzellenter Tänzer sei.«

Michele faltete ihren Fächer zusammen und schlug Jan damit leicht aufs Handgelenk. »Sie wissen genau, Jan, daß ich es anders gemeint habe. Es war nicht wegen des Tanzes an sich, sondern weil ich mir dauernd klarmachen mußte, mit *wem* ich tanzte – mit dem König von Frankreich.«

Jan machte eine übertrieben tiefe Verbeugung. »Nun wohl, Milady, wenn Sie glauben, daß Sie die Anwesenheit eines gewöhnlichen Sterblichen noch ertragen können, nachdem Sie mit Seiner Majestät getanzt haben, darf ich dann um das Vergnügen des nächsten Tanzes bitten!?«

Michele fiel sofort in dies Spiel ein. Sie neigte gnädig das Haupt, hob es leicht wieder an, streckte die Nase in die Luft und erwiderte gespielt huldvoll: »Es ist durchaus möglich, daß ich mich dazu bereit erkläre.«

»Sehr wohl, Milady, darf ich Ihnen dann den Arm reichen?«

Den Tanz mit Jan genoß Michele weit mehr als zuvor die Quadrille mit dem König. Sie war entspannt, fühlte sich wunderbar leicht. Überdies war Jan ein hervorragend guter Tänzer.

Kaum war der Tanz beendet, tippte sie jemand auf den Arm, und als sie sich umwandte, erblickte sie Louis im blauen Samtrock mit schneeweißer Perücke, unter der man ihn kaum erkannte. Er verbeugte sich höchst extravagant, und Michele mußte lächeln. Sie war erleichtert, weil Louis offenbar nicht mehr grollte.

»Mademoiselle, darf ich um die Ehre eines Tanzes bitten?« fragte Louis übertrieben formell.

Auch hier spielte Michele mit Vergnügen mit. »Ich wäre entzückt, Sir«, erwiderte sie, »obwohl ich mir nicht ganz sicher bin, ob ich Sie kenne. Wenngleich – eine gewisse Ähnlichkeit ist nicht zu verkennen ... Doch nein, Sie können es nicht sein. Der junge Mann, den ich meine, ist ein wilder Springinsfeld, ein Tänzer, nicht so ein eleganter junger Herr wie Sie.«

»Natürlich kann ich einem solchen Burschen, wie Sie ihn da beschreiben, nicht ähnlich sein«, sagte Louis, »aber die Musik beginnt. Darf ich bitten?«

Mit einem schnellen Seitenblick auf Jan schritt Michele mit Louis auf die Tanzfläche.

Michele war wirklich glücklich, daß Louis seine schlechte Laune, oder was immer es gestern gewesen sein mochte, vergessen hatte. Und so begann sie fröhlich zu plaudern: »Oh, Louis, ist das nicht alles fabelhaft? Es ist doch alles so gut gelaufen, unsere Aufführung. Die Leute hier mögen uns. Und was wir alles zu sehen bekommen haben! Ist es nicht toll?«

Louis lächelte über ihre Begeisterung, aber sein Lächeln war ein wenig bitter. »Ist es das Schloß, der König und sein Hof, über das du dich so freust, Michele, oder ist es das Wiedersehen mit deinem alten Freund, Lord McLeven?«

Sie starrte ihn ungläubig an. Also doch, dachte sie und fühlte Zorn in sich aufsteigen.

»Louis, warum machst du so häßliche Bemerkungen?« fragte sie. »Seit gestern nachmittag bist du nicht mehr der alte. Was ist denn los mit dir?«

Sein Lächeln war wie weggewischt.

»Die gleiche Frage könnte ich dir stellen«, erwiderte er unwirsch, »was ist mit dir los, Michele, daß du für deine wirklichen Freunde keine Zeit mehr hast?«

Sie blickte ihn zornig an und versuchte, beim Tanz nicht aus dem Takt zu kommen. »Willst du damit sagen, daß du, Marie und die anderen meine einzigen wirklichen Freunde seid? Es ist eine Tatsache, daß ich mit Jan McLeven befreundet war, bevor ich euch alle kannte.« Sie fühlte sich nicht verpflichtet, Louis zu erzählen, daß die an Bord geschlossene Freundschaft mit Jan ziemlich unerfreulich endete. Er hatte nicht das Recht zu schmollen, weil sie irgendwo auch noch andere Freunde hatte.

Aber dann dachte sie plötzlich milder über Louis' Verhalten. Wenn es doch stimmte, was Jan behauptete. Wenn Louis in sie verliebt war, wie es ja den Anschein hatte, dann wollte sie nicht länger mit ihm streiten. Sie erinnerte sich genau ihrer eigenen Eifersucht, als sie noch unglücklich in Arnaut verliebt war. Sie wußte noch ganz genau, wie weh das tat.

»Louis«, sagte sie nunmehr wieder freundlich, »ich mag dich wirklich gerne, und ich möchte dich nicht verletzen. Du bist mein Freund, gewiß, und ein wirklicher Freund! Aber schau, ich habe doch auch noch andere Freunde und möchte mit denen auch zusammensein. Du darfst nicht eifersüchtig sein deswegen. Es steht dir einfach nicht.«

In diesem Augenblick hörte die Musik auf zu spielen, und Louis wirbelte sie, ohne daß sie noch viel nachdenken konnte, zu der Säulenreihe an der Längswand des Saales. Michele konnte sich beim besten Willen nicht erklären, was er damit wohl bezweckte. Als sie sich direkt in der Nische hinter den Säulen befanden, völlig abgeschnitten von der Menge im Saal, riß Louis sie in seine Arme und preßte seinen Mund auf den ihren. Die Plötzlichkeit dieses Überfalls machte sie zuerst ganz wehrlos. Sein Kuß war hart und fordernd. Seine Zähne verletzten ihre Lippen, so daß sie einen kleinen Schmerzenslaut ausstoßen mußte in der Hoffnung, daß er seine Heftigkeit mindern würde. Aber er dachte gar nicht daran. Er hielt sie wie in Klammern, so daß sie allmählich ein Gefühl von Panik überkam. Nunmehr erkannte sie, daß ihre Vorliebe für ihn wirklich nur schwesterlich gewesen war, nicht die einer Liebenden. Diese Erkenntnis machte sie traurig, denn nunmehr war es unvermeidlich, ihn verletzen zu müssen.

Sie stemmte sich mit aller Kraft gegen seine Brust und brachte es auf diese Weise fertig, das Gesicht abzuwenden.

»Louis, Louis«, sagte sie leise und glaubte, in Tränen ausbrechen zu müssen.

Er blickte ihr mit einem rätselhaften Ausdruck tief in die Augen. Sein Mund war schmerzlich nach unten verzogen.

»Es hat keinen Zweck«, sagte er bitter, »du magst mich nicht so wie ich dich, stimmt das? Für dich bin ich bloß jemand, der dich unterhält. Du siehst mich nicht als das, was ich bin – ein Mann.«

Sie blickte ihn traurig an. »Natürlich bist du ein Mann, Louis. Einer der sympathischsten, die ich kenne. Aber ich liebe dich nicht. Dennoch bist du mir lieb, so lieb wie ein Bruder, den ich niemals hatte.«

»Ein Bruder!« Er spie die Worte förmlich aus, dann ließ er sie los und wandte sich zum Gehen.

Sie konnte es nicht ertragen, ihn so gehen zu sehen.

»Louis, bitte, haß mich nicht deswegen. Wir können unseren Herzen nicht befehlen. Das weißt du so gut wie ich.«

»Ich habe dich beobachtet, wie du in Deampierre verliebt warst. Du warst völlig von ihm betört. Ich dachte mir, ich könne warten, und tatsächlich ging alles seinen Gang. Jetzt ist dieser Schotte da. Ich kann nicht noch einmal warten.«

Michele seufzte. »Louis, was ich für dich empfinde, hat nichts mit Jan zu tun. Es betrifft nur mich und dich. Ich habe dich lieb, gewiß, aber nicht mit der romantischen Liebe, und ganz ohne Leidenschaft.«

»Das hast du ja nun deutlich genug wissen lassen.«

Louis drehte sich auf dem Absatz herum und verschwand in der Menge.

Michele blieb ratlos zurück. Alle Freude an diesem Abend war wie fortgeblasen. Tränen des Zorns standen ihr in den Augen. Warum war das Leben, warum waren die Beziehungen zwischen Menschen so unerhört kompliziert?

Am folgenden Tag führte Jan Michele, wie er es versprochen hatte, durch das Schloßinnere. Sie besichtigten einen zauberhaften Raum nach dem anderen, bis sich alles vor Michele zu drehen schien. Doch der Genuß, den sie sich von dieser Besichtigung versprochen hatte, blieb aus. Dauernd mußte sie an Louis und die Ereignisse des vergangenen Abends denken.

In der Ahnengalerie blieb Jan plötzlich stehen, hob Micheles Kinn mit dem Finger ein wenig an und fragte sanft: »Was ist los, Michele? Habe ich etwas getan oder auch vielleicht unterlassen, was Sie so verstimmt?«

Sie senkte den Blick. »Was meinen Sie damit? Alles ist in bester Ordnung.«

»Michele«, seine Stimme klang liebevoll, »es ist nicht schwer, Ihnen Ihre Stimmung vom Gesicht abzulesen. Dieses Gesicht ist wie ein Spiegel Ihrer Seele. Sie sind heute so still, und wenn ich Sie betrachte, sehen Sie traurig aus. Was ist denn?«

Sie hob den Kopf. Seine Freundlichkeit brachte sie fast dazu, ihm alles zu sagen. Aber gleichzeitig hätte sie das Gefühl, daß dies eine Indiskretion, ein Verrat an Louis gewesen wäre.

So lächelte sie ihm herzlich zu und sagte nur das Notwendigste: »Ich bin wirklich ein wenig niedergeschlagen, Jan, aber über die Gründe kann ich nicht sprechen. An Ihnen liegt es bestimmt nicht. Im Gegenteil. Sie waren sehr lieb zu mir, und ich habe Ihre Gesellschaft sehr genossen, mehr als ich das beschreiben kann.«

Er tat einen tiefen Erleichterungsseufzer. »Wie schön, *die* Sorge bin ich wenigstens los. Jetzt wage ich auch, eine Frage zu stellen, die mich schon die ganze Zeit sehr beschäftigt. Heute abend kehren Sie nach Paris zurück. Würden Sie mir erlauben, Sie dort gelegentlich zu besuchen?«

Sie blickte überrascht auf. »Ach, ich dachte, Sie müßten ganz schnell nach Schottland zurück?«

Sein Gesichtsausdruck wurde sehr verlegen. »Es stimmt, aber in der Zwischenzeit ist mir klar geworden, daß ich auch noch eine Menge Geschäftliches in Paris zu erledigen habe. Das kann ein bis zwei Wochen dauern, vielleicht auch länger. Ich wäre sehr erfreut, wenn ich Sie zwischendurch sehen dürfte!«

Michele war selbst überrascht, wie sehr sie sich über diese Worte freute. In dem Versuch, ihre Gefühle nicht erkennen zu lassen, nickte sie jedoch eher gleichmütig. »Gewiß«, sagte sie, »gerne. Ich werde Madame Dubois von Ihnen erzählen, und bin sicher, daß Sie bei einem ihrer nächsten Empfänge ihr Gast sein werden.«

»Darf ich Sie vielleicht auch ins Theater ausführen oder manchmal auch zum Souper?«

»Vielleicht. Aber Sie müssen wissen, daß die Tanzproben meine ganze Zeit in Anspruch nehmen. Wir üben und proben jeden Tag.«

»Aber ein bißchen Zeit können Sie für mich doch herausschlagen?« drängte er.

»Ich denke, das kann ich mit gutem Gewissen versprechen«, erwiderte sie, und diesmal gelang es ihr nicht, ihr Lächeln zu verbergen.

»Das ist alles, was ein Mann sich wünschen kann«, sagte er galant und beugte sich über ihre Hand. Seinem Gesicht war es anzusehen, wie glücklich er war.

Schon gleich nach der Rückkehr von Fontainebleau und den aufregenden Ereignissen am königlichen Hof begann der Alltag mit seiner Routine, die Michele so vertraut geworden war.

Dennoch gab es zweierlei, was diesen Alltag erheblich veränderte. Zwei Menschen machten ihr zu schaffen: Louis und Jan.

Louis ging ihr nach wie vor aus dem Weg, was sie außerordentlich verwirrte und verstimmte. Er vermied auch die gemeinsame tägliche Mahlzeit während der Mittagspause, ging allein weg, keiner wußte wohin, und kam erst zu Beginn der nachmittäglichen Proben wieder.

Marie war die erste, der dies auffiel. Aber auf ihre Frage nach Louis' Verbleib konnte Michele auch keine Antwort geben.

»Er verschwindet immer dann, wenn Monsieur Deampierre die Pause ansagt«, meinte Marie.

›Milchkaffee‹ zog sich eine Hühnerkeule aus Micheles Frühstückskorb, den sie nach wie vor den Freunden mit zur Verfügung stellte. »Louis ist überhaupt sehr merkwürdig geworden, seitdem ihr von Fontainebleau zurück seid«, sagte er. Er warf Michele einen fragenden Blick zu. »Hast du nicht bemerkt, was ihn dort so verändert haben könnte?«

Schuldbewußt schüttelte Michele den Kopf und vermied den Blick des anderen.

»Vielleicht ist es etwas ganz Persönliches, etwas, was er mit uns nicht diskutieren möchte.«

Maries Gesicht verdüsterte sich. »Ja, das scheint mir auch so. Ich wünschte, ich wüßte, was ihn quält. Vielleicht könnten wir ihm doch helfen. Ich jedenfalls vermisse ihn sehr.«

Michele betrachtete die Freundin und konnte ihre Überraschung über den Ausdruck ihres bekümmerten Gesichts kaum verbergen. Du lieber Himmel, dachte sie, ich war ja wohl mit Blindheit geschlagen. Dauernd denkt man nur an sich selbst. Marie liebte Louis!

Dieser Gedanke machte sie unglücklich. Warum hatte das Schicksal alles so grausam eingerichtet? Marie sehnte sich nach Louis, Louis sehnte sich nach ihr, Michele, und sie sehnte sich ...

Höchste Zeit zum Themawechsel, dachte sie entschlossen und richtete schnell das Wort an Marie. »Habt ihr nicht beobachtet, daß Denise in letzter Zeit so still ist? Glaubt ihr, das könnte ein Zeichen der Besserung sein?«

Marie schüttelte den Kopf. »Menschen wie Denise ändern sich doch nie, genausowenig wie ein Leopard die Flecken in seinem Fell ändert. Vielleicht führt sie etwas im Schilde. Das scheint mir eher möglich. Die ist immer noch wütend darüber, daß du die Rolle der Schwester bekommen hast. Ich glaube, sie überlegt, wie sie dir eins auswischen kann. Sei vorsichtig! Aber ich habe keine Lust, mir Gedanken über Denise zu machen. Das verdirbt mir nur den Appetit.«

›Milchkaffee‹ nickte zustimmend: »Sie hat recht, Michele.«

»Laßt uns lieber über den tollen Schotten plaudern«, fiel Marie ihm ins Wort. »Ein richtiger, waschechter Lord. Das ist wirklich ein toller Mann.«

Michele fühlte, wie sie errötete. »Das ist ganz einfach ein Freund von früher«, sagte sie abwehrend.

›Milchkaffee‹ lächelte listig. »Das kannst du uns lange erzählen, aber Marie und ich haben euch genau beobachtet. Er sieht genauso aus, als ob er ein bißchen mehr sein wollte als nur ein alter Freund unter anderen. Und dein eigener Gesichtsausdruck, wenn du mit ihm sprichst, ist auch nicht nur einfach freundschaftlich. Du scheinst doch sehr von ihm angetan zu sein.«

Michele schwieg und beschäftigte sich angelegentlich mit ihrem Frühstückskorb. Sie wünschte ja selbst, daß sie sich in

Gedanken etwas weniger mit dem jungen Schotten befaßte. Seitdem sie wieder in Paris waren, dachte sie sehr häufig an ihn. Er hatte sie auch des öfteren schon besucht. Einmal war sie mit ihm zum Souper ausgegangen und einmal ins Theater. Jedesmal, wenn sie ihn sah, wuchs ihre Zuneigung für ihn. Sie genoß seine Gesellschaft. Sogar die Arbeit war ihr weniger wichtig geworden. Beim Proben unterliefen ihr häufiger Fehler als sonst.

Deampierre plante ein neues Ballett für die Wintersaison, und es ging bereits das Gerücht in der Truppe um, daß darin eine Menge guter Solopartien enthalten seien. Natürlich bemühte sich nun jeder, besonders gut zu sein, in der Hoffnung, daß, wenn die Zeit kam, Deampierres Wahl auf ihn fiele. Seitdem sie im Ballett ›Die Schöne und das Monster‹ eine Solorolle getanzt hatte, fürchtete Michele sich sehr davor, wieder im corps de ballet tanzen zu müssen. Sie hoffte, daß sie wieder einen Solopart erhalten würde. Aber sie mußte dafür arbeiten, und zwar hart arbeiten. Deampierre würde sie nicht nur wegen ihres vorherigen Erfolges auswählen.

Jedesmal, wenn sie mit Jan zusammen war, erzählte ihr dieser von zu Hause. Wie schön Castle McLeven sei und wie herrlich die Landschaft im Frühjahr.

Zuerst nahm Michele an, daß er einfach Heimweh habe, so wie sie sich manchmal nach Virginia sehnte. Aber dann sprach er von dem, was ihn wirklich beschäftigte. Er fragte sie, ob sie nicht im Frühjahr kommen wolle, ihn zu besuchen.

Michele mußte zugeben, daß dieser Gedanke äußerst reizvoll war. Sie fühlte sich zu Jan hingezogen, und auf Schottland war sie sehr neugierig, aber – da war die Notwendigkeit zu tanzen. Es war jetzt alles so gut im Fluß. Es konnte durchaus sein, daß sie in Zukunft öfter führende Rollen bekam. Das war die Erfüllung des Wunschtraumes, für den sie all die Zeit so hart gearbeitet hatte. Und jetzt war diese Erfüllung zum Greifen nah. Wie sollte sie da eine lange Reise unternehmen?

»Warum seufztest du gerade so tief?« unterbrach Marie sie mitten in ihren Gedanken.

Michele lachte ein wenig gezwungen. »Ich dachte gerade darüber nach, wie schwierig das Leben manchmal sein kann. Jan hat mich im Frühling nach Schottland eingeladen, und ich würde wirklich sehr gerne hinfahren. Aber ich sehe noch nicht wie. Dann müßte ich die Truppe mindestens für einen, vielleicht auch für zwei Monate verlassen, und das scheint mir ganz unmöglich.«

Marie zuckte die Achseln. »Schön, du würdest den einen oder anderen Kurs versäumen und vielleicht auch ein paar Aufführungen. Aber so unmöglich ist das doch nicht? Deampierre würde vielleicht doch einwilligen.«

Michele schüttelte zweifelnd den Kopf: »Ich weiß nicht recht, ob ich das riskieren kann. Ich täte es an sich gerne.«

»Du hast Angst, etwas zu versäumen, habe ich recht?«

›Milchkaffee‹ lächelte breit, aber es war ein Lächeln ohne Bosheit. »Du hast Angst, es könnte eine Traumrolle daherkommen, und du kriegst sie nicht, stimmt's?«

Michele errötete tief, und ›Milchkaffee‹ lachte herzlich. »Du brauchst deshalb doch nicht so verlegen zu werden, Michele. Das geht uns doch allen so. Manchmal denke ich, daß wir alle wie in diesem Märchen handeln, in dem ein Mädchen mit Tanzschuhen verzaubert wird und gezwungen ist, damit zu tanzen, zu tanzen, bis ans Lebensende. Wir alle, die wir hier sind, sind mit solchen Schuhen auf die Welt gekommen, und wir werden sie ein Leben lang tragen.«

Michele betrachtete ihn nachdenklich. So unrecht hatte er nicht. Es war eine faszinierende, aber auch, so fand sie, ein wenig beängstigende Vorstellung.

17

Hannah stand in der Mitte ihres Baumwollschuppens und konnte es nicht fassen: Sie hatte ihre Baumwolle wieder. Sie hätte vor Glück am liebsten geweint.

Kurz vor Mittag war ein Wagen nach dem anderen angefahren, und die Fahrer hatten begonnen, die Baumwolle, die darin aufgehäuft war, auszuladen. Es waren alles Schwarze, die schweigend und rasch arbeiteten. Sie gaben keine Antwort auf Hannahs stürmische Fragen. Wer hatte sie angestellt? Wo hatte sich die Baumwolle befunden? Wer hatte sie gestohlen? Wer hatte die Rückgabe veranlaßt?

Schließlich ergriff einer der Männer das Wort: »Wir haben den strengen Befehl, kein Wort zu sprechen, Mistreß. Andernfalls würden wir ausgepeitscht, hat man uns gesagt. Wer auch nur eine Frage beantwortet, bekommt außerdem keinen Arbeitslohn. Bitte, fragen Sie uns nicht weiter.«

Die Furcht in den Augen des Mannes machte sie nachgiebig. Und schließlich war es ja auch einerlei. Hauptsache, die Baumwolle war wieder da. Nichts war wichtiger als dies.

Nachdem der letzte Wagen entladen war, blickte sie den davonfahrenden Männern nach. Alle waren bemüht, möglichst schnell wegzukommen. Sie schlugen auch die Mahlzeit aus, die sie ihnen anbot.

Seit Court gestern fortgefahren war, hatte sie keine Nachricht von ihm, aber sie war davon überzeugt, daß er dies veranlaßt hatte. Sie war ohnehin dankbar, daß Court in ihr Leben getreten war, aber nun war sie doppelt dankbar.

Sie entschloß sich, sofort und auf der Stelle, John nach Williamsburg zu schicken, damit alle Kaufinteressenten davon verständigt wurden, daß die Versteigerung mit zwei Tagen Verspätung nun doch stattfinden würde.

Mit diesem Gedanken wandte sie sich dem Haus zu und blieb wie erstarrt stehen. Im Nordeingang des Schuppens stand, mit weit gespreizten Beinen, Nathaniel Bealls, die Reitpeitsche in der Hand, mit der er sich unentwegt gegen die Stiefelschäfte schlug.

»Was wollen Sie hier, Sir?«

Er kam auf sie zu: »Ich bin gekommen, meinen Lohn abzuholen.« Dicht vor ihr blieb er stehen, das hübsche Gesicht wutverzerrt und grimmig.

»Ihren Lohn?« Hannah lachte kurz auf. »Sie erwarten, daß ich Ihnen Lohn zahle, nachdem Sie meine Baumwolle gestohlen haben?«

»Womit wollen Sie das beweisen?« grollte er.

»Warum sind Sie dann davongeschlichen wie ein Dieb in der Nacht?«

»Das steht nicht zur Debatte. Sie schulden mir Arbeitslohn. Sie baten mich, zu warten, bis die Ernte eingebracht sei. Nun ja, die Ernte ist abgeschlossen. Was in der Zwischenzeit geschehen sein mag, ist außerhalb meiner Verantwortung.«

Sie stand fest wie ein Baum, ohne sich zu rühren oder zurückzuweichen. »Jeder Cent, den ich Ihnen einmal schuldig war, ist hinfällig geworden. Gehen Sie zu Jules Dade und lassen sich von dem bezahlen.«

»Dade lehnt es ab, zu zahlen«, er unterbrach sich erschrokken. »Ich habe nicht diese ganzen Monate für nichts und wieder nichts gearbeitet, Mistreß Verner. Ob so oder so – Sie werden zahlen, was Sie mir schuldig sind.«

»Wenn Sie nicht sofort gehen, werde ich jemanden rufen, der Sie hinauswirft.«

»Wen wollen Sie denn rufen, Madam? Die Nigger haben alle Angst vor mir. Dafür habe ich gesorgt. Die rühren mich nicht an. Das wagt keiner.«

»Das werden wir ja sehen.«

Sie blickte über seine Schulter hinweg in den Hof, aber er ergriff mit einem harten Zupacken ihren Arm und zog sie zu sich heran. »O ja, wir werden sehen. Wenn ich das, was Sie mir schulden, nicht auf die eine Weise kriegen kann, kriege ich's auf die andere.«

Alkoholdunst ging von ihm aus, und ihr Arm schmerzte unter dem eisernen Zugriff. Sie versuchte, sich ihm zu entziehen, doch das war unmöglich.

»Was soll das heißen?« fragte sie erzürnt.

»Jener Tag in Ihrem Arbeitszimmer...«, er grinste abscheulich. »Angesichts dessen, was Sie mir tatsächlich schulden, wäre es zwar ein etwas überteuertes Vergnügen – aber es würde mir auch genügen.«

»Sie werden es nicht wagen!« Es verschlug ihr den Atem. »In Hörweite befinden sich hier eine Menge Leute. Ich werde schreien!«

»Schreien Sie doch«, sagte Nathaniel ausdruckslos und fügte boshaft hinzu: »Sehen Sie die Peitsche? Ein kleiner Schlag damit wird Sie schon in Bewegung bringen. Sie werden mehr als glücklich sein, die Beine für mich breit machen zu dürfen!«

Sie wehrte sich verzweifelt, um von ihm loszukommen, und schon sauste die Peitsche hernieder, über die Schulter, genau über den Ausschnitt ihres Kleides. Der Schmerz war unerträglich, und sie schrie schrill und schrie wieder, als der zweite Schlag erfolgte. Dieser Schlag ließ sie in die Knie fallen.

»So ist es recht. Knien Sie vor mir, Verehrteste. Ich habe es mir immer gewünscht, daß du vor mir in die Knie sinkst, du hochmütiges Aas!«

Diesmal fuhr die Peitsche über ihren Rücken, wodurch der

dünne Kleiderstoff riß. Die Peitschenschnur schnitt tief ins Fleisch.

»Sag mir, daß du dich ergibst, dann höre ich auf. Dann gehen wir nach drinnen, in den gleichen Raum, in dem du dich so oft mit deinem Fatzken gewälzt hast. Meinst du, ich hätte nicht gewußt, daß er dich aufs Kreuz legt?«

Wilder Zorn ließ sie alle Schmerzen vergessen. Mit flammendem Blick sah sie in das höhnisch verzerrte Gesicht.

»Sie widerlicher Kerl, denken Sie bloß nicht...«

Er unterbrach sie: »Immer noch hochnässig, wie ich sehe. Vielleicht können ein paar weitere Hiebe das ändern.«

Er hob die Peitsche, als eine zornige Stimme im Befehlston ihn herumfahren ließ.

»Noch ein Schlag, Bealls, und Sie sind ein toter Mann!«

Nathaniel stand wie versteinert, die Peitsche über dem Kopf erhoben. Dann versuchte er zu fliehen.

Hannah nahm diesen Augenblick wahr und erhob sich mühsam.

Und dann erkannte sie Court, der mit erhobener Pistole einen Schritt hinter Nathaniel stand.

»Court, Liebling!« Hannah schrie es und rannte, so schnell es ihr noch möglich war, auf Court zu.

Ohne den Blick von Nathaniel zu wenden, sagte Court: »Geh aus dem Weg, Hannah.«

Hannah lehnte sich schwach gegen einen Baumwollbehälter. Ängstlich blickte sie von einem Mann zum anderen.

Jetzt ließ Nathaniel die Peitsche sinken. »Aha«, sagte er unverschämt, »der Liebhaber von Madam.«

»Hier haben Sie ausgespielt, Bealls, ich sollte Sie erschießen wie einen Verbrecher, der Sie auch sind, nach allem, was Sie Mistreß Verner angetan haben.«

Geistesgegenwärtig schlug Nathaniel die Rockschöße zurück. »Wie Sie sehen, habe ich keine Waffe bei mir. Sie wollen einen unbewaffneten Mann einfach abknallen, Sir?«

»Das sollte ich. Aber wenn Sie jetzt augenblicklich und so schnell wie möglich verschwinden, lasse ich Sie laufen, vielleicht zu meinem immerwährenden Bedauern.«

Nathaniel rührte sich nicht. »Ich fordere das Geld, das man mir schuldet.«

»Hier bekommen Sie keinen Cent. Gehen Sie zu Dade, der soll Sie auszahlen.«

»Der will nicht«, erwiderte Bealls unbedacht.

»Hannah genausowenig, und ich unterstütze sie in dieser Entscheidung. Was Ihnen hier je geschuldet wird, wird aufgehoben durch das, was Sie getan haben, nicht nur für den Baumwolldiebstahl, sondern auch dafür, daß Sie sie mit der Peitsche geschlagen haben. Und nun rate ich Ihnen, Sir, möglichst bald zu verschwinden. Meine Geduld reicht nicht mehr sehr weit.« Court hob die Pistole in Augenhöhe und zielte.

Vor dem unbarmherzigen Blick des anderen wich Bealls nun doch langsam zurück.

»Es stimmt zwar, daß ein Gentleman einen anderen Gentleman nicht bedroht, wenn dieser unbewaffnet ist«, schloß Court, »aber Sie, Bealls, sind kein Gentleman.«

Nathaniel warf noch einen Blick brennenden Hasses auf Hannah. Dann wandte er sich um, verließ den Schuppen, bestieg sein draußen angebundenes Pferd und galoppierte davon.

Court senkte die Waffe und steckte sie in den Gürtel. Hannah eilte zu ihm und barg ihr Gesicht an seiner Brust.

Nun, nachdem die Spannung gewichen war, spürte sie wieder die brennenden Schmerzen über Schulter, Nacken und Rücken. Ein Schluchzen schüttelte sie.

Court berührte sanft ihren Rücken und fuhr erschrocken zurück, als er das zerrissene Kleid und die blutende Wunde bemerkte.

»Dieser Schweinehund. Ich hätte ihn doch abknallen sollen. Ich habe ja nur den einen Schlag gesehen.« Seine Stimme bebte vor Zorn. Dann fügte er sanft hinzu: »Komm, Hannah. Laß uns ins Haus gehen, damit deine Wunden versorgt werden. Das ist ja furchtbar!«

Schwer auf Courts Arm gestützt, ließ Hannah sich ins Haus führen. Hinter allen Gardinen sah man furchtsame Gesichter. Sie hatten, das war klar, sehr wohl Nathaniels Anwesenheit bemerkt. Offenbar hatte er recht gehabt. Sie mußten entsetzliche Angst vor ihm gehabt haben. Sie war wohl die einzige auf Malvern, die Bealls' wahre Natur nie erkannt hatte. Auch wenn John, auf ihr Geheiß hin, Nathaniel sehr genau beobachtet hatte, so mußte dieser doch Gelegenheit gefunden haben, die schwarzen Arbeiter in aller Heimlichkeit bis aufs Blut zu peinigen. Aus seinem Schwarzenhaß hatte er ja bereits bei seiner Vorstellung keinen Hehl gemacht.

Im Haus wurden Hannahs Kleid und Unterwäsche vorsichtig entfernt und ihre Wunden gewaschen. Dann nahm sie zur Beruhigung ein warmes Bad. Anschließend wurde sie mit einer Heilsalbe behandelt und behutsam in einen Morgenmantel gehüllt.

Nach dieser Prozedur fühlte sie sich erheblich wohler und in der Lage, Court aufzusuchen, der im Salon saß und auf sie wartete.

»Nun, fühlst du dich besser, meine Liebe?«

»Viel besser.« Ihr Gesicht war blaß und ihr Lächeln noch matt. »Die Wunden schmerzen nicht mehr so, dafür aber mein verletzter Stolz.«

Sie ergriff das Glas Sherry, welches er ihr eingeschenkt hatte. »Ich habe dir unendlich viel zu danken, Liebling«, fuhr sie fort, »vor allem für die zurückerhaltene Baumwolle. Ich nehme an, daß Dade dahintersteckte?«

»Das muß er wohl. Ich sagte ihm, daß, wenn deine Ernte nicht bis zum Mittag diesen Tages wieder an Ort und Stelle sei...«, er unterbrach sich und schwieg.

»Was dann, Court? Es muß ja ziemlich schlimm gewesen sein, womit du ihm gedroht hast.«

Er rutschte etwas verlegen auf dem Sessel hin und her. »Es ist besser, Hannah, ich weihe dich nicht in alles ein. Du hast nichts davon, wenn du es weißt, und es ist wahrhaftig keine hübsche Geschichte.«

Hannah blieb zwar neugierig und hätte ihn gerne weiter bedrängt, aber als er sie in die Arme schloß und seinen Mund zart auf den ihren legte, ließ sie sich mit einem Seufzer der Erleichterung in diese Umarmung fallen. Auch wenn dies nur geschah, um sie abzulenken. Sie würde ihn ein anderes Mal nach dem fragen, was zwischen ihm und Jules Dade vorgefallen war.

Nathaniel Bealls ritt in der Zwischenzeit wie der Teufel die Straße nach Williamsburg zurück, bis das Pferd erschöpft und schweißbedeckt stehenblieb.

Nathaniels Wut war durch den wahnsinnigen Ritt ein wenig verraucht. Er ließ das Pferd grasen und setzte sich wartend an den Wegrand. Warum sollte er sein gutes Reittier nur wegen dieser Frau zuschanden reiten? Sollte sich der Grauschimmel ruhig erst erholen. Es war ohnehin jetzt sein einziger Besitz.

Den ganzen Sommer hatte er hart für Hannah Verner gearbeitet, dachte er erbittert, und nun stand er mit völlig leeren Händen da.

Er hatte die Baumwolle für Dade gestohlen, und er hatte ihn heute morgen fast hinausgeworfen, als er kam, um seinen Anteil am Profit zu fordern.

»Nachdem ich die Baumwolle zurückgeben muß«, hatte Dade gesagt, ohne ihn anzusehen, »kann ich Ihnen leider keinen Cent bezahlen.«

Nathaniel konnte es nicht glauben: »Zurückgeben? Sind Sie verrückt geworden, wieso denn das?«

»Da ich die Baumwolle zurückgebe, habe ich keinen Profit davon, und unsere Abmachung lautete, daß wir den Profit, der dabei herausspringt, teilen. Also, kein Profit – kein Geld, auch für Sie.«

Sie befanden sich in dem kleinen Raum, der Dade als Büro diente, und wie gewöhnlich mußte Nathaniel stehen. In sinnloser Wut rannte er die paar Meter hin und her, wobei er sich mit der Reitpeitsche gegen die Stiefelschäfte schlug.

»Ich bin weg von Malvern, ohne nach meinem Lohn zu fragen, weil ich wußte, daß dann alles rauskommt. Und jetzt soll ich für soviel Monate Arbeit kein Geld bekommen? Das ist doch die Höhe!«

Dade beugte sich über seinen Schreibtisch vor. Er hielt die Hände verborgen und grinste: »Das ist Ihr Problem, mein Lieber. Vielleicht bezahlt das Weibsbild in Malvern Sie. Die soll doch so großzügig sein.«

»Die wird mir eher die Polizei auf den Hals hetzen«, schimpfte Nathaniel und blieb vor dem Schreibtisch stehen. »Sie haben mir noch nicht gesagt, warum Sie die Baumwolle zurückzugeben hatten. Das Zeug war tadellos versteckt. Keiner hätte es finden können. Warum also? Da ist doch etwas faul, oder?«

»Ich hatte keine Wahl.« Dades Gesicht war wutverzerrt. »Denken Sie vielleicht, das hätte ich freiwillig getan?«

»Und warum? Sie sind mir eine Erklärung schuldig!« Bealls schlug mit der Faust auf den Schreibtisch.

»Ich schulde Ihnen gar nichts. Das sind persönliche Gründe, die Sie nichts angehen.«

»Ich will mein Geld haben, und ich werde es mir holen, das schwöre ich!« Bealls' Wut hatte sich ins Besinnungslose gesteigert. Er beugte sich weit über den Schreibtisch und machte Miene, Dade die Kehle zuzudrücken.

Dade schob sich vom Schreibtisch zurück und hob die rechte Hand, in der er eine Pistole hielt.

»Machen Sie, daß Sie rauskommen, Bealls, oder ich blase Ihnen ein Loch in den Schädel. Und ich wünsche Sie nie mehr wiederzusehen. Falls Sie es versuchen, bringe ich Sie sofort um!«

Nathaniel stand immer noch in gebeugter Haltung und atmete schwer. Nach einer Weile griff er nach seiner Peitsche, die er neben sich gelegt hatte, bevor er Dade angriff, wandte sich um und ging zur Tür und zum Haus hinaus.

Nun, nach der Rast am Straßenrand, nachdem er sein Pferd wieder bestiegen hatte, kochte die Wut aufs neue in ihm hoch. Dade hatte ihn übertölpelt und – er konnte nichts dagegen tun. Außerdem war ihm von vornherein klar gewesen, daß er auch kein Geld von Hannah Verner bekommen würde, aber er hatte gehofft, sie sich wenigstens mit Gewalt gefügig machen zu können. Nur ein einziges Mal! Es wäre wenig genug für die viele Arbeit, die er auf Malvern geleistet hatte. Und er hätte es auch geschafft, wenn dieser Kerl, der Courtney Wayne, nicht dazwischengekommen wäre ...

Der Gedanke an Wayne war wie eine Erleuchtung. Es hob ihn regelrecht aus dem Sattel. Plötzlich wußte er, wer Dade zur Rückgabe der Baumwolle gezwungen hatte, und Wayne, dieser Mistkerl, würde heute abend noch hier die gleiche Straße entlangfahren. Er blieb nie über Nacht in Malvern!

Zum erstenmal, seitdem er diese Strecke ritt, schaute Nathaniel sich um und stellte fest, daß der Weg an dieser Stelle schmaler wurde und sich zu einer kleinen Mulde senkte. Links und rechts wuchs dichtes Unterholz. Einige Büsche schlossen sich oberhalb des engen Kutschenweges wie zu einem Dach zusammen, so daß für eine kurze Strecke Wegs eine Art Tunnel entstand. Bealls grinste heimtückisch. Schön, wenn er sein Geld nicht bekam, so würde er sich doch Genugtuung verschaffen, indem er Court Waynes Lebenslicht ausblies. Nathaniel wußte, daß er sich in dieser Gegend ohnehin nicht mehr blicken zu lassen brauchte. Aber selbst wenn es ihm gelänge, den Fatzken zu töten, würde er längst über alle Berge sein, bevor das herauskäme. Es wäre nicht nur Rache an Wayne, die er damit auskostete, sondern vor allem an Hannah Verner! Nathaniel weidete sich innerlich an der Vorstellung, wie Hannah vor Herzeleid über den Tod ihres Kerls zusammenbrach.

Er lenkte den Apfelschimmel auf die andere Seite der Mulde, dorthin, wo der Weg sich wieder hob. Hier fand er einen Platz, wo er das Pferd außer Sicht anbinden konnte. An dieser Stelle würde die Kutsche langsamer fahren, weil die Pferde die Steigung überwinden mußten.

Bevor er sein Pferd an kurzem Zügel an einem Baum festband, griff Bealls in die Satteltasche, um die Pistole herauszuholen. Hätte er nur daran gedacht, als er sich mit Hannah auseinandersetzte. Dann hätte er den Kerl gleich umlegen können. Aber es war ihm gar nicht in den Sinn gekommen, daß er die Waffe gebrauchen könnte. Die Peitsche schien ihm ausreichend.

Er prüfte und lud die Pistole, dann setzte er sich, verborgen durch Büsche und Bäume, aber nahe genug, um Überblick über den Weg zu haben, und wartete.

Er mußte lange warten, aber ausnahmsweise war seine Geduld groß. Die Sonne begann zu sinken. Die Schatten wurden länger, und endlich hörte er das Klappern der Pferdehufe und das Knarren der Räder. Noch war der Wagen nicht zu sehen, aber er kam aus der Richtung Malvern.

Er schob einen Zweig beiseite und lugte vorsichtig hinaus. Es war in der Tat Court Waynes Kutsche, die sich da näherte. Wie er vermutet hatte, fuhr der Wagen an der Steigung langsamer, obwohl der Kutscher den Pferden die Peitsche gab, um sie anzutreiben.

Nathaniel wartete, bis die Pferde ungefähr in seiner Höhe waren. Inzwischen saß er wieder im Sattel, sprengte heraus, fiel dem Kutscher in die Zügel und zog ihn grob vom Kutschbock. Die Pistole hielt er in der Rechten, so daß der Mann keinen Widerstand wagte. Er stieß nur einen gellenden Schreckensschrei aus. Nathaniel schlug den Kutscher mit dem Pistolengriff bewußtlos. Der Grauschimmel, nervös geworden, machte Miene, durchzugehen. Nathaniel hatte einige Mühe, ihn schleunigst zur Kutsche, die führerlos immer noch am Ort des Überfalls stand, zurückzuwenden. Er lenkte das Pferd auf die rechte Wagenseite, glitt aus dem Sattel und riß die Türe auf. »So«, schrie er, »jetzt kann's losgehen, Sie Angeber. Kommen Sie raus, Wayne. Jetzt habe *ich* die Pistole.«

Im Wageninneren blieb es mäuschenstill.

»Raus mit Ihnen! Raus! habe ich gesagt, es hat keinen Zweck, daß Sie drinnen bleiben wie ein verängstigtes Karnikkel. Ich lege Sie so oder so um!«

Als immer noch keine Antwort kam, spähte Bealls vorsichtig ins Wageninnere. Der Unterkiefer fiel ihm herunter. Der Wagen war leer!

Court hatte während des Fahrens leicht vor sich hingedöst, bevor er durch das Anhalten des Wagens und den Schrei des Kutschers hochschreckte.

Er fuhr sofort mit der Rechten an die Pistole im Gürtel und sah aus dem linken Wagenfenster, um festzustellen, daß ein großer Grauschimmel sich dort vorne bäumte. Die Situation war klar. Court schlüpfte lautlos aus der rechten Wagentür und verbarg sich so hinter dem Wagen, daß Bealls, der den davonstürmenden Gaul gewendet hatte und nun zurückgesprengt kam, ihn nicht entdecken konnte.

Während dies alles sich in Blitzesschnelle abspielte, verfluchte Court sich innerlich, daß er nicht selbst auf den Gedanken gekommen war, Bealls' Rache könne auf diese Weise erfolgen. Schließlich lag es nahe, daß der Kerl ihm am Wege auflauerte.

Dann erklang Bealls' Aufforderung, sofort herauszukommen. Auf Zehenspitzen schlich Wayne um den Wagen, bis er Bealls' Rücken im Visier hatte, als dieser sich vorsichtig ins Wageninnere lehnte.

Wayne hielt die Pistole in beiden Händen und zielte. Die Versuchung, sofort loszudrücken, war groß, dennoch brachte er es nicht fertig, jemanden, sei es auch ein ausgemachter Schuft, von hinten zu erschießen.

»Hier, Bealls«, sagte er knapp und nicht einmal besonders laut.

Ein überraschter Laut aus der Kehle des Angerufenen, der sich, die Pistole in der erhobenen Hand, jäh umdrehte. In diesem Augenblick schoß Court. Die Kugel traf ihr Ziel, Bealls fiel rückwärts ins Gras, die eigene Waffe entglitt seiner Hand.

Die Kugel daraus verfehlte die Richtung, sie fuhr dicht an dem Überfallenen vorbei ins Leere.

Das Pferd des Aufsehers, nun endgültig aus der Fassung gebracht, scheute und stürmte im wilden Galopp in Richtung Williamsburg davon. Court ging hinüber zu dem regungslosen Bealls. Der lag mit leerem Blick und ausgebreiteten Armen in seinem Blut. Waynes Kugel hatte ihn mitten ins Herz getroffen.

Court wandte sich um zu der Stelle, wo sein Kutscher wieder zu Bewußtsein gekommen, sich bemühte, aufzustehen. Court steckte die Pistole in den Gürtel und eilte ihm zur Hilfe. »Alles in Ordnung, Lukas?« fragte er besorgt.

»Ich ... Ich denke schon«, war die Antwort. Dem Mann rann das Blut von der Schläfe. Court untersuchte die Wunde und seufzte erleichtert.

»Es ist nur eine Platzwunde, Lukas. Das wird noch ein paar Tage weh tun, und um eine Beule kommst du auch nicht herum. Aber was Schlimmeres ist es nicht.« Er klopfte dem Mann ermunternd auf die Schulter.

Der Kutscher starrte verständnislos auf die ausgestreckte Gestalt am Boden. »Was wollte der eigentlich, Master Wayne?« fragte er.

»Uns überfallen, was sonst?« erwiderte Court. »Das werden wir auch der Polizei in Williamsburg berichten. Komm, Lukas. Jetzt setzt du dich in die Kutsche, und ich fahre den Rest des Weges. Hilf mir die Leiche in den Wagen laden. Eine Weile mußt du es da drinnen mit dem Toten aushalten. Es tut mir leid, aber wir können ihn nicht hier draußen lassen. Und es ist ja nicht mehr weit bis nach Hause.«

Hannahs Baumwollversteigerung wurde ein voller Erfolg. Sie nahm genug Geld ein, um ihre Schulden sowohl an Wayne als auch an Dade begleichen zu können. Darüber hinaus würde sie die Zeit bis zur nächsten Ernte gut und ohne neuerlichen Engpaß durchstehen können. Sie kämpfte eine Weile mit sich, entschied sich aber dann doch, John mit dem Geld zu dem Verleiher zu schicken. So sehr sie sich auch gewünscht hatte, Dades Gesicht zu sehen, wenn sie ihm das Geld hinblätterte, so wenig traute sie sich selbst, daß sie das ohne Wutausbruch tun könnte. Sie haßte diesen Mann dermaßen, und der Gedanke an ihn verursachte ihr körperliche Übelkeit.

An dem gleichen Tag, an dem sie John mit dem Geld zu Dade schickte, erwartete sie Courts Besuch. Doch kurz vorher erschien ein Postkurier mit einem Briefumschlag für sie. Darauf stand nichts weiter als ›Hannah Verner, Malvern‹ – ohne Absender. Hannah hatte das Gefühl, daß dies nichts Gutes verheißen könne – schon beim Öffnen begann sie zu zittern. Ein einziges Stück Papier zog sie aus dem Umschlag und las:

›Mistreß Verner! Es liegt im Interesse Ihres zukünftigen Wohlergehens, daß Sie folgendes wissen: Ich muß Sie vor einem Ihrer Bekannten, Court Wayne, warnen! Hüten Sie sich vor diesem Mann, Madam! Er ist nicht das, was er zu sein scheint. Er ist ein Schuft schlimmster Sorte.

Auch wenn er den ehrbaren Bürger spielt, gehörte er doch einst zu der Mannschaft des schlimmsten Seeräubers seiner Zeit, Edward Teach, der unter dem Spitznamen ›Schwarzbart‹ bekannt war. Dieser gewalttätige Pirat räuberte nicht nur Schiffe aus, er machte auch die Gegend von York, den James River und Williamsburg unsicher und schreckte vor nichts zurück.

Außerdem sollten Sie wissen, daß der gleiche Mann auch ein Mörder ist. Er brachte Ihren Mann um. Er lauerte ihm am Wege auf und erschlug ihn.

Mit freundschaftlichen Grüßen
ein wohlmeinender Nachbar.‹

Das Lesen dieser ungeheuerlichen Anschuldigungen verschlug Hannah den Atem. Sie konnte es nicht fassen, las diesen entsetzlichen Brief noch mal, doch sein Inhalt blieb der gleiche.

Ihr erster Gedanke war, den Brief sofort ins Feuer zu werfen und Court gegenüber mit keinem Wort zu erwähnen. Dies war eine furchtbare Verleumdung, eine Diffamierung, die einfach unglaublich blieb. Aber dann zögerte sie doch. Sie erinnerte sich an Gerüchte, die in Williamsburg und Umgebung immer wieder laut geworden waren. Klatsch, der sich mit Courts Vergangenheit befaßte. Niemand wußte, woher er kam, welchen Hintergrund er hatte. Das einzige, was feststand, war sein offensichtlicher Wohlstand. Doch niemand hatte eine Ahnung, woher sein Geld kam. Sie hatte vor längerer Zeit üble Geschichten gehört, daß sein Reichtum nur aus Raubzügen zur See stammen könne. Seinerzeit hatte sie wenig darum gegeben. Sie kannte ihn noch nicht, und sein Verhalten in bezug auf die Rückzahlung des Kredits, den er Michael gewährt hatte, machte es ihrer damaligen Meinung nach glaubhaft.

Aber dann hatte sie ihn kennen- und liebengelernt. Sie maß dem fortgesetzten Klatsch keinerlei Bedeutung mehr bei. Sie hatte auch selten genug Fragen gestellt, aber nun erinnerte sie sich, daß er Fragen eigentlich immer ausgewichen war.

Und wie hatte er es geschafft, Dade zur Rückgabe der Baumwolle zu bewegen? Sie war ihm zwar unendlich dankbar dafür. Dennoch blieben die Zusammenhänge reichlich mysteriös.

Dann erinnerte sie sich Michaels Erzählungen aus der Zeit, als sie noch die Frau seines Vaters war. Michael hatte eine ganze Zeit als Spion in der Crew dieses Seeräubers zugebracht. Es war auf Michaels gefährliche Arbeit zurückzuführen, daß ›Schwarzbart‹ dann schließlich gefaßt und unschädlich gemacht wurde. Wie entsetzlich waren Michaels Berichte von dem Treiben der Seeräuber und ihrer Grausamkeit gewesen. Man hatte es gar nicht mit anhören können. Damals hatte sie diesen Seeräuber hassen gelernt, und wie sollte sie jetzt einen Mann lieben können, der zu seiner räuberischen Crew gehörte?

Sie zwang sich, nochmals den letzten Absatz des anonymen Briefes zu lesen. Sie hatte es geflissentlich überlesen, aber jetzt wurde ihr klar, was hier eigentlich stand: Court hatte Michael ermordet! Sie konnte es nicht glauben. Es war doch einfach unmöglich.

Erschöpft und benommen ließ sie sich in einen nahestehenden Korbstuhl sinken.

Als Courts Kutsche um die Ecke bog, saß sie immer noch dort, den Brief in der schlaff herabhängenden Hand – ratlos.

Ein wenig überraschte es sie, daß Court selbst seine Kutsche lenkte. Als Court die Treppen zur Veranda hinaufstieg, erhob sie sich mühsam: »Warum kutschierst du selbst statt Lukas?« fragte sie.

»Oh, wir hatten gestern abend bei unserer Rückfahrt nach Hause einen kleinen Unfall.«

»Einen Unfall?« fragte sie entsetzt. »Was für einen Unfall denn?«

Er zögerte einen Augenblick, dann erwiderte er achselzukkend: »Eine Begegnung mit Nathaniel Bealls. Er schlug Lukas mit dem Pistolengriff nieder. Lukas hat sich zwar wieder einigermaßen erholt, aber ich habe ihm gesagt, er solle ein paar Tage mit der Arbeit aussetzen. Er hat eine üble Beule am Kopf.«

»Und Nathaniel?«

»Bealls ist tot«, sagte Court ausdruckslos. »Er lauerte mir auf, in der Absicht, mich zu töten. Aber ich war schneller und schoß zuerst. Der Polizei in Williamsburg habe ich gesagt, daß er uns berauben wollte. Was sollte ich die ganze Vorgeschichte auspacken? Natürlich war es Rache von dem Kerl. Aber die Version mit dem Raub ist einfacher. Ich möchte, daß es dabei bleibt.«

Bevor sie eine Antwort geben konnte, machte er Miene, sie in die Arme zu schließen. Doch sie wich zurück und hielt ihm den Brief entgegen: »Dies ist heute gebracht worden.«

Er sah sie verblüfft an, betrachtete verständnislos das Blatt Papier und nahm es schließlich, zögernd, wie Hannah glaubte. Als er danach aufblickte, waren seine Augen wie Eis. Hannah erschrak bei diesem Anblick. Etwas wie Grausamkeit schien von seinen Augen auszugehen. Er hielt den Brief hoch. »Und was soll ich dazu sagen?«

»Nur, ob es wahr ist oder nicht.«

Es schien, als befände er sich hinter einer Glaswand, so fern war er ihr.

»So?« fragte er scharf. »Und du hältst diese Frage überhaupt für notwendig?«

»Ja«, erwiderte sie heftig, »das ist zuviel, um es einfach so zu verkraften. Ich finde, ich habe das Recht, so zu fragen.«

»Wenn ich bedenke, wie wir zueinander gestanden haben, finde ich, du solltest ohne solche Fragen Vertrauen zu mir haben.«

»Vertrauen? Und warum weigerst du dich, mir zu antworten?«

»Weil du eben kein Recht hast, solche Fragen zu stellen«, erwiderte er hart. Nun war er wirklich zornig. Hannah kannte mittlerweile die Anzeichen dafür.

»Ich habe jedes Recht. Was weiß ich von deiner Vergangenheit? Immer wenn ich dich danach gefragt habe, bist du ausgewichen.«

»Meine Vergangenheit hat nichts mit unserer Beziehung zu tun, nichts damit, was wir einander waren. Ich habe dir auch keine Fragen gestellt.«

»Ich habe dir ohnehin fast alles erzählt, du hättest ruhig fragen können.«

»Hannah! Ich rate dir, versuche nicht, Druck auf mich auszuüben!«

»Ich will es wissen. Warst du einer von ›Schwarzbarts‹ Leuten?« Ihre Stimme hatte, je mehr sie in Zorn geriet, einen schrillen Ton angenommen.

»Und wenn ich ›ja‹ sagen würde?«

»Court...« Sie sah ihn mit schreckgeweiteten Augen an. »Michael war früher einmal als Spion in die Mannschaft von Edward Teach eingeschmuggelt worden. Er hatte eine Aufgabe zu erfüllen. Er erzählte mir von den Untaten der Seeräuber, von ihrer unbeschreiblichen Grausamkeit. Michael hätte um Haaresbreite sein Leben dabei verloren.« Sie atmete tief und versuchte, sich das Unvorstellbare zu vergegenwärtigen. »Und außerdem steht in dem Brief ja noch, du habest Michael getötet.«

Er betrachtete sie mit brennendem Blick: »Und du würdest mir zutrauen, daß ich das getan hätte?«

»Ich will es dir nicht zutrauen, doch ich weiß nicht mehr aus noch ein«, rief sie voller Verzweiflung. »Aber ich könnte nie im Leben den Mann lieben, der Michael getötet hatte.«

»Dann ist wohl nichts mehr zu sagen, Hannah, habe ich recht? Außer, daß du mich furchtbar enttäuscht hast.«

Ohne ein weiteres Wort zu sagen, wandte er sich auf dem Absatz herum und ging die Treppe hinunter und zu seinem Wagen.

Sie stand und rührte sich nicht. Es war, als sei sie festgebannt. Sie konnte es nicht fassen, daß er so von ihr ging. Das war doch unmöglich...

Als er im Begriff war, auf den Kutschbock zu steigen, und keinen Blick mehr nach rückwärts tat, löste sie sich aus ihrer Erstarrung und stürzte, mehr als sie lief, die Verandatreppen hinunter: »Court, Court, du kannst doch nicht einfach so gehen!«

Er ließ nicht erkennen, daß er verstanden habe, was sie rief.

Er ergriff die Zügel und trieb die Pferde mit rauher Stimme an, so daß sie alsbald in Trab verfielen. Die Kutsche fuhr davon.

Hannah lief noch ein paar Schritte hinterher, immer noch rufend. Aber dann verlangsamte sie den Schritt und blieb endlich stehen.

»Verdammt, oh, verdammt!« sagte sie.

In diesem Augenblick begriff sie, daß sie alles, aber auch alles verkehrt gemacht hatte. Sie hätte seinen verletzlichen Stolz ja kennen müssen. Sie hätte es anders angehen können, oder besser noch, diesen widerlichen Brief verbrennen müssen, ohne daß er je davon erfahren hätte. Doch andererseits, hatte sie nicht das Recht, zu wissen, was die Wahrheit war?

Verflixter Court Wayne!

Aber es würde ja doch alles wieder in Ordnung kommen. Dessen war sie ganz sicher. Er würde wiederkommen, sobald seine Wut verraucht war.

Drei Tage wartete sie voller Ungeduld. Aber Court ließ sich nicht blicken, und es kam auch keine Nachricht von ihm. Am vierten Tag befahl sie John, anzuspannen und sie nach Williamsburg zu fahren.

Das Haus, in dem Court Wayne wohnte, sah merkwürdig verlassen aus. Hannahs Zuversicht schwand bei diesem Anblick. Sie eilte die Treppen hinauf und klopfte.

Zu ihrer Überraschung wurde die Tür sofort geöffnet, und ihre Hoffnung wuchs.

Eine Frau mit grämlichem Gesicht, offenbar von knochiger Gestalt und mit einem Kopftuch über den grauen Haaren, spähte aus dem Türspalt: »Ja, bitte?«

»Ich möchte Mr. Wayne sprechen«, bat Hannah freundlich.

»Das geht nicht«, erwiderte die Frau säuerlich, »er ist nicht da.« Sie war im Begriff, die Tür wieder zu schließen.

»Einen Augenblick!« Hannah hielt geistesgegenwärtig die Tür im Gegendruck einen Spalt offen: »Wann ist er wieder zurück? Ich kann ja auf ihn warten.«

Ihre Stimme erstarb, als sie über die Schulter der Frau hinweg Gepäckstücke und verdeckte Möbel im Flur gestapelt stehen sah.

»Das können Sie wohl kaum abwarten«, erwiderte die Frau und lachte ein ungutes Lachen. »Mister Wayne ist schon ziemlich weit weg. Gestern fuhr er fort.«

»Er fuhr weg? Wohin?«

»Das hat er mir nicht gesagt. Er hat mich nur angestellt, damit ich seine Sachen packe und sie auf Lager stelle.«

»Aber er muß doch ein Wort gesagt haben, wohin er geht«, entgegnete Hannah verzweifelt.

»Ich habe ihn gefragt, aber er sagte, er wünsche nicht, daß auch nur eine Menschenseele wüßte, wo er sei. Er würde sehr lange fortbleiben.«

»Oh«, sagte Hannah schwach und fügte hastig hinzu: »Vielleicht hat er eine Nachricht für mich hinterlassen? Ich bin Hannah Verner.«

Die Frau an der Tür wurde eine Spur freundlicher. »Ja, Mistreß Verner, das hat er. Er sagte, es könnte sein, daß Sie kämen und danach fragten. Moment, ich hole den Brief.«

Es dauerte nur wenige Minuten, da war sie zurück, überreichte Hannah den Umschlag und knallte ihr endgültig die Tür vor der Nase zu.

Mit zitternden Händen öffnete Hannah den Umschlag. Wie sehr hoffte sie, daß dies eine Nachricht sei, in der Court sie wissen ließ, wohin er gegangen war.

Doch es fiel nur ein kleines Stück Papier heraus. Der Schuldschein, den Michael Court seinerzeit ausgestellt hatte. In Courts großzügiger Schrift war quer darüber geschrieben: ›voll zurückbezahlt!‹

Hannah ließ die Hände sinken und starrte in die Ferne, ohne ihre Umgebung wahrzunehmen. Nie in ihrem Leben hatte sie sich so verlassen gefühlt, nicht einmal nach Michaels Tod. Daran war sie zumindest nicht schuld gewesen – aber dies hier, Courts Abreise, das war ihre Schuld.

Sie wandte sich um und ging langsam die Treppen hinab und zu ihrer Kutsche. Als John ihr den Schlag offenhielt, drückte sich in seinem Gesicht tiefes Mitgefühl aus.

»Er ist fort, John. Er ist abgereist.«

Der Kutscher nickte: »Ja – und es tut mir so leid, Mistreß.«

Sie blickte ihn verwundert an. »Hast du das gewußt?«

»Ja, ich habe davon reden hören, daß Mr. Wayne Williamsburg für längere Zeit verlassen hätte.« Er brach ab und fügte schnell hinzu: »Aber er kommt ja wieder – bestimmt!«

Doch Hannah glaubte, es besser zu wissen. Court war fort, fort für immer. Sie versuchte, Haltung zu gewinnen und befahl: »Und jetzt fahre mich zu dem Haus von Jules Dade.«

Der Kutscher machte aus seiner Mißbilligung keinen Hehl: »Aber doch nicht in *das* Haus, Mistreß! Sie haben doch Ihre Geschäfte mit diesem Mann längst abgeschlossen.«

»Nicht ganz«, entgegnete sie. »Also nun fahr mich schon hin, John. Ich bin nicht in der Stimmung zu argumentieren.«

Kurz darauf klopfte sie an Dades Tür. John stand mit gekreuzten Armen neben der Kutsche und blickte finster drein. Dies gefiel ihm gar nicht – und er zeigte es. Er wollte sie ins Innere des Hauses begleiten, doch sie hatte es nicht zugelassen. Als die Tür sich nun öffnete, mußte Hannah sich zusammennehmen, um den Anblick des Mannes, den sie so haßte, überhaupt ertragen zu können.

Dade betrachtete sie mit gerunzelter Stirn und äußerst verwundert, aber dann mit breitem Grinsen: »Ah, Mistreß Verner! Das ist aber eine angenehme Überraschung. Ich dachte, unser Geschäft sei abgeschlossen und erledigt?«

Hannah gab ihm die gleiche Antwort, die sie zuvor John gegeben hatte: »Nicht ganz, Sir.«

Er machte eine ungelenke Verbeugung. »Dann treten Sie ein in mein bescheidenes Heim.« Als er die Tür hinter ihr geschlossen hatte und sich ihr zuwandte, trug sein Gesicht immer noch das gleiche unangenehme, ja tückische Grinsen. Er freute sich ganz offenbar über etwas, und Hannah war es klar, daß dies nicht allein ihr Besuch in seinem Haus sein konnte. Und auf einmal wußte sie, wußte, was sie gleich hätte wissen sollen: Jules Dade war der Absender des anonymen Briefes! Niemand sonst könnte so bösartig sein. Doch wie sollte sie es beweisen?

»Welchem Umstand verdanke ich das Vergnügen Ihres Besuches?« erkundigte sich Dade.

»Können wir uns in Ihrem Arbeitszimmer unterhalten?« fragte sie dagegen.

»Aber gerne. Nach Ihnen, Mistreß Verner.«

Er verneigte sich abermals mit übertriebener Höflichkeit und begab sich zu seinem Büro. Hinter seinem Rücken und von ihm nicht beobachtet, steckte Hannah die Hand in ihren perlenbestickten Beutel und griff nach dem Brief. Aus irgendeinem Grund, der ihr selbst nicht klar war, hatte sie ihn bisher noch nicht verbrannt, und nun war sie froh darüber.

Im Arbeitszimmer angekommen, trat sie sofort an seinen Schreibtisch und hatte mit einem einzigen Blick herumliegende, mit handschriftlichen Notizen übersäte Papiere entdeckt, von denen sie geschickt eines ergriff und unter ihrem Cape versteckte, bevor Dade, der hinter ihr eingetreten war, um den Schreibtisch herumgehen konnte. Er ließ sich in seinem Schreibtischstuhl nieder und blickte sie erwartungsvoll an: »Nun, was kann ich für Sie tun, Madam?«

Hannah zog den anonymen Brief hervor und legte ihn vor ihm hin: »Haben Sie eine Vorstellung, wer das geschrieben haben könnte?«

Dade griff eifrig danach, überflog den Inhalt nur kurz und grinste sie an: »Na, dann ist die Wahrheit über Master Wayne wenigstens ans Tageslicht gekommen!«

»Sie haben meine Frage nicht beantwortet? Haben Sie dies geschrieben?«

Dade brachte es fertig, gekränkt auszusehen: »Aber selbstverständlich nicht! Warum sollte ich?«

Er warf den Brief auf den Schreibtisch, und Hannah griff sofort danach. Mit dem Brief in der einen und dem Notizzettel in der anderen Hand, den sie kurz vorher von Dades Schreibtisch weggenommen hatte, stand sie da wie ein Racheengel. Sie verglich beide Handschriften kurz miteinander und seufzte erleichtert auf. Sie hatte also doch recht gehabt. Dies war die gleiche Schrift!

Sie blickte ihm fest in die Augen. »Können Sie mir dann vielleicht erklären, wieso die Handschrift auf diesen beiden Papieren die gleiche ist? Leider waren Sie ja zu feige, den Brief auch mit Ihrer Unterschrift zu versehen, Sir!«

Er lief vor Wut blaurot an, aber dann faßte er sich, lehnte sich in seinen Sessel zurück und lächelte höhnisch. »Angenommen, Madam, ich hätte diesen Brief geschrieben? Es ist nicht verboten, Briefe zu schreiben, zumal wenn sein Inhalt Wort für Wort wahr ist.«

»So? Und warum sind Sie sich dessen so sicher?«

»Ich habe meine Quellen.« Das höhnische Grinsen hielt an.

»Die einzige Möglichkeit für Ihre Behauptung, daß Court einer von ›Schwarzbarts‹ Leuten war, ist die, daß Sie selbst zur Mannschaft des Seeräubers gehörten.« Ein Gefühl der Genugtuung stieg in Hannah auf, als sie sah, wie ihr Gegenüber erbleichte. Sie hatte recht! »Und Court hat nie dazugehört«, fügte sie in plötzlicher Erleuchtung hinzu. »Sie haben alles nur umgekehrt dargestellt, haben ihn in Ihrem schmutzigen Brief mit dem belastet, was Sie selbst getan haben. Und wenn das wahr ist, so folgt daraus, daß auch Sie es waren, der Michael umgebracht hat. *Sie* haben meinen Mann ermordet!«

Dade sprang auf. »Sie müssen verrückt geworden sein«, flüsterte er mit heiserer Stimme, »daß Sie solche Behauptungen aufstellen.«

»Sie waren es – Sie haben ihn getötet. Ich bin überzeugt davon!« beharrte sie, »ich weiß den Grund nicht, aber ich weiß, daß *Sie* es getan haben!«

Er schwieg und starrte sie an mit Augen, in denen Mordlust glomm.

Hannah war es nicht wohl dabei. Sie wandte sich hastig um und wollte zur Tür. Plötzlich hatte sie Furcht vor diesem schrecklichen Mann. John hatte recht gehabt – sie hätte nicht allein hierherkommen sollen.

»Sie haben keine Beweise«, sagte Dade hinter ihrem Rücken.

»Ich werde Beweise finden, und wenn nicht, werde ich Ihre Schandtaten unter die Leute bringen, damit alle Welt Bescheid weiß. Sie werden mit Schimpf und Schande diese Stadt verlassen.«

Sie hörte ihn hinter sich. Er kam ihr nach. Noch zwei Schritte bis zur Tür. Gerade, als sie nach der Klinke fassen wollte, hatte Dade sie gepackt. Einen Arm preßte er um ihren Nacken, den anderen um ihre Taille. Der Arm um den Hals zwang sie, den Kopf zurückzuwerfen. Er schnitt ihr den Atem ab. Sie hatte noch Zeit, sich über die Körperkräfte zu wundern, die dieser schmächtige Mann besaß.

Dade verstärkte den Druck auf ihre Kehle und flüsterte ihr dabei ins Ohr: »Ja, ich habe deinen verdammten Mann getötet. Er kam zu mir, um Geld zu leihen, aber bevor das perfekt wurde, hat Wayne ihm von mir erzählt und ihm selbst die Moneten gegeben. Court Wayne«, seine Stimme wurde unkontrolliert schrill, »der hat mich jahrelang gejagt, das Schwein, und mich immer mit der Nase in den Dreck getunkt. Deinem feinen Ehemann habe ich an der Straße aufgelauert. Der sagte auch, er wolle erzählen, daß ich zu den Seeräubern gehörte. Da hab' ich kurzen Prozeß gemacht. Leute wie dein Kerl haben mir immer im Weg gestanden. Ich wollte wie ein ehrbarer Bürger leben – hätte ich Malvern gekriegt, wäre was draus geworden.«

Seine Stimme wurde weinerlich. Nun war er voller Selbstmitleid. »Ist denn das zuviel verlangt? Ehrbar zu werden? Leute wie ihr, immer die feine Gesellschaft, hinderten mich daran.« Immer enger legte er ihr den Arm um Hals und Nacken, zwang sie weiter nach hinten und begann sie zum Schreibtisch zurückzuschieben. »Aber nun nicht mehr, nie mehr. Hier kommst du nicht mehr lebend raus. Vielleicht werde ich Malvern nie haben, gut – aber du sollst es auch nicht haben, du Weibsbild!«

Rote Flecke tanzten vor Hannahs Augen. Ihre Lungen brannten. Sie bekam keine Luft mehr. Sie wußte, daß sie im nächsten Augenblick das Bewußtsein verlieren würde. Und sie wollte diesem Kerl nicht zum Opfer fallen. Er hatte schon Michael ermordet und Court davongetrieben.

Mit allerletzter Kraft stieß sie ihm den freien Ellenbogen in den Magen. Es war kein allzu harter Stoß. Dennoch reichte er aus, um Dade ganz kurz nur den Atem zu nehmen. Sein Griff lockerte sich unwillkürlich. Endlich konnte sie wieder einatmen. Und dann schrie sie, schrie so laut sie konnte.

Dade fluchte und drückte ihr aufs neue die Kehle zu. Hannah versuchte, sich zu wehren, doch sie war zu schwach. Es wurde ihr schwarz vor den Augen.

Da war ein splitterndes Krachen zu hören. Die Tür flog auf. John stand auf der Schwelle und erfaßte die Situation sofort. Wieder lockerte Dade seinen brutalen Griff und trat ein paar Schritte zurück. John folgte ihm langsam, Schritt für Schritt.

»Bleib wo du bist, du schwarzes Miststück!« schrie Dade gellend. »Wage nicht, die Hand gegen mich zu erheben, sonst lasse ich dich auspeitschen!«

Jetzt stand John neben ihm. Er umspannte den Oberarm des Mannes mit solcher Kraft, daß sich dessen Hände von Hannahs Hals lösten. Hannah wäre hingefallen, wenn John sie nicht aufgefangen und sanft in den Schreibtischstuhl gesetzt hätte, wobei er den Blick nicht von Dade wandte. Dieser machte jetzt den Versuch, mit einem Satz zur Tür zu kommen, aber John hielt ihn auf halbem Weg fest. Jetzt legte er seine beiden Hände um den Hals des Mannes und drückte zu. Ein gurgelnder Schrei – John hob Dade fast zwanzig Zentimeter vom Boden, immer die mächtigen Hände um seinen Hals. Dade zappelte verzweifelt, schlug mit den Armen um sich und versuchte, mit den Hacken seiner Schuhe gegen Johns Beine zu treten. Alles umsonst. John machte Miene, dem Mann mit letztem Druck vollends das Lebenslicht auszublasen.

Hannah saß am Schreibtisch und rang ächzend nach Luft, aber als sie jetzt bemerkte, was vor sich ging, keuchte sie mit letzter Kraft: »Nein, John, tu's nicht!«

Der muskulöse Schwarze hörte sie offenbar gar nicht. Dades Gesicht war bereits violett, und Hannah erkannte, daß er im nächsten Augenblick tot sein würde.

Sie erhob sich mühsam und krallte sich in Johns Hände. »Nein, John, du darfst ihn nicht töten!«

Ohne seinen Griff auch nur zu lockern, wandte John sich ihr zu. Er wirkte wie benommen und völlig außer sich. »Er ist ein böser Mensch, Mistreß«, entgegnete er mit schwerer Zunge, »er hat mein Volk in die Sklaverei gebracht. Er soll nicht leben dürfen.«

»Du hast ja recht, John«, stimmte sie zu, »aber er darf nicht von deiner Hand sterben.« Allmählich hatte ihre Stimme wieder Kraft bekommen. »Dabei gerätst du nur in Schwierigkeiten, John. Wenn du als Schwarzer einen Weißen tötest, aus welchen Gründen auch immer, wirst du hängen. Laß ihn erst mal leben. Er hat mir gerade gestanden, daß er Michael ermordet hat. Und ich werde dafür sorgen, daß er deshalb an den Galgen kommt, und wenn es das letzte sein sollte, was ich in meinem Leben veranlasse!«

18

Mit Stürmen und Schneegestöber hielt der Winter seinen Einzug in Paris. Der Übungsraum war trotz des gewaltigen Kachelofens, in dem ständig ein Holzfeuer brannte, kühl und ungemütlich, und die Tänzer sahen in ihren Wollumhüllungen aus wie die Tanzbären.

Deampierre hatte den Namen des neuen Balletts bekanntgegeben: ›Die drei Schwestern‹. Diesmal handelte es sich um die Ausführung einer eigenen Idee des Ballettmeisters. Die Musik war von einem jungen Komponisten niedergeschrieben worden, den Deampierre im vergangenen Jahr entdeckt hatte, einem Italiener namens Giovanni Bartolo.

Die Geschichte handelte von drei Schwestern, die zusammen mit ihrem Bruder in einem einsamen Häuschen auf dem Lande leben, direkt am Rande des Zauberwalds. Der vierte Bewohner des Häuschens ist ein buckliger Gärtner, der die Umgebung des Hauses in Ordnung hält und auch zu sonstigen Dienstleistungen bereitsteht. Die beiden älteren Schwestern, Lily und Rose, sind eigensüchtig, eitel und faul. Das jüngste der Mädchen, Violet, besorgt allein den Haushalt und wird von den beiden anderen bei jeder Gelegenheit verspottet und gepeinigt. Sie klagen auch Violet bei dem Bruder an, daß sie alles falsch mache. Der glaubt den beiden älteren, so daß sein Verhalten der Jüngsten gegenüber immer liebloser wird.

Violet, ein gutes Mädchen, versucht aus ihrem schweren Leben das beste zu machen. Sie singt und ist fröhlich und ist zu dem Buckligen immer lieb und freundlich, was die anderen Geschwister nicht sind.

Eines Tages beginnt ein Vogel in den Zweigen ihres Lieblingsbaumes zu sprechen. Er sagt zu ihr: »Violet, ich soll dir ein Geschenk vom Prinzen des Waldes überbringen. Er hat dich beobachtet und er weiß, daß du nicht nur ein gutes, sondern auch ein schönes Mädchen bist.«

Violet ist selig, denn das sind seit dem Tode ihrer Mutter die ersten freundlichen Worte, die sie je gehört hat.

»Wie lieb von dem Prinzen«, sagt sie. »Ein Geschenk habe ich zuletzt von meiner Mutter erhalten, aber die ist schon so lange tot.«

Der Vogel erklärt ihr, wie das Geschenk aussieht: »Du mußt unter diesen Baum treten, den Stamm betrachten und deine Hände an seine Rinde legen. Dann sagst du: ›Liebe Weide, bring mir Freude.‹ Und dann mußt du dir in Gedanken das vorstellen, was du dir wünschst. Und was es auch sein mag, Gold oder Edelsteine oder wunderbares Essen, Seide und kostbare Stoffe, du wirst es auf der anderen Seite des Baumes finden. Behältst du den Zauberspruch?«

Und Violet erwidert: »Ja, kleiner Vogel, das kann ich.«

Mitten in der Nacht schleicht Violet aus dem Haus, um ihren Zaubervers auszuprobieren. Da steht sie im Mondenschein, und der Hunger krampft ihren Magen zusammen, und sie wünscht sich gebratenes Hähnchen und frisches knuspriges Brot, und siehe da, alles ist auf der anderen Seite des Baumes für sie ausgebreitet, sobald sie die Zauberworte ausgesprochen hat. Nun beschenkt in der Folge Violet ihre

Geschwister mit schönen Kleinigkeiten, aber statt sich zu freuen, werden die bloß mißtrauisch und wollen wissen, wie sie das bewerkstelligt. Eines guten Tages findet der bucklige Gärtner Violet weinend in der Küche beim Herd. Auf seine Frage berichtet sie ihm von ihrem Kummer. Die Geschwister freuen sich nicht über ihre Geschenke und werden alle Tage garstiger. Der Gärtner tröstet sie und sagt ihr eine glückliche Zukunft voraus. Die Schwestern rauben eines Tages Violet ihr Geheimnis, indem sie sie belauschen. Aber statt der gewünschten Gegenstände finden sie hinter dem Baum nur den Gärtner, und zum Schluß stellt sich heraus, daß er der Prinz des Zauberwaldes ist, der die brave Violet mit sich auf sein Zauberschloß nimmt und sie heiratet. Die bösen Schwestern werden von ihm in zwei Nebelkrähen verwandelt. Er aber lebt mit Violet herrlich und in Freuden.

Michele las die Geschichte und fand sie bezaubernd. Zu gerne hätte sie die Rolle der Violet getanzt. Schlimm war nur, daß leider alle Mädchen des Balletts den gleichen heimlichen Wunsch hegten. Natürlich wollte auch Cybella diese Rolle gerne tanzen, und sie hatte als Primaballerina und mit ihrer Erfahrung selbstverständlich die meisten Chancen.

Aber Deampierre hatte für die Besetzung noch keine Entscheidung getroffen, und es herrschte große Spannung.

Denise arbeitete wie eine Besessene und tanzte, wie Michele zugeben mußte, wirklich ganz ausgezeichnet. Sie fand, daß Denise jetzt wirklich eine Solorolle verdient hätte.

Michele wußte natürlich, daß sie selbst die Hauptrolle mit Sicherheit nicht bekommen würde, aber irgendwie hoffte sie auf ein Wunder. Daß Cybella die Violet tanzen würde, dagegen war nichts einzuwenden – aber sich vorzustellen, Denise bekäme sie? Einfach unmöglich. »Denke dir nur«, meinte Marie, als sie eines Tages über die Rollenverteilung sprachen, »ausgerechnet Denise tanzt das Urbild der Güte und Reinheit, geschweige denn der Demut?«

Michele konnte jetzt alle Kräfte auf das Tanzen konzentrieren. Jan war nun endgültig nach Schottland abgereist, nachdem er ihr Versprechen erhalten hatte, einen Besuch im Frühling zumindest in Erwägung zu ziehen. Doch mit den Proben zu diesem neuen Ballett würden kaum Möglichkeiten dazu bestehen.

Jetzt, nachdem Jan nicht mehr da war, stellte sie fest, daß er ihr sehr fehlte. Sie vermißte seine Gesellschaft, seine Berührung und den Ausdruck seiner Augen, wenn er sie ansah. Wie seltsam, dachte sie, daß sie die starke Anziehung, die einmal für sie von Deampierre ausgegangen war, jetzt nicht mehr empfand. Natürlich fand sie ihn nach wie vor attraktiv, und sie bewunderte ihn von Herzen. Aber die Leidenschaft für ihn war vorüber, und auf diese Weise war ihre Beziehung zu ihm um vieles erfreulicher geworden, besser als je zuvor.

Eines Morgens, als sie in Wollstrümpfen mit wollener Weste und Wollrock an der Stange übte, verwünschte sie die Kälte ganz besonders. In dieser Verpackung war es schwer, leicht zu tanzen. Das würde die Proben für das neue Ballett besonders schwierig gestalten.

Es war Zeit für den Unterrichtsbeginn, und als sich die Tür öffnete und Deampierre eintrat, hatte er Giovanni Bartolo an seiner Seite. Beide unterhielten sich angeregt miteinander und lächelten zufrieden.

Michele hielt den Atem an, denn in diesem Augenblick war ihr klar, daß die Entscheidung gefallen sein mußte. Als er sie alle um Aufmerksamkeit bat, wurde ihre Vermutung bestätigt: »Meine Damen und Herren«, sagte er ironisch, »ich habe gute Nachrichten für Sie. Die Wahl der Tänzer für das Ballett ›Die drei Schwestern‹ ist getroffen. Die Rollenverteilung liegt fest.

Bevor ich aber die Namen verlese, möchte ich mich an diejenigen richten, auf welche die Wahl nicht gefallen ist. Ich kann verstehen, daß sie enttäuscht sein und vielleicht sogar einen Zorn auf mich haben werden. Einige werden finden, daß ich ungerecht bin und daß sie für diese oder jene Rolle viel geeigneter wären als andere. Das ist verständlich, weil wir natürlich alle ein gesundes Selbstvertrauen haben und auch haben müssen. Aber da dies meine Truppe ist, muß ich auch meine eigenen Entscheidungen treffen, und dies tue ich aufgrund meiner Erfahrung. Ich gestehe, daß ich in der Frage der Besetzung auch auf Signore Bartolo gehört habe, den dies Ballett mindestens soviel angeht wie mich selbst. Und denken Sie daran, es wird viele andere Aufführungen geben, und vielleicht sind Sie das nächste Mal dabei.

Und nun die Namen: Cybella, du tanzt die Violet, Michele und Denise, ihr beiden tanzt die Schwestern. Roland ist der Prinz des Waldes und Louis der Bruder. ›Milchkaffee‹, du wirst der Gärtner sein – eine sehr dankbare Rolle. Glaubst du, du kannst den Buckligen darstellen?«

Der Angesprochene lachte über das ganze glückliche Gesicht: »Es wird sicher sehr von meinem eigenen bildschönen Äußeren abweichen«, sagte er fröhlich, »aber um eine Solorolle zu tanzen, stelle ich *alles* und jeden dar!« Und plötzlich sank er in sich zusammen, eine gekrümmte, groteske Gestalt, und er *war* im gleichen Augenblick ein Buckliger.

Alle lachten, obgleich Michele hie und da auch verärgerte und enttäuschte Gesichter beobachten konnte.

Michele selbst fühlte sich wunderbar. Sie war entzückt, auch wenn sie die Violet lieber getanzt hätte – angesichts von Cybellas Können war dies ein aussichtsloser Wunsch gewesen.

Sie blickte verstohlen zu Denise hinüber und stellte zu ihrer Überraschung fest, daß die andere mit Deampierres Wahl absolut unzufrieden zu sein schien. Ihr Gesicht blieb ausdruckslos und kühl. Sie flüsterte angelegentlich mit Roland, dessen Augen sich verengt hatten und nachdenklich in die Ferne blickten.

Michele überlief unwillkürlich ein Schauer. Würde Denise etwa zu ihren alten Gewohnheiten zurückkehren?

Es hatte seit Micheles Warnung an Denise keine ›Unfälle‹ mehr gegeben. Nachdem Denise wußte, daß alle sie deswegen beobachteten, würde sie wohl keine neue Aktion zu starten wagen – oder?

Wie auch immer – Michele fühlte, daß sie selbst sich glücklich preisen konnte, wirklich glücklich!

Der Winter nahm schneller seinen Fortgang, als Michele sich das vorgestellt hatte. Trotz der Feuchtigkeit und Kälte, trotzdem fast kein Raum wirklich warm war, brachte sie es fertig, ohne Unterbrechung die Proben wahrzunehmen und zum Unterricht zu gehen.

Einige der jungen Leute waren aufgrund des schlimmen Wetters hie und da krank, aber das war in Paris während des Winters nichts Ungewöhnliches.

Die neue Aufführung brachte sie alle an den Rand der Erschöpfung, mit solchem Eifer waren sie dabei. Alle waren verliebt in dieses Ballett. Deampierre hatte eine ungewöhnliche Choreographie entworfen, und die Solopartien wurden zu

Meisterstücken. Jeder Schritt, jede Bewegung waren dazu angetan, die Charaktere so darzustellen, daß sie auf der Bühne an Leben gewannen.

Erst im Dezember, während der Weihnachtszeit, bekam Michele einen Anfall von Heimweh. Weihnachten auf Malvern war immer eine wundervolle Zeit gewesen, mit Partys und Schlittenfahrten und mit dem Höhepunkt des Heiligen Abends.

Wie würde es in diesem Jahr in Malvern sein? Würde ihre Mutter, nun, da sie ganz allein war, überhaupt Weihnachten feiern? Michele hatte seit langem nichts von zu Hause gehört, da die Post während der Wintermonate natürlich sehr viel langsamer befördert wurde. Und jetzt spürte sie eine fast körperlich schmerzliche Sehnsucht nach ihrer Mutter und nach Malvern.

Aber dann begannen die Weihnachtsvorbereitungen im Haus von Madame Dubois und die vielen winterlichen Bälle, und Micheles Heimweh wurde ein wenig geringer, wenn es auch nicht ganz verschwand.

Michele wurde aufgrund ihrer Erfolge immer häufiger eingeladen. Es war alles wunderschön, und sie genoß es auch sehr. Insgeheim wünschte sie sich, Jan wäre da und könnte sie begleiten. Natürlich hatte sie keinen Mangel an Bewunderern oder Tänzern, aber da sie jeden von ihnen mit Jan verglich, fand sie doch allerhand an ihnen auszusetzen.

Der Winter war für Deampierres Truppe ein voller Erfolg. Sie spielten nur vor vollbesetztem Haus, und Michele bemerkte mit Freuden, wie sie sich dabei stetig verbesserte und an Bühnenerfahrung gewann.

Während der Probenarbeiten verliebte sie sich mehr und mehr in die Rolle der Violet, und immer wenn sie es möglich machen konnte, sah sie Cybella bei den Proben zu, versuchte sich der Choreographie und jedes einzelnen Schrittes zu erinnern, um es später allein durchzutanzen – so schön fand sie es.

Deampierre, der immer dafür war, daß jeder neben der eigenen Rolle auch noch alle anderen Rollen beherrschte, begrüßte dies. Er wies die einzelnen regelrecht an, als Ersatz für diese oder jene Rolle mitzuüben, falls ein Notfall eintrat. Denise sollte als Ersatz für Cybella üben, Marie und Celeste für die Rollen von Denise und Michele. Louis übte gleichzeitig die Rollen von Roland und ›Milchkaffee‹, und selbstverständlich war auch für ihn an Ersatz gedacht.

Michele war sehr enttäuscht, daß Deampierre Denise als Ersatz für Cybella vorgesehen hatte – denn sie war immer noch der Überzeugung, daß Denise ausgerechnet für diese Rolle nicht geeignet wäre. Andererseits verstand sie Deampierres Entscheidung. Denise war eine sehr gute Tänzerin, und sie hatte sehr gelitten, als sie für das vergangene Ballett nicht in die engere Wahl für eine Solorolle kam. Deampierre mußte für Ausgleich innerhalb der Truppe sorgen. Nun war die Reihe eben auch einmal an Denise.

Erst Mitte April fing das Wetter an, erträglicher zu werden. Der Frühling kam recht zaghaft ins Land.

›Die drei Schwestern‹ waren nahezu reif für die Uraufführung. Die Musik stand, die Szenen ebenfalls, und jeder Schritt war geprobt, verbessert und nochmals verbessert worden. Alles war fabelhaft glattgegangen – zu glatt, aber das fiel Michele erst später auf.

Es war am ersten, wirklich schönen Frühlingstag, daß sich die Tragödie ereignete. Cybella und Roland führten vor dem corps de ballet gerade eine Hebefigur vor. Alle waren begeistert. Es war eine wundervoll aufgebaute Choreographie mit völlig neuen Tanzfiguren. Beim Zuschauen tat Michele das Herz weh; denn dieser Tanz stellte in überzeugender Weise alles, alles in absoluter Vollkommenheit dar, was an Liebe zwischen Mann und Frau ideal und edel ist. Wenn die Liebe wirklich so wäre, wie sie hier getanzt wurde, dann könnte man dafür gewiß vieles, wenn nicht alles andere aufgeben, dachte sie.

Cybella mit den graziösen Armbewegungen, die an wogendes Gras erinnerten, schien die Personifizierung des Weiblichen. Selbst Rolands grundsätzliche Kälte schwand bei diesen sensiblen Tanzfiguren, die eigens für ihn entworfen waren. Das schienen alle gleich zu empfinden.

Und dann geschah es: Roland hob Cybella in der entscheidenden, komplizierten Hebefigur und schien dabei plötzlich das Gleichgewicht zu verlieren.

Es klang wie ein einziger Aufschrei, als die Zuschauer Cybella hart auf den Fußboden aufschlagen sahen. Ihr rechtes Bein war grotesk abgewinkelt.

Deampierre wurde aschfahl. Er eilte zu der Verunglückten

und hielt die anderen barsch zurück. Michele war starr vor Entsetzen, aber sie hatte doch das Bedürfnis, in den Gesichtern der anderen zu forschen. In allen malten sich die gleichen Gefühle, die sie selbst empfand. Aber dann sah sie Denises Gesicht und – hielt die Luft an. Denise war die einzige, die kein Entsetzen oder auch nur Erschrecken zeigte. Ihre Augen leuchteten, und um ihre Lippen spielte ein Lächeln, schwach nur, aber dennoch unverkennbar – ein Lächeln.

Nachdem man Cybella hinausgetragen und zum Arzt transportiert hatte, unterhielten sich Michele, Marie und ›Milchkaffee‹ sehr ernst miteinander.

»Ich bin sicher, daß Roland sie absichtlich fallen ließ«, sagte Michele voller Empörung. »Er und Denise haben es für heute vorausgeplant! Hat denn keiner ihr Gesicht gesehen? Das war aufschlußreich!«

Marie seufzte und legte Michele beruhigend die Hand auf die Schulter.

»Du hast ja recht. Wir alle kennen Denise und Roland. Es ist sehr gut möglich, daß dies ein abgekartetes Spiel war. Aber wir haben dafür keinen Beweis, und das Ballett darf nicht nur deshalb auffliegen, weil wir das *Gefühl* haben, sie hätten es absichtlich getan. Damit können wir alles kaputtmachen, und die Aufführung käme nie zustande. Denise ist als Ersatz vorgesehen. Sie beherrscht die Rolle. Es steht fest, daß sie nicht mit dem gleichen Ausdruck tanzen kann wie Cybella, aber technisch ist sie perfekt. Das mußt du zugeben.«

Michele hätte am liebsten laut aufgeschluchzt. Die Vorstellung, daß Denise aus ihrem verbrecherischen Tun nun auch noch einen Vorteil zog, war ein schrecklicher Gedanke.

In der folgenden Zeit probte sie weiter, eifrig wie bisher. Doch das Herz tat ihr dabei weh. Sie konnte nicht begreifen, daß Deampierre die Zusammenhänge offenbar nicht erkannte. Außerdem ärgerte sie sich, daß Marie und ›Milchkaffee‹ immer nur Vorsicht predigten. Sah so die Realität der Berufswelt aus? Mußte man immer nur auf der Hut sein und konnte keinem Kollegen trauen? Durfte man nur mit Vorsicht und Mißtrauen auf seine Umgebung reagieren? Mußte man, um die Karriereleiter zu erklimmen, nur Krallen und Zähne zeigen und nötigenfalls gar betrügen? Wenn es sich so verhielt, war Erfolg den hohen Einsatz nicht wert.

Mit der steigenden Sonne und dem beginnenden Grünen und Blühen der Natur hob sich auch die Stimmung der Truppe. Sie alle empfanden großes Mitgefühl für Cybella, die ans Bett gebannt war und sich nicht bewegen durfte, damit das gebrochene Bein möglichst glatt zusammenheilte. Aber das Leben mußte weitergehen. Das verlangte die Tanzkunst nun einmal.

Als die Zeit der Erstaufführung näher rückte, wuchs, wie in solchen Fällen üblich, die allgemeine Nervosität. Alle waren sie atemlos vor Erwartung, außer Michele, die immer noch unter ihrer Desillusionierung litt. Immer mußte sie an Cybella denken, die mit gebrochenem Bein dazu verurteilt war, still zu liegen, nicht hinaus zu dürfen und nicht einmal zu wissen, ob sie je wieder tanzen konnte. Es hätte jedem Solotänzer zustoßen können, und die, welche daran die Schuld trugen, gingen straffrei aus. Es war einfach ungerecht.

Michele beobachtete Denise genau, während diese probte. Das Mädchen sah uneingeschränkt glücklich und selbstzufrieden aus. Sie war ohne Schwierigkeiten in die Choreographie der Violet geschlüpft, und sie beherrschte zweifellos auch jede der komplizierten Figuren dieses Tanzes. Technisch war sie perfekt – das konnte nicht geleugnet werden, aber sie war nicht in der Lage, Empfindung in ihren Ausdruck zu legen. Der Tanz, von ihr dargestellt, wirkte einfach seelenlos.

So standen die Dinge, als Michele einen Brief von Jan McLeven erhielt, in welchem er sie an ihr Versprechen erinnerte, und diesmal wies Michele den Gedanken an einen Besuch in Schottland nicht zurück.

Tief in Gedanken saß sie in ihrem Zimmer über diesem Brief, blickte auf den blühenden Garten draußen vor dem Fenster, der in Frühlingslicht gebadet zu sein schien. Und plötzlich empfand sie große Sehnsucht nach Jan und nach der Landschaft, in der er lebte. Die Highlands in ihrer Frische und ihrer herben unberührten Schönheit, wie er sie ihr beschrieben hatte. Genau das brauchte sie, um die trüben Gedanken zu verscheuchen, die sie seit Cybellas Unfall nicht mehr loslassen wollten. Sie war des Wohllebens in Eleganz und Üppigkeit überdrüssig, fühlte sich ausgelaugt und entmutigt. Es wäre gut, ein einfacheres Leben kennenzulernen, auch wenn es nur für kurze Zeit sein würde. Und ganz plötzlich begann sie, sich darauf zu freuen. Sie würde gehen. Marie konnte statt ihrer die Rolle der Schwester tanzen. Wenn Deampierre sich darüber aufregen sollte – ihr war es einerlei. Sie würde eine kleine Notlüge anwenden müssen, daß sie sich nicht wohl fühle. Und im Grunde genommen stimmte das ja auch. So oder so – frische Landluft würde ihr guttun. Und was würde André dazu sagen? Er würde vermutlich nicht sehr erfreut sein. Aber schließlich war das *ihre* Entscheidung, und es war ihr Leben, nicht seines. Sie würde gehen, gleich auf der Stelle würde sie Jan schreiben, daß er mit ihrem Besuch rechnen könne.

Für Hannah war es ein trübsinniger Winter gewesen, der kein Ende zu nehmen schien. Das Wetter hatte sich nur abscheulich gezeigt, kalt und naß, so daß sie die meiste Zeit im Hause verbrachte. Court war weder zurückgekommen, noch hatte er ein Lebenszeichen gegeben.

Die einzige Genugtuung war für sie, daß Jules Dade wegen Mordes an Michael Verner verurteilt und durch den Strang hingerichtet wurde.

Hannah hätte nicht mehr sagen können, wann der Plan, nach Paris zu reisen, in ihr reifte. Ende Januar, kurz nach Dades Hinrichtung, erhielt sie drei begeisterte Briefe von Michele und André. In allen stand, daß Michele in bester Verfassung sei und im Begriff, Karriere zu machen. Michele beschrieb ihren Triumph in Paris, den Aufenthalt in Fontainebleau und den Tanz mit dem König von Frankreich. Besonders das erfreute Hannahs Mutterherz. So war doch wenigstens ihre Tochter glücklich.

Warum also sollte sie nicht nach Paris reisen, dachte sie eines schönen Märzmorgens. André und Michele würden sich über ihren Besuch freuen. Hannah hatte ohnehin das Gefühl, daß Michele, außer zu Besuchen, nicht mehr nach Malvern zurückkehren werde.

Die Aussicht auf die Reise heiterte ihre trübe Stimmung etwas auf. Ihre Depressionen waren um so schlimmer geworden, je näher der Frühling rückte. Außerdem konnte sie sich jetzt die Reise leisten. Ihre Anwesenheit in Malvern war um diese Jahreszeit nicht so dringend erforderlich. John konnte die Frühjahrsanpflanzung beaufsichtigen.

Sie sprach mit dem treuen Diener darüber: »Ich habe dir schon einmal die Aufsicht über die Plantage übergeben wollen, John. Aber du sagtest seinerzeit, daß die Verantwortung dir zu groß sei. Außerdem würden die Nachbarn einen schwarzen Aufseher in Malvern mißbilligen. Aber es würde ja nicht für lange sein, vielleicht nur vier Monate. Ich werde lange vor der Ernte zurück sein.«

Sie sah ihn bittend an: »John, nach allem, was in diesem Herbst und Winter passiert ist, muß ich einfach eine Weile von hier weg. Außerdem möchte ich so gerne Michele wiedersehen.«

John nickte: »Ja, da stimme ich Ihnen zu, Mistreß. Ich habe ja gesehen, wie Sie den ganzen Winter ruhelos und unglücklich waren. Also dann ...«, er lächelte ein wenig verlegen, »Sie machen Ihre Reise, und ich werde mich, so gut ich kann, um Malvern kümmern.«

Sie legte ihre Hand auf seine. »Das wirst du schon schaffen, John. Dafür lege ich die Hand ins Feuer. Ich kenne deine Qualitäten. Du hast mir das Leben gerettet, und das werde ich dir nie vergessen!«

Nun, nachdem die Entscheidung festlag, konnte Hannah kaum noch warten. Doch zuerst mußten die Frühjahrsstürme abgewartet werden. Eine Reise über den Ozean war um diese Zeit nicht ratsam.

Anfang Mai war es dann endlich soweit. Dennoch hatte Hannah auf der Überfahrt zwei Stürme zu durchstehen. Sie war ziemlich seekrank und verbrachte die meiste Zeit in ihrer Kabine, bis der Mangel an frischer Luft sie schließlich doch an Deck hinauftrieb.

Kurz vor Ankunft in Frankreich hatte sie sich an den Wellengang gewöhnt und konnte sich ohne Einschränkung auf das Wiedersehen mit Michele und André freuen.

Sie fuhr mit der Postkutsche nach Paris. Wie üppig hier in Frankreich schon alles grünte, ganz im Gegensatz zu Virginia. Als sie dort wegfuhr, war noch nicht viel vom Frühling zu sehen gewesen.

Als sie in die Stadt einfuhr, war Hannah bereits in den Außenbezirken von Paris überwältigt von dem Prunk, den breiten Straßen und dem Aufwand ringsum. Sie war daher froh, daß sie diese Eindrücke schon vor dem Wiedersehen mit Michele verarbeiten konnte.

In Paris angekommen, nahm Hannah sich einen Mietwagen und nannte dem Kutscher die Adresse von Madame Dubois.

Endlich stand sie vor der Tür, hinter der sie ihre Tochter vermutete. Wie freute sie sich darauf, Michele binnen kurzem in den Armen zu halten.

Ein Hausmädchen öffnete.

»Ich bin Hannah Verner«, stellte Hannah sich vor, »ist entweder Madame Dubois oder Michele Verner anwesend?«

Das Mädchen knickste, führte Hannah in das große, elegant ausgestattete Vestibül, nahm ihr den Mantel ab, bot ihr einen Sessel an, sagte etwas auf französisch und verschwand.

Michele hatte ja schon geschrieben, daß Madame Dubois ein sehr elegantes Zuhause habe, aber auf soviel Reichtum war Hannah doch nicht vorbereitet gewesen.

Sie wurde aus ihren Betrachtungen gerissen und erhob sich, als eine spektakuläre Erscheinung hereinrauschte. Die Dame sprach sie französisch an. Hannah schüttelte bedauernd den Kopf: »Es tut mir leid, ich spreche leider Ihre Sprache nicht. Ich bin Hannah Verner.«

»Ah!« Die Dame strahlte vor Wohlwollen über das ganze Gesicht. »Sie sind die Mutter unserer lieben Michele!« Madames Englisch war nahezu fließend. »Wie geht es Ihnen, Mrs. Verner? Ich bin Madame Dubois. Aber ich fürchte, daß Sie Ihre Tochter verpaßt haben. Sie ist nicht da.«

»Ach, Sie meinen, sie ist bei der Probe?« meinte Hannah, ein wenig enttäuscht.

Madame Dubois schüttelte den Kopf: »Nein, Ihre Tochter ist zur Zeit in Schottland, Mrs. Verner.«

»In Schottland?« Hannahs Herz sank.

»Ganz recht.« Madame lächelte schelmisch. »Dort entwikkelt sich eine Romanze mit einem schottischen Lord, wenn mich nicht alles täuscht. Michele ist hingefahren, um ihn auf seinem Schloß zu besuchen. Sie ist erst zwei Tage fort. Mit dem lieben André als Schutz, naturellement!«

19

Als Michele und André in Iverness ankamen, wartete dort bereits eine Kutsche auf sie.

Als der Kutscher von seinem Bock herunterstieg, erkannte

Michele in ihm sofort Augus Lowrie, Jans Reisebegleiter vom Schiff.

»Wie nett, Mr. Lowrie!« rief sie erfreut aus. »Erinnern Sie sich, daß wir auf dem Schiff nach Europa zusammen reisten?«

Lowrie nickte, ein wenig reserviert, wie es schien: »Bitte nur Augus, Miß Verner.« Sein schottischer Akzent war noch rollender als der, den Jan sprach. »Wie Sie sehen, bin ich Lord McLevens Diener.«

André mischte sich lächelnd in die Unterhaltung ein: »So war der Lord nicht der einzige, der inkognito reiste?«

Augus gestattete sich ein ganz kleines Lächeln: »Das stimmt, Sir. Der Lord stieg eine Stufe herunter und ich eine hinauf, so daß wir fast gleichberechtigt miteinander reisten. Ich freue mich, Sie beide begrüßen zu können. Der Herr ist schon leicht nervös vor lauter Erwartung Ihres Besuches. Er wäre am liebsten selbst gekommen, aber da waren dringende Geschäfte zu erledigen. Er erwartet Sie dann auf McLevens Castle. Für die heutige Nacht hat er Zimmer im besten Gasthof des Ortes bestellt, damit Sie sich von Ihrer Reise ausruhen können. Und dann werden wir uns, wenn es Ihnen recht ist, morgen früh auf den Weg nach McLeven Castle machen.«

»Das ist eine gute Idee«, meinte Michele dankbar. »Nach dieser schlimmen Überfahrt endlich richtige Nachtruhe, das wird uns guttun!«

Augus lud ihr Gepäck auf das Kutschdach, und kurz darauf setzte sich der Wagen in Bewegung. Entspannt und glücklich ließ Michele sich in die weichen Polster sinken und überließ sich ihren Gedanken. Die Ereignisse der letzten Tage zogen noch einmal vor ihrem inneren Auge vorbei. Sie hatte seinerzeit befürchtet, daß Deampierre über ihren Wunsch, vorübergehend zu verreisen, ärgerlich sein würde. Aber zu ihrer Überraschung hatte er es sehr gut aufgenommen. Er schien sie sogar in jeder Regung zu verstehen.

»Ich glaube, ich weiß, was du empfindest, Michele«, hatte er gesagt, als sie nach dem Unterricht zusammen eine Tasse Tee tranken. »Ich weiß, du glaubst, Denise hat Roland beeinflußt, damit er Cybella absichtlich fallen ließ. Vielleicht hast du mit deiner Vermutung recht. Doch da nirgendwo ein Beweis vorliegt, muß ich so tun, als ob es nicht so wäre.

Ich weiß auch, daß du glaubst, eine geeignetere ›Violet‹ als Denise zu sein. Und auch hier hast du recht. Wie auch immer,

Denise ist eine gute Tänzerin. Sie hat die Rolle zum Zweck des eventuellen Einspringens einstudiert. Sollte ich je herausfinden, daß Roland und Denise an Cybellas Unfall Schuld haben, werden sie bestraft werden. Aber solange das nicht so ist, muß ich so handeln, als sei es wirklich ein Unfall gewesen, nichts weiter. Verstehst du das?«

Michele nickte: »Ja, und ich bin dankbar, daß Sie wiederum mich verstehen und daß Sie mich nicht an dieser Reise hindern.«

Deampierre lächelte: »Aber du kommst ja zurück, oder etwa nicht?«

Michele nickte eifrig: »Natürlich. Ich brauche jetzt nur eine Ruhepause. Ich muß eine Weile weg aus dieser Umgebung.«

»Das verstehe und billige ich vollkommen«, entgegnete er. »Du hast wirklich hart gearbeitet. Ich kann mich nicht erinnern, je eine Schülerin mit mehr Eifer gehabt zu haben. Ich möchte dich nur bitten, daß du während deines Aufenthaltes dort deine täglichen Übungen fortsetzt, damit du bei deiner Rückkehr in guter Kondition bist. Ich will dir etwas im Vertrauen sagen, Michele. Seit Cybellas Unfall habe ich die Lust an den ›Drei Schwestern‹ nahezu verloren. Oh, natürlich werden wir das Ballett aufführen, aber ich bin nicht mehr mit dem Herzen dabei. Am Anfang war das ganz anders. Da lebte ich in diesem Stück. Wenn Cybella wieder hergestellt ist, werden wir es eben noch einmal aufführen. Bis dahin bist du hoffentlich auch wieder zurück. Und dann wird es so getanzt, wie ich mir das vorstelle.«

»Aber wenn Cybella nun nie mehr tanzen kann?«

Deampierre schauderte: »Bitte, hör auf! Ich weigere mich, mir so etwas auch nur vorzustellen.«

Sie beugte sich vor und legte ihre Hand auf seine. Wie müde er aussah, wie abgespannt. »Paß auf dich auf, Arnaut«, sagte sie liebevoll, »vielleicht brauchst du auch einen Urlaub?«

Er drückte ihre Hand: »Es ist lieb, daß du so Anteil nimmst, Michele. Natürlich kann ich keine Ruhepause für mich einlegen. Aber dir wünsche ich gute Erholung. Hab keine Sorge, dein Platz in der Truppe bleibt reserviert, bis du wieder da bist. Und grüß mir den Lord McLeven. Er ist ein sympathischer junger Mann.«

Mit André über ihre Reisepläne zu sprechen, war bedeutend schwieriger.

Er war, wie sie es erwartet hatte, entsetzt: »Mon Dieu! Sind wir den weiten Weg hierhergekommen, damit du jetzt davonläufst? Du bist im Begriff, Karriere zu machen. Du hast hart gearbeitet. Ich bin stolz auf dich. Alles läuft so gut. Warum nun dieses?«

»Ich laufe doch nicht davon«, widersprach Michele gereizt. »Ich nehme nur kurz einen Urlaub. Arnaut versteht das, warum nicht auch du?«

André betrachtete sie nachdenklich: »Wenn Cybella nicht verunglückt wäre, wenn alles normal seinen Weg genommen hätte, würdest du dann auch weg wollen?«

Sie zuckte die Achseln. »Ich weiß nicht, André, ehrlich, ich weiß es nicht. Vielleicht.«

»Ist es, weil Denise die Rolle der ›Violet‹ bekommen hat?«

»Nein!« widersprach sie entschieden. »Es ist, weil Denise und Roland diesen sogenannten ›Unfall‹ geplant haben. Roland ließ Cybella absichtlich hinfallen, damit Denise die Rolle bekam. Es ist durchaus möglich, daß Cybella nie wieder tanzen kann. Wenn das immer so ist, wenn so etwas ›normal‹ sein sollte, dann möchte ich nicht mehr dazugehören.«

André nahm ihre Hand in seine beiden. Seine Augen drückten tiefes Mitgefühl aus. »Oh, meine liebe Michele. Ich hatte ja keine Ahnung, daß dich dieser Umstand so angegriffen hat. Aber schau, wenn es auch grausame und selbstsüchtige Menschen auf der Welt gibt, so heißt das doch nicht, daß *alle* Menschen grausam und selbstsüchtig sind. Denke doch an die guten Freunde, die du in der Truppe hast. Sie sind doch sehr kameradschaftlich. Habe ich recht?«

Michele nickte: »Ja, die meisten. Aber Louis spricht schon seit langem nicht mehr mit mir. Und alle anderen Ballettmitglieder sind vor allem mit sich und ihrem Erfolg beschäftigt. Kaum einer denkt noch an Cybella. Oh, André, ich will ja das Tanzen nicht aufgeben. Aber ich *muß* eine Weile hier weg, wirklich!«

André schaute sie prüfend an. »Vermute ich richtig, daß du nicht das geringste Interesse daran hast, den jungen Lord McLeven wiederzusehen?«

Michele fühlte, wie sie errötete. »Um der Wahrheit die Ehre zu geben – ich freue mich darauf«, entgegnete sie, fast heftig. »Ich finde, er ist ein sehr guter Unterhalter und überhaupt ein netter Mensch. Warum sollte ich ihn also nicht einmal besuchen?«

André hob die Hände. »Ist ja schon gut, Chérie. Ich meine ja bloß. Ein bißchen Angst hatte ich schon, daß du dich in Gefühle verstrickst. Wenn du diesen jungen Mann heiraten würdest, wäre es mit deiner Karriere ja wohl vorbei.«

»Das ist mir auch klar. Ich habe nicht die Absicht, mich in Gefühle zu verlieren. Ich will bloß für eine Weile weg und ein Stück von der Welt sehen, das ich bisher noch nicht kannte. Ist das zuviel verlangt?«

André mußte, wenn auch zögernd, zugeben, daß es das nicht sei. Da Michele ihn um seine Begleitung gebeten hatte, war er auch wiederum geschmeichelt. Und so hatten sie denn beide ihre Reisevorbereitungen getroffen.

Und nun waren sie in Schottland. Michele hatte das Gefühl, als sei ihr eine schwere Last von der Seele genommen. So sehr sie auch das Ballett und die Truppe liebte, der Gedanke, einmal nicht an starre Übungszeiten gebunden zu sein, hatte etwas sehr Erholsames. Ihre Stimmung hatte sich während der Reise zusehends aufgeheitert.

Der beste Gasthof der Stadt stellte sich als ein hübsches, großes Gebäude heraus, halb in Stein- und halb in Holzbauweise. Das Dach bestand aus dichten Strohlagen, und auch innen war dieser Gasthof aufs beste ausgestattet.

Iverness schien eine hübsche, kleine Stadt zu sein. Die kleinen, berankten Häuser machten einen sehr anheimelnden Eindruck. Sie waren völlig anders als die Behausungen in Micheles amerikanischer Heimat oder gar als die Pariser Prachtbauten.

Micheles Zimmer war nicht groß, aber warm und gemütlich. Aus dem Treppenhaus drang ein köstlicher Geruch nach kräftigem Essen herauf. Das erinnerte Michele daran, daß sie eigentlich einen gewaltigen Hunger hatte. Das Essen auf der Überfahrt war nicht gerade üppig gewesen. Sobald sie sich ein wenig erfrischt hatten, gingen André und Michele deshalb hinunter in die Gaststube, um ein einfaches, aber schmackhaftes Mahl einzunehmen.

In dieser Nacht schlief Michele traumlos und so ruhig wie schon lange nicht mehr.

Der Morgen zog klar und sonnig herauf. Aber es war kühl. Augus wickelte Michele in eine flauschige Felldecke, damit sie nicht fröre. Viele Kissen auf dem Kutschensitz machten die morgendliche Fahrt weiterhin warm und behaglich.

André auf dem Rücksitz blinzelte aus verschlafenen Augen in den frühen Morgen: »Du wirkst so munter, wie ist das möglich zu dieser unchristlich frühen Tageszeit? Warum konnten wir nicht ausschlafen und dafür ein bißchen später losfahren?«

Michele lachte: »André, du bist doch unglaublich verweichlicht. Kein Wunder, daß du nur ungern aus Paris fortgingst. Schau mal diesen wunderbaren Morgen, und wir erleben ihn in einem fremden Land. Das ist doch ungeheuer aufregend, findest du nicht? Wach auf und schau nach draußen. Es ist herrlich.«

André gähnte nur. »Ich kenne die Landschaft von früher, Chérie, und ich muß gestehen, ich finde sie ein wenig rauh, speziell, wenn man gerade aus Paris kommt.« Er ließ den Kopf zur Seite sinken und schlief, unbeeindruckt von der Frühlingspracht da draußen, einfach weiter.

Während die Kutsche über enge staubige Straßen fuhr, beugte Michele sich aus dem Fenster und genoß all das Neue, was sich ihr bot. Wunderschöne Wildnis breitete sich vor ihren Augen aus. Anders als in Virginia, aber mindestens ebenso reizvoll. Die Luft war frisch. Ein leichter Morgenwind wehte. Es duftete nach Blüten und frischem Grün. Gegen Mittag hielten sie vor einem Landgasthof, um eine bescheidene Mahlzeit einzunehmen, die sie mit einer Flasche guten Landweins würzten. Danach fiel Michele, trotz der Schaukelbewegung der Kutsche und dem Rattern der Räder über die steinige Wege, in einen erholsamen Schlaf, bis André sie wachrüttelte und sagte: »Werde munter, ma petite. Wir nähern uns McLeven Castle. Es ist wohl angebracht, daß du dich für die Begegnung mit deinem jungen Lord ein wenig frisch machst.«

Michele rieb sich den Schlaf aus den Augen und schaute aus dem Wagenfenster. Die Kutsche fuhr eine allmählich steigende Anhöhe hinauf, deren Spitze von einem mächtigen Gebäude beherrscht wurde: ein Steinbau, wie Michele noch nie einen ähnlichen gesehen hatte. Staunend betrachtete sie die Türme und Giebel, die sich stolz gegen den abendlichen

Himmel abhoben. Dieses große Gebäude wirkte sehr großartig, fast ehrfurchtgebietend. Michele konnte sich nicht vorstellen, daß hier Menschen, eine ganz normale Familie, wohnten...

Ihr Herz begann heftig zu schlagen, und ein leichtes Gefühl der Schwäche überkam sie. Eilig strich sie die Locken aus dem Gesicht und suchte in ihrem Reisebeutel nach dem Spiegel. Zwar sah sie ein wenig müde aus, aber doch so, daß sie sich präsentieren konnte. In ein paar Minuten würde sie in McLeven Castle sein und vor allem – sie würde Jan wiedersehen!

Als die Pferde vor dem großen Tor der Burg zum Stehen kamen, öffnete sich die schwere Holztüre, und ein Diener, unmittelbar gefolgt von Jan McLeven, erschien. Ganz im Hintergrund standen auch noch zwei junge Frauen, die wohl Jans Schwestern sein mußten.

Jan sah in seinem Kilt blendend und frisch aus. Er lächelte über das ganze junge Gesicht. Michele beugte sich weit zum Kutschenfenster heraus, winkte und lächelte zurück. Offenbar freute er sich, sie zu sehen, dachte sie, und ihr Herz begann in ihrer Brust zu hämmern. Sie glaubte, jedermann in Hörweite müßte es wahrnehmen.

Jan schob den Diener von der Kutsche fort und öffnete selbst den Schlag. Mit ausgebreiteten Armen stand er da, hob sie sanft aus der Kutsche und sagte: »Michele, mein Mädchen, wie bin ich froh, daß du endlich da bist!«

Michele fühlte sich noch ein wenig schwindelig von der langen Wagenfahrt, aber jetzt auch, wie sie zugeben mußte, von Jans Anwesenheit.

»Und auch Sie, André«, fuhr Jan fort, »seien Sie herzlich willkommen in McLeven Castle! Nicht, daß Sie glauben, Sie seien von der Begrüßung ausgeschlossen«, fügte er herzlich hinzu.

André stieg gemächlich aus der Kutsche und auf den Hocker, den der Diener zur größeren Bequemlichkeit hingestellt hatte.

»Beunruhigen Sie sich nicht«, erwiderte André trocken, »es ist schon recht so. Ich hatte nicht erwartet, mit der gleichen Begeisterung begrüßt zu werden wie eine hübsche, junge Dame.«

Jan warf den Kopf zurück und lachte schallend. Michele hingegen errötete, denn erst jetzt wurde ihr bewußt, daß sie immer noch dastand mit Jans Arm um ihre Taille – etwas inniger, als der Anlaß erforderte.

Mit einer kleinen Seitenbewegung entwand sie sich ihm und richtete das Wort an die beiden jungen Mädchen: »Sie sind gewiß Jans Schwestern, von denen er soviel erzählt hat.«

»So ist es.« Zögernd gab Jan Michele frei und ergriff die Hand der jüngeren, deren Haare genauso hellblond waren wie die seinigen. »Dies ist Margaret, und dies«, nun ergriff er die Hand des kleineren dunkelhaarigen Mädchens, »ist Elizabeth.«

Beide Mädchen waren auf eine sehr verschiedenartige Weise Schönheiten: Margaret hochgewachsen, hellhäutig und blond und Elizabeth so klein und zierlich, mit dunklen Locken, die das rosige Gesicht umrahmten. Michele hoffte, daß sie den beiden ebensogut gefiel, wie es umgekehrt der Fall war.

»Ich freue mich schrecklich, Sie beide kennenzulernen«, sagte Michele aufrichtig.

»Und wir uns, umgekehrt, genauso«, beteuerte Margaret, liebenswürdig lächelnd. »Wir haben im vergangenen Winter unentwegt von Ihnen gehört. Deshalb müssen Sie entschuldigen, daß wir gleich sehr vertraut mit Ihnen umgehen. Wir kennen Sie durch Jans Erzählungen schon so lange und so genau, daß Sie uns völlig bekannt vorkommen.«

Elizabeth hakte sich ganz selbstverständlich bei Michele unter.

»Natürlich ist es schwer zu glauben, daß jemand auf dieser Welt so durch und durch perfekt ist, wie Jan Sie schildert. Aber wir sind gerne bereit, uns überzeugen zu lassen.«

Michele errötete. Sie war sowohl verlegen, als auch erfreut und wußte nicht recht, was sie hierauf sagen sollte.

So ließ sie sich, vorerst schweigend, von den beiden Mädchen in die große Halle führen. Ein Seitenblick auf Jan ließ erkennen, daß er ebenfalls tief errötet war.

Die Inneneinrichtung des Schlosses war mindestens so beeindruckend wie sein Äußeres. Die große Halle bot ein imposantes Bild mit dem reichen Wandschmuck an Waffen und Familienbildern.

»Wir werden Ihnen – oder dürfen wir ›du‹ sagen? – erst den Weg zum Gastzimmer zeigen. Wir wissen schließlich aus eigener Erfahrung, wie ermüdend so eine Wagenfahrt von

Iverness hierher ist«, sagte Margaret, »dann hast du Zeit, dich frisch zu machen und vor dem Essen noch ein wenig auszuruhen.«

»Vielen Dank, Margaret«, sagte Michele erleichtert, denn von der Fahrt tat ihr buchstäblich jeder Knochen im Leibe weh. Sie sehnte sich sehr danach, ein wenig zu liegen und, wenn auch nur kurz, schlafen zu können.

Das für sie vorbereitete Zimmer war sehr groß und völlig verschieden von der etwas überladenen Eleganz ihres Zimmers in Madame Dubois' Haus. Mittelpunkt der Einrichtung war ein wunderschönes Himmelbett mit vier geschnitzten Pfosten, einem Baldachin aus weinrotem Samt und ebensolchen goldbortenverzierten Vorhängen. Ein bequemer, gepolsterter Sessel daneben, eine geschnitzte Kommode, ein gleichfalls kunstreich geschnitzter Kleiderschrank vervollständigten das Interieur. Vor dem Kamin lud ein roter Samtsessel zum Träumen und Ausruhen ein. Waschschüssel und Wasserkanne befanden sich in einer Ecke des Raumes auf einem niedrigen Kommodenschränkchen. Frische Handtücher lagen bereit. An alles war gedacht.

Die Wände waren mit Teppichen bedeckt. Sie hielten deutlich die Kälte ab und vermittelten besondere Behaglichkeit. Obwohl das Ganze überwiegend zweckmäßig eingerichtet war, verriet es Geschmack und behäbige Wohlhabenheit. Es war keineswegs so überreich dekoriert, wie es in Frankreich üblich war. Der Bewohner dieses Raumes mußte sich einfach hier wohl fühlen.

Als Margaret und Michele das Zimmer betraten, kam ein rothaariges Mädchen herbeigeeilt.

»Ich bin Annie, Miß. Ich stehe zu Ihrer Verfügung, solange Sie in McLeven Castle Gast sind. Wenn Sie etwas brauchen, lassen Sie es mich wissen.«

Dieses Mädchen hatte einen so harten, schottischen Akzent, daß Michele sie im ersten Augenblick gar nicht richtig verstand. Sie blickte etwas ratlos in das klare, sommersprossige, junge Gesicht und empfand sofort große Sympathie. Dieses Mädchen war so zierlich und klein wie ein Kind, und ihre großen Augen leuchteten vor Begeisterung für den Gast.

»Vielen Dank, Annie«, erwiderte Michele freundlich lächelnd, »aber alles, was ich im Augenblick möchte, ist, diese

Reisekleider abzulegen und mich ein wenig auf dem Bett auszuruhen. Ich fühle mich wie zerschlagen nach der Fahrt.«

Das junge Mädchen nickte verständnisvoll: »Ich weiß, wie müde die Reise macht«, sagte sie. »Eine so lange Kutschfahrt schüttelt einen durch und durch. Ich helfe Ihnen jetzt aus den Kleidern. Und danach räume ich Ihre Koffer aus und hänge alles in den Schrank. Was möchten Sie denn heute abend anziehen? Ich lege es für Sie heraus.«

Michele überlegte eine Weile. Sie wollte auf Jans Familie einen guten Eindruck machen, speziell auf seinen Vater. Dabei hatte sie das sichere Gefühl, daß das Familienoberhaupt auf gewagte Pariser Eleganz weniger großen Wert legte. So war sie froh, daß sie Andrés Empfehlung gefolgt war, eher solid-elegante Kleider und weniger aufregende Modelle einzupacken. Daß er damit recht hatte, bewies ihr die Garderobe von Jans Schwestern. Sie waren, für Pariser Begriffe, eher schlicht gekleidet und ohne modische Extravaganz.

»Ich werde das Blaue anziehen«, sagte sie nach einiger Überlegung. Dieses Kleid war elegant, ohne aufdringlich zu wirken. Außerdem stand ihr die Farbe gut.

»Wenn ich mir erlauben darf, Miß, würde ich Ihnen raten, auch einen großen Wollschal mit hinunter zu nehmen. Die Abende sind noch kühl. Im Schloß ist es immer ein wenig zugig.«

Michele dankte Annie für den guten Rat. Dann fiel sie buchstäblich auf das breite Bett und war im gleichen Moment auch schon eingeschlafen.

Das Abendessen wurde in einem riesigen hohen Raum an einem langen Tisch serviert, der ausgereicht hätte, einer kleinen Armee Platz zu bieten. Auch hier waren die kalten Steinwände mit Teppichen behangen und mit Schilden, Streitäxten und Schwertern geschmückt. Ritterrüstungen standen dort. Sie erinnerten Michele an postierte Wachen.

Sie wäre nicht verwundert gewesen, wenn sie sich plötzlich in Bewegung gesetzt hätten.

Mit soviel Waffen ringsum mußte sie an Jans Erzählungen von den kriegerischen Auseinandersetzungen der schottischen Familienclans denken. Sie schauderte und zog sich den Schal ein wenig fester um die Schultern. Annie hatte recht gehabt. Es war trotz des flackernden, riesigen Kaminfeuers sehr kühl in dieser Halle.

Jan hatte sie schon erwartet. Als er ihr den Arm bot, um sie zu Tisch zu geleiten, war die kühle Temperatur des Schlosses gleich vergessen. Seine Nähe wärmte sie von innen heraus. Sein Blick hielt den ihren lange fest. Darin stand die Freude darüber, daß sie nun endlich doch gekommen war.

Und dann betraten sie die Halle, wo Jans Vater bereits am oberen Tafelende Platz genommen hatte. Später erfuhr Michele, daß der alte Lord an einem Beinleiden erkrankt war und deshalb schon seit längerer Zeit Krücken benutzen mußte. Da er dies so wenig wie möglich anderen vor Augen führen wollte, erschien er immer vor den anderen bei Tisch.

Margaret und Elizabeth, von André eskortiert, folgten Jan und Michele. Bevor sie Platz nahmen, gingen die beiden Mädchen erst zu ihrem Vater und begrüßten ihn mit einem Kuß auf die Wange. Michele und Jan sollten beiderseits des alten Lords sitzen. Michele blickte etwas furchtsam in das Gesicht des Schloßherrn, das, wenn man ihn so betrachtete, doch etwas grimmig aussah. Sie konnte nur hoffen, daß dieser Gesichtsausdruck nichts mit ihrer Person zu tun hatte.

Jan stellte vor: »Vater, dies ist Michele Verner, von der ich soviel erzählt habe. Michele, dies ist mein Vater, Lord Malcom McLeven.«

Lord McLeven sprach kein Wort. Er betrachtete Michele nur aus hellen, blauen Augen, die immer noch an einen Adlerblick erinnerten. Dabei ließ er sich reichlich Zeit. Micheles Nervosität wuchs. Am liebsten wäre sie davongelaufen. Aber dann, wie plötzlich durchbrechender Sonnenschein, begann der alte Herr zu lächeln. Die grimmigen Augen leuchteten.

»Du hast wahr gesprochen, mein Sohn«, sagte er, »das ist ein sehr gewinnendes Mädchen, und vital scheint sie auch zu sein. Ich glaube, daß ich da nicht irre. Sagen Sie, mein Kind, kommen Sie aus einer gesunden Familie? Sind Sie auch kräftig? Sie sehen zwar ein bißchen zart aus, aber die Zarten sind ja auch meistens die Zähesten.«

»Vater!« rief Jan. Er war unverhohlen entsetzt.

Der alte Herr lachte, daß es in dem großen Raum nur so hallte. Vergnügt blinzelte er Michele zu: »Altwerden hat einen großen Vorteil, mein Mädchen. Man kann sagen, was immer man – verdammt noch mal – sagen möchte. Und wenn es unverschämt klingt, kann man immer auf seine Altersschwäche hinweisen. Also, ich finde, eine Frau muß kräftig sein, wenn sie einem Mann viele Söhne gebären soll. Deshalb frage ich der Einfachheit halber nochmals: Sind Sie kräftig?«

Michele wurde über die Maßen verlegen. Doch dann gewann die Verärgerung Oberhand. Wie konnte er es wagen, ihr vor der versammelten Familie derart persönliche Fragen zu stellen? Das war wirklich ungehörig! Und er schien das auch noch zu genießen. Sie war sich sicher, daß der Verstand dieses Mannes, trotz seines Alters und seiner körperlichen Behinderung, messerscharf sein mußte. Also gut – sie würde sich nicht anmerken lassen, daß sie sich über seine Fragerei ärgerte.

»Meine Familie strotzt vor Gesundheit, Sir«, entgegnete sie geistesgegenwärtig, »und meine Kräfte sind sehr beachtlich. Aber darf ich mich erkundigen, wie es mit Ihrer Familie steht? Sind Sie genauso kräftig?«

Der alte Herr musterte sie streng, doch Margaret und Elizabeth brachen in schallendes Gelächter aus.

»Also, jetzt kannst du es aufgeben, Papa. Michele ist dir gewachsen«, rief Elizabeth, »sie läßt nicht so mit sich umspringen wie wir. Denn deine Neckerei kann manchmal wirklich peinlich werden, Papa!«

»So, so«, meinte der alte Herr, »also ich necke euch zuviel, und das ist euch peinlich. Ein alter Mann soll also *nicht* immer sagen, was er will, wenn ich recht verstehe?« Er zwinkerte Michele über den Tisch hinweg zu. Da erkannte sie plötzlich, daß dies alles ja nicht so ernst zu nehmen sei, daß solche Neckereien offenbar zu den wenigen Vergnügungen gehörten, die ein alter, unbeweglich gewordener Mann sich noch leisten konnte.

Als das faltige Gesicht des Lords sich nunmehr in einem breiten Lachen glättete, vergaß sie jeden Groll und lächelte zurück. Der Friede war geschlossen. Sie fühlte sich erleichtert, und die Mahlzeit konnte nunmehr ungestört ihren Fortgang nehmen.

Nach dem ausgedehnten Abendessen, in dessen Verlauf sie viele Fragen der beiden Schwestern über das Pariser Gesellschaftsleben beantworten mußte, fühlte Michele erst richtig, wie erschöpft und ausgelaugt sie war. Einmal waren die Strapazen der Reise daran schuld, aber auch die Anwesenheit der Familie war anstrengend. Sie hatte sich so auf die Gespräche mit Jan allein gefreut. Nun ja, es blieb ja noch genügend Zeit. Als sie zu ihm hinüberblickte, erkannte sie, daß er genauso empfinden mußte, und ein warmes Gefühl stieg in ihr auf. Sie erinnerte sich der warmen Berührung seiner Lippen und erschauerte ein wenig. Es blieb ja noch so viel Zeit...

Michele hatte fast vergessen, wieviel Freude auch einfache Vergnügungen machen können. Die Tage auf McLeven Castle vergingen wie im Fluge, mit Reiten, Fischen und langen Spaziergängen im frühlingshaft grünenden Moor, mit Rudern auf dem See und Picknick unter freiem Himmel. Sie, die nie Geschwister gehabt hatte, genoß es jetzt, von den beiden Mädchen wie von zwei Schwestern liebevoll behandelt zu werden. Die vier jungen Leute machten viele Ausflüge gemeinsam.

Nur im Schloß sonderten sich Jans Schwestern häufig ab. Margarets Platz als Verwalterin des Haushalts verlangte nach täglicher Erfüllung dieser Pflicht, und Elizabeth ging ihr dabei zur Hand.

Michele liebte die gemeinsamen Unternehmungen im Freien, aber sie genoß es auch, mit Jan allein zu sein. Ihn hier, in seiner eigenen Heimat, zu erleben, beeindruckte sie ganz besonders. In der Tat, als Höfling irgendeines Königs erschien er ihr hier völlig ungeeignet.

Die vielen Ausflüge in die Umgebung hatten nicht nur Jans Gesicht gebräunt, auch Michele nahm, ohne die übliche Maske der Pariserinnen, eine gesunde Farbe an. André schalt sie wegen dieser Achtlosigkeit. Völlig entsetzt wies er sie auf die Sommersprossen hin, die sich auf ihren Wangen und auf dem schmalen Nasenrücken breitgemacht hatten. Es war ihr so einerlei. Die Sommersprossen fand sie sogar hübsch, solange Jan diese Auffassung teilte.

André hielt sich so wenig wie möglich draußen auf. Er verbrachte die meiste Zeit in der großen Bibliothek des Lords. Er schloß auch viele Bekanntschaften mit Adeligen aus der Umgebung, die Lord McLeven zu Ehren seiner Gäste zu einem Fest eingeladen hatte. So schien André völlig zufrieden zu sein. Allerdings sah er streng darauf, daß Michele mindestens zwei Stunden täglich übte. Diese Zeit schien ihm noch zu knapp bemessen. Er fürchtete um Micheles Kondition. Doch seltsamerweise vermißte sie das Ballett im Augenblick überhaupt nicht. Das Üben war für sie lediglich Pflichterfüllung. Sie genoß den Luxus, aufstehen zu dürfen, wann sie wollte und die Freiheit zu haben zu tun, was sie wollte.

Das, was sie am meisten beschäftigte, war natürlich der Gedanke an Jan. Wenn sie alleine waren, fühlte sie die Kraftanstrengung, die es ihn kostete, sie nicht in die Arme zu nehmen. Sie war sich nicht ganz im klaren darüber, ob diese Zurückhaltung sie freute oder verdroß. Sie sehnte sich mit jeder Faser ihres Körpers nach ihm. Jede der zufälligen Berührungen, wenn sie nebeneinander gingen oder beieinander saßen, ließ beide erschauern. Sie überlegte, daß es eigentlich in ihrer Entscheidung lag, ob diese angespannte Situation weiter andauern oder sich ändern solle. Schließlich war sie diejenige, die ihn einst zurückgewiesen hatte. Sie wußte, daß er genauso stolz war wie sie. Eine neuerliche Zurückweisung wollte er nicht erleben. Sie also mußte ihm zu verstehen geben, daß sie sich nach seiner Zärtlichkeit sehnte.

Oh! Und wie sie sich sehnte! Dennoch war es ihr unmöglich, dies auch zu zeigen.

Sie war nun schon etwas länger als eine Woche in McLeven Castle, als der Zufall ihr die Entscheidung abnahm.

Sie speisten gerade in der großen Halle zu Abend, als ein Gewitter aufzog. Nach der Mahlzeit regnete es bereits in Strömen. Blitze teilten wie feurige Schwerter den wolkenverhangenen Himmel. Es war ein gewaltiges Gewitter, schlimmer als jedes, das Michele bisher erlebt hatte. Da sie Gewitter noch nie gemocht hatte, war sie während des Unwetters besonders unruhig und nervös.

Nach dem Essen saßen sie alle noch am Kamin des Nebenzimmers, wo es wärmer war. Elizabeth und Margaret hatten hübsche Stimmen. Sie erfreuten die Anwesenden mit alten Liedern und Harfenmusik. Aber das Gewitter übertönte mit der Zeit beider Gesang und Spiel. Die beiden Musikantinnen gaben auf. Gemeinsam mit dem alten Lord boten sie ›Gute Nacht!‹ und zogen sich zurück. Nur Jan, Michele und André blieben noch am Feuerplatz. André war in ein Buch vertieft. Michele und Jan unterhielten sich leise. Dabei konnte Michele kaum verhehlen, daß sie sich über Andrés Hartnäckigkeit, sitzen zu bleiben, ärgerte. Warum ließ er sie nicht endlich mit Jan allein? Schön, er war als Aufpasser und Ehrengarde mitgekommen. Aber man konnte ja auch alles übertreiben. Sie und Jan wechselten hilflose Blicke. Das konnte André wohl kaum entgangen sein. Er streckte sich plötzlich in seinem Sessel, legte das Buch beiseite und meinte lächelnd: »Auf einmal bin ich furchtbar müde. Ich hoffe, ihr entschuldigt mich. Ich muß auf der Stelle ins Bett.«

Mit einem Kopfnicken und einem wissenden Lächeln verließ André den Raum. Die Gute-Nacht-Wünsche der jungen Leute klangen überaus herzlich hinter ihm drein.

Leise lachend schloß André die Tür hinter sich. Jetzt waren sie endlich allein, vor dem flackernden Kaminfeuer. Draußen tobte immer noch das Unwetter, doch sie achteten nicht darauf. Ihre Blicke waren ineinander versunken. Michele spürte, wie ihr Herz schneller zu schlagen begann. Heiß fühlte sie ihr Blut durch die Adern rauschen. Jan und sie schienen auf der Welt allein zu sein. Alles andere war versunken.

Ein ungeheurer Donnerschlag und das jäh aufzischende Kaminfeuer, welches durch den Sturm nun fast ins Erlöschen geriet, brachten Michele in die Wirklichkeit zurück. Sie schrie vor Angst laut auf, und ehe sie sich's versah, lag sie in Jans Armen, suchte Schutz an seiner Brust.

Er zog sie an sich, eng und fest. Sein Kuß war zärtlich und fordernd zugleich. Seine Lippen schienen wärmer zu sein als die flackernde Glut. Michele spürte ihr eigenes Begehren wie eine lodernde Flamme. Süße Schwere in den Gliedern machte sie bewegungslos. Sie wußte, heute abend würde sie Jan nicht zurückweisen. Sie hatte nicht mehr die Kraft, ihm und der eigenen Leidenschaft Widerstand entgegenzusetzen.

»Michele! Oh, Michele!« flüsterte er, als sich schließlich ihre Lippen voneinander lösten, »wie habe ich mich gesehnt, dich so in den Armen zu halten, mein Mädchen. Du ahnst es nicht!«

Doch, dachte sie, ich ahne es nicht nur, ich weiß es. Doch sie schwieg und bot ihm nur den Mund. Wieder küßten sie sich wie Verschmachtende. Es bedurfte keiner Worte mehr zwischen ihnen. Ihre Lippen, ihre Körper waren beredt genug. Seine rechte Hand glitt über ihren Rücken und von da zu ihren schwellenden, jungen Brüsten. Sie reagierte heftig und lustvoll. Ihre Nervenenden prickelten. Sie verlangte nach ihm mit jeder Faser ihres Seins, glaubte, in seiner Umarmung zu vergehen. Ein leises Stöhnen entrang sich ihr.

Er zog sie noch fester zu sich heran, so nahe, daß sie meinte, sie seien ein einziger Körper. Der Donner, der in diesem Augenblick draußen krachend herniederfuhr, schien die passende Begleitmusik zu der Explosion zu sein, in der ihrer beider Begehren aufeinanderprallte.

Später hätte sie sich nicht mehr erinnern können, wie sie die Treppe hinaufgelangten. Plötzlich befanden sie sich in ihrem, nur vom Kaminfeuer erleuchteten Schlafraum. Die zuckenden Blitze am nächtlichen Himmel tauchten ihre Leiber in helles Licht... Eng umschlungen lagen sie in dem breiten Bett unter wärmenden Decken, rückhaltlos einander hingegeben. Das Gefühl tiefer, unzerstörbarer Geborgenheit erfüllte Michele vollständig. Selbst das Toben der Naturgewalten da draußen war keine Bedrohung mehr.

Sie konnte den Lustschrei nicht mehr zurückhalten, als Jan sich herniederbeugte und die Spitzen ihrer Brüste mit der Zunge berührte. Seine Hände, seine Lippen liebkosten ihren Körper, so daß sie sich mehr und mehr des eigenen machtvollen Bedürfnisses nach Zärtlichkeit bewußt wurde.

Sie erwiderte seine Liebkosungen, streichelte seinen Rükken, genoß das weiche Spiel seiner Muskeln, das warme Gefühl seiner Schwere auf ihrem Körper.

Und dann tastete er sich nach unten, zu ihren Hüften, zum Ansatz ihrer Schenkel. Michele vergaß alles, genoß nur seine sanfte Berührung, öffnete sich ihm, und als er sie auch dort, im Mittelpunkt ihres Verlangens, berührte, rang sie nach Luft, preßte ihren Mund gegen den seinen und spürte seine sanft suchende Zunge.

Jans Atem ging so rasch wie der eines Schnelläufers. Sein Herz hämmerte wild gegen ihre Brust.

Liebevoll spreizte er ihre Schenkel noch ein wenig weiter und drang mit einem vorsichtigen Stoß in sie ein. Ohne einen klaren Gedanken zu fassen, hob sie ihre Hüften seiner Bewegung entgegen und seufzte genußvoll, als er sein Ziel gefunden hatte. Seine Bewegungen wurden schneller, wurden rasend. Sie war völlig verloren in der Verzückung körperlicher Wonnen, in dem unendlichen Vergnügen, welches seine Bewegung ihr bereitete.

Kurz darauf bewegte sie sich mit der gleichen Heftigkeit, hob sich ihm entgegen, wand sich unter ihm, um die aufsteigende Lust zu verstärken. In einem bebenden Höhepunkt klammerte sie sich an ihn, der im gleichen Augenblick den Gipfel aller Lust erreichte.

Schlaff und wohlig sanken sie einander in die Arme und genossen die Köstlichkeit der Entspannung. Ihre Seufzer der Erleichterung klangen wie ein einziger Atemzug.

20

Die Sturmnacht hatte den Anfang gemacht. Ihr folgten noch viele Nächte, die Jan in Micheles Bett verbrachte. Jetzt, wo sie sich einander hingegeben hatten, war der Gedanke an ihre Liebe für Michele das Allerwichtigste. Es war, als sei in ihr ein Damm gebrochen. Und nun, da die Gewalten freigelassen waren, gab es kein Halten mehr. Sie wollte dies auch gar nicht mehr. Fast jede Nacht liebten sie sich und auch noch oft tagsüber, wenn sie allein waren – einmal im Moor, ein anderes Mal im Schatten einer versteckten Ruine, überall da, wo kein Mensch sie sehen konnte. Es war, als könnten sie nie genug voneinander haben.

Jan bat Michele mindestens einmal täglich darum, seine Frau zu werden. Obgleich sie ihm nie eine Zusage gegeben hatte, war sie doch in größter Versuchung, dies zu tun. Sie liebte ihren Tanz – das stimmte. Aber genauso liebte sie diesen Mann. Die Wonne, in seinen Armen zu liegen, sich von ihm genommen zu wissen, übertraf das Entzücken, welches sie auf der Bühne empfand, wenn sie tanzte, bei weitem. Aber würde es auch so bleiben? Wenn sie erst verheiratet waren, wenn Kinder kamen, für die gesorgt werden mußte, wenn ein großer Haushalt zu führen war, würde die Leidenschaft dann schwinden? Sie hatte das so oft in fremden Ehen beobachtet.

Andererseits bedeutete das Leben, das sie als Jans Ehefrau führen würde, Wohlhabenheit und einen gehobenen sozialen Status als Schloßherrin – ein Leben in Luxus, welches ihr das Ballett nie bieten konnte.

Sie spürte die Gefahr, die in ihrer Entschlußlosigkeit lag. Außerdem bestand auch noch die Gefahr einer unerwünschten Schwangerschaft. Denn dann würde sie heiraten *müssen*.

Manchmal wünschte sie sich geradezu, daß sie ein Kind von Jan bekäme. Dann wäre ihr die Entscheidung abgenommen worden. Sie hätte keine andere Wahl. Aber seltsamerweise wurde sie nicht schwanger.

Diese Wochen auf McLeven Castle waren für sie die glücklichsten *und* die verwirrendsten ihres ganzen Lebens, fand sie. Es war wie auf der Kutschenfahrt hierher: Sie fühlte sich von der einen Seite zur anderen gerissen. Den einen Tag war sie sich sicher, daß sie Jan so sehr liebte, daß sie mit ihm zusammenbleiben wollte. Den nächsten Tag war sie davon überzeugt, daß sie das Tanzen nicht aufgeben könne.

Sie entschloß sich, mit Jan ernsthaft darüber zu sprechen. Sie gingen allein spazieren und hatten sich soeben auf eine von wilden Rosen umrankte Steinbank gesetzt, um zu rasten.

»Jan, kann ich etwas Wichtiges mit dir besprechen?«

Er lächelte liebevoll zu ihr herab und drückte ihre Hand: »Aber selbstverständlich, mein Liebling.«

Sie zögerte und suchte nach Worten, bevor sie vorsichtig aussprach, was sie empfand: »Jan, wenn ich dich nun heiraten würde ...«

Er strahlte bei diesen Worten über das ganze Gesicht.

Hastig fuhr sie fort: »Ich habe ja nicht gesagt, daß ich es tun will. Ich sagte nur *wenn*. Wenn ich dich nun heiraten würde, würdest du mir erlauben, weiter zu tanzen? Ich meine, das würde bedeuten, daß ich einige Wochen im Jahr nicht zu Hause sein könnte, aber ...«

Sie beobachtete mit sinkendem Mut, wie sein Gesichtsausdruck sich veränderte. Er schaute grimmig drein: »Michele, ich weiß, du liebst das Ballett. Aber so etwas wäre nicht möglich. Ich brauche dich hier. Dein Platz wäre hier an meiner Seite.«

Sie seufzte: »Ich habe befürchtet, daß du so reagierst. Könntest du nicht wenigstens für eine Weile, ich meine, nur einmal im Jahr, mit mir nach Paris kommen?«

Er preßte den Mund zusammen. Sie sah, daß kein Weiterkommen war. Ihre Hoffnung sank in nichts zusammen.

»Du weißt, wie ich über Paris denke, Michele. Außerdem ist es nicht Sache des Mannes, seiner Frau zu folgen. Ihre Aufgabe ist es hingegen, an seiner Seite zu bleiben.«

Sein Gesichtsausdruck entspannte sich etwas, wurde milder. Fest nahm er ihre beiden Hände in die seinen: »Mein Mädchen. Ich will dich glücklich machen. Das weißt du doch. Was mehr kannst du noch verlangen?«

Michele fühlte, wie ihr die Tränen in die Augen stiegen, aber sie unterdrückte das Weinen: »Ich war ja hier mit dir glücklich, Jan. Das ist wahr. Diese Wochen mit dir waren die schönsten, die ich in meinem Leben bisher verbracht habe. Aber dennoch weiß ich nicht, ob ich das Tanzen vollends aufgeben könnte. Es wäre, als schnitte man mich in zwei Teile.«

»Du könntest für mich und für unsere Kinder tanzen, hier auf McLeven Castle«, schlug er vor.

Michele begann zu lachen. Sie stellte sich vor, wie sie, schwanger und mit ausladendem Bauch, versuchte, Spitze zu tanzen. Aber dieses Gelächter klang nicht fröhlich. Gleich dahinter verbargen sich Tränen.

»Bitte, Michele«, drängte Jan, »bleib hier und werde meine Frau. Ich verspreche dir, daß ich dir nur Glück bereiten werde. Ich will dich so glücklich machen, daß du das Ballett vergißt!«

Am gleichen Nachmittag, als sie von ihrem Spaziergang zurückgekommen waren, wußte Michele, wie sie sich zu entscheiden hatte.

Sie hatten gerade die große Eingangshalle betreten, als Elizabeth ihnen aufgeregt entgegenlief: »Denk dir, Michele. Hier ist ein Kurier aus Paris. Er hat einen Brief bei sich, auf den er sofort Antwort haben muß. Er hat die Anweisung, nicht ohne zurückzufahren. Ich hoffe doch, daß es nichts Schlimmes ist!«

Erschrocken starrte Michele sie an. War Madame Dubois oder Deampierre etwas zugestoßen? Oder – welch furchtbarer Gedanke – gar ihrer Mutter?

»Der Brief liegt in der Bibliothek«, sagte Elizabeth, »der Bote ruht sich aus und ißt gerade etwas in der Küche.«

Michele und Jan folgten Elizabeth eilig in die Bibliothek, wo der lange, weiße Briefumschlag auf dem Bibliothekstisch lag. André, der vor dem Kamin gesessen hatte, erhob sich und erfaßte Micheles Hand: »Höre, Chérie, reg dich nicht auf. Vielleicht steht gar nichts Schlimmes darin. Es müssen ja nicht immer schlechte Nachrichten sein, die in Briefen stehen.«

Mit zitternden Händen erbrach sie das Siegel und las:

Liebe Michele, bitte, verzeih diese Eile, aber ich muß so schnell wie möglich Antwort von dir haben, damit ich die Entscheidung treffen kann. Ich möchte das neue Ballett jetzt bald aufführen, und ich möchte, daß du die ›Violet‹ tanzt, falls du einverstanden bist. Das bedeutet, daß du stehenden Fußes nach Paris zurückkehren müßtest. Bitte gib deine Antwort sofort dem Kurier und laß es möglichst eine Zustimmung sein. Ich glaube, du kannst ermessen, was diese Rolle unter Umständen für dich bedeuten könnte – und für mich übrigens auch.

Mit freundschaftlichen Grüßen:

Arnau Deampierre.

Michele rang vor Freude und Überraschung nach Luft. Sie konnte den Inhalt des Briefes kaum glauben. Deampierre wollte, daß sie die Violet tanzte. Eine Star-Rolle!

Ihr Gesicht leuchtete, sie wirbelte zu André hinüber und gab ihm den Brief: »Oh, André, schau, lies selbst. Deampierre hat geschrieben.«

André überflog den Brief und strahlte über das ganze Gesicht: »Chérie, das ist absolut himmlisch. Wir müssen sofort packen. Aber zuerst deine Antwort. Schnell, Gänsekiel und Tinte.«

Jan trat zu Michele und legte seine Hand auf ihre Schulter.

»Was ist denn, Michele? Warum mußt du so bald wieder fahren?«

Michele wandte sich ihm zu und schlug entzückt die Hände zusammen: »Oh, Jan, mir ist die Hauptrolle in Deampierres neuem Ballett angeboten worden. Deshalb muß ich sofort nach Paris zurück. Ist es nicht wunderbar?«

Sein Gesicht verfinsterte sich. »Soll das heißen, daß du tatsächlich nach Paris zurück willst? Ist das deine Antwort für mich, Michele?«

André und Elizabeth, welche die Situation sofort erfaßten, verließen schnell und leise den Raum.

»Willst du meinen Antrag zurückweisen und mich verlassen, um zur Bühne zurückzukehren?« fragte Jan.

Michele blickte ihn hilflos an: »Jan, du mußt mich verstehen. Es handelt sich nicht um irgendeine Rolle. Es ist *die* Rolle, eine einmalige Chance im Leben.«

»Nein. Das verstehe ich nicht. Du hast gesagt, du liebst

mich. Wenn das wirklich so ist, warum verläßt du mich dann jetzt?«

»Du würdest mir also die Chance verweigern, von der jeder Tänzer ein Leben lang träumt. Und die meisten hoffen umsonst, während ich jetzt...«

»Willst du unsere Liebe leugnen? Das tust du nämlich, wenn du jetzt nach Paris zurückfährst.«

»Ich will unsere Liebe nicht leugnen, Liebster. Natürlich liebe ich dich, und ich werde dich immer lieben. Aber wenn ich mir diese einmalige Gelegenheit versage, würde ich mich einfach elend fühlen, weil ich nie wüßte, ob ich gut genug für die Rolle gewesen wäre oder nicht. Kannst du dir das denn nicht vorstellen?«

»Ich stelle mir nur eines vor«, sagte er erbittert, »daß, wenn du bliebest, ich wüßte, daß du mich liebst.«

Sie brach in Tränen aus. »Oh, Jan, wenn du mir nur gestatten würdest zu tanzen und dennoch deine Frau zu sein. Daran, finde ich, läßt sich erkennen, ob du mich wirklich liebst.«

Jans Gesichtsausdruck war verschlossen. Er wandte sich ab.

»Nein, Michele, so nicht. *Du* hast eine Entscheidung getroffen. Die kannst du nun nicht mir anlasten. Also, sei es so, wie es ist!«

Was dann noch folgte – das Schreiben der Antwort für Deampierre, das Packen, die Verabschiedung von dem alten Lord und seinen Töchtern – wurde zu einem Wirbel, an den sich Michele im einzelnen später kaum noch erinnern konnte.

Jan kam nicht, um sie zum Wagen zu geleiten. Seit der Szene in der Bibliothek hatte er nicht mehr das Wort an sie gerichtet. Er ließ sich einfach nicht mehr sehen. Im allerletzten Augenblick schwankte Michele, ob sie nicht zu *ihm* gehen sollte. Es war doch unmöglich, daß sie im Streit auseinandergingen. Aber schließlich ließ sie es sein.

Während der Wagen aus dem Burghof fuhr, blickte sie verzweifelt aus dem Fenster, immer noch in der Hoffnung, daß Jan sich sehen ließe. Aber er blieb verschwunden.

Die Fahrt nach Paris schien eine Ewigkeit zu dauern. Daran war natürlich auch ihr Liebeskummer schuld. Sie dachte, ihr müsse das Herz brechen. Aber im Laufe der Reise kam sie zu der Einsicht, daß Herzen doch viel widerstandsfähiger sind, als man allgemeinhin annimmt. André, der sah, wie sie litt, war besonders lieb zu ihr und erwähnte Jan mit keinem Wort. Er steuerte die Unterhaltung immer so, daß nur von dem neuen Ballett die Rede war und – natürlich – von ihrer Rolle. So erreichten sie schließlich Paris. Michele war todmüde und zerschlagen, aber glücklich bei dem Gedanken, daß sie die Violet tanzen würde. Dabei hatte sie noch keine Ahnung, daß eine weitere wunderschöne Überraschung ihrer harrte.

Als Michele und André reisemüde und erschöpft das Vestibül des Duboisschen Hauses betraten, kam die Hausherrin freudig auf sie zu und rief voller Aufregung: »O meine Lieben, ihr könnt euch nicht denken, welch wundervolle Überraschung ich für euch habe!«

Michele blickte hinüber zu André. Sie konnte es sich wirklich nicht vorstellen. Eine Überraschung? Für sie beide? André zuckte indessen nur die Achseln. Er warf die Augen gen Himmel. »Dies scheint offenbar die Saison der Überraschungen zu sein«, meinte er ironisch. »Was ist denn das für eine wunderbare Überraschung? Wir sind nämlich beide schrecklich müde von der Reise. Kann das nicht bis morgen warten?«

Madame Dubois schüttelte energisch den Kopf, daß der Puder ihrer Perücke nur so stäubte: »Nein! Nein! NEIN! Ganz unmöglich. Außerdem, wenn ihr erst wißt, *was* es ist, würdet ihr keine Sekunde warten wollen, glaubt mir, meine Lieben. Hier – überzeugt euch selbst!«

Mit diesen Worten öffnete sie schwungvoll die Tür zum kleinen Salon und – Michele schrie auf vor Entzücken; denn in der Mitte des Raums stand jemand, nach dem sie sich so lange schon gesehnt hatte – ihre Mutter.

Sie flog Hannah in die Arme, und André, der hinzugekommen war, umarmte die beiden umschlungenen Frauen. Alle drei konnten ihre Freudentränen nicht zurückhalten. Fürs erste waren sie keines Wortes fähig.

Schließlich hielt Hannah Michele ein Stück von sich und betrachtete sie liebevoll und lange: »Ich muß sagen, du siehst großartig aus«, meinte sie anerkennend. »Ich hatte befürchtet, daß du vor lauter Proben und Üben blaß und dünn wärest. Aber du siehst blendend aus.«

Sie blickte hinüber zu André: »Alter Freund, Sie haben wirklich gut auf sie geachtet. Oh, wie habe ich euch beide vermißt. Ich habe euch so viel zu erzählen, aber ich kann mir vorstellen, wie müde ihr seid. Schlaft euch erst einmal aus.«

Michele schüttelte lächelnd den Kopf: »Nein, jetzt nicht mehr. Um ehrlich zu sein, als ich ins Haus kam, wünschte ich mir nichts mehr, als schleunigst ins Bett zu gehen, aber nun bin ich überhaupt nicht mehr müde. O Mutter, ich bin so froh, daß du da bist!«

Es dauerte noch eine ganze Weile, bis die allgemeine Aufregung sich soweit gelegt hatte, daß sie vernünftig miteinander reden konnten. Madame hatte einen kleinen Imbiß servieren lassen, und nun saßen sie da und erzählten. Hannah berichtete von der erfolgreichen Baumwollernte, wobei sie das meiste, was sie an Aufregungen dabei durchgemacht hatte, verschwieg. Sie erzählte Michele nichts von dem Kredit, nichts von den Schulden, denn dann hätte Michele erfahren, daß ihr Vater sich hatte Geld leihen müssen. Auch Court Wayne erwähnte sie nicht. Das war ja ohnehin aus und vorbei.

In ihrem Bericht vom zurückliegenden Jahr erwähnte Michele ihrerseits Jan McLeven mit keinem Wort. Statt dessen sprach sie viel von dem neuen Ballett und ihrer Rolle, worüber Hannah sich innig freute. Am Ende ihrer Berichte breitete Michele die Hände aus und sagte: »Damit wäre alles erzählt, was sich in dieser ganzen Zeit zugetragen hat.«

Hannah schaute sie zweifelnd von der Seite an: »Doch wohl nicht ganz, meine liebe Tochter. Madame Dubois sagte mir, daß du einen jungen Mann in Schottland besuchtest und deutete eine sprießende Romanze an.«

Michele wurde stocksteif: »Madame Dubois ist eine reizende Frau, aber sie neigt etwas zu Klatschgeschichten.« Sie erhob sich. »Jetzt werde ich aber doch müde. Bist du mir böse, wenn ich mich jetzt doch hinlege? O Mutter«, sie beugte sich hinüber, um Hannah zu umarmen, »ich bin so froh, daß du gekommen bist!«

Als Michele das Zimmer verließ, machte André Miene, ihr auf dem Fuße zu folgen.

Aber Hannah hielt ihn zurück: »André!« rief sie, nicht ohne Schärfe, »bleiben Sie hier!«

»Liebe Hannah, ich bin auch total übermüdet.« Er gähnte hinter vorgehaltener Hand. »Auch ich werde mich daher in Morpheus' Arme begeben.«

»Ich kann mich nicht entsinnen, daß Müdigkeit Sie je vom Sprechen abgehalten hat«, meinte Hannah trocken. »Also kommen Sie jetzt bitte her und erzählen Sie mir, was zwischen dem jungen Schotten und meiner Tochter im Gange ist.«

Alle schliefen am nächsten Tag bis in den Vormittag hinein, und der Rest des Tages verging wiederum mit Gesprächen. So kam Michele erst am zweiten Tag nach ihrer Rückkehr aus Schottland dazu, morgens Arnaut Deampierre aufzusuchen.

André und Hannah begleiteten sie, zumal Hannah den Ballettmeister kennenzulernen wünschte und auch die Räumlichkeiten sehen wollte, in denen ihre Tochter soviel Zeit zubrachte.

Deampierre begrüßte sie alle höchst erfreut. Michele konnte erkennen, daß er von Hannahs Schönheit und jugendlicher Erscheinung äußerst beeindruckt war.

»Nun weiß man doch, woher Michele ihre Schönheit und bezaubernde Figur her hat«, meinte er galant auf englisch. »Und du, Michele, du siehst wirklich erholt aus. Hast du auch täglich geübt, wie ich dich gebeten habe?«

Michele lachte: »Und ob. Darauf hat André sehr genau geachtet.«

»Gut. Ich möchte ›Die drei Schwestern‹ so bald wie möglich aufführen. Es hätte zusätzlich Zeit gekostet, wenn deine Kondition nicht in Ordnung wäre. Bist du bereit, heute nachmittag schon mit der Arbeit an der Rolle zu beginnen?«

Michele nickte. »Aber vorher muß ich wissen, was geschehen ist. Ich sterbe vor Neugier. In Ihrem Brief stand, Sie wollten später erklären, warum Sie die Uraufführung zurückgestellt haben. Und wieso soll ich eigentlich jetzt die Violet tanzen?«

Deampierre seufzte: »In den Wochen deiner Abwesenheit ist viel passiert. Die Ärzte meinen, es sei zweifelhaft, ob Cybella je wieder tanzen könne. Der Bruch ist zugewachsen. Aber leider nicht glatt. Das Bein ist noch total geschwächt. Sie übt energisch und diszipliniert. Cybella selbst hat die Hoffnung noch nicht aufgegeben. Aber wenn sie je wieder wird tanzen können, dann wird das sehr, sehr lange dauern.«

»Und Denise?«

Deampierre zuckte die Achseln: »Ich mußte leider erkennen, daß ich mich in der Wahl geirrt hatte. Denise ist, wie du weißt, technisch vorzüglich – es fehlt nur am Ausdruck. Sie paßt eben nicht für diese Rolle. Ich konnte mich nicht entschließen, Denise bei der Uraufführung die ›Violet‹ tanzen zu lassen.«

Michele empfand eine tiefe Genugtuung, gemischt mit ein wenig schlechtem Gewissen. Aber eines stand fest: Wenn Denise Cybellas Unfall verursacht hatte, so hatte ihr dies nichts genützt. Es gab doch noch Gerechtigkeit auf der Welt!

Deampierre fuhr fort: »Auch die männlichen Rollen habe ich umbesetzt. Roland tanzt nunmehr den Bruder, und Louis den Prinz des Waldes. Ich habe mir gedacht, daß du Roland als Partner ablehnen würdest.«

»Oh! Sie machen mich glücklich. Ich hatte schon Angst vor der gemeinsamen Arbeit mit Roland. Ich möchte nicht das gleiche Schicksal erleiden wie Cybella.«

Deampierre nickte ernst: »Ja, das konnte ich dir nachfühlen, und deshalb auch dieser Wechsel.«

»Und wie geht es den anderen? Hat man mich wenigstens ein bißchen vermißt?«

Deampierre lächelte: »Das finde nur selbst heraus. Ich mußte sie erst beschimpfen, weil sie nicht begreifen wollten, daß ich zuerst mit dir alleine sprechen möchte. Soll ich sie reinlassen?«

Michele nickte eifrig: »Natürlich. Ich möchte, daß sie meine Mutter kennenlernen.«

Deampierre ging zur Tür des Übungsraumes und öffnete sie weit. Die ganze Besetzung strömte mit lauten Begrüßungsrufen herein. Hinter ihnen, im Türrahmen, stand Denise mit einem feindseligen Ausdruck im Gesicht. Ihre haßerfüllten Augen sprachen Bände.

Michele wurde umarmt, in die Luft gehoben, auf die Wangen geküßt. Wie konnte sie je daran gezweifelt haben, daß sie ihr freundschaftlich gesonnen waren?

»Oh, Michele«, sagte Marie und umarmte die Freundin, »wie bin ich froh, daß du wieder da bist. Wir alle haben dich vermißt.«

»Ja«, bestätigte Louis, der hinter Marie stand, »wir sind alle froh, daß du wieder hier bist.« Er lächelte so herzlich und unbefangen wie in alten Zeiten.

Michele blickte ihm in die Augen und sah, daß er die Wahrheit sprach. »Dann hast du mir also verziehen?« fragte sie leise, aber dennoch laut genug, um über dem allgemeinen Stimmengewirr noch verstanden zu werden.

Sein Lächeln war herzlich. »Ich bin es, der um Verzeihung zu bitten hat«, widersprach er. »Ich war ein unvernünftiges Ekel.«

»Und nun ist alles anders? Sind wir wieder gute Freunde?«

Er küßte sie auf die Wange: »Ja, jetzt und für immer. Denn mittlerweile weiß ich, was du meintest, als du sagtest, wir hätten keine Macht über unsere Gefühle. Liebe kommt und läßt sich nicht bestimmen...«

Michele hielt den Atem an: »Du meinst...?«

Louis ergriff Marie an der Hand und zog sie zu sich: »Ja, ganz recht. Erst als du fort warst, erkannte ich, wie sehr mir Marie am Herzen liegt.«

Michele seufzte tief: »Wie froh ich bin. Ich wünsche euch von Herzen, daß ihr glücklich seid.«

Einen winzigen Augenblick nur dachte sie an Jan. Aber sie bekämpfte die Tränen, die ihr in die Augen stiegen. Sie hatte ihre Entscheidung getroffen. Ob richtig oder falsch – sie jedenfalls war glücklich. Sie hatte ihre Mutter hier, war von Freunden umgeben und durfte die Rolle tanzen, die sie sich erträumt hatte. Was wollte sie also mehr?

21

Am Tag der Aufführung von ›Die drei Schwestern‹ glaubte Michele es nie und nimmer zu schaffen. Sie hatte in der vergangenen Nacht nur wenig geschlafen. Ihr war übel. Sie erbrach sich fortgesetzt.

Ihre Mutter, André und Madame Dubois versuchten, ihr Mut zuzusprechen und sie zu trösten. Aber das Lampenfieber war stärker.

Schließlich schloß sie sich in ihrem Zimmer ein, bis es Zeit war, ins Theater zu gehen. Seltsamerweise wünschte sie sich, daß Jan jetzt hier wäre. Mit seiner Unerschütterlichkeit und seiner Liebe wäre er vielleicht imstande gewesen, ihre unvernünftige Angst zu beschwichtigen.

Madame Dubois hatte vorgeschlagen, daß sie alle miteinander in der Kutsche zum Theater fahren sollten, doch Michele hatte abgelehnt.

»Ich muß mindestens zwei Stunden vor Vorstellungsbeginn da sein, und ich möchte alleine gehen.«

André hatte sie hierin unterstützt. »Es ist besser, Madame, Michele bleibt allein, damit sie sich konzentrieren kann. Nicht einmal ihre Mutter kann ihr jetzt helfen. Sobald alles vorbei ist und Michele den Platz in der Welt des Tanzes eingenommen hat, der ihr zusteht, wird sie uns alle um sich wünschen. Aber nicht jetzt.«

Michele war ihm dankbar. Eigentlich war sie sich selbst nicht klar, warum es diesmal schlimmer war als bei allen anderen Aufführungen. Nun ja, es hing viel, wenn nicht alles, von ihrer Leistung ab.

Und dann war es soweit. André klopfte an die Tür: »Die Kutsche wartet, Chérie. Bist du fertig?«

Michele war schon seit einer Stunde aufbruchsbereit. Dennoch zögerte sie jetzt.

Sie atmete tief durch, versuchte, ruhig zu werden, griff nach ihrem gestickten Beutel und öffnete die Tür. André trat ein und blickte sie prüfend an: »Michele, reg dich doch nicht so auf«, sagte er beschwörend, »du wirst heute abend so wunderbar tanzen wie noch nie. Dies ist *dein* Tag. Mach das Beste draus!« Er nahm ihr Gesicht in seine beiden Hände und küßte sie sanft auf die Wangen. »Möchtest du, daß ich dich ins Theater begleite?«

Einen Moment lang war es eine Versuchung ›ja‹ zu sagen, aber dann wußte sie – jetzt mußte sie mit sich allein fertig werden.

Sie schüttelte den Kopf: »Es ist lieb von dir, André, aber besser nicht. Danke dir. Ich gehe lieber alleine.«

Er reichte ihr den Arm und brachte sie an den Wagen, der draußen schon wartete. Michele sah auf dem Weg nach draußen niemanden im Haus. Alle hatten sich taktvoll zurückgezogen.

»Wir werden im Auditorium sitzen und dir zujubeln«, sagte André, »deine Mutter, Madame Dubois, alle deine Freunde und natürlich ich. Und nun lege alles, was du hast, in deinen Tanz, Chérie!«

Michele umarmte ihn impulsiv. »Ich danke dir, André, für

alles, was du für mich getan hast. Ich weiß nicht, wie ich das wiedergutmachen kann. Ich habe dir soviel zu verdanken!«

Als er zurücktrat, standen Tränen in seinen Augen: »Tanze gut, einen besseren Dank gibt es nicht für mich.«

Der Wagen zog an. Es war nicht allzuweit zum Theater, weniger als eine halbe Stunde. Michele hielt die Augen geschlossen in dem Versuch, ihren Kopf von allem außer ihrem Tanz frei zu halten. Sie dachte nur an Violet – sie *war* Violet.

Zu ihrer eigenen Überraschung wich bei dieser Vorstellung etwas von der Anspannung der letzten Stunden. Sie fiel in eine Art Halbschlaf und wurde erst wieder munter, als der Kutscher sie leicht an der Schulter rüttelte: »Mademoiselle Verner, wir sind da!«

Eilig öffnete sie ihren Beutel und suchte nach der Börse, um ihm die Fahrt zu zahlen. Plötzlich stach ihr etwas in den Finger, so daß sie laut aufschrie. Sie zog die Hand heraus und starrte auf die Blutstropfen, die ihr vom Finger rannen. Die Ursache dieser Verletzung war eine Hutnadel, die zwischen dem Inhalt ihres Beutels gesteckt hatte. Sie verstaute die Nadel nunmehr sorgfältig, damit sie sich nicht noch einmal verletzte, zog die Börse heraus, zahlte den Lohnkutscher und ließ sich von ihm aus dem Wagen helfen.

Die Mietkutsche hatte vor dem Haupteingang des Theaters angehalten. Doch Michele wußte, hier mußte sie erst laut klopfen, bevor man sie hereinließ. Es waren ja noch zwei Stunden bis zum Vorstellungsbeginn. Sie entschloß sich, um den Gebäudekomplex herum in das Gäßchen zu gehen, wo der Bühneneingang sich befand. Dort war für die Tänzer und das Bühnenpersonal mit Sicherheit schon geöffnet, und dort, im rückwärtigen Teil des Theaters, befanden sich auch direkt die Garderoben.

Das Gäßchen war eng und dunkel und voller übler Gerüche, aber es war eben der kürzeste Weg. Mittlerweile war die Dunkelheit hereingebrochen, weshalb Michele sich tunlichst beeilen wollte. Es waren noch etwa dreißig Meter bis zum Bühneneingang, als sie plötzlich das unangenehme Gefühl hatte, daß jemand ihr schleichend folge. Und dann wurden zu ihrem Entsetzen aus dem Schleichen harte Schritte. Michele atmete tief durch und begann zu rennen. Doch kurz vor der rettenden Tür erfaßten zwei grobe Hände sie von hinten und hielten sie fest. Sie wurde herumgedreht und mit Wucht an die Hauswand geschleudert. Jetzt sah sie den Mann: ein brutales Gesicht und lauernde Augen. Der Schmerz des Aufpralls war heftig. Das Kleid war dabei zerrissen. Sie spürte die rauhe Mauer auf der nackten Haut.

Die Augen des Mannes standen glotzend hervor. Alkoholdunst ging von ihm aus. Jetzt öffnete er den Mund, um ein lückenhaftes Gebiß erkennen zu lassen. »Na, du Weibsstück«, sagte er, erstaunlicherweise auf englisch, »bist du nicht die Hupfdohle, die Michele Verner heißt?«

Unwillkürlich nickte sie, bevor sie einen klaren Gedanken fassen konnte. Ihr Herz schlug wild. Verzweifelt blickte sie von einem Ende des Gäßchens zum anderen. Doch keine Menschenseele war zu sehen, keine Hilfe weit und breit. Der Mann lachte schrill: »Paß nur auf, du Luder. Ich werde dich so bearbeiten, daß du das Gehopse eine Zeitlang vergessen kannst.«

Michele öffnete den Mund und schrie verzweifelt und gellend. Er lockerte seinen Griff so weit, daß er ihr mit der linken Faust einen Schlag auf den Kopf versetzen konnte. Mit wild schmerzendem Kopf ging Michele zu Boden. Sie war geistesgegenwärtig genug, so schnell wie möglich fortzukriechen, solange er sie nicht festhielt. Er hatte sie aber sofort wieder eingeholt, zog sie hoch, preßte sie an die Mauer und sich selbst mit ausgebreiteten Armen gegen sie, daß ihr fast die Luft verging.

»So«, meinte er höhnisch, »nun laß mich mal nachdenken, was machen wir denn mit dem hübschen Häschen, damit es heute abend nicht mehr hüpfen kann?«

»Wer zahlt Sie?« sagte sie schnell.

»Nanu, wer sagt denn das?« fragte er scheinheilig. Aber sein überraschter Blick verriet ihn. »Niemand zahlt mich. Ich kann bloß so Luxusweiber wie dich nicht ausstehen, die für nichts viel Geld kriegen, während wir armen Schweine verhungern!« Haß blitzte in seinen Augen auf. »Soll ich dir das Bein brechen? Nein, 'n Arm geht einfacher und schneller. Das reicht schon.«

Michele überlegte verzweifelt, was sie tun könnte, während er sie an beiden Handgelenken wie im Schraubstock festhielt. Wenn sie nochmals schrie, würde er das zu verhindern versuchen. Aber er konnte schlechterdings nicht beides zugleich tun – ihr den Mund zuhalten und den Arm brechen. Doch die Chance, in dieser abgelegenen Hintergasse gehört zu werden, war, wie man ja gesehen hatte, gering. Es war wohl besser, ihre Kräfte für anderes aufzusparen.

Abrupt schlug er ihre Hand und ihren Arm gegen die Hauswand. Es tat so entsetzlich weh, daß Michele, wider Willen, doch schrie. Er lachte sadistisch. »Tut gut, was? Noch ein paarmal so, und die Knochen brechen wie Anmachholz.«

Aber dann erinnerte Michele sich an etwas. Der Kerl hielt ihre Handgelenke in Hüfthöhe. In gleicher Höhe befand sich auch ihr Beutel mit den Toilettenutensilien und der Börse, der ihr am Handgelenk hing. Sie brachte es fertig, mit den freien Fingern den Beutel so weit hochzuziehen, daß sie hineinlangen und mit zwei Fingern die Hutnadel herausholen konnte. Wieder schmetterte er ihren linken Arm gegen die Mauer. Es schmerzte rasend. Der Beutel fiel zu Boden, aber sie hielt die lange Hutnadel verzweifelt fest. Er hatte ihren Arm hochgerissen. Ihre Hand befand sich jetzt in der Höhe seines Gesichts. Ohne zu zögern, zielte sie mit der Nadel nach seinem rechten Auge. Er bemerkte es, drehte instinktiv den Kopf weg, und die mit aller Kraft geführte Nadel durchstach ihm die Wange.

Der Mann heulte vor Schmerz auf, ließ sie los und tastete nach seiner Wange, durch welche die Hutnadel ihm bis in den Mund gedrungen war. Er starrte sein Opfer ungläubig an. Michele nahm die Gelegenheit wahr, während er noch taumelnd weiter rückwärts wich, ließ den Beutel liegen, wo er war, und rannte, so schnell sie konnte, dem rettenden Bühneneingang zu. Sie schickte ein Stoßgebet zum Himmel, daß die Tür nicht verschlossen sein möge.

Sie war offen!

Sie stürzte hinein und warf noch einen Blick zurück. Der Mann stand noch immer am gleichen Fleck und versuchte, die Nadel zu entfernen.

Michele wartete nicht ab, ob er mit seinem Versuch Erfolg habe oder nicht. Sie schloß und verriegelte die Tür und lehnte sich schweratmend dagegen. Ihr Herz pochte vor Angst immer noch wie rasend. Aber jetzt war sie sicher. Wenn einer der anderen Tänzer hier herein wollte, mußte er eben laut klopfen. Sie wagte vor Furcht, daß der Mann ihr nach hier drinnen folgen würde, nicht, die Tür zu entriegeln.

Immer noch matt an der Tür lehnend, versuchte sie, ihre

jagenden Gedanken zu ordnen und zu überlegen, was das wohl zu bedeuten habe. Wenn sie das erwog, was der Mensch da draußen getan und gesagt hatte, blieb eigentlich kein Zweifel, wer der Drahtzieher für diesen Überfall war. Der üble Bursche hatte sich ja sein Opfer nicht blindlings ausgesucht. Jemand mußte ihm ihren Namen und ihre Beschreibung gegeben haben. Das konnte also nur bedeuten, daß jemand ihn angeheuert hatte, um sie zu verkrüppeln, damit sie nicht mehr tanzen könne.

Nun ja, dieser Plan hatte nicht funktioniert. Sie bewegte vorsichtig ihren linken Arm. Der Schmerz schoß ihr in die Schulter. Das Handgelenk war leicht geschwollen, und sie hatte Schürfwunden an der Haut. Aber nichts war gebrochen. Sie trat ein paar Schritte in den Flur, erhob sich auf die Zehenspitzen und bewegte die Arme über den Kopf. Es tat zwar weh, aber sie konnte die vorgeschriebenen Armbewegungen vollziehen. Sie durfte eben nicht auf die Schmerzen achten. Es hätte viel schlimmer ausgehen können.

Als sie sich umwandte, um in ihre Garderobe zu gehen, sah sie Denise ein paar Schritte entfernt stehen – wie versteinert, blaß wie ein Geist und Michele in einer Weise fassungslos betrachtend, als sei diese ein Gespenst.

Damit wußte Michele Bescheid. Unbändiger Zorn stieg in ihr hoch. Drohend näherte sie sich der anderen.

Denise versuchte davonzulaufen. Doch Michele hielt sie fest.

»Gib dir keine Mühe, davonzurennen, Denise«, sagte sie kalt. »Es gibt keinen Platz, wohin du dich retten könntest, außerdem ist es jetzt sowieso zu spät für deine Absichten.«

Denise faßte sich und erwiderte, indem sie hochmütig den Kopf zurückwarf: »Ich weiß nicht, wovon du sprichst.«

»Oh, ich glaube, das weißt du sehr genau. Ich bin da draußen in dem Gäßchen gerade überfallen worden und hatte Glück, daß ich entkommen konnte, ohne ernstlichen Schaden davonzutragen.«

»Das tut mir leid, aber ich sehe nicht, was das mit mir zu tun haben sollte.«

Michele stand dem Mädchen Auge in Auge gegenüber, bereit, sie wieder festzuhalten, falls sie nochmals fliehen sollte.

»Das hat folgendes mit dir zu tun, Denise«, sagte sie kalt,

»du hast jemanden engagiert, der mich so verletzen sollte, daß ich heute abend – oder für immer – nicht in der Lage sein würde, zu tanzen. Du hofftest, daß Arnaut dich dann wieder in die Rolle der Violet einsetzen würde...«

Zum erstenmal zeigte sich in Denises Katzengesicht wirkliche Angst. »Du mußt verrückt sein, daß du mich derartig beschuldigst«, entgegnete sie.

»Ich bin durchaus nicht verrückt. Ich weiß, was ihr bisher alles zusammen ausgeheckt habt, Roland und du. Und diesmal kommt ihr nicht so einfach davon. Ich habe dich vor einiger Zeit gewarnt. Wenn dies ungestraft bleiben sollte, werde ich das nächste Mal das gleiche Schicksal erleiden wie Cybella, die vielleicht nie mehr tanzen kann.«

»Du hast dafür überhaupt keine Beweise«, erwiderte Denise. »Du kannst überhaupt nichts unternehmen.«

»Na, das werden wir ja sehen!« sagte Michele und ließ Denise stehen. Sie ging in ihre Garderobe und wollte die Tür hinter sich schließen. Doch Deampierre, der gerade den Flur entlang eilte, kam ihr zuvor.

»Michele, einen Augenblick. Ich möchte mit dir...«, er unterbrach sich und fragte entsetzt: »Was, um alles in der Welt, ist denn dir zugestoßen? Du siehst ja entsetzlich aus.«

»Ich bin gerade, kurz vor dem Eingang in dem Hintergäßchen, überfallen worden«, sagte sie noch zitternd vor Aufregung. »Jemand wollte, daß ich heute abend nicht tanzen kann.«

»Bist du verletzt worden?« fragte er ängstlich und fuhr im plötzlichen Begreifen fort: »Was willst du damit sagen, jemand wollte nicht, daß du heute abend tanzt?«

»Genau das, was ich sagte. Eigentlich sollte ich jetzt da draußen mit einem gebrochenen Arm oder Bein liegen. Das wurde mir jedenfalls von dem Kerl angekündigt, der mich überfiel. Fast hätte er Erfolg gehabt.«

»Du meinst...?« Er stockte. »Denise? Denise hat das veranlaßt?«

»Natürlich«, erwiderte sie heftig, »und fragen Sie mich nicht nach Beweisen. Ich brauche keine. Nur ein Blick in ihr Gesicht, als ich relativ unverletzt auftauchte. Das sagte mir alles.«

Er nickte ernst. »Gut, Michele. Ich werde sie aus der Truppe entfernen. Du brauchst keine Angst mehr zu haben.«

»Jetzt? Heute noch?« fragte sie drängend.

Er zögerte. »Ja, am besten heute noch. Cecilie hat Denises Rolle mit einstudiert. Sie kann die dritte Schwester tanzen. Aber das heißt, daß du niemanden hast, der für dich einspringt, falls es notwendig sein sollte. Bis ich jemand soweit habe, dauert es seine Zeit. Du mußt also immer parat sein.«

»Wir brauchen niemanden zum Einspringen«, sagte sie entschlossen. »Ich tanze die ›Violet‹, was auch kommen mag. Ich habe nicht die Absicht, mich aufhalten zu lassen, jetzt wo ich alles aufgegeben habe...« Ihre Stimme schwankte.

Sanft hob er ihr Kinn an und blickte ihr ernst in die Augen.

»Alles aufgegeben?« wiederholte er, »soll das heißen, daß du deine Wahl zwischen dem jungen Mann und dem Ballett zu treffen hattest?«

Sie nahm den Kopf zurück, wandte sich ab: »Wenn Sie es denn unbedingt wissen müssen – ja!«

»Ich sagte dir schon, welch strenge Herrin die Tanzkunst ist«, sagte er freundlich. Seine Stimme klang weich.

»Ja, das weiß ich nun«, entgegnete sie. »Aber ich werde überleben.«

»Dessen bin ich sicher, Michele. Du bist stark. Das bewundere ich an dir.«

»Und was wird mit Roland? Ich bin mir ziemlich sicher, daß er mit dem Überfall heute nichts zu tun hat. Und wenn Denise nicht mehr da ist, wird er nicht mehr ihrem Einfluß unterworfen sein. Wir brauchen Roland, Arnaut.«

»Da stimme ich mit dir vollkommen überein«, sagte er sachlich. »Dennoch werde ich ein warnendes Wort mit ihm sprechen. Wenn er noch einmal in derlei Dinge verwickelt sein sollte, ist er erledigt...« Er trat zurück. »Ich wünsche dir das Beste für heute abend, meine Liebe, auch wenn ich jetzt schon davon überzeugt bin, daß du eine brillante Leistung bringen wirst. Nun geh und mach dich fertig für deinen ersten Star-Auftritt.«

Als Michele sich in ihre Garderobe zurückzog und mit dem Umkleiden und Schminken begann, stellte sie zu ihrer Freude fest, daß die Nervosität, die sie den ganzen Tag über geplagt hatte, vollständig verschwunden war. Die schlimme Begegnung mit dem Kriminellen im Dunkeln, die unbändige Wut darüber, hatten ihre Ängste in Nichts vergehen lassen. Sie hatte nun auf einmal soviel Zuversicht wie nie zuvor. Sie *würde* gut tanzen heute abend. Sie war überzeugt davon.

Als Gönnerin des Balletts besaß Madame Dubois eine private Loge, in die sie heute abend selbstverständlich Hannah und André einlud. Sie trafen eine gute halbe Stunde vor Beginn der Ouvertüre ein und ließen sich in den Sesseln nieder. Madame war nach allerneuester Mode gekleidet. Nach Hannahs Auffassung hatte sie des Guten zuviel getan, doch André hatte sie mit freundlichem Zynismus darüber aufgeklärt, daß dies bei Madame nichts Ungewöhnliches sei. Madame saß nunmehr an der Balustrade ihrer Loge, fächelte sich Kühlung zu, entdeckte da und dort im Auditorium Bekannte, denen sie zuwinkte und zurief. Sie schien alle Anwesenden zu kennen – einschließlich einer Menge Männer, mit denen sie ungeniert flirtete.

»Madame kommt eher in die Vorstellung, um selbst gesehen zu werden, als das Ballett zu sehen«, flüsterte André Hannah hinter vorgehaltener Hand zu.

Madame jedoch hatte scharfe Ohren. »Du irrst, André«, sagte sie mit freundlicher Ironie, »aber das ist ein Gerücht. Ich liebe das Ballett über alle Maßen. Wenn ich früher hierherkomme, dann ist es natürlich, um mit Freunden zu sprechen, aber sobald die Vorstellung beginnt, bin ich mindestens ebenso bei der Sache wie du!«

Hannah fühlte sich selbst ein wenig zu sehr kostümiert. Als Madame ihre Garderobe gesehen hatte, die in Virginia jedenfalls als elegant galt, war sie entsetzt gewesen. Nein, sie würde Hannah einfach nicht gestatten, so altmodisch zum Glanzauftritt ihrer Tochter zu erscheinen. Sie drängte Hannah so lange, bis diese sich bereit erklärte, mit ihrer Gastgeberin zu deren Schneiderin zu gehen und ein neues Kleid nach neuestem Schnitt anfertigen zu lassen. Anschließend folgte eine anstrengende Rundreise durch alle Modeläden, um die notwendigen Accessoires zu besorgen. Hannah war einerseits stolz auf ihre neue Garderobe, andererseits dieses Aufwands wegen ein wenig verlegen.

Ihre Gedanken wurden von André unterbrochen, der mit starrem Blick und hochgezogenen Augenbrauen jemanden fixierte, der sich hinter ihr befinden mußte.

»Sir, dies ist eine Privatloge. Sie unterliegen offenbar einem Irrtum ...«

Eine Stimme hinter ihr sagte leise und zärtlich: »Hannah!«

Hannah riß es herum, und für einen Augenblick hatte sie das Gefühl, daß sie sich den hochgewachsenen, elegant gekleideten Mann, der dort zwischen den Samtvorhängen stand, nur einbildete. Dies *mußte* ein Traum sein.

»Court?« Irgendwie brachte sie es fertig, sich aus ihrer Starre zu lösen und aufzustehen. Nach zwei Schritten, die sie ihm entgegenging, schwankte sie jedoch. Ein jäher Schwindel überkam sie. Court reagierte sofort, mit einem Schritt war er bei ihr, faßte sie um die Schultern und fing sie auf.

Ihr Blick hing an seinem Gesicht, sehnsüchtig und ungläubig jeden der geliebten Züge in sich aufnehmend. Sie faßte nach seiner Hand. »Woher wußtest du...?«

André eilte hilfsbereit herbei: »Hannah, kennen Sie diesen Menschen?«

»Ja, ja.« Inzwischen hatte sie wieder festen Boden unter den Füßen. Die Schwäche hatte nachgelassen. Den Blick immer noch auf ihn gerichtet, stellte sie den Neuankömmling vor. Sie wagte nicht, sich von ihm wegzuwenden, weil seine Anwesenheit ihr immer noch wie ein Traum erschien. Doch er war wirklich da, wirklich in eigener Person. Niemals wieder würde sie seine Hand loslassen.

André beobachtete sie mit fragendem Blick, und dann sah Hannah Verständnis in seinen Augen aufdämmern. Und dann meinte er mit väterlichem Grollen: »Na, das ist vielleicht eine Überraschung, meine Liebe. Sie haben uns etwas verschwiegen, warum denn? Das hätten Sie nicht tun sollen.«

Sie fühlte, wie ihr die Röte in die Wangen stieg. Verwirrt blickte sie fort und richtete das Wort an Court: »Wie hast du mich gefunden?«

»Es war nicht einfach«, entgegnete er ernst und fügte hinzu: »Könnten wir uns kurz unter vier Augen sprechen?«

Sie nickte nur. »Ob Sie uns für einen Augenblick entschuldigen können, Madame?«

»Ich bringe sie sofort wieder zurück!« versicherte Court.

»Aber selbstverständlich, Mr. Wayne«, erwiderte Madame liebenswürdig. »Und natürlich sind Sie Gast in meiner Loge, damit Sie Micheles Auftritt sehen können.«

»Vielen Dank«, Courts Blick hing an Hannah, »aber die Entscheidung hierfür liegt bei Hannah.«

Er führte sie hinaus auf den Gang.

»Court, wie hast du mich gefunden? Warst du in der Zwischenzeit wieder in Williamsburg?«

»Ja. Als ich fortging, war ich davon überzeugt, nie mehr zurückkehren zu wollen. Aber dann entdeckte ich, daß der Sog stärker war. So kehrte ich zurück, kurz nachdem du abgereist warst. John erzählte mir, wohin du gefahren warst, und gab mir deine Adresse. Erst heute kam ich in Paris an und ging sofort zu Madame Dubois' Haus. Dort wiederum erfuhr ich, daß ihr alle hier im Theater seid. Aber bevor wir weitersprechen...« Er räusperte sich. »Kannst du mir je vergeben?«

»Mußt du das fragen?« erwiderte sie schlicht. »Ich bin es, die um Verzeihung bitten muß. Weil ich nicht das Vertrauen in dich hatte, das du von mir erbatest.«

Er schüttelte den Kopf. »Nein. Du hattest das Recht, Fragen zu stellen. Mein verdammter Stolz. Hannah, ich bitte dich von Herzen um Verzeihung!«

Sie wehrte mit einer Handbewegung seine Bitte ab. »Hast du von Jules Dade gehört?« fragte sie statt einer Antwort.

»Ja, John hat mir alles erzählt. Du hast sehr mutig gehandelt, Hannah. Ich hätte Dade in die Mangel nehmen sollen, wenn ich nicht so ein Narr gewesen wäre. Und wenn ich nur einen Funken Verstand gehabt hätte, wäre ich von selbst darauf gekommen, daß Dade deinen Mann tötete. Michael war ein zu guter Reiter, um abgeworfen zu werden. Den anonymen Brief hat Dade auch geschrieben, nicht wahr?«

»Ja, Court. Er haßte dich und wollte dir schaden.«

Er hob ihre Hand an die Lippen: »Diese letzten Monate waren die reine Hölle, Hannah, Liebste.«

»Für mich nicht weniger, Court. Das ist auch der Grund, warum ich nach Paris kam. Ich wollte vergessen.«

»Und hast du das?«

»Nein.« Sie schüttelte den Kopf. »Aber nun, wo du hier bist, ist all der Kummer vergessen, es sei denn...«, sie zögerte und blickte ihn fragend an, »es sei denn, du gingest wieder fort.«

»Nicht ohne dich, Liebste. Wenn es nach mir geht, so will ich mich nie mehr von dir trennen.«

»Oh, Court, Liebster!« Die hellen Freudentränen standen ihr in den Augen.

Ein Schritt, und er hielt sie in einer Umarmung, als wolle er sie nie mehr loslassen. Sein Mund lag auf ihrem Mund. Hannah war es, als stünde sie in Flammen. Leidenschaftlich klammerte sie sich an ihn.

Schließlich löste Court seine Lippen von den ihren und blickte ihr tief in die Augen: »Hannah, willst du meine Frau werden?«

»Ja, o ja.«

»Wollen wir hier in Paris heiraten? So daß wir auf der Rückreise nach Virginia schon Eheleute sind?«

»Ich werde dich in Paris heiraten. Ich werde dich auf jedem Fleck der Erde heiraten.« Sie blickte ihn mit strahlenden, tränenfeuchten Augen an. »Es wäre sogar besonders schön, wenn wir in Paris heiraten, dann ist Michele auch dabei.«

»Gut, dann hier.«

Sie schrak zusammen, als die ersten Töne der Ouvertüre zu ihnen drangen.

»Court, das Ballett beginnt. Komm, ich möchte nichts davon versäumen . . .«

Der Applaus brach über Michele herein wie ein nicht enden wollender Donner. Immer wieder verbeugte sie sich. Man wollte sie nicht gehen lassen. Sie war total erschöpft, konnte sich kaum noch auf zitternden Beinen halten und war zudem schweißgebadet. Aber auch unbeschreiblich glücklich.

Sie hatte wundervoll getanzt. Das wußte sie. Und das Publikum wußte es.

»Bravo, bravo, bravo!«

Es regnete Blumen zu ihren Füßen. Und wieder verbeugte sie sich.

Als der Applaus endlich ein wenig nachließ, lief sie von der Bühne, dorthin, wo Deampierre zwischen den Kulissen wartend stand und sie in ausgebreiteten Armen auffing. Er lächelte glücklich über das ganze Gesicht.

Die Stimmen im Zuschauerraum wollten nicht verstummen. Wieder donnerte der Applaus, wieder mußte sie hinaus, um sich zu verbeugen. Sie hob eine Rose auf, die ihr zugeworfen worden war, küßte sie und warf sie zurück ins Publikum. Sie wandte den Blick und sah, wie Deampierre ihr Zeichen machte, abzutreten. Nochmals eine Verbeugung, ein paar Kußhände ins Publikum. Dann lief sie davon, direkt in Deampierres Arme. Er hob sie auf, wirbelte sie durch die Luft.

»Du hast es geschafft, Michele!« rief er im Überschwang. »Du lieber Himmel, nie habe ich eine bessere Aufführung gesehen. Nie war ich so stolz auf einen meiner Schüler. Morgen wirst du das einzige Gesprächsthema von Paris sein. Denke daran, was ich dir sage!«

Er stellte sie auf den Boden zurück und küßte sie auf den Mund. Und dann kamen sie alle und umschwärmten sie, Louis und Marie voran. Man küßte und umarmte sie. Gratulationen schwirrten durch die Luft.

Selbst Roland küßte ihr die Hand: »Du warst großartig, Michele«, sagte er voll tiefer Überzeugung, »einfach großartig!«

Aber dann schaffte Deampierre ein wenig Ordnung: »Genug, genug«, rief er. »Michele muß sich umziehen, und wir alle wollen anschließend im Studio unsere gelungene Uraufführung feiern!«

Michele lief zu ihrer Garderobe, wo alle schon warteten, ihre Mutter, Madame, André, und ein Fremder.

Mit Tränen in den Augen sagte Hannah: »Michele, ich bin so stolz auf dich!«

Sie umarmten einander innig, und dann tippte ihr André auf die Schulter und rief: »Ich wußte ja, daß du deine Zuschauer heute abend verzaubern würdest! Hab' ich es dir nicht gesagt, Chérie?«

Madame Dubois sagte: »Ich gratuliere dir, meine Liebe, du hast wirklich wundervoll getanzt.«

»Ich danke euch allen!« Micheles neugieriger Blick ruhte auf dem Fremden, inmitten der Freunde. »Aber jetzt muß ich mich umziehen. Heute abend ist eine Feier in Deampierres Studio, und ihr alle seid eingeladen.«

Hannah, die direkt neben Michele stand, sagte plötzlich ein wenig nervös: »Michele, ich möchte dir einen guten Freund vorstellen, Courtney Wayne. Court, dies ist meine Tochter Michele.«

Court beugte sich über ihre Hand: »Darf ich den anderen Gratulationen auch die meinige hinzufügen, Michele? Ich habe nie eine schönere Ballettaufführung, nie ein schöneres Solo gesehen.«

Verwirrt blickte Michele hinüber zu ihrer Mutter.

»Michele«, Hannah schien auf einmal schüchtern wie ein junges Mädchen, »ich werde, bevor ich wieder abreise, Court hier in Paris heiraten.« Ihre Wangen röteten sich. »Ich wollte gerne hier heiraten, damit du mit dabei bist.«

Impulsiv umschlang Michele ihre Mutter. »Ich freue mich ja so für dich, Mutter!« Dabei dachte sie, o Jan, warum warst du heute abend nicht auch da? Das wäre der schönste Abend meines Lebens gewesen.

Es klopfte an die Tür. »André, bitte, weise alle ab«, sagte Michele nervös. »Ich *muß* mich jetzt umziehen.«

Sie begann mit dem Abschminken. Hinter dem Wandschirm hörte sie leise Stimmen an der Tür. Dann kam André und sagte mit seltsamer Stimme: »Hier, Chérie, das ist für dich«, und legte einen riesigen Strauß roter Rosen vor sie hin.

»Wenn mich nicht alles täuscht«, meinte Madame Dubois lächelnd, »wird diese Garderobe von Bewunderersträußen bald überquellen.«

»Leg sie irgendwohin, André«, meinte Michele ein wenig ungeduldig. »Ich habe jetzt keine Zeit.«

Immer noch mit seltsam veränderter Stimme sagte André: »Also ich glaube, daß du dir diese doch genauer ansehen willst. Sie sind nicht von irgendeinem Bewunderer. Da ist ein Brief beigefügt. Der Blumenbote sagte, sie hätten den Auftrag vor einer Woche zusammen mit dem Brief und der Anweisung bekommen, die Auslieferung erst nach der Uraufführung des Balletts ›Die drei Schwestern‹ zu besorgen.«

Eine Ahnung ließ Michele innerlich erzittern. Sie nahm die Rosen und atmete deren süßen Duft ein, legte sie dann auf den Tisch zurück und entfaltete den Brief, den André ihr gereicht hatte, und las.

›Meine liebe Michele!
Ich gratuliere dir von Herzen, mein Mädchen. Ich brauche nicht unter den Zuschauern zu sein, um zu wissen, daß du ein ganz großer Erfolg geworden bist!

Ich habe eine schmerzliche Zeit verbracht, bevor ich meine Entscheidung treffen konnte. Nun aber weiß ich ohne jeden Zweifel, daß ich dich lieber für einen Teil des Jahres missen möchte, als dich ganz zu verlieren.

Mein Liebling! Es ist noch nicht zu spät. Willst du meine Frau werden? Wenn du ›ja‹ sagen solltest, bin ich einverstanden damit, daß du immer wieder eine gewisse Zeit abwesend bist, falls deine Karriere das erfordert. Ich werde dich in diesen Zeiten deiner

Abwesenheit stets schmerzlich vermissen und werde dankbar sein für die Zeit, die wir dann wieder miteinander verbringen können.

Bitte, antworte so schnell wie möglich. Wenn du mir dein Jawort gibst, werde ich sofort nach Paris eilen, und wir werden dort heiraten, zu welchem Zeitpunkt du immer willst.

In Liebe und mit übervollem Herzen

Dein Jan.‹

Michele hielt die Tränen zurück, die ihr in die Augen gestiegen waren. Aber es dauerte dennoch eine Weile, bevor sie ihrer Gefühle Herr werden konnte. Andrés wissendes, fast trauriges Lächeln verriet ihr, daß er den Inhalt des Briefes, wenn auch nicht wußte, so doch ahnte.

Ihr Blick wanderte von André zu Hannah.

»Mutter, was hieltest du von einer Doppelhochzeit?«

Hannahs Ausdruck wechselte von Überraschung zu heller Freude.

»So bin ich doch nicht die einzige, die als Geheimniskrämerin herumläuft. Ist der Brief von dem jungen Schotten, den du neulich besucht hast?«

Michele nickte: »O Mutter. Dies ist wahrhaftig der glücklichste Tag meines Lebens!«

Hannah breitete ihre Arme aus, und Michele schmiegte sich fest hinein. Als Mutter und Tochter so umarmt dastanden, lächelte Hannah über Micheles Schulter hinweg zu André hinüber: »Nun ja, alter Freund«, sagte sie, »glauben Sie, Sie sind in der Lage, eine weitere Generation von Verner-Frauen zu erziehen?«